HAYMON verlag

Selim Özdogan

DZ

Roman

Für Christian

12-11-14

Auflage:
4   3   2
2016 2015 2014 2013

© 2013
HAYMON verlag
Innsbruck-Wien
www.haymonverlag.at

Alle Rechte vorbehalten. Kein Teil des Werkes darf in irgendeiner Form (Druck, Fotokopie, Mikrofilm oder in einem anderen Verfahren) ohne schriftliche Genehmigung des Verlages reproduziert oder unter Verwendung elektronischer Systeme verarbeitet, vervielfältigt oder verbreitet werden.

ISBN 978-3-7099-7084-3

Umschlag- und Buchgestaltung, Satz:
hœretzeder grafische gestaltung, Scheffau/Tirol
Coverfoto: www.shutterstock.com/chikapylka

Gedruckt auf umweltfreundlichem,
chlor- und säurefrei gebleichtem Papier.

mit diesem lächeln im gesicht
könnte man beinahe meinen
es seien drogen im spiel
oder zumindest liebe
aber das ist es nicht
Ken Yamamoto

Lass dir keinen erzählen
alles klingt immer besser
wenn sie es einem erzählen
Prezident

Damian

Wir kennen hier kein Wort für Schmerz. Das glauben zumindest viele Menschen draußen. Sie stellen sich vor, dass wir vierundzwanzig Stunden am Tag selig lächeln. So ist es nicht.

Wir kennen mehr Wörter für Schmerz, als es außerhalb der DZ gibt. Adja, der Preis, den man zahlt, wenn die Euphorie zu groß war, das finstere Tal, in das man unweigerlich gelangt, wenn man zu hoch geflogen ist.

Yalsol, wenn die Gedanken zur Spirale werden, die dich immer weiter in eine paranoide Einsamkeit hineinzieht, und Kommunikation unmöglich wird.

Melko, wenn dich nichts mehr befriedigen kann und Schlaf die einzige Linderung ist.

Redop, wenn nur noch Wut dich antreibt. Oder Selbstekel dich lähmt. Manche wissen nicht, wie nah beides beieinanderliegt.

Botlok, die innere Leere bei einem Verlust, die einen schwächt und bis zur Willenlosigkeit versteinert.

Diese fünf Wörter kennt hier jeder. Dass es auch mehr Wörter für Vergnügungen und Freude gibt als außerhalb der DZ, überrascht wohl niemanden.

Ich weiß, wie das Leben draußen ist, ich habe eine Vorstellung davon, wie die Menschen in Europa uns sehen. Offiziell sind die Grenzen offen, es wäre kein Problem auszureisen. Doch ich war schon seit dreizehn Jahren nicht mehr in Europa. Warum auch? Es gibt hier alles. Und wenn du draußen in eine Kontrolle gerätst und sie dich als einen Bewohner der DZ identifizieren, gibt es nichts als Schikanen. Um Brechmittel und eine Kontrolle des Enddarms oder der Vagina kommst du dann kaum herum.

Die Grenzen sind offen. Du kannst Urlaub in der DZ machen. Doch mit diesem Stempel im Pass bekommst du nur Schwierigkeiten, es kann sein, dass du sogar deinen Job verlierst. Das nennen sie Freiheit und Demokratie.

Es kommen trotzdem Touristen hierher, Arbeiter, Selbstständige, vor allem junge Leute. Einige von ihnen sind schlecht informiert und immer wieder sterben welche, das wird dann draußen für die Propaganda genutzt. Dass bei uns wesentlich weniger übermütige Menschen sterben als in Europa, interessiert draußen nicht.

Ich war zwanzig, als ich hierhergezogen bin. Fast die Hälfte meines Lebens habe ich jetzt hier verbracht und manchmal frage ich mich, woher ich damals den Mut geholt habe. Aber ich habe ihn nicht geholt, er war einfach da. Und ich wollte nur etwas zu Ende bringen.

Ich habe viel genommen in der ersten Zeit hier, ich habe mitbekommen, wie die Namen des Schmerzes und der Freude entstanden sind, ich habe Freunde gefunden und verloren, Wege, Geld zu verdienen, und Wege, wenig Geld verdienen zu müssen. Ich bin oft umgezogen, bevor ich Zoë getroffen habe. Seit fast neun Jahren wohnen wir jetzt gemeinsam in dieser Wohnung im Deli-Viertel.

Ich habe viel gelernt über Drogen, darüber, was sie mit Menschen machen, über Kryptographie, asymmetrische Verschlüsselungsverfahren und wie man unbemerkt über eine angeblich offene Grenze kommt. Ich habe eine Nische gefunden, in der ich arbeiten und leben kann, in der wir arbeiten und leben können. Seit Zoë ist alles anders geworden. Die Wörter für Schmerz sind Wörter für Schmerz, auch wenn es noch Adja gibt und Yalsol. Es wird nicht alles gut, nie, es gibt keine fortwährende Glückseligkeit, doch mit Zoë hat sich etwas verändert. Sie ist da. Wir teilen.

In fast allen unseren Wörtern für Schmerz ist ein O. Man kommt nicht heraus. Zoë und ich waren wie zwei C, cɔ.

Bis vor drei Jahren lief alles gut. Dann verlor Zoë ihren Job, Adam, mein Partner, der die Ware aus der DZ rausgeschmuggelt hatte, wurde von der EDC gefasst, als er drei Kilo Kokain über die Grenze bringen wollte, und ich konnte niemand Neuen finden, der mir zuverlässig schien. Auch Adam war nicht zuverlässig gewesen, Kokain, damit handelten wir nicht, erst recht nicht in solchen Mengen, wir hatten vereinbart, uns auf bestimmte Substanzen zu beschränken. Das Geld wurde knapper und knapper, bis wir Supresh trafen. Von da an schien es wieder aufwärts zu gehen. Dann stand eines Tages Deckard in der Tür.

Danach sah die Welt anders aus. Als wäre ich nie auch nur annähernd so sicher gewesen, wie ich mich gefühlt hatte. Nach Deckard begann ich zu verstehen, wie wenig Ahnung ich hatte.

Ziggy

Diana blieb nicht mehr viel Zeit. Ein halbes Jahr noch, wenn sie weiterhin so stur ist, sagte der Arzt. Deutlich länger, wenn es nach ihm ginge. Doch er konnte dieses *deutlich* nicht näher bestimmen.

– Vielleicht zwei Jahre, vielleicht vier. Vielleicht zehn, sagte er.

– Zehn Jahre, dann wäre ich vierundachtzig.

Sie schüttelte den Kopf.

– Nein, nein, Professor. Ich verzichte auf eine so genannte Therapie.

– Sie müssen das nicht jetzt entscheiden, sagte Prof. Fehner.

– Es ist schon entschieden, sagte Diana und es fühlte sich an, als würde mein Magen in eine Bodenlosigkeit sinken.

Ich sah Mutter an. Sie wirkte fast heiter.

Als wir uns verabschiedeten, sagte Prof. Fehner:

– Herr Yelmar, ich habe Ihren letzten Artikel in *Hirn und Schlaf* gelesen. Eine interessante These, die Sie da vertreten.

Ich nickte nur und fragte mich, ob es richtig gewesen war, Diana hierher zu bringen, zu einer Koryphäe.

– Wollen wir noch einen Kaffee trinken?, fragte ich Diana, als wir vor dem Krankenhaus standen.

– Ja, sagte sie, und nun war sie nicht mehr so heiter, wie sie noch im Gebäude gewesen war.

Es war Ende Februar, der Himmel war wolkenlos, wir setzten uns an einen Tisch draußen, beide mit dem Rücken zum Café, den Blick Richtung Burg. In der Sonne sitzend konnte man die Jacke ausziehen und sich wärmen lassen.

Ein halbes Jahr, dann wäre es Herbst.

So alt sah sie noch gar nicht aus. Einen letzten Sommer. Wie würde ich es den Kindern erzählen? Oder wollte sie das lieber selbst machen? Elodies Eltern lebten noch. Am Nebentisch saß ein altes Ehepaar, Ende sechzig vielleicht, sie sahen sehr gepflegt aus, als wären Kosmetiker, Friseur und Maniküre wöchentliche Termine. Auf ihrem Schoß saß ein Chihuahua. Ich fragte mich, ob sie Enkel hatten und ob die Enkel sie mochten. Meine Gedanken waren wirr und ich wusste nicht, welche meiner Fragen ich Diana stellen sollte.

Sie nahm vier Stück Zucker in ihren Kaffee und ich sah sie mit erhobenen Augenbrauen an. Seit wir bestellt hatten, hatten wir kein Wort mehr gesprochen. Und auch jetzt schwieg Diana, hob lächelnd die Schultern. Erst als sie getrunken hatte, sagte sie:

– Das schmeckt ja entsetzlich.

Dann schwiegen wir wieder. Ich versuchte mich zu erinnern, wann ich das letzte Mal geweint hatte.

– Ich würde Damian gerne nochmal sehen, sagte Mutter.
Ich blickte auf.
– Glaubst du, du kannst ihn finden?
Ich nickte. Nicht, weil ich das glaubte, sondern weil es mir die richtige Reaktion auf ihre Frage zu sein schien.

Damian

Robert hat einmal erzählt, wie er in dieses Forum geraten ist. So hat es wohl angefangen, eine Tür ging auf und er betrat eine Welt, die er vorher nur geahnt hatte. Robert wusste, dass es so genannte Research Chemicals gab, er hatte als junger Mann *Pihkal* und *Tihkal* gelesen, in deren Anhang hunderte von psychoaktiven Substanzen mit Syntheseanleitung und Erfahrungsberichten aufgelistet waren. Chemikalien, die Shulgin, der Autor, wiederentdeckt oder entwickelt hatte. Robert ahnte, dass es einen Markt für diese Drogen gab, aber kein Dealer, den er kannte, hatte auch nur gehört von 4-HO-MET, von 2-C-T-7, DPT oder einem Halluzinogen namens Ganesha. Doch was soll man schon mit Drogen, die man bloß vom Hörensagen kennt oder aus der Literatur.

Eines Tages kam João mit einer Kräutermischung, die angeblich wie Cannabis wirken sollte. Robert war skeptisch, er hatte schon viele Pflanzen und Pflanzenextrakte getestet, noch in den Zeiten vor dem Internet, er hatte sich im Versandhandel Damiana bestellt, Katzenminze, Kanna, blauen Lotus und was sonst noch angeboten wurde, aber nichts hatte ihn überzeugt. Nur Marihuana wirkte wie Marihuana.

Nach zwei Zügen an dem Joint mit der Kräutermischung wusste er zwei Dinge: Es wirkte schneller als Gras und es wirkte sehr ähnlich. Drei Dinge. Er wusste, dass die Wirkung nicht auf pflanzliche Inhaltsstoffe zurückgeführt werden konnte. Dafür hatte er schon zu viele verschiedene Pflanzen geraucht, getrunken, geschnupft und zu viel Literatur zum Thema gelesen.

Völlig dicht setzte er sich an den Rechner und begann zu suchen. Menschen schienen zu glauben, dass hier jemand den Heiligen Gral entdeckt hatte, eine Mischung legaler Kräuter, die einen illegalen Rausch erzeugten. Sie wollten es glauben, weil sie es leid waren, kriminalisiert zu werden. Es gab eine große Gruppe von Menschen, die im Rahmen des Gesetzes bleiben wollten, selbst wenn sie breit wie Biberschwänze waren.

Robert las die Diskussionen in den öffentlichen Drogenforen, er war nicht der einzige, der vermutete, dass hier noch andere Stoffe in der Tüte waren. Einige Wochen bevor sich die Medien auf die Sache stürzten, zählte eines der besser informierten Forumsmitglieder zwei und zwei zusammen und vermutete ein synthetisches Cannabinoid in der Kräutermischung. Später wurde die Kräutermischung von Wissenschaftlern untersucht, und sie fanden tatsächlich ein synthetisches Cannabinoid, JWH-018. Es wurde im Schnellverfahren illegalisiert, die Kräutermischung verschwand vom öffentlichen Markt.

Robert begann nun regelmäßig Erfahrungsberichte in Drogenforen zu lesen, hauptsächlich über Substanzen, die im Internet gekauft worden waren. Die meisten dieser Substanzen waren in weiten Teilen Europas legal, weil sie von der Gesetzgebung noch nicht erfasst wurden. Damals gab es keine Substanzgruppenverbote und generischen Klauseln in Europa, Moleküle wurden noch nicht auf Verdacht verboten.

Er erkannte die Abkürzungen aus Shulgins Büchern wieder, doch Bezugsquellen wurden in den öffentlichen Foren nicht gepostet. So sehr Robert die Suchmaschinen bemühte, er fand keine Anbieter für Research Chemicals. Die Szene war damals klein und überschaubar, die Händler waren zufrieden in ihrer Grauzone und hatten kein Interesse, populär zu werden. Popularität bedeutete Probleme. Wie im Fall der Kräutermischung – solange sie noch nicht in aller Lungen war, hatte sie bequem unter dem Radar des Staates fliegen können.

Robert fand heraus, dass es Händler gab, die in Dänemark ansässig waren, in Kanada, in China, in den Niederlanden und in den USA, er erfuhr, welche Substanzen gehandelt wurden, aber auch nach mehreren Nächten am Rechner wusste er immer noch nicht, wo er etwas bestellen konnte.

Doch er wusste nun, dass es neben den öffentlichen auch private Foren gab. Um hineinzukommen musste man einen Bürgen haben. Robert machte Drogenbekanntschaften im Netz, gewann das Vertrauen eines anderen Deutschen, mit dem er per ICQ chattete, und fand so nach zwei, drei Monaten seinen Weg in ein Board, das DZF hieß. 400 Mitglieder im Forum, Dutzende von Händleradressen, die Robert kopierte, weil er befürchtete, man könnte einen Neuling wie ihn schnell aus einem nichtigen Grund sperren. Er hatte damals eine Tür aufgestoßen, die nur einige Jahre später sperrangelweit offen stehen würde für jeden. In den Anfängen der 2000er war die Szene noch elitär und Robert fühlte sich so, wie man sich fühlt, wenn man verliebt ist. Alles war möglich. Alles sah auf einmal anders aus. Neue Drogen, neues Licht.

Ich habe keine Tür gesucht, aber es ist dennoch eine aufgegangen.

Es klopfte, mit Pausen, aber beharrlich. Ich erwartete niemanden und ignorierte es zunächst. Nach drei Minuten ging ich in den Flur und rief:
 – Bitte?

– Guten Tag, ich heiße Deckard, ich möchte gerne zu Damian Yelmar.
– In welcher Angelegenheit?
– Ich habe eine Lieferung.
– Ich habe nichts bestellt.
– Es ist nichts, was man bestellen könnte. Ich habe hier etwas, das noch nicht auf dem Markt ist.

Deckard hatte ein schmales Gesicht mit einem kantigen Nasenrücken. Er war drahtig und hatte kleine Augen, Vata dominierte. Er gab mir die Hand und seine schmalen Lippen deuteten ein Lächeln an. Kaffee und Wasser lehnte er ab, zog aus einer ledernen Aktentasche einen Ziplockbeutel mit weißem Pulver, etwa ein halbes Kilo, schätzte ich, und legte es auf den Teppich. Er trug einen Anzug, doch er hatte keine Mühe gehabt, sich auf den Boden zu setzen, und hielt den Rücken kerzengerade. An seinen Handknöcheln und Fingern waren zahlreiche Narben.

– Herr Yelmar, sagte er, seine Stimme erinnerte mich an Metall. Es war lange her, dass mich das letzte Mal jemand so angesprochen hatte, ich kam mir vor wie in einem altmodischen Theaterstück. Herr Yelmar, das ist eine brandneue Substanz und aus verschiedenen Gründen hat mein Auftraggeber kein Interesse daran, sie innerhalb der DZ auf dem Markt zu sehen. Wir wissen, dass Sie Wege und Kunden haben, wir würden Ihnen den Beutel gerne überlassen.

Ich sagte nichts. Mein Element ist Kapha. Ich reagiere nicht schnell, doch mein Kopf arbeitete fieberhaft. Deckard wusste offensichtlich mehr über mich, als mir lieb war. Ich hatte nichts zu befürchten, nicht innerhalb der DZ, aber ich hatte auch kein Interesse daran, nie wieder ausreisen zu können.

– Was muss ich tun?
– Nur Ihre Kontakte nutzen.

– Wo ist der Haken?
– Es gibt keinen, sagte Deckard. Ich lasse den Beutel einfach hier.

Ich sah zu, wie er aufstand, seine Bewegungen waren geschmeidig und elegant und passten nicht ganz zu seinem Gesicht.

– Muss ich Bericht erstatten?
– Nein. Aber das wmk sollte nicht in der DZ auftauchen.
– wmk?
– So nennen wir es. Eine tryptaminähnliche Substanz, stark halluzinogen.
– Wer hat es hergestellt?

Er schwieg und lächelte dieses dünne Lächeln.

Ich erhob mich.

– Und die Dosierung?

Er lächelte und schwieg.

– Es gibt einen Grund, warum wir Sie ausgewählt haben, sagte er dann.
– Ich bin nur ein kleiner Händler.

Vielleicht war das kein Lächeln und er presste nur die Lippen aufeinander, dass sie noch dünner wirkten.

Ich brachte ihn zur Tür und fragte mich, ob ich gerade einen Fehler machte. Nachdem ich Deckard verabschiedet hatte, wartete ich ungeduldig darauf, dass Zoë nach Hause kam.

Ziggy

Elodie nahm mich in den Arm und hielt mich fest. Mir fiel diese Untersuchung ein, bei der festgestellt worden war, dass der Geruch weiblicher Tränen den Testosteronspiegel des Mannes senkt. Ich wusste, dass Elodie nicht weinen würde.

Nachdem wir uns voneinander gelöst hatten, ging sie in die Küche und kam mit zwei Gläsern und einer Flasche Rotwein wieder. Sie schenkte uns ein und setzte sich auf das Sofa.

– Was möchtest du jetzt tun?
– Ich muss Damian finden.
– Wie?
– Ich weiß es nicht.
– Wie lange ist das jetzt her, dass ihr keinen Kontakt mehr habt?

Ich nahm einen Schluck und dachte nach.
– Vier, fünf Jahre vielleicht.

Das letzte Mal war er zu Leonies Geburt hier gewesen. Als Samuel geboren wurde, war er gerade in Indien und mochte auch nicht mehr nach Europa kommen, was mich kränkte, aber nachvollziehbar war. Er war damals zwei Stunden lang bei der Zollkontrolle am Flughafen aufgehalten worden, weil sie Drogen bei ihm vermutet hatten. Danach war er in eine Routinekontrolle im Zug geraten und hatte aussteigen müssen, wegen Gefahr im Verzug, wie die Beamten sagten. Auch sie hatten nichts gefunden.

Wir hatten regelmäßig gemailt oder gechattet, doch dann hatte Damian etwas von Yalsol geschrieben, davon, dass er keine Spuren hinterlassen durfte und ich auch nicht. Dass wir uns nur noch chiffrierte Mails schreiben durften. Er hatte mir einen Code geschickt, mit dem ich meine Mails an ihn verschlüsseln sollte. Dafür musste ich ein Programm installieren, mit dem es irgendwelche Probleme gab, die ich auch nach drei Abenden am Rechner nicht beheben konnte. Ich versuchte per ICQ und Mail Hilfe von Damian zu bekommen, aber seine alten Adressen waren bereits gelöscht worden, auf den neuen reagierte er wohl nur noch auf verschlüsselte Botschaften, eine Mobilnummer hatte er nie gehabt und seine Postadresse war mir unbekannt, ich kannte nur die Stadt, in der er wohnte. Wenn er dort noch wohnte. Er wusste, wie er mich finden konnte, aber es war ihm wohl nicht wichtig genug gewesen. Auch mit Diana hatte er in dieser Zeit den Kontakt verloren.

– Du glaubst, dass er noch lebt?

Ich nickte. Es sah Damian nicht ähnlich, still und leise abzutreten.

– Vielleicht sollte ich hinfahren ...

Elodie sah mich an.

– In die DZ?

– Unsere Mutter wird bald sterben.

Elodie senkte den Kopf, ihre glatten Haare fielen nach vorne und verdeckten ihr Gesicht, doch ich wusste, dass sie sich nicht verstecken wollte. Als sie wieder aufschaute, sah sie mir in die Augen.

– Und die Kinder? Und ich? Was ist mit uns?

Uns sollte ein Wort sein, das die ganze Familie meint, dachte ich.

– Du kannst da nicht hinfahren, stellte sie fest.

– Es ist der Wunsch meiner Mutter, Damian zu sehen, bevor sie stirbt.

Wann hatte ich das letzte Mal geweint? Wieso schienen die Prioritäten für Elodie so klar gesetzt? Warum blieb kein Raum für Zweifel?

– Es wäre das Ende deiner Karriere, sagte sie.

– Und die ist wichtiger als Dianas Wunsch.

Ich hob die Stimme am Ende des Satzes, doch es war keine Frage.

– Es gibt bestimmt noch andere Möglichkeiten.

– Ein Detektiv?

– Nein, der könnte zu dir zurückverfolgt werden.

– Ein Detektiv, der diesen Namen verdient, ein diskret arbeitender Mann.

Elodie schüttelte den Kopf.

– Weißt du, was hier auf dem Spiel steht?

Findest du nicht, dass du dich zu sehr in meine Karriere reinhängst, schon seit Jahren?, hätte ich sie fragen können, doch dann hätte der Abend in Schweigen geendet. Konnte sie sich nicht ein wenig rücksichtsvoller verhalten? Wir hatten heute erfahren, dass Diana Leberkrebs hat, konnte sie sich nicht wenigstens heute Abend zurücknehmen?

Alles, was sie interessierte, waren dieses Haus, diese Siedlung, die Forschungsgelder, Anstellungen an renommierten Universitäten und die Abendessen, zu denen sie in teuren Kleidern gehen konnte und bei denen sie sich als Linguistin ausgab, obwohl sie nicht mal die Hochschulreife hatte.

Ich nahm noch einen Schluck Wein, einen großen.

– Du möchtest also, dass ich wegen meiner Frau den Wunsch meiner Mutter ignoriere?

– Ziggy, sagte Elodie und strich sich die Haare hinter die Schultern. Wir können es uns nicht leisten, dass du deine Stelle verlierst. Das siehst du doch auch so?

– Ja. Aber wir brauchen eine Lösung.

Ich sah sie an. Ihre blauen Augen mit den kleinen Pupillen, die rötlichen Haare, die Sommersprossen um die Nase, der elegante lange Hals, sie kam mir manchmal so fremd vor. Als wüsste ich nach all den Jahren immer noch nicht, wer in dieser Hülle steckte.

Ein weiterer Schluck.

– Wir brauchen eine Lösung, sagte sie und drehte ihr Glas zwischen den Fingern. Glaubst du, er verdient sein Geld noch immer so wie früher?

– Kann gut sein.

– Könntest du ihn so finden?

– Als würde ich eine Nadel im Heuhaufen suchen?

– Es wäre eine Möglichkeit.

Ich sah den Wein in der Flasche an. Schöner wäre es gewesen, in dieser Nacht im Labor zu sein und Kaffee zu trinken. Mit meinem Glas in der Hand stand ich auf.
– Dann will ich mal anfangen, sagte ich.
Im Arbeitszimmer starrte ich ziemlich lange in die Nacht. Doch sie hatte recht, es war eine Möglichkeit. Ich verschlüsselte eine Partition der Festplatte, bestellte einen VPN-Account bei einem Anbieter in der Ukraine, der als Bezahlung Bargeld im Briefumschlag akzeptierte, und surfte erst mal mit einem anderen Anonymisierungsverfahren. Ich installierte eine Software, mit der man Mails verschlüsseln konnte, und schickte probehalber welche hin und her. Das Programm war ein anderes als vor fünf Jahren und ich war erstaunt, wie leicht die Bedienung war. Dennoch, es würde wahrscheinlich ziemlich lange dauern, bis ich auch nur den Heuhaufen gefunden hatte.

Damian

– Was ist es?
 – Angeblich etwas Tryptaminähnliches, was immer das heißen mag.
 – Und du weißt nicht, weshalb dieser Deckard es dir gegeben hat?
 – Er möchte es außerhalb der DZ verbreitet wissen. Vielleicht weil er hier keine Zulassung dafür bekommen kann. Oder weil sie kein Geld in eine Untersuchung stecken möchten.
 – Du weißt nicht, wer es wo synthetisiert hat.
 – Nein.
 Zoë sah mich an.
 – Wir werden es also zuerst selber testen?
Ich nickte.

– Du hast schon abgewogen.

Das war keine Frage. Wir nahmen beide jeweils 50 µg wmk. Unsere Feinwaage war ein teures Modell, doch unter einem Milligramm wog sie auch nicht zuverlässig, ich hatte deshalb 2 mg wmk in 100 ml Wasser gelöst und das Wasser dann entsprechend dosiert. Ich glaubte kaum, dass diese Dosis aktiv sein würde, aber Albert Hofmann hatte auch nicht geglaubt, dass 250 µg LSD so viel Veränderung hervorrufen könnten.

Es war einige Jahre her, dass ich das letzte Mal eine Substanz genommen hatte, von deren Wirkung ich nur eine sehr ungenaue Vorstellung hatte. Ich freute mich.

Nach drei Stunden legten wir nochmal 100 µg nach, ohne dass etwas passierte.

Wir beschlossen, erst in drei Tagen den nächsten Versuch zu starten, um eine Akkumulation des Wirkstoffs im Körper auszuschließen, drei drogenfreie Tage, um auch mögliche Wechselwirkungen zu vermeiden.

Die Menschen draußen glauben gerne, dass hier alle ständig drauf sind, doch das stimmt nicht. Genauso wenig wie die Vorstellung, dass es außerhalb der DZ keine Drogen gibt und alle nüchtern und gesundheitsbewusst leben. Natürlich gibt es hier Leute, die täglich konsumieren. Man kann sie im Kiffer- und Opiat-Viertel finden, und auch bei den Alkoholikern ist es keine große Überraschung, doch die meisten, die Drogen vollständig in ihren Alltag integriert haben, findet man im Dynamis-Viertel. Die heftigsten Konsumenten sind die, die am wenigsten auffallen, die in den reichen Bezirken und in den Bürohochhäusern, die jene Drogen konsumieren, die es zum Teil immer noch auch außerhalb der DZ gibt, Tee, Kaffee, Ritalin, Modafinil, Adderall. Diese ganzen Arbeitssüchtigen, die achtzehn, zwanzig, achtundzwanzig Stunden durcharbeiten, diese schlanken, karrieregeilen Menschen, die sich beeilen, irgendwohin zu kommen, die mehr Zeit haben wollen als andere. Als sei Zeit nicht etwas, das gerecht verteilt ist, jeder bekommt vierundzwanzig Stunden am Tag, unabhängig von Alter, Geschlecht, Größe, Ethnie und sozialer Schicht. Die meisten Drogen nehmen hier die Vertreter der geachteten Berufe, Ärzte, Anwälte, Richter, Makler, Wissenschaftler, Polizisten, Broker, Politiker, Menschen, die außerhalb der DZ kaum auffallen würden, Menschen, denen die Sucht nach Erfolg und Ansehen noch eine weitere Sucht beschert hat: die nach Stimulanzien.

Robert sagte immer, dass Kokain schuld sei an den meisten Finanzkrisen. Die Droge, die Gier und Risikobereitschaft förderte und von Bankern konsumiert wurde.

Die andere größere Gruppe der Süchtigen verteilte sich auf zwei Straßenzüge in der Stadt und kam selten aus den Häusern, in denen man sich nur registrieren lassen musste, um kostenlos Opiate und Kokainderivate seiner Wahl zu bekommen. Die Regierung hatte diese Häuser eingerichtet, nachdem sie festgestellt hatte, dass das billiger war, als sich mit Beschaffungskriminalität auseinanderzusetzen und Menschen zu bestrafen, die keine freie Wahl mehr hatten, weil die Sucht ihr Verhalten bestimmte. Freeriders wurden sie genannt, obwohl sie sich kaum bewegten, Freeriders, wenn du dich erst mal registriert hattest, gab es keinen Weg mehr zurück.

Bei uns im Deli-Viertel konsumierte man regelmäßig, aber bei Weitem nicht täglich. Viele hier glaubten, sie hätten den Dreh raus, sie wüssten, wie das Leben funktionierte, sie seien auf dem Weg zu einem umfassenden kosmischen Bewusstsein. Doch Drogen machen keinen besseren oder schlechteren Menschen aus einem, genauso wenig wie Religion, Vegetarismus und soziales Engagement.

Den nächsten Versuch starteten wir mit 300 µg und zumindest Zoë näherte sich einer Plus Eins auf der Shulgin-Skala. Sie hatte die Schwellendosis überschritten, konnte bestimmen, wann die Wirkung einsetzte, doch den Charakter der Droge nicht erfassen. Die Wahrnehmungsveränderungen waren zu subtil, um sie genau zu beschreiben.

Der Versuch mit 500 µg führte auch bei mir zu einer Wirkung, die Farben, Gerüche und Geräusche wurden intensiver, meine Gedankenwelt schien sich auch zu verändern, aber in einer noch nicht richtig fassbaren Weise. Ich konnte genau wie Zoë die Wirkung der Droge noch ignorieren und zielgerichtet handeln, wenn ich wollte. Eine Plus Zwei auf der Skala nach Shulgin. wmk schien ein unspektakuläres Psychedelikum zu sein, ich konnte kein besonderes Potential erahnen.

Das offenbarte sich erst am achten März bei einer Dosis von 1,7 mg. Diese Erfahrung bescherte uns eine Plus Drei, die Wirkung der Droge zu ignorieren wird unmöglich, ihr voller Charakter wird erfasst und man ist der Erfahrung vollkommen ausgeliefert, ob man möchte oder nicht.

Es war ein Samstag und wir nahmen das wmk schon morgens nach dem Kaffee. Eine Stunde später, gegen zehn Uhr, war bereits deutlich, dass etwas passieren würde, Farben wurden kräftiger, in den Augenwinkeln schienen sich Gegenstände zu bewegen und eine innere Aufgeregtheit machte sich breit. Zoë ging auf die Toilette, während ich auf den Kissen saß und in mich hineinhorchte. Ich wollte etwas tun, aber ich wusste nicht was. Aufstehen, Musik auflegen, etwas essen, möglicherweise musste ich auch aufs Klo, aber das fühlte sich häufig so an, wenn der Körper gerade auf Reizüberflutung gepolt wurde.

Als Zoë aus dem Bad kam, wurde mir bewusst, dass mein Zeitgefühl mich langsam verließ. Ich wusste nicht, wie lange sie weg gewesen war, doch ihre Pupillen waren

nun geweitet. Die sonst leicht hängenden Lider, die sie aussehen ließen, als wäre sie ständig bekifft, waren gehoben, die Augen wirkten riesig und auch ihre Mundwinkel bewegten sich nach oben. Ich sah auf die Uhr, viertel nach zehn.
– Das wird heftig, sagte Zoë.
– Kann sein, sagte ich. Wie fühlst du dich?
– Hm, eher LSD als DPT. Eine freundliche Substanz, die ihren Charakter noch nicht entfaltet hat, ich bin noch halbwegs klar im Kopf.
– Ich auch.

Zoë stellte die Anlage an und legte Breakology auf, ein Album, das wir schon unzählige Male gehört hatten. Ich konnte nicht sagen, ob die Bilder, die sich sofort in meinem Kopf entfalteten, Erinnerungen an frühere Trips waren oder vom wmk verursacht wurden. Es sah auch nur so aus, als würden die Wände anfangen zu atmen, vielleicht weil ich diese Art der visuellen Wahrnehmungsveränderung von dieser Art Drogen gewöhnt war. Es sah nur so aus, als würden sich tryptamintypische Muster auf alle Gegenstände legen, möglicherweise waren das bloß Erinnerungen. Die Wahrnehmung der Proportionen verschob sich, Zoës Gliedmaßen kamen mir abnormal groß vor, als würden sie kaum in das Zimmer passen, während sich das Zimmer gleichzeitig in die Länge zu ziehen schien, als würde man eine Stunde brauchen, um es zu durchschreiten. Obwohl sich die Aufregung noch nicht in Euphorie verwandelt hatte, versprach es ein schöner Tag zu werden.

– Ich möchte ein Eis, sagte Zoë.

Ich reagierte nicht. Wir verstanden einander auch, wenn wir sonst gar nichts mehr verstanden.

Es mochten vier Minuten vergangen sein, ein Song, aber es fühlte sich mindestens wie eine halbe Stunde an.

– Ich möchte immer noch ein Eis, sagte Zoë.

Als ich aufstand, schien der Holzboden abzuheben. Das war nichts Besonderes, aber auf einmal waren da alle diese Wörter für Holz in meinem Kopf, in allen Sprachen, in denen ich es kannte. Holz, wood, madera, tahta, bois, jhoeu, bpàa mái, und mir war, als könnte ich das Wort auch in allen anderen Sprachen. Ich lächelte über diese offensichtliche Fehlleistung, doch während wir die Treppe hinuntergingen, schien das Gleiche mit dem Wort Treppe zu passieren. Sobald wir draußen waren, vergaß ich das Ganze wieder.

In der DZ zu wohnen ist nicht nur ein Vorteil wegen der Verfügbarkeit von Drogen, sondern auch wegen ihrer Akzeptanz und der damit einhergehenden Ruhe. Drogen können paranoid machen, unruhig und unsicher, manchmal gehört es zu ihrer Wirkung einfach dazu, aber Halluzinogene machen draußen auch deswegen paranoid, weil Menschen wissen, dass sie sich seltsam verhalten, dass sie nicht angemessen reagieren können, dass sie sich in der Illegalität bewegen.

In der DZ schaut dich niemand komisch an, wenn du beim Anblick eines Mülleimers in Gelächter ausbrichst, minutenlang fasziniert die Rinde eines Baums betrachtest, idiotisch grinsend und mit Pupillen groß wie Kuchentellern als Antwort auf die Frage, wie es geht, nur unzusammenhängende Wörter erwidern kannst, bevor du in ein Gelächter ausbrichst, das dir die Tränen in die Augen treibt.

Der Verkäufer am Kiosk schaut dich nicht befremdet an, wenn du verständnislos die Münzen in deiner Hand betrachtest, die ihre Bedeutung verlieren, aber an Farbe zu gewinnen scheinen. Doch Nhean kannte uns gut, er grinste und wünschte uns noch einen schönen Tag.

Zunächst nahm ich die Sprechblase wahr, in der diese Wörter auftauchten: Schönen Tag euch noch. Wie in einem Comic, die Blase verblasste noch vor den Wörtern, die einige Momente in der Luft hingen. Nhean lächelte, ich nickte ihm zu, Åkhun, sagte ich und wir wandten uns ab.

Nach einigen Schritten bemerkte ich, wie Zoë die bedruckte Verpackung ihres Eises anstarrte, die Augen nun noch größer, die Lippen leicht geöffnet, die Innenseiten leuchteten fleischfarben. Die schief stehenden Schneidezähne schienen sich aufeinander zuzubewegen.

Sie schüttelte die Packung aus, als wolle sie Kondenswasser abschlagen, doch es fielen Buchstaben auf den Boden. Zoë sah mich an. Ich nickte.
– Buchstaben fallen auf den Boden, sagte ich.
Sie schloss die Augen, und als sie sie wieder öffnete, sagte sie:
– Schmerzgrenze.

Zunächst glaubte ich, sie wollte sagen, dass es ihr zu viel wurde, aber dann sah ich das Wort in der Luft schweben. Schmerz und Grenze trennten sich und kamen wieder zusammen, während sie langsam zu Boden schwebten, trennten sich, kamen zusammen, trennten sich, kamen zusammen, immer wieder, bis sie auf dem Asphalt waren und dort verblassten.
– If you can't make words fuck, don't masturbate them, zitierte ich Henry Miller und wir lachten los.

Wir lachten ohne Worte, aber mit einer Heiterkeit, die kommt, wenn Fragen wegfallen, wenn Drogen einen Raum ohne Konflikte öffnen.
– In den Park, sagte ich und Zoë nickte, packte ihr Eis aus, und als sie es zur Hälfte gegessen hatte, waren wir im Park, doch es schien uns, als würden wir rückwärts durch Jahrhunderte gehen.

Wir setzten uns unter einem Baum ins Gras, Zoë gab mir ihr Eis, und einen Moment lang dachte ich, es wäre ein Wörterbuch. Wörterbuch, woher kommt denn nun dieser Gedanke? Weil das Eis Hitze in Abkühlung übersetzte? Ich gab einem natürlich erscheinenden Bedürfnis zu lachen nach, das lange andauerte. Zoë stimmte ein, und als wir Tränen in den Augen hatten und das Lachen verebbte, leckte ich an dem Eis und musste wieder an ein Wörterbuch denken. Kalt, kühl, eisig, schattig, erfrischend, süß, Pistazie, nussig, geröstet, all diese Begriffe waren an meiner Zunge und ich schluckte sie hinunter. Die Welt schien aus Wörtern zu bestehen.

Einige Meter weiter saß eine Gruppe Jugendlicher und redete, Laute kamen aus ihren Mündern und ich konnte sehen, was sie sagten, Buchstaben und Wörter schwebten auf die Wiese herunter.

– Man braucht nichts zu machen, sagte Zoë, die Wörter bespringen sich.

Ich legte den Kopf in den Nacken und rief:

– Schreiben.

Präpositionen und Präfixe kamen, um das Verb zu begatten, an, auf, zu, unter, ab, durch, be, um, ver stürzten sich auf das Wort, es wurden lauter neue Verben gezeugt, die durcheinanderwirbelten, dann sagte Zoë:

– Schreien.

Die Vorsilben glitten geil in seine Richtung, um auch dieses Wort zu befruchten.

Alles wirbelte vor unseren Augen durcheinander, immer neue Wörter und Kombinationen entstanden, ohne dass wir etwas gesagt hätten. Miss klebte sich an brauchen, Stand trennte sich von vor, los wollte ans Ende von Gewalt und gemeinsam suchten sie nach einem weiteren Partner. Es war, als würde man einer Orgie beiwohnen, ich konnte bald schon keine einzelnen Wörter mehr erkennen, Buchstaben, Silben, Wörter und Sätze wirbelten durcheinander, bildeten immer neue Kombinationen. Ich sah Zoë an. Sie nickte.

– Wir sind Zeugen der Schöpfung der Sprache, sagte sie.

Vielleicht dachte sie es auch nur und ich verstand. Ich selbst konnte nicht mehr sprechen oder auch nur einen Gedanken fassen. Fragen tauchten in meinem Kopf auf und verschwanden wieder, doch ich vergaß sie nicht, holte sie immer wieder in den Vordergrund, weil mich trotz aller Heiterkeit und Euphorie die Antworten interessierten.

War das wirklich sexuelle Erregung? Oder fühlte es sich nur innerlich so an? Ich langte in meinen Schritt und ertastete eine Erektion, doch es fühlte sich weder so an, als sei das wirklich meine Hand, noch als sei es mein Schwanz. Ich konnte diesen Körper bewegen, weil ich es gewohnt war, aber nicht, weil ich ihn gerade bewohnte. Er fühlte sich leer an, als würde nur durch mich hindurchgelebt, als sei er nur eine Hülle, und als ich einen Windhauch spürte, schien diese Empfindung sich zu bestätigen, die Luft durch meinen Körper hindurchzuströmen.

Dann beanspruchten die kopulierenden Wörter wieder meine gesamte Aufmerksamkeit und ich vergaß die zweite Frage für eine lange Zeit und spannte.

Am Rand dieses wogenden Sexmeeres tauchten zusammengesetzte Wörter auf, Doppelzimmer, Drachenzauber, Dachziegel, Dauerzoff, Dunkelziffer, Denkzettel, Drogenzone, Dunstzirkel, Dunkelzimmer, es kam mir vor, als würde jemand fallen, doch ehe ich darauf kam, wer oder was das sein könnte, trennten sich die Wörter und ich sah Zeitdruck, Zolldaten, Zentralduden, ein wackeliges Wort, das wie eine Missgeburt aussah und schnell verschwand. Zählen schwebte eine Weile in einer Wolke aus Ziffern, bis er kam und aus zählen erzählen wurde, der Wunsch, den Wörtern Gewicht zu geben.

Das Tempo der Veränderung war immens, kaum ein Wort oder Sinn war festzuhalten. So viele Eindrücke, so wenig Gedächtnis. Mit riesigen Augen saßen wir da und starrten auf die Wörter dieser Jugendlichen, die das zwar bemerkten, aber uns wohl für Touristen hielten, die gerade ihren ersten Trip erlebten. Sie lächelten und winkten uns zu, doch das wirbelte die Wörter nur noch mehr durcheinander.

Die zweite Frage, die wichtigere. Ich drehte den Kopf und suchte nach anderen Menschen. An einen Banyanbaum gelehnt saßen zwei Asiatinnen nebeneinander und aßen Reiskuchen, während sie sich unterhielten. Es kamen Wörter aus ihren Mündern, allerdings waren es keine lateinischen Buchstaben, ob es Khmer, Thai, Tham oder Hán Nôm war, konnte ich nicht sofort erkennen, doch ich verstand die Wörter. Alle. Nicht so, wie man in einem Traum fremde Sprachen versteht, sondern auf eine andere Art. Als wäre da ein Verständnis, das weit über die Wörter hinausgeht und auf das Wort zurückwirkt. Als würde man das große Bild sehen und dann erst die Pinselstriche verstehen. Ich verstand, was sie sprachen, und ich erkannte die Tonhöhen der Vokale, obwohl mir das sonst kaum möglich war. Also sprachen sie nicht Khmer. Mir leuchtete ein, warum eine Sprache so beschaffen war und welche Melodie diese Ausdrucksweise mit sich brachte. Als die beiden eine Pause machten und die Wörter zur Ruhe kamen, konnte ich auch sehen, dass es sich bei der Schrift um Tham handelte.

Zoë war meinem Blick gefolgt. Die Tränen in ihren Augenwinkeln rührten nicht nur daher, dass wir kaum blinzelten, sondern entsprangen auch der Freude darüber, die beiden Frauen zu verstehen, die aus der Vorstadt ins Deli-Viertel kamen, um ihren in Bambusrohren gebackenen Reiskuchen zu verkaufen.

Hinterher haben wir nachgerechnet, dass wir vier oder fünf Stunden dort gesessen haben mussten. Wir sahen den Wörtern beim Sex zu, und wenn in der Nähe nicht gesprochen wurde, sahen wir in den Himmel, in die Äste der Bäume, betrachteten einzelne Grashalme oder Steinchen, alles Gruppen von Wörtern auf engem Raum.

Schließlich sahen wir beide eine rötliche Wolke zu Boden schweben, und aus dieser Wolke materialisierte sich ein Mädchen. Sie mochte etwa acht Jahre alt sein, hatte glatte schwarze Haare in einem straffen Pferdeschwanz, war barfuß, trug eine altmodische rote Kittelschürze über einer grünen Hose. Um ihren Hals hatte sie eine Kette aus Miniatur-Menschenschädeln. Sie hob die rechte Hand, so dass die Handfläche zu uns zeigte, und dann streckte sie uns die Zunge raus.

Die Sprache verschwand. Nicht nur draußen, sondern auch in unseren Köpfen.

Ziggy

Joãos Gesicht änderte seine Farbe und Tränen traten ihm in die Augen, noch bevor ich meinen Satz beendet hatte. Er sah ein wenig so aus, wie Diana ausgesehen hatte, als ich ihr gesagt hatte, dass Elodie schwanger ist. Worte, die die Welt verändern, sie verschieben Richtung Freude oder Schmerz.

Wahrscheinlich hätte Diana es ihm lieber selbst gesagt, aber ich war bei João vorbeigefahren, weil ich nach der Arbeit noch nicht nach Hause wollte, weil ich mich nach einem Ort sehnte, an dem ich mich sicher fühlen konnte. Unbehelligt vom Tod, von Wünschen und Karrieredenken, von Drogenforen und Verschlüsselungsverfahren, von möglicher Strafverfolgung, EEGs, schnellen Augenbewegungen, von Reaktionen im dorsolateralen präfrontalen Kortex, von neuronalen Korrelaten der Luzidität und wie man sie chemisch simulieren konnte. Ich wollte weg von Arbeit und Familie, speziell von Elodie, die meine Welt beschränkte.

João kannte ich, seit ich mich erinnern konnte. Er war es gewesen, der mir immer neue Kinderbücher in meinen Leser geladen hatte, als ich noch klein war. Vor dem Zusammenbruch der Verlage hatte er als Buchhändler gearbeitet in einer dieser großen Buchhandelsketten, die es damals gegeben hatte, und die nun alle insolvent waren, weil man nicht in ein Geschäft musste, um einen Inhalt auf seinen Leser zu laden. Weder Verlage noch Händler hatten mehr Geld mit Papierbüchern machen können, Schriftsteller hatten gedarbt und einige Jahre war es João finanziell schlecht gegangen. Das war, als ich in die Pubertät kam und viel las. Immer wieder fragte ich João damals nach richtigen Büchern, die man anfassen konnte, wahrscheinlich weil es mich vor der Welt, wie ich sie vorfand, ekelte, wie es in dem Alter häufig passiert. João versorgte mich mit Lesestoff, meine gesamte literarische Bildung verdankte ich ihm.

Damals setzte er alles auf eine Karte, begann Bücher aufzukaufen, die er aus irgendeinem Grund für gute Investitionen hielt, vor allem ältere Science-Fiction-Romane, die es wegen des verqueren Humors des Schicksals nicht in digitaler Form gab.

Nun saß er in seinem Laden in einem Hinterhof, durch die Oberlichter fiel milchiges Licht und er hatte einen Katalog mit über 90.000 Titeln in verschiedenen Ausgaben und Sprachen, die meisten davon Sammlerausgaben.

– Ich sollte mit den Preisen runtergehen, war das Erste, was er sagte, nachdem ich ihm mitgeteilt hatte, dass Diana bald sterben würde.

– Bitte?

– Ich sollte mit den Preisen runtergehen. Auch ich werde diesen Weg gehen. Warum sollte ich einen Laden voller Bücher hinterlassen? Und wem?

Seine Mundwinkel hoben sich und es wirkte nicht wie ein Lächeln der Resignation. Er zündete sich eine Zigarette an. Für den Preis, den man für eine Packung Zigaretten zahlen musste, hatte man früher gute Zigarren bekommen. Es gab kaum noch Orte, an denen man rauchen durfte, doch João pflegte zu sagen:
– Ich rauche nicht aus finanziellen Gründen, sondern weil ich süchtig bin.

Doch diese Sucht konnte er nur aufrechterhalten, weil sein Laden gut lief, jeden Tag gingen Bestellungen per Internet ein. Es gab Menschen, die lasen Bücher so, wie er rauchte.

– Was macht Elodie?, fragte er, als würde er etwas ahnen.

Ich überlegte, wie ich es formulieren sollte, damit es nicht wie eine Klage klang. João mochte Elodie, er verfolgte ihre Arbeit mit größerem Interesse als meine, wahrscheinlich weil sie sich auch mit Sprache beschäftigte, einer, die schon länger tot war als Homer.

– Du musst, murmelte er, nachdem ich ihm geantwortet hatte, sprach aber dann nicht weiter.

– Was muss ich?, fragte ich nach einer längeren Pause.

An der rechten Seite seines Kinns war ein Altersfleck, der mir letztes Mal noch nicht aufgefallen war.

Verwirrt schüttelte João den Kopf.

– Ich habe es vergessen. Es fällt mir bestimmt wieder ein.

Er sah zu Boden, als könnte er dort den verschwundenen Gedanken wieder aufnehmen, dann blickte er hoch.

– Ich kann einen Detektiv engagieren. Das können die nicht zu dir zurückverfolgen. Und ich, was habe ich schon zu verlieren? Nur zum Rüberfliegen fühle ich mich zu alt.

– Das brauchst du nicht.

– Lass mich mal machen. Wann hast du das letzte Mal von Damian gehört?

– Lange her. Aber wenn er immer noch handelt, müsste ich ihn auch per Internet finden können.
– Doppelt hält besser. Schöner Allgemeinplatz, oder? Genau wie der, dass das Internet der einzige freie Raum ist, der uns noch geblieben ist.
– Und die Träume, sagte ich.

João setzte zu einem Satz an, doch dann schien ihm schon wieder entglitten zu sein, was er sagen wollte. Ich fragte mich, ob das Nachwirkungen waren aus den alten Zeiten mit meinem Vater, oder ganz normale Alterserscheinungen. Wahrscheinlich eine Kombination aus beidem.
– Und die Zigaretten, sagte João. Der Raum deiner Lunge. Was waren das noch für Zeiten, als es schick war zu rauchen. Vielleicht möchte ich deswegen einen Detektiv auf Damian ansetzen, wegen dieser Zeiten. Vielleicht sehne ich mich nach einem Leben als eine Figur in einem altmodischen Roman und nicht nach einem Tod als Antiquar.

Er lachte und hustete.
– Bestell Elodie und den Kindern schöne Grüße. Und Diana auch. Obwohl – ich werde sie besuchen.

Auf der Straße kamen mir vier Mädchen entgegen, die die gesamte Breite des Bürgersteigs für sich beanspruchten. Als ich meinen Schritt verlangsamte, um zwischen ihnen hindurchzugehen, konnte ich hören, dass sie sich über Anarexol 3.0 unterhielten, dem alle wichtigen Mineralien und Vitamine beigefügt waren. Ich drehte mich um, nachdem ich schon vorbei war.

Ihre Beine sahen aus wie Pinocchios Nase und hörten einfach auf, anstatt in einem Hintern zu enden. In ein, zwei Jahren schon würde Leonie in ihrem Alter sein, bis dahin wäre möglicherweise Anarexol 4.0 auf dem Markt und ich würde versuchen meiner Tochter zu erklären, warum ich nicht wollte, dass sie es nahm. Und sie würde möglicherweise argumentieren, wie die Industrie es sie gelehrt hatte. Dass es besser sei als Magersucht oder Bulimie, dass bei sachgemäßem Gebrauch keinerlei Schäden festgestellt worden seien, dass im Lauf der Jahre die Nebenwirkungen eliminiert worden seien und die Tabletten zudem Aminosäuren enthielten, deren Zusammensetzung auf ein gesundes Gleichgewicht der Neurotransmitter im Körper abzielte.

Ich brauchte nur auf die Straße zu treten, Sorgen fanden sich schnell.

Damian

Dafür gab es kein Wort. Konnte es keines geben. Horror. Der schiere Horror. Die Sprache verschwand. Angst und Fassungslosigkeit. Namenlose Angst.

Wir sahen die Dinge, wir erkannten sie, aber wir wussten ihre Namen nicht. Wir fanden den Weg nach Hause. Es gab Wünsche und Ziele, aber keine Gedanken, die dazu gehörten. Wir konnten nicht sprechen, weder mit anderen noch mit uns selbst.

Daheim machte ich den Leser an und schaute auf die Buchstaben, doch sie fügten sich in meinem Kopf nicht zu Wörtern zusammen, die Wörter nicht zu Sätzen. Es war, als würde man ein fremdes Alphabet betrachten. Der Teil in mir, der diesen Test hatte machen wollen, war wohl auch der, der diese Angst auslöste. Ich reichte Zoë den Leser und setzte mich hin.

Ich war noch nicht nüchtern, alles hatte immer noch einen leichten Schimmer, wenn ich zu lange an die Decke starrte, schienen sich Muster darüberzuschieben, und in mir war immer noch ein Rest von Heiterkeit, aber winzig im Vergleich zu dem Schrecken, der sich ausgebreitet hatte.

Zoë stellte das Radio an. Ich hörte die Stimme, aber ich hätte nicht sagen können, welche Sprache da gesprochen wurde. Und egal, welche es gewesen wäre, ich hätte sie nicht verstanden.

Zoë und ich sahen uns an. Nicht allein zu sein war die einzige Linderung, die es im Moment gab. Ich stand auf, legte meinen Kopf an ihre Schulter und schlang die Arme um sie, sie griff meinen Hintern. Ihr Geruch war vertraut. Und fühlte sich an wie eine zarte Blase, in die ich hineingeschlüpft war und die mich beschützen konnte. Ich hoffte, dass mein Geruch dasselbe bei ihr auslöste. Oder mein Hintern. Das spielte keine Rolle.

Zoë löste sich nach einer Weile und fing an zu singen. Ich konnte nicht sagen, ob das Worte waren oder einfach nur Scat, doch ich erkannte die Melodie. Vielmehr: Sie kam mir vertraut vor, sehr vertraut, aber woher hätte ich die Information nehmen sollen, wie das Lied hieß?

Als sie fertig war, wollte auch ich versuchen zu singen, aber da ich mir die Melodien meist über den Text merkte und die Worte fehlten, gab es keinen Gesang.

Als die Sonne unterging, waren wir immer noch sprachlos, aber weitgehend nüchtern, und so hatte die Angst Platz. Auf eine sprachlose Art war uns klar, dass möglicherweise etwas zerstört worden war. Das Broca- oder das Wernicke-Areal, ich kannte mich da nicht aus, aber etwas im Sprachzentrum war kaputt. Vielleicht irreparabel. Doch auch diese Information gab es so nicht, ich wusste die Namen nicht, ich wusste nicht, wie das Ding in meinem Kopf hieß, ich wusste nicht mal das Wort für Kopf oder meinen eigenen Namen, nichts.

Aber mit der Sprache gingen nicht alle anderen Fähigkeiten verloren. Die Möglichkeit, sich eine Zukunft auszumalen, war noch da. Von dort kam die Angst, die Angst, dieses Mal wirklich Scheiße gebaut zu haben.

Zoë kam mit Benzos aus dem Bad, aber ich schüttelte den Kopf. Ich wollte nicht noch mehr Drogen nehmen, auch keine, die meine Angst lindern konnten und mich schlafen ließen. Sie nickte.

Die ganze Nacht saßen wir nebeneinander auf dem Balkon. Die warme, feuchte Luft ließ sich kaum von dem Schweißfilm auf meiner Haut unterscheiden, doch es stellte sich keine Frage, weil da keine Worte waren. Die Möglichkeit, aus dem vierten Stock zu springen, um der Angst zu entkommen, war dennoch gegeben.

Eine Nacht. Eine Nacht, für die man neue Wörter erfinden müsste, um sie zu beschreiben, doch wie sollten erfundene Wörter helfen, wenn die Sprache verschwunden war. Eine Nacht, in der eine Gruppe giggelnder Touristen, die wahrscheinlich einen Tagestrip gebucht hatten, unten auf der Straße immer wieder ihre Feuerzeuge entzündeten und fasziniert in die Flamme starrten. Ihr Tripsitter schaute hoch zu unserem Balkon, weder dort noch in der Wohnung war Licht, doch er konnte uns sehen und rief etwas zu uns hoch.

Ich stand auf, zuckte mit den Schultern und deutete mit dem Zeigefinger auf meinen Mund, dann auf mein Ohr und dann drehte ich die Handflächen nach oben. Meine Tränen konnte er von da unten wahrscheinlich nicht erkennen.

Supresh winkte und wandte sich dann wieder seiner Truppe zu. Er kannte DiPT, ein Tryptamin, das nur auf die akustische Wahrnehmung wirkte. EA arbeitete seit Jahren an einem ähnlichen Stoff, der die Töne allerdings nicht verzerren, sondern intensivieren sollte. Eine Art Kolophonium für die Ohren. Am besten auch wirksam bei altersbedingter Schwerhörigkeit. Supresh kannte auch unsere Vorliebe für Experimente, er schien nicht überrascht und zog einfach weiter mit den jungen Touristen. Wahrscheinlich würde er sie, wenn sie in den frühen Morgenstunden langsam wieder nüchtern wurden, ins Synaestesia führen, wo sie tanzen, sich verlaufen und die feiernden Bewohner unseres Viertels bestaunen konnten. Oder zusammen mit Supresh als Aufpasser in das Horrortripzimmer oder in die Schwebestube gehen.

Es war eine Nacht wie viele andere im Deli-Viertel, doch Zoë und mich drohte sie zu verschlucken, um uns am anderen Ende als nicht mal mehr stammelnde Zombies auszuspucken. Eine Nacht, in der ich mich erinnern konnte an meine ganz frühen Tage, als es noch keine Sprache gab, sondern nur Klang, keine Sprache, keine Schuld, keine Scham, keine Angst und keine Zeit. Es war immer nur jetzt gewesen, es gab keine Vergangenheit, in der man folgenreiche Fehler machte und keine Zukunft, in der man wohl alles tun würde, um eine Welt ohne Sprache nicht mehr zu fühlen.

Zoë schien weniger Angst zu haben als ich, obwohl mir nicht klar war, woran ich das zu erkennen glaubte. Wenn man lange genug mit einem Menschen zusammenlebt, kann man an der Art, wie er im Nebenraum die Nase hochzieht, hören, wie es ihm geht. Wenn man lange genug mit einem Menschen zusammenlebt, versteht man ihn in manchen Dingen besser als sich selbst.

Zuerst war da nur ein Streifen Grau am Horizont, doch mit der ersten Andeutung eines Rots kamen schon Menschen auf die Straßen, die nicht Überbleibsel der Nacht waren. Händler schoben ihre Karren Richtung Markt, junge Männer hatten lebende Hühner mit den Füßen an die Querstangen ihrer Fahrräder gebunden, Straßenverkäufer verkauften frisches Baguette, man sah Bettler und Mönche und bettelnde Mönche, Deli-Bewohner waren auf ihrem Weg zur Arbeit. Leben vor unseren Augen, Menschen, die alle eine Sprache beherrschten.

Ich machte ein Omelett und wir frühstückten auf der Bank auf dem Balkon. Wir waren beide müde, aber zu entsetzt, um zu schlafen. Dennoch sind wir wohl dort eingenickt. Als ich die Augen öffnete, war es schon Mittag, Zoës Augen bewegten sich unter ihren Lidern und ich fragte mich, was sie träumte und ob in ihrem Traum gesprochen wurde. Dann öffnete sie die Augen und ich konnte sie nicht fragen. Wir sahen runter auf die Straße, schwiegen, Zoë machte uns einen Kaffee und wir tranken. Schweigen und Kaffee trinken, mehr war da nicht. Unter anderen Umständen hätte das sehr viel sein können, aber es fühlte sich an wie nichts. Einige Zeit nach dem Kaffee sagte Zoë:

– Celia.

Ich sah das Mädchen in ihrer Kittelschürze mit der Totenkopfkette und dem Pferdeschwanz vor mir. Celia. Das war ihr Name.

Zoë lächelte und griff nach meiner Hand.

– Celia, wiederholte sie.

Da erst verstand ich. Atmete tief ein und seufzend wieder aus.

– Ich liebe dich, sagte ich.

Ich hatte Angst gehabt, es nie mehr sagen zu können.

Ziggy

ezenow schien mir der richtige Kandidat zu sein. Seine Posts klangen, als sei er schon einige Zeit in der Szene und deutlich älter als zwanzig. Er prahlte nicht mit seinem Konsum und seine Erfahrungsberichte ließen keine Rückschlüsse auf sein Privatleben zu, er konnte sich schriftlich artikulieren, hatte einen zum Sarkasmus neigenden Humor, der selten verletzend wurde.

Psylli hingegen schien bedeutend jünger, Drogen schienen noch identitätsstiftend für ihn zu sein. Doch auch er neigte nicht zur Angeberei, hatte mehr als nur Grundkenntnisse in Chemie und schien jemand zu sein, der auch in die DZ auswandern würde.

moafeen schrieb lange Beiträge, ausführliche Erfahrungsberichte, die etwas zu viel über sie und ihre Umgebung verrieten, Wälder, Berge und Täler gab es häufiger in Europa, doch bei der Beschreibung eines 2C-I-Trips schilderte sie die Farbe des Flusses ihrer Heimatstadt, die Brücke, auf der sie gestanden hatte, die Glasfront des Bahnhofs und mir war klar, dass sie aus Bern kommen musste. Sie schien eine heitere Person zu sein, Mitte zwanzig vielleicht, und nicht nur in ihren Tripberichten verriet moafeen mehr über sich, als man es in einem Forum vermuten würde. Ihre Beiträge im Unterforum *Liebe und Sex* bei Edit faszinierten nicht nur mich. Sie berichtete offen und ausführlich über ihre Vorliebe für Oralverkehr, sowohl aktiv als auch passiv. Sie schrieb von ihrer Notgeilheit auf Mephedron und wie sie einen ganzen Satz Batterien verbraucht hatte, weil sie ihren Vibrator einfach nicht mehr ausstellen konnte, wie wund sie danach gewesen war, was sie aber erst am nächsten Tag gemerkt hatte, als sie sich mit ihrem Liebhaber traf, und wie sie auf Analverkehr hatten ausweichen müssen, was ihr sonst nicht behagte, aber an dem Tag gut gewesen war, weil sie immer noch *abartig geil* war, wie sie sich ausdrückte. Viele flirteten sie unbeholfen und plump an, geilten sich offensichtlich an ihren Berichten auf, aber wenn ich die Lage richtig einschätzte, hatten sie kaum eine Chance, im echten Leben bei moafeen zu landen, ganz einfach, weil sie auf ältere Männer stand, was sie selbst bedauerte. Ein Fetisch zeichnet sich dadurch aus, dass er nicht frei wählbar ist, schrieb sie als Erklärung. Es mochte eine Rolle spielen, dass ihr erster Mann über fünfundzwanzig Jahre älter gewesen war als sie. Ich wollte gar nicht wissen, wie viele zu dem Post masturbiert hatten, in dem sie ihren ersten Sex beschrieb. Vielleicht war moafeen aber auch einfach bindungsunfähig, vielleicht wollte sie sich sexuell überlegen fühlen, vielleicht reizten junge Männer sie intellektuell nicht, ich wusste es nicht, aber ich war neugierig.

Zwei Wochen war ich nun schon im Edit angemeldet, ich hatte zahlreiche Beiträge verfasst, sowohl im Bereich Halluzinogene als auch in den Bereichen Stimulanzien, Dissoziativa und Medikamente, auch in der Offtopic-Plauderecke war ich aktiv gewesen, um die Anzahl meiner Beiträge zu erhöhen. In meinem Vorstellungsthread hatte ich mich eingeführt als ein Mensch, der bald sein Medizinstudium beendet haben würde. Ich formulierte absichtlich so, dass man sich in dem Glauben wiegen konnte, ich sei weiblich. Ich sei durch einen Freund erst vor etwas mehr als zwei Jahren in Kontakt mit verschiedenen Drogen gekommen und läse nun schon einige Zeit im Forum mit, weil ich mich informieren wollte. Nun sei ich langsam so weit, mein Wissen und meine Erfahrungen mit anderen teilen zu können.

Ich war behutsam, schrieb nicht, wie ich es gewohnt war, in der Sprache meiner Publikationen. Ich drückte mich in einfachen, klaren Sätzen aus, baute Wendungen ein, die ich sonst nie verwendete, damit man sie für typisch für mich hielt. Ich fing keinen Streit mit anderen Mitgliedern an, egal wie wenig ich ihre Meinungen und Pöbeleien guthieß, ich versuchte aber auch nicht zu freundlich zu sein.

Es war über 20 Jahre her, dass ich Drogen genommen hatte und ich war ein wenig überrascht, wie viele neue

Substanzen es auf dem Markt gab, von denen ich nicht nur nie gehört hatte, sondern deren chemisches Grundgerüst mir unbekannt war. Shulgin, Hofmann, Nichols waren der jungen Generation noch ein Begriff, aber ihre Helden hießen Tony Cage, Stanley Freeman und vor allem Sohal Mishra, die über die DZ hinaus bekannt war. Sie hatte Fasladron synthetisiert, ein aufputschendes Entaktogen mit wenigen Nebenwirkungen und sehr geringer Neurotoxizität. Eine Frau, die mit ihren gerade mal dreißig Jahren, ihrem dunklen Teint, den samtenen, leicht lasziven Augen und der modisch freizügigen Kleidung der Traum aller pubertierenden männlichen Drogenkonsumenten war. Eine Chemikerin, die gefeiert wurde wie ein Popstar und die diesen Ruhm durchaus zu genießen schien. In der akademischen Welt Europas wurde sie weitgehend ignoriert, und wenn man über sie sprach, dann meist abschätzig, keiner meiner Kollegen hielt sie für eine ernsthafte Wissenschaftlerin.

Abend für Abend verbrachte ich mindestens eine Stunde am Rechner, erinnerte mich zurück, wenn ich über Drogen schrieb, oder griff bei Diskussionen auf mein Fachwissen zurück. Meine absichtlich nicht immer ganz richtigen, aber anschaulichen Ausführungen zu Neurotransmittern und deren Funktionsweise wurden mehr als wohlwollend aufgenommen. Ich erklärte Begriffe wie Chiralität, die Unterschiede von Agonisten und Antagonisten, was Rezeptoraffinität bedeutete und wieso sie nicht unbedingt mit Aktivität korrelierte, ich versuchte laienfreundlich zu erklären, wie sich die 5-HT$_2$-Rezeptorfamilie zu sieben verschiedenen molekularen Komplexen aufspaltete und konnte auch den Unterschied von Agonisten und Partialagonisten verdeutlichen, ohne wie ein Besserwisser oder kompletter Freak zu klingen. Ich hatte es halt im Studium gelernt. Bald schon war ich eine anerkannte Stimme im Forum.

Diese Art der Beschäftigung löste ein Verlangen bei mir aus, das entweder tief in mir geschlummert haben musste oder neu entfacht wurde.

Bei Edit erfuhr ich auch von der Seite namens undrugged, auf der man Bewertungen für Händler abgeben konnte. So etwas hatte es früher auch gegeben, die Konsumenten versuchten sich vor Betrügern zu schützen. Auf undrugged musste man die E-Mail-Adresse, Webseite oder Chatkennung des Händlers eingeben, dann erst erschienen die Einträge und man konnte sehen, welche Erfahrungen andere mit diesem Verkäufer gemacht hatten. Es gab kein zentrales Händlerverzeichnis, man musste eine Adresse in das Suchfeld eingeben. Doch es war schwer, welche zu finden, Seiten aus der DZ waren zwar nicht gesperrt in Europa, aber Suchmaschinen listeten sie nicht auf, wenn sie auch nur im Entferntesten mit Drogen zu tun hatten. Auch Zensur, die es offiziell nicht gab, musste man umgehen.

Es gab Händler, die nur per E-Mail oder Chatprogramm operierten, so wie Damian es wahrscheinlich machte. Und einige Händler hatten ihren Sitz außerhalb der DZ und ihre Webseite auf einem Server in der Ukraine, in Belize oder Tonga, damit sie anonym bleiben konnten und die EDC ihre Seite nicht sperren konnte.

Die Bewertungen auf undrugged einsehen konnte jeder, der die Adresse des Händlers kannte, doch Einträge verfassen konnte man nur, wenn man ein Konto auf der Seite hatte. Und ein solches Konto bekam man nur mit einem Einladungscode.

Ich schrieb eine private Nachricht an ezenow, ob er möglicherweise eine Einladung für undrugged für mich übrig hätte. Eine weitere private Nachricht schrieb ich an Psylli und bat ihn, mir eine Mail zu schreiben, ich hätte da ein paar private Fragen bezüglich der Meskalinoide, die er für möglich hielt. An moafeen schrieb ich, es ginge mich ja nichts an, aber ich an ihrer Stelle wäre vorsichtiger mit privaten Informationen, man könne leicht erkennen, wo sie wohne.

Von hier aus war es noch ein sehr weiter Weg, Damian zu finden, aber anders ging es nicht. João hatte tatsächlich jemanden beauftragt, der in die DZ gefahren war, aber darauf wollte ich mich nicht verlassen. Außerdem gefiel es mir, am Rechner zu sitzen und nicht so zu arbeiten, wie ich es gewohnt war, aber dennoch das Gefühl zu haben, etwas Sinnvolles zu tun.

Ich dachte, Elodie würde so wie in den letzten Nächten bereits schlafen, als ich ins Bett ging. Doch kaum lag ich, flüsterte sie:

– Du verbringst viel Zeit am Computer.

Ich drehte mich zu ihr.

– Ich suche Damian, sagte ich leise.

– Kommst du voran?

– Vielleicht. So langsam.

Von dem Detektiv hatte ich ihr nichts erzählt.

– Und auf der Arbeit?, fragte sie.

Sie flüsterte nun nicht mehr.

– Nicht so berühmt. Jeder Versuch, das Stirnhirn zu aktivieren, weckt die Testpersonen. Magneten funktionieren genauso wenig wie neurologische Überbrückungsversuche und elektrische Reize.

– Sie müssten vielleicht eine neue Sprache lernen, sagte Elodie. Eine Sprache, die das luzide Träumen begünstigt. Ich könnte eine erfinden.

– Dazu müssten wir ein ganz neues Projekt beginnen. Neue Gelder beantragen, wir müssten begründen können, warum wir Aussicht auf Erfolg sehen. Das Sprachzentrum ist nicht im Stirnhirn, wir könnten nur sehr schwer plausibel machen, warum eine darauf ausgerichtete Sprache zuverlässig luzide Träume hervorrufen könnte.

Der Träger war verrutscht, sie lag auf der Seite und auch im Dunkeln konnte ich erkennen, wie ihre linke Brust aus dem Nachthemd fiel.

– Es geht bei so etwas nicht nur um Plausibilität, sagte sie, es geht um Hierarchien und Positionen und um Auftreten.

Jetzt war ihr Nippel draußen.

– Ich bin müde, sagte ich und drehte mich um.

Damian

– Was hattet ihr denn genommen?, wollte Supresh wissen. Nicht hören, nicht sprechen, nicht mal lachen. Sah ja nicht nach Spaß aus.

Er hatte Jackie aufgelegt und sang hin und wieder Passagen mit, während er sich eine Tüte mit Bassstaub drehte. Ich verstand so wenig von dem Text, dass es mich ans Ende des Trips erinnerte.

Zoë schwieg und nippte an ihrem Minztee, also sprach ich die drei Buchstaben aus.

Supresh richtete sich auf:

– Was?

– wmk.

– Was ist das?

– Was ganz Neues. Nicht auf dem Markt.

– Huh, sagte Supresh, huh, Monopol. Hat es Potential?

– Ja, sagte ich.

– Nicht jedermanns Sache, sagte Zoë, aber etwas noch nie Dagewesenes.

– Echt? wmk – wir machen Kohle, was? Wann kann ich es testen?

Das sah ihm ähnlich, zuerst die Möglichkeiten sehen, dann erst sein eigenes Vergnügen. Supresh sah überall Möglichkeiten, und er fand Wege, sie zu verwirklichen.

Kennengelernt hatten wir ihn vor etwas mehr als zwei Jahren, als Zoë ihren Job verloren hatte und Adam von der EDC gefasst worden war. Supresh hatte uns damals vor einer ordentlichen Abreibung bewahrt. Zoë und ich hatten Metocin genommen, mehr als eine gehörige Dosis, wir hatten uns auf die Fahrräder gesetzt und waren zum Fluss runtergefahren. Als wir ankamen, strudelten die Farben schon durcheinander, Gegenstände verzogen sich, flossen ineinander, das Wasser sah in der Sonne so aus, als könnte man darauf gehen. Zoë trug eine rot verspiegelte Sonnenbrille, und wenn ich auf die Gläser sah, konnte ich alles Mögliche sehen, nur nicht die Welt, die sich darin spiegelte.

Es war ein ausgesprochen heißer Tag, das Flimmern der Hitze ließ die Luft aussehen, als sei sie aus durchsichtigem Harz gegossen, die Heftigkeit, mit der wir draufkamen, versprach einen überwältigenden Trip. Wir hatten uns eine Stelle ausgesucht, wo sich wenige Menschen und keine Straßenverkäufer aufhielten, und die ersten Stunden waren eine Wonne. Die Blätter des Kratombaums, unter dem wir lagen, schienen ein Fest zu feiern, bei dem ihnen der leichte Wind und das eigene Rascheln Musik genug waren. Sie bewegten sich mit einer Eleganz, dass der ganze Stamm vor Euphorie am liebsten abgehoben wäre.

An jenem Tag war ich es, der ein Eis wollte. Und nachdem ich den Wunsch öfter als einmal geäußert hatte, standen wir auf und gingen los. Die Fahrräder ließen wir liegen, stiegen die Böschung hoch und gingen staunend Richtung Stadt.

Der Verkäufer schien nicht gerade freundlich und möglicherweise beschiss er mich auch mit dem Wechselgeld, doch wir waren nicht in unserem Viertel und trotz der

Sonnenbrillen, die unsere Pupillen versteckte, fielen wir auf.

Als uns die drei Betrunkenen entgegenkamen, musste ich anfangen zu lachen. Der Große in der Mitte mit dem eng anliegenden weißen Lycra-Shirt, das seine überdimensionierten Muskeln betonte, sah schlimmer aus als eine Karikatur. Sein Bizeps schien kurz vor dem Platzen, sein Hals breiter als sein Kopf, seine Haare waren von einem Blond, das blendete, und seine Haut wirkte, als wäre er das erste Mal in der Sonne. Seine beiden Kumpels waren schmaler, der linke wirkte wie ein Rabe, das Gesicht des anderen erinnerte an alte Statuen, aus denen Stücke von Nase, Wangen und Mund rausgebrochen waren. Wahrscheinlich waren es Touristen, die zu Hause schon sehr lange nicht mehr Speed, Alkohol und Kokain kombiniert hatten und die nun wie Könige über die Straße stolzierten, bereit, jedem, der ihnen doof kam, eine zu verpassen.

Ich ahnte, dass es Ärger geben würde, doch dieses Gelächter ließ sich nicht halten.

– Was gibt es da zu lachen?, fragte der Weiße und stellte sich mir in den Weg.

– Entschuldigung, stotterte ich. Doch es war, als würde das Adrenalin, das nun durch meine Adern schoss, den Lachanfall neu starten und schon bekam ich eine Ohrfeige.

Zoë war schneller als ich, sie packte meinen Arm, drehte sich um und wir begannen zu laufen, während der Boden Wellen warf und in zu vielen Farben schimmerte.

Wir kannten uns nicht aus, und selbst wenn wir uns ausgekannt hätten, unsere Orientierung litt unter der Droge. Wahllos bogen wir ab, doch die drei sahen wohl leichte Opfer in uns und ließen sich nicht abhängen. Auf einmal rief uns von links ein Junge zu:

– Hier lang.

Er lief vor uns her und führte uns in ein Gewirr von Gassen, wo wir die drei bald abhängten. Als wir schließlich schwer atmend stehenblieben, merkte ich, dass ich den Stiel, an dem das Eis gewesen war, immer noch festhielt. Ich musste lachen.

– Danke, sagte Zoë.

Der Junge war Inder, er hatte Narben von Pickeln im Gesicht, wenn ich mich nicht irrte. Sein Körperbau war athletisch, das vorherrschende Element war Pitta. Auch dass er gerade den Erfolg dieser Flucht zu genießen schien, sprach dafür. Seine Augen waren grün mit einem Stich Blau darin und bildeten einen starken Kontrast zu seiner dunklen Haut, und ich ahnte trotz meiner metocinverzerrten Wahrnehmung, dass er außergewöhnlich attraktiv sein musste.

– Danke, sagte auch ich und nahm meine Brille ab. Er schaute in meine Augen, dann blickte er Zoë an und schien verwirrt.

– Euch habe ich doch gefahren, sagte er dann. Letzte Woche. Vom Synaestesia aus. Suramat Boulevard, Ecke 29. Da wohnt ihr doch?

Er grinste.

– Was macht ihr im Sprit-Viertel?

Weder Zoë noch ich reagierten schnell genug.

– Ihr seid drauf, oder?, sagte der Junge.

Ich nickte und versuchte zu verstehen.

Als die DZ wirtschaftlich zu florieren begann, waren die Preise für Arbeitskräfte gestiegen und eine indische Firma hatte den öffentlichen Transport übernommen. Sie warb mit der Nüchternheit ihrer Fahrer und den vergleichsweise niedrigen Preisen. Die Busse und Rikschas, die sie einsetzte, hatten Kameras rundum, und irgendwo in Indien saßen Menschen, denen unsere Realität als eine virtuelle erschien, und sie lenkten ohne Abgase, ohne Lärm, ohne

Gefahr für ihr Leben ein Gefährt, das sich über 3.000 Kilometer weiter östlich befand.

So hatte ich zumindest gedacht.

Aber nun stand dieser Junge vor uns, der uns, wie er sagte, gefahren hatte.

– Warum bist du hier?, fragte Zoë.

Bei ihr ist Kapha stärker ausgeprägt als bei mir. Sie findet schneller einen stabilen Halt in der Welt.

– Zwei Jahre bin ich in Bangalore durch diese Straßen gefahren, sagte er, ich kenne jeden Winkel der Stadt und ich wollte sie unbedingt mal in echt sehen.

Jetzt begriff ich, warum er sich in diesen Gassen, gerade breit genug für eine Rikscha, so gut auskannte.

– Hast du schon mal Drogen genommen?, wollte ich wissen.

– Ja, sagte er. Zu Hause habe ich manchmal gekifft. Und hier … hier habe ich auch schon was genommen, aber ich bin noch nicht lange in der DZ. Und ich habe kein Geld.

Er lächelte breit.

– Und keine Bleibe, riet Zoë.

– Richtig, sagte er.

Wir hatten ihn mit zu uns genommen, wo er sechs Wochen geblieben war, bevor er in eine eigene Wohnung zog. Er hatte viel Energie, redete schnell und konnte unglaublich viel essen, ohne zuzunehmen. Supresh war gut darin, in seinem Kopf Dinge zu verknüpfen, die vorher nicht verknüpft waren. Wenn es ein Hindernis gab, blühte er auf und steuerte geradewegs darauf zu und fand eine kreative Lösung. Er war es, der mir half, meine Ware über die Grenze zu bringen, ohne dass ich genau verstand, wie sein System funktionierte. So wurden wir Partner.

Supresh war exakt so alt wie die DZ. Auf den Tag genau.

– Wer hat es synthetisiert, glaubst du? Sohal Mishra vielleicht?, fragte er jetzt.

Ich zuckte mit den Schultern und erzählte von Deckards Besuch und unserem Trip.

– Wie viel sollen wir rausschaffen?

– Vielleicht hundertfünfzig, hundertachtzig Gramm für den Anfang.

– Und für wie viel soll es weggehen?

– Keine Ahnung.

– Hundertdreißig Euro für das Gramm müssten drin sein. Das sind etwas mehr als zwei Euro pro Dosis. Fast Zwanzigtausend Tacken. Ich sage doch, wir machen Kohle. Und dieser Deckard, der will keinen Anteil?

– Der will nur keine schlechte Publicity innerhalb der DZ, nehme ich an.

Supresh kratzte an einem Pickel auf seinem Kehlkopf.

– Und der Selbstversuch?

– Nimm es nicht alleine, tu mir den Gefallen, sagte Zoë.

Er nahm noch einen letzten Zug von der Bassstaubtüte, nickte und sagte:

– Reizen würde es mich schon.

Ziggy

be22e450d15b3a9d751dbdb911o912oo778

Das war die ganze Antwort von ezenow. Ich klickte auf Antworten und schrieb: 1.000 Dank. Dann richtete ich mir ein Konto bei undrugged ein, mit dem ich erst mal nichts anfangen konnte, weil ich kaum Händler kannte. Vier Webseiten hatte ich nach Stunden bei alternativen Suchmaschinen gefunden. Alle vier operierten angeblich außerhalb der DZ und warben damit, dass 98 % ihrer Sendungen durch den Zoll gingen. Briefe oder gar Päckchen und Pakete aus der DZ, egal, wie harmlos sie wirken mochten, wurden immer genau kontrolliert.

Ich wusste, dass Damian seine Waren nicht aus der DZ verschickte, auch wenn er selbst dort saß. Er hatte einen Partner, der alles über die Grenze schmuggelte und dort von seinen Leuten eintüten, adressieren und verschicken ließ, während Damian Kunden akquirierte und eine Bezugsquelle für nicht versteuerte Drogen hatte.

Bei einem der vier Händler, die ich gefunden hatte, war ein Eintrag von ezenow, der wohl schon erfolgreich dort bestellt hatte. Ich fragte, ob jemand etwas zu der Qualität des 4-AcO-DiPT dieses Händlers sagen könne. ezenow würde diesen Thread sicher noch einmal aufrufen und dabei meinen Nutzernamen aus dem Forum erkennen, vorausgesetzt, es war derselbe ezenow.

Psylli hatte mir eine Mail geschrieben, in der sein öffentlicher Schlüssel stand, mehr nicht. Ich schrieb ihm zurück, ich hätte nicht viel Ahnung von Chemie, würde mich aber dafür interessieren, welche Meskalinoide er für möglich hielt und ob er sich Gedanken über Synthesewege gemacht hatte. Dann chiffrierte ich die Nachricht mit seinem Schlüssel und schickte ihm in der Signatur meinen öffentlichen Schlüssel.

– Ziggy, rief Elodie hoch, als gerade eine Nachricht von moafeen reinkam.

Nicht mal überfliegen, entschied ich mich. Elodie kam ungern zu spät und sie nahm diese Einladungen sehr ernst.

Die Tischdecke war cremefarben und ebenso wie die Stoffservietten so gestärkt, dass man sich die Haut daran wundscheuern konnte. Neben den Tellern lagen vier Gabeln, drei Messer und ein Löffel, an der Kopfseite des Tellers ein Dessertlöffel. Zum Aperitif gab es gewürfelte Honigmelonen mit Campari und Soda in einem Longdrinkglas mit gezuckertem Rand.

Elodie hatte ihr mattblaues Seidenkleid angezogen, obwohl es dafür noch ein wenig zu kühl war, und trug ihre Kette aus Zuchtperlenimitat, das angeblich nur Kenner vom Original unterscheiden konnten. Während Frau Beck die Kürbissuppe mit Ingwer und Kürbiskernöl in einer Art Mokkatasse servierte, erzählte Dr. Beck von einer Studentin, die sich zwar für gebildet hielt, aber nicht den Unterschied zwischen Poesie und Poetik kannte. Prof. Heiken und seine Frau lachten amüsiert, ich lächelte und hoffte, dass es nicht nur nach Höflichkeit aussah. Elodie sah auf die Tischdecke und drehte ihr Glas in der Hand. Man konnte ihr viel vorwerfen, aber nicht, dass sie sich in solchen Situationen verstellte.

Während des Zanderfilets im Spinatmantel drehte sich das Gespräch um den Zusammenbruch der Vereinigten Staaten und ab wann es vorauszusehen gewesen war, dass eine immer kleiner werdende Elite eine immer weiter wachsende Masse an Material nicht mehr kontrollieren konnte. Material, das war tatsächlich das Wort, das Dr. Beck gebrauchte. Die USA-weite Freigabe von Marihuana zu medizinischen Zwecken hätte das Ende eingeläutet, behauptete Prof. Heiken.

Das ignorierte ich und sagte, wir könnten froh sein, dass es so gekommen war und sich nun die Macht in Europa konzentrierte. Obwohl die Staaten ja landschaftlich mehr zu bieten hätten als Europa, warf Prof. Heiken ein und Dr. Beck startete zu einem Exkurs über die Provence und die galizische Küste.

Solange wir über die Arbeit sprachen, verstand ich mich sowohl mit Beck als auch mit Heiken mehr als leidlich. Uns verband ein gemeinsames Ziel, nämlich zuverlässig luzide Träume hervorzurufen. Doch außerhalb des Labors überschnitten sich unsere Interessengebiete kaum. Noch nie hatte ich mit einem der beiden ein Gespräch geführt, das man hätte freundschaftlich nennen können. Geschweige denn privat.

Prof. Heiken war Neurobiologe mit profunden Chemiekenntnissen, doch ich hätte ihn nicht nach Meskalinoiden fragen können oder nach der Fluorierung, Acylierung oder Aminoacylierung bestimmter Moleküle. Dr. Beck war Psychologe mit dem Fachgebiet Schlaf, er tat immer sehr verständnisvoll, aber ich hätte ihm nicht mal von Samuels Träumen erzählen mögen, oder gar von dem, was mein verstorbener Vater getan hatte, oder auch nur, wo mein Bruder wohnte. Wir waren einfach drei Wissenschaftler, die gemeinsam in einem interdisziplinären Projekt arbeiteten, wir beschäftigten uns mit veränderten Zuständen des Bewusstseins, wir suchten nach einem neurochemischen Korrelat, das Klarträume induzieren konnte, doch alles, was offiziell die Bezeichnung Drogen trug, war tabu. Es kümmerte uns nicht, dass wir um die wissenschaftliche Haltosigkeit des Betäubungsmittelgesetzes wussten, es brachte sich niemand in die Nähe dieses Themas und somit seine Karriere in Gefahr.

Bei der Pute in Sesamkruste an Avocado mit Estragonsenf fragte Prof. Heiken Elodie nach ihrer Arbeit und sie rief ihm die Entdeckung in Erinnerung, die vor fast sieben Jahren Schlagzeilen gemacht hatte. Nahe Adi Keyh waren in einer Höhle Panzer einer ausgestorbenen Schildkrötenart gefunden worden, in die eine Schrift geritzt war, die als Abagobye bekannt wurde. Der Fund datierte auf ca. 5.000 vor Christus, die Verwandtschaft mit der bekannten Silbenschrift Ge'ez war den Wissenschaftlern offenkundig, doch Abagobye konnte weder einer Gesellschaft zugeordnet noch entschlüsselt werden und geriet bald wieder in Vergessenheit.

Elodie hatte Ge'ez und auch die himjarische Schrift, aus der es sich entwickelt hatte, intensiv studiert und ging davon aus, dass es sich bei Abagobye um eine Sprache handelte, in der alles durch Verben ausgedrückt wurde, und es deshalb so schwer war, sie zu entschlüsseln. Die Wörter beschrieben eine aktive Gegenwart. Es gab keinen Baum und kein Wasser, es baumte und es wasserte. Dieses *es* bei *es baumte* entsprach dem *es* bei unserem es regnete oder es gab.

Man lief auf Abagobye nicht gegen einen Felsen, sondern man lief so weit, bis es felste.

Durch diese Betonung der Gegenwart und der Aktivität hätten die Menschen, die diese Sprache gesprochen hatten, einen ganz anderen Zugang zur Realität gehabt, wahrscheinlich einen direkteren, führte Elodie aus. Sie hätten in Kontakt mit der ständigen Veränderung gelebt und kein Bedürfnis gehabt, die Dinge festzuhalten. Ihr Weltbild sei dynamisch gewesen, nicht statisch wie unseres. Natürlich müsse man sich dann jedoch fragen, warum sie diese Panzer hinterlassen hatten.

Wenn man sie reden hörte, hätte man Elodie durchaus für eine Linguistin halten können.

Ich bewunderte ihre Eloquenz, ihre Zielstrebigkeit, ihren Intellekt, doch ich hielt ihre These für gewagt, da sie sich in erster Linie auf Intuition stützte und die nicht mal teilweise entschlüsselte Schrift bestenfalls einige wenige Indizien dafür lieferte, dass sie recht hatte.

Seit der Entdeckung von Abagobye saß sie fast täglich vor diesen Zeichen. Es war eine Obsession ohne signifikante Ergebnisse, man musste zumindest ihre Beharrlichkeit anerkennen. Doch wenn man ihr zuhörte, konnte man das Gefühl bekommen, stundenlanges Starren auf eine fremde Schrift sei eine der schönsten und spannendsten Beschäftigungen, die es im Leben geben könnte.

Ich fragte mich, wie spät es heute wohl werden würde und wie lange ich mich an den Rechner setzen würde, wenn wir zu Hause waren, und was moafeen wohl geschrieben hatte.

Drei Stunden später lehnte Elodie sich im Taxi gegen mich und legte ihre Hand in meinen Schoß. Sie war angetrunken an der Grenze zur Albernheit, ich war schon darüber hinaus. In den Kurven konnte ich meinen Kopf nicht gerade halten und Elodies Hand kam mir wie eine Drohung vor, nicht wie eine Einladung.

Vielleicht sollte ich doch mal etwas kaufen, dachte ich in meinem alkoholisierten Zustand. Mit leiser Nostalgie erinnerte ich mich daran, wie es gewesen war, sich nach einer Nase fast schlagartig wieder nüchtern zu fühlen.

Elodies Lippen fanden meinen Hals, als ich die Haustür aufschloss, doch ich muss eingeschlafen sein, noch während sie im Bad war.

Ich erwachte mit einem Kater, doch der hatte nichts mit dem Kopfschmerz zu tun, der im Laufe des Vormittags nachließ. Meine Laune war düster und wurde im Laufe des Tages immer düsterer. Das hatte auch nichts damit zu tun, das Elodie und ich nun seit über drei Monaten keinen Verkehr mehr gehabt hatten. Oder damit, dass Leonie ausdauernd ein Stück übte, das sie nicht beherrschte und dabei ihrer Trompete schreckliche Laute entlockte. Oder damit, dass Samuel nach Hause kam und beichtete, auf dem Bolzplatz, aus Versehen, wie er sagte, eine der Sicherheitskameras kaputt geschossen zu haben. Oder damit, dass der Server, über den ich anonym surfte, down war und mir das Risiko, im Internet nachverfolgbar Drogenseiten aufzurufen, zu hoch.

Nein, der Grund für diese Laune schien tiefer zu gehen. Vielleicht hatte es etwas damit zu tun, dass Mutter starb. Und ich mich fragte, wohin mich meine Mühen geführt hatten. Wo ich stand im Leben.

Ich hatte etwas über das menschliche Bewusstsein erfahren wollen, was es war und wie es funktionierte. Ich hatte Drogen genommen und Veränderungen des Bewusstseins erfahren können, aber das war mir zu wenig gewesen, ich wollte eine wissenschaftliche Auseinandersetzung mit dem Thema. Ich hatte es vorgezogen, Medizin zu studieren statt Chemie, ich wollte nicht neue Moleküle synthetisieren, sondern ich wollte verstehen, was das Bewusstsein in seinen natürlich veränderten Zuständen war. Ich hatte mich auf Neurologie und die Phänomene des Schlafs spezialisiert und war schließlich bei dieser Untersuchung über luzide Träume gelandet.

Doch was sagte es aus, dass man sich im Traum dessen bewusst werden konnte, dass man träumte? War das übertragbar auf die Wahrnehmung im wachen Zustand? Konnte es auch so etwas wie luzides Wachen geben? Wenn das so war, bedeutete das, dass unsere Annahmen über die phänomenale Wirklichkeit radikal falsch waren. Und damit jegliches Bild und jegliche Theorie, die wir über uns selbst hatten. Konnte es sein, dass Realität nur vom Bewusstsein erzeugt wurde, so wie im Traum? In den Bildern der Nacht verfiel man auch der irrigen Annahme, man nehme äußerliche Phänomene wahr, obwohl sie nur vom Gehirn erzeugt wurden, und es gab eine Möglichkeit, dies während des Traums zu erkennen. Konnte es ein Korrelat für das wache Leben geben? War es das, was die mystischen Schriften fast aller Traditionen uns erzählen wollten?

Prof. Heiken und Dr. Beck schienen an der Radikalität, die unsere Forschung mit sich bringen konnte, und an den philosophischen Implikationen kaum interessiert zu sein. Ich beschäftigte mich mit Fragen, die möglicherweise von Halluzinogenen aufgeworfen worden waren, aber auch abstinente Philosophen hatten schon in dieser Richtung gesucht. Doch was hatten sie gefunden? Und was hatte ich gefunden? Ein Abendessen mit fünf Gängen und sündhaft teuren Weinen. Anträge zur Bewilligung von Geldern, einen Wettstreit um Veröffentlichung von Artikeln in wissenschaftlichen Publikationen, Kollegen, die auf populärwissenschaftlichen Portalen im Internet interviewt werden wollten und auch sonst nach Ruhm jagten, ohne an den Ergebnissen der eigenen Arbeit wirklich interessiert zu sein.

Wo stand ich? Ich hatte mit Elodie zusammen sein wollen seit diesem Abend vor sechzehn Jahren, als sie vier Mal in Folge beim Memory gegen mich gewonnen hatte und ihr das fast schon unangenehm zu sein schien. Ich hatte mich in unseren Anfangstagen darüber gefreut, dass sie mich auch wollte und wie sehr sie mich unterstützte. Mittlerweile glaubte ich, ihr Ehrgeiz hätte meiner Karriere gegolten und nicht mir.

Wohin hatten die wichtigen Entscheidungen mich gebracht? In Esszimmer von Professoren an Tische aus Tropenholz. In ein eigenes Haus mit Garten, das ich bis zur Rente würde abbezahlt haben. In ein Leben, in dem ich mir die tägliche Stunde auf der Suche nach Damian vom Schlaf abzwacken musste. Ein Leben, in dem der Alkohol mich vergessen ließ, dass es andere Drogen gab. Oder mich erst recht daran erinnerte. Hätte ich es damals wie Damian machen sollen? Würde ich mich jetzt besser fühlen, wenn ich mich für ein anderes Leben entschieden hätte?

– Was ist denn?, fragte Elodie.

– Ich vertrage keinen Alkohol mehr, sagte ich, er führt nur zu düsteren Gedanken.

Ich ging in das Arbeitszimmer, machte den Rechner an, konnte mich aber nicht konzentrieren. Hätten wir das Haus vielleicht doch nicht kaufen sollen? Dann könnten wir dieses überwachte Europa, wo es sogar auf Bolzplätzen Sicherheitskameras gab, hinter uns lassen und woanders von vorne anfangen. Ein Leben, das nicht in einer Welt stattfand, die eingezwängt war in Tabellen, Zahlen und Monitore. Würde es nicht reichen, sich auf die Grundbedürfnisse zu konzentrieren? Hätte. Würde. Könnte. Ich drang immer tiefer in den Konjunktiv ein. Sein Herz war schwarz.

Damian

Als ich hierher kam, hatte ich noch keine genaue Vorstellung davon, wie ich Geld verdienen wollte. Ich dachte, ich könnte vielleicht in einer der Drogerien arbeiten, ich kannte mich ja aus mit der Materie. Doch bis zu zehn Stunden am Tag hinter einer Theke zu stehen gefiel mir nicht, auch wenn ich von den Produkten überzeugt war.

Danach habe ich eine Zeitlang mit Touristen gearbeitet, ähnlich wie Supresh es noch manchmal tat. Ich war Führer bei einer Agentur, die Tagestrips organisierte, aber auch Fahrten über mehrere Tage in einem Jeep, die Substanzen präzise abgestimmt auf die Sehenswürdigkeiten und die Wünsche der Teilnehmer. Es war schön, immer wieder Menschen zu erleben, die die Euphorie und die Faszination des ersten Mals ausstrahlten. Bei Problemfällen mit Halluzinogenen war ich in der Lage, die Leute mit gutem Zureden oder, wenn das nicht half, mit Benzos zuverlässig runterzuholen. Ich hatte ein gutes Gespür dafür, was die Leute brauchten, sie vertrauten mir und ich machte meinen Job gut. Ich maß regelmäßig Blutdruck und Puls der Teilnehmer, wusste, welche Maßnahmen zu ergreifen waren, wenn die Werte in den gefährlichen Bereich rutschten, und es gab nie ernsthafte Komplikationen.

Doch irgendwann hatte ich genug von konsumgierigen Touristen, die lieber kein Risiko eingehen wollten und selten ausreichend informiert waren. Wieso trauten sie mir überhaupt? Das machte sie mir unsympathisch, diese Leute, die mich bestenfalls cool fanden.

Die Euphorie, die diese Touristen erfasste, spiegelte sich irgendwann nicht mehr, sondern langweilte mich nur noch. Selbst wenn junge Frauen ihre Geschlechtsteile entblößten und wir später die halbe Nacht auf Uppern ratterten, ohne kommen zu können. Uppern fehlte jegliche Tiefe. Und dieser Arbeit auch.

Die Idee, Drogen nach draußen zu verkaufen, lag nahe. Innerhalb der DZ konnte man nicht belangt werden, draußen erzielte man höhere Preise, es gab Nachfrage und es sah nicht so aus, als würde es in absehbarer Zeit eine Legalisierung außerhalb der DZ geben. Im Gegenteil, die Gesetze wurden immer weiter verschärft. Die Gewinnspanne stieg, wenn man wusste, wo man unversteuerte Drogen kaufen konnte, und bei Lieferengpässen konnte man immer noch in die Drogerien gehen und originalverpackte Produkte kaufen.

Die Frage war also nur, wie man Käufer fand, wenn den Kunden Anonymität wichtig war und Internetseiten zensiert wurden. Oder einfach nur ignoriert. Was die Suchmaschine nicht ausspuckt, das ist kaum zu finden. So generiert man Realität. Eine E-Mail-Adresse schien mir daher geschickter zu sein als eine ganze Seite, dezenter, vertrauenerweckender und vor allem: schwerer rückverfolgbar.

Post aus der DZ erregte stets Verdacht und Drogen wurden oft beschlagnahmt, egal, ob man sie in Wecker einbaute, zwischen zwei Postkarten klebte oder in den Blasen des Luftpolsters versteckte. In der Anfangszeit blieben meine Sendungen häufig am Zoll hängen und ich lieferte kostenlosen Ersatz.

Mit Adam ging ich dann dazu über, meine Sendungen von außerhalb verschicken zu lassen. Es war leicht, auf dem Landweg zu schmuggeln, besonders wenn es sich um kleine Mengen handelte. 200 mg 2C-B sind sechs bis zwölf Konsumeinheiten, riechen nicht und lassen sich leicht verstecken, 100 mg DOC sind mindestens 30 Konsumeinheiten, LSD ist leichter zu schmuggeln als zu dosieren. Die ganzen NBOMe -Derivate der 2C-X-Reihe waren unter einem Milligramm wirksam. Nach so geringen Mengen, wie Adam sie über die Grenze brachte, zu suchen, wäre ein viel zu großer Aufwand gewesen.

Ich verkaufte hauptsächlich Halluzinogene, handelte aber auch mit Entaktogenen, die etwas aufwändiger zu handeln waren, weil die wirksame Dosis mehr wog und die Substanzen somit umständlicher zu schmuggeln waren.

Etwa ein halbes Jahr inserierte ich in einem privaten Forum, in dem ich schon lange Mitglied war. Nachdem es gut lief und ich einen Kundenstamm hatte, nahm ich meine Angebote aus dem Netz, änderte die E-Mail-Adresse und nahm neue Kunden nur noch auf Empfehlung auf.

Etwa neunhundert Menschen nutzten mich als Quelle, die einen häufiger, die anderen weniger häufig, aber jahrelang reichte das Geld und der Zeitaufwand war gering. Bis Adam wohl beschloss, deutlich mehr Geld verdienen zu wollen. Ich hatte nie hoch hinaus gewollt, nicht was diese Dinge anging, ich brauchte keine großen Summen, keinen Ruhm oder Respekt in der Szene, ich wollte nur leben und nicht zu viel Aufmerksamkeit auf mich ziehen.

Supresh war anders, voller Tatendrang, es ging ihm nicht um Geld, er liebte es, Dinge zu organisieren, zu maggeln, zu feilschen, zu handeln. Er wollte nicht in die erste Reihe, er wusste, dass man dort als Erster auf die Fresse bekam. Er wollte einfach Ideen verwirklichen. Die mit dem Reiseführer hatte er zu einem Zeitpunkt, als wir schon länger Partner waren und das Geschäft gut lief.

– Du bist doch so viel rumgekommen, sagte er, schreib doch mal einen Drogenreiseführer, du weißt schon, Topkapı auf 2C-B, Rocky Mountains auf DOI, Petra auf Pilzen, Budapest auf AMT, Sagrada Família auf Metocin, Alhambra auf Cimbi-36, all diese Geschichten, die du immer erzählst. Überleg mal, wie viele Touristen in der DZ Angkor auf LSD sehen wollen. Du könntest doch den ultimativen Reiseführer schreiben, in doppelter Hinsicht sozusagen.

Ich stand auf und legte mir eine Line Speed.

– Was ist denn mit dir?, fragte Supresh und ich antwortete:

– Ich fange an zu schreiben.

In achtundvierzig Stunden hatten wir die erste Version des Reiseführers, die wir zu dritt überarbeiteten. Supresh fand innerhalb von zwei Monaten über das Internet Mitarbeiter, die in Hotels oder Restaurants in den aufgeführten Städten arbeiteten und die passende Droge auf Vorrat hielten. Für meinen Geschmack war das zu gewagt, aber wir nahmen die Adressen der Hotels und Restaurants und die Codewörter, die man an der Rezeption gebrauchen musste, in unseren Reiseführer auf, verschlüsselten ihn und schickten ihn dann an alle unsere Kunden. Natürlich konnte er auch in falsche Hände geraten, die Händler vor Ort trugen ein großes Risiko, unsere Einnahmen waren gering, fast nicht der Rede wert. Supresh und ich teilten halbe-halbe, obwohl er deutlich mehr Arbeit gehabt hatte, doch von dem Geld, das wir mit dem Drogenreiseführer verdienten, hätten wir nicht mal unsere Miete bezahlen können. Aber Supresh feierte das dennoch immer als einen unserer größten Erfolge.

– Weltweiter Einfluss, sagte er, weltweiter Einfluss auf die Wahrnehmung von Touristen.

Und nun konnten wir weltweit das Sprachgewirr auflösen, zumindest auf bestimmte Zeit. Ich schickte eine Mail an zwanzig gute Kunden, bot ihnen eine kostenlose Probe wmk an, schrieb auch, dass Testpersonen beim Runterkommen die Sprache verloren hatten, doch nach zwölf Stunden wieder zu Worten gekommen waren. Dass es keine Untersuchungen gab und irreparable Schäden nicht auszuschließen waren. Dass die Schwellendosis bei unter 1 mg lag.

Zehn Minuten später antwortete ezenow als Erster: Her damit. Es folgte eine Adresse und das Wort Frieden. Mehr nicht.

Ich speicherte keine Adressen. Auch nicht verschlüsselt. Je weniger Daten auf dem Rechner waren, desto besser für die Kunden. Es gab Geschichten, wie Agenten des EDC Rechner von Dealern aus der DZ ausspähten oder selbst herkamen, Händler und Rechner gewaltsam über die Grenze brachten, um beides der Strafverfolgung Europas auszuliefern.

Die drei Adressen, die ezenow regelmäßig gebrauchte, kannte ich auswendig. Ich textete Supresh an, damit er eine Probe losschickte. Das erste wmk ging nach Manchester.

Ziggy

Ein grobschlächtiger Kerl in einer blutigen Metzgerschürze mit einem Beil in der Hand verfolgte mich durch enge Straßen, in denen ich mich nicht auskannte. Ich hatte Angst, in einer Sackgasse zu landen, und verstand nicht, warum dieser übergewichtige Mensch genauso schnell war wie ich.

Ein Mädchen mit einer roten Kittelschürze und grünen Hosen stand am Straßenrand und rief mir zu:

– Sieh dir den Metzger genau an. Hab keine Angst, es ist nur ein ...

Sie sprach nicht zu Ende, doch mir dämmerte, dass sie Traum sagen wollte, das hier musste ein Traum sein, wann sonst wurde ich von solchen Gestalten verfolgt? Aha, jetzt wird also mein Stirnhirn aktiviert, dachte ich, blieb stehen und drehte mich um. Der Metzger hielt eine Armlänge von mir entfernt an, die Hand mit dem Beil erhoben.

– Was möchtest du von mir?, fragte ich und spürte Euphorie aufsteigen, weil ich Kontrolle über den Traum erlangte.

– Woher soll ich das wissen?, sagte der Mann und ließ das Beil sinken. Du bist doch der Schlafforscher, finde es selbst heraus.

Und noch während er lachte, wachte ich auf.

Das war erst das achte Mal, dass ich den Ansatz eines Klartraums hatte. Meistens beglückte mich die Entdeckung, dass ich im Traum luzide wurde so sehr, dass ich aufwachte und die Freude sogleich in Frust umkippte. Dieses Mal war ich wenigstens amüsiert. Wer erzählte hier wem etwas? Der Metzger stammte ja auch nur aus meinem Hirn, war ein Ergebnis des Zusammenspiels verschiedener elektrochemischer Aktivitäten. Genauso wie das Mädchen, das mir einen Hinweis gegeben hatte.

Klartraum, das hörte sich profan an, aber ein Klartraum war ebenso wenig klar wie ein herkömmlicher Traum. Selbst wenn man das Alltags-Ich in den Traum hineinbekam, konnte man nicht erklären, warum die beiden Ebenen, die des Traum-Ichs und die des Alltags-Ichs, parallel nebeneinander existieren konnten.

Die meisten unserer Probanden hatten bis zu fünf Klarträume in der Woche. Doch es gelang uns nicht, diese Klartraumfrequenz signifikant zu erhöhen, weder durch Peptide oder Saponine, die vor dem Schlafengehen eingenommen wurden, noch durch elektromagnetische Felder, durch Reizstrom oder Suggestionen. Genauso wenig wie es uns gelang, bei Nicht-Klarträumern zuverlässig luzide Träume hervorzurufen.

Warum war das Bewusstsein des Traum-Ichs nicht in der Lage, Dinge zu hinterfragen? Warum verspürte es so selten Schuld? Warum war das Alltags-Ich so anders und doch irgendwie gleich? Was sagte es über uns Menschen aus, dass im Schlaf die Grenzen verwischen konnten, uns im Wachen aber nur ein Zustand zur Verfügung stand?

Im Konjunktiv eingeschlafen, in der Welt der Fragen aufgewacht.

Während Elodie noch schlief, stand ich auf, machte mir Kaffee und ging ins Arbeitszimmer. Der Server, der meine Anonymität sicherte, war wieder online, ich loggte mich bei Edit ein und las jetzt erst die Nachricht von moafeen, die ich gestern bei all den trüben Gedanken ganz vergessen hatte.

liebes brdgrl, vielen dank für den hinweis, doch ich wohne nicht mehr lange in der stadt und es ist auch halb so schlimm ... aber um zu sehen, ob es wirklich so eindeutig war: wo habe ich denn gewohnt? behandel dich gut, moafeen.

Liebe moafeen, ich bin mir sicher, dass es Bern ist, Grüße, brdgrl, schrieb ich zurück.

Ich entschlüsselte Psyllis Mail und eine Datei, die er mitgeschickt hatte, und betrachtete dreidimensional animierte Molekülmodelle. Das erste war ein Phenetylamin, doch die anderen vier waren komplett anders aufgebaut. Psylli schrieb in seiner Mail, dass er davon ausging, es seien Meskalinoide, also Substanzen, die dieselbe Affinität zu den Rezeptoren 5-HT_{2A} und 5-HT_{2C} hatten wie Meskalin und somit auch ähnlich wirkten, obwohl sie eine andere chemische Struktur aufwiesen. Somit wären es Stoffe, die noch nicht von der generischen Klausel erfasst wurden, die alle Moleküle verbot, die sich aus Verbindungen bekannter Betäubungsmittel ableiten ließen.

Wenn Psylli wirklich was von Chemie verstand und diese Moleküle nicht nur auf dem Monitor funktionierten, dann konnte das eine Goldgrube sein, einige Monaten lang gäbe es dann ein Schlupfloch, eine Gesetzeslücke. Mir eine potentielle Goldgrube zu schicken, schien mir eine Dummheit. Möglicherweise war Psylli im ersten oder zweiten Semester und hielt sich für den nächsten Tony Cage.

Ich formulierte es vorsichtig, doch ich schrieb ihm, dass es gewagt war, einem Unbekannten solche Entwürfe zu schicken und ob er sie nicht EA, RecDrugs oder PsycheDaily anbieten wollte, die ihm sicherlich viel Geld bezahlen würden.

Danach loggte ich mich bei undrugged ein, ezenow hatte geantwortet, dass das 4-AcO-DiPT von bester Qualität sei, rein weißes Pulver, gleichförmig, geruchlos und aktiv bei Mengen, in denen 4-AcO-DiPT von 99,8-prozentiger Reinheit auch aktiv war.

Ich schrieb ihm über Edit eine private Nachricht: Läufst du bei undrugged auch unter ezenow?

Als die Tür aufging, drehte ich mich mit meinem Stuhl um. Ich hatte Samuel erwartet, der morgens oft früher aufwachte und mir seine Träume erzählte, das war unser gemeinsames morgendliches Ritual.

Es war Elodie. Ich sah sie an und konnte mich erinnern, wie hübsch ich sie einmal gefunden hatte. Diese Empfindung war nicht aus meinem Gedächtnis verschwunden, doch ich konnte sie nicht in Einklang bringen mit dem, was ich sah. Elodie erschien mir fremd. Als wüsste ich nicht, wer sich hinter diesem Gesicht verbarg. Ich fühlte mich allein. So hatte ich mich nicht gefühlt, als ich eben fremden Menschen geschrieben hatte. Die Kirchturmuhr schlug zwei Mal, es war halb sieben, draußen wurde es bereits hell.

– Arbeitest du schon?, fragte Elodie. Man hörte ihr den Schlaf an.

– Ich suche Damian, sagte ich und merkte, dass es wie ein Vorwurf klang.

– Möchtest du Kaffee?

Noch einer konnte nicht schaden.

– Gerne.

Ich drehte mich wieder zum Monitor, doch es gab nichts mehr zu tun. Ich hatte keine Lust. Zu nichts. Ich wollte nicht zur Arbeit fahren, ich wusste nicht, was ich dort tat. Es schien der richtige Tag, um ihn mit einem Buch in der Hand auf der Liege im Garten zu verbringen. Und der falsche, um ins Labor zu fahren.

Wann, fragte ich mich, wann waren aus all den richtigen Tagen falsche geworden?

Damian

– Glaubst du, du hast die richtigen Worte gesungen bei *Natural Mystic*?, fragte ich.

– Ich weiß es nicht, sagte Zoë, ich glaube nicht. Du würdest es nochmal nehmen, oder?

– Ja. Obwohl es mir ordentlich Respekt eingeflößt hat.

– Angst, sagte sie. Du hast Angst bekommen.

– Du etwa nicht?

– Doch. Ich auch.

Sie lächelte.

– Wer Angst hat, dessen Augen weiten sich, sagte sie. Deswegen hatten wir so große Pupillen.

Sie hatte nur ein grün, orange und blau gemustertes Tuch um ihre Hüften gewickelt und saß halbnackt auf dem Sofa. Kapha war vorherrschend, unbestreitbar, sie war schwer, ohne wirklich übergewichtig zu sein, sie war langsam, manchmal fast phlegmatisch, und es schien oft unmöglich, sie aus der Ruhe zu bringen. Ihre Haut schimmerte leicht fettig und ihre Brüste glänzten, als habe jemand geröstete Kaffeebohnen mit Klarlack überzogen.

– Würdest du es nochmal nehmen?, wollte ich wissen.

– Nicht allein, aber ich hätte Lust, Celia noch einmal zu sehen. Vielleicht kann man mit ihr reden.

– Mit ihr reden?

– Vielleicht gibt es zwischen ihrem Erscheinen und dem Verschwinden der Sprache noch eine kurze Frist, in der man mit ihr sprechen könnte.

– Glaubst du, sie ist eine reale Person?

Zoë sah mich an. Mit diesem Lächeln. Wenn wir Kinder hätten, würde sie die auch so anlächeln, glaubte ich. Amüsiert, aber wohlwollend.

– Real?, fragte sie.

– Sieht sie jeder? Oder nur die, die etwas genommen haben? Gehört sie zur Substanz dazu, wohnt sie im wmk?

– Lass uns einfach warten, bis die ersten Tripberichte kommen. Ich glaube, jeder wird Celia sehen und wissen, wie sie heißt. Aber ich glaube nicht, dass sie irgendwo im Molekül versteckt ist.

– Sondern?

– In der Sprache.

– Hm, machte ich.

– Vielleicht wäre wmk eine gute Lernhilfe. In geringen Mengen, knapp unter der Schwellendosis.

– Du meinst für Fremdsprachen?

– Ja. Dann könnte man es auch in Europa vermarkten, wie damals Nexus.

– Das waren andere Zeiten, das passiert nicht mehr.

In den 1990ern hatte die Leipziger Firma Dritte Welle 2C-B unter dem Namen Nexus als Aphrodisiakum und Mittel gegen Impotenz verkauft. Die Pillen enthielten 5 mg Wirkstoff. Optische Wahrnehmungsveränderungen traten in der Regel erst ab 15 mg ein und wurden von relativer geistiger Klarheit begleitet.

Das Geschäft lief, bis in Florida der dortige Marketingmanager Automaten in Nachtclubs aufstellen ließ, an denen man Nexus ziehen konnte. Eine Art Vorläufer der Automaten, die es nun in der DZ gab.

Da ist immer jemand, der glaubt, mehr hilft mehr. Ein Mann, der wohl unter Impotenz litt, hatte damals gleich mehrere Pillen eingeworfen und war erschrocken über den Trip gewesen, der dann einsetzte. Gleich am nächsten Tag hatte er die FDA informiert und 2C-B wurde in einem Eilverfahren illegalisiert, andere Länder zogen auf Druck der Vereinigten Staaten nach.

Heutzutage war es in Europa schwer, Zulassungen zu bekommen, wenn man keine Lobby hatte. Nicht einmal rein pflanzliche Mittel waren noch legal erhältlich, von der Schlafbeere über Neem und Stevia bis zum Raupenpilz waren alle möglichen Nahrungsergänzungsmittel verboten worden, doch Ersatzprodukte der Pharmaindustrie wurden frei verkauft. Genauso wie einige Mittel, die hier von Endogenetic Amusement, Recreational Drugs oder Psyche-Daily entwickelt worden waren und sich durch geringe Euphorie und somit geringes Missbrauchspotential auszeichneten. Angeblich gab es zu diesen Mitteln Langzeitstudien, die sie als unbedenklich auswiesen. Sicherheit war der Fetisch, der in Europa angebetet wurde, doch regiert wurde es von Geld. Und wer hätte Geld investiert, um eine Zulassung für wmk in Europa zu erkaufen?

– Ich verstehe das immer noch nicht, wer hat das eigentlich hergestellt und was wollen sie damit?, fragte Zoë.

– Ich kann mir da auch keinen Reim drauf machen.
– Bist du denn schon mal auf die Idee gekommen, dass du es bereuen könntest?
– Was?
– Dass du dich von denen hast so benutzen lassen?

Sie griff nach ihrem Eiskaffee mit viel gesüßter Dosenmilch und nahm einen langen Schluck. Ich schaute auf ihre Knie und dann die Innenseiten ihrer Oberschenkel hoch, so weit das Tuch es zuließ. Nur an Nexus zu denken, reichte manchmal schon.

Mir hatte geschmeichelt, dass dieser Deckard mich ausgewählt hatte.

– Ich hoffe nicht, dass die Dinge sich so entwickeln.

Zoë öffnete ihre Schenkel ein wenig. Es war heiß, sie saß schon lange halbnackt da, ich fühlte mich, als hätte ich PT-141 geschnupft, die Geilheit drohte mich zu überrollen, als wäre ich zwanzig Jahre jünger.

Es klopfte an der Tür. Ein Mal. Und nach einer kurzen Pause noch drei Mal hintereinander. Das Zeichen kannten einige, aber es überraschte mich dennoch. Jhonny stand in der Tür, ihm gehörte die Drogerie um die Ecke. Er war Peruaner, der nicht nur kein Koks mochte, sondern auf viele Drogen paradox reagierte. Auf MDMA wurde er aggressiv und zeigte für seine Mitmenschen Verachtung anstatt bedingungsloser Liebe. Auf Amphetamin machten moderate Dosierungen ihn nur müde, er brauchte doppelte und dreifache Mengen, um wach zu werden, Opiate langweilten ihn und Gras machte ihn unzufrieden und hyperaktiv. Wäre da nicht seine Vorliebe für LSD gewesen, man hätte nicht sagen können, was ihn in die DZ getrieben hatte. Er war der zuverlässigste Drogist weit und breit, weil er selten high von seinen eigenen Vorräten war.

– Hallo Damian, sagte Jhonny, todo bien?
– Sí, sagte ich. Y tu?

Zoë hatte sich ein Kleid übergezogen und kam nun aus dem Zimmer, um Jhonny zu begrüßen. Jhonny wechselte ins Englische, da meine Spanischkenntnisse mit den paar Wörtern bereits erschöpft waren. Englisch war die Sprache, die überall in der DZ gesprochen wurde.

– Ich wollte nur Bescheid geben, dass da ein Mann in meinem Laden war, der nach dir gefragt hat, sagte Jhonny. Ich habe gesagt, ich hätte deinen Namen noch nie gehört, aber wenn der hier weiter rumfragt, wird er dich schnell finden.

Yalsol. Paranoide Einsamkeit.

Doch auch Zoë war alarmiert.

– Jemand aus der DZ?

– Nein, er sah aus wie von außerhalb. Als könnte er Sonnenbrand bekommen, da war kein bisschen Farbe.

– Wann war das?

– Gerade eben, ich habe nur schnell den Laden abgeschlossen, um zu euch zu kommen.

Ich sah ihn an.

– Yalsol, stellte Jhonny fest. Damian, natürlich bin ich hinten raus und habe aufgepasst, dass niemand mich sieht und mir folgt. Ich bin mit der Rikscha gefahren, einen Umweg.

Er sah mich an, offensichtlich war er neugierig, doch ich hob einfach nur die Schultern und bedankte mich.

– Ich komme morgen mal rein, sagte ich.

Als er aus der Tür war, sah ich Zoë an.

– Deckard weiß, wo du wohnst, sagte sie. Also, wer könnte das sein? Der lange Arm des europäischen Gesetzes? Jemand, dessen Leben durch Drogen ruiniert worden ist? Jemand, der hinter dem wmk her ist?

Wieder hob ich die Schultern.

– Tönt wie Missklang, sagte Zoë, ging ins Schlafzimmer und packte eine Tasche.

Ziggy

João erzählte wieder die Geschichte, die mein Vater immer erzählt hatte, die Geschichte, wie Robert sich nach langem Suchen schließlich in einem Forum namens DZF anmeldet und dann dasteht wie ein Kind, das eine Tür zu einer Traumwelt gefunden hat.

– Ich war damals in Brasilien, sagte João, er hat es mir am Telefon erzählt und ich hatte keine Vorstellung über das Ausmaß der Dinge. Heroin, Ecstasy, Koks, Hasch, LSD, viel mehr Drogen gab es damals für mich nicht und wenn Robert noch ein, zwei gefunden hatte – na und? Dann kam ich wieder und das erste halbe Jahr waren wir jedes Wochenende drauf, Diana, Robert und ich, manchmal auch noch andere. Immer abwechselnd, eine Woche ein Upper, die nächste Halluzinogene, manchmal auch Opioide oder Dissoziativa. Nach acht Wochen konnte ich die Substanzen schon nicht mehr auseinanderhalten, doch Robert hatte ein ausgesprochen gutes Gedächtnis für so etwas. Das ist schon komisch, Robert hat im Internet nach Drogen gesucht, du suchst dort deinen Bruder.

Er lachte sein dunkles, kehliges Lachen, das in einen Hustenanfall überging. Als er sich beruhigt hatte, zündete João sich eine Zigarette an.

– Diana, sie hält sich gut, sagte er nach dem ersten Zug.

Ich hatte mir angewöhnt, zwei oder drei Mal in der Woche nach der Arbeit kurz bei ihr vorbeizuschauen. Sie hatte wie jedes Jahr ihren Balkon bepflanzt, Basilikum, Koriander, Minze, Weihrauch, Vanilleblumen, Lobelien. Ihre Freude an dieser Arbeit schien nicht gemindert zu sein und wir saßen meist draußen, während die Sonne zur Neige ging. Die Tage waren ungewöhnlich hell und mild, dieser Frühling ließ mal wieder auf einen schönen Sommer hoffen.

– Ist doch schön, oder?, sagte Diana. Noch einmal Frühling, noch einmal Sommer und im Herbst geht's dann unter die Erde ...

Mir war das Thema unangenehm, auch wenn es der Grund dafür war, dass ich sie so oft besuchte. Diana hatte nie dazu geneigt zu jammern und sich die Dinge schwer zu machen, aber ich fragte mich dennoch, ob die Leichtigkeit, die sie nun an den Tag legte, nicht gespielt war.

Letztes Wochenende hatte sie es den Kindern erzählt. Sie hatte Samuel auf ihren Schoß genommen, obwohl er das nicht mehr mochte, und Leonie gebeten, sich neben ihr auf das Sofa zu setzen.

– Meine Lieben, hatte sie begonnen, ich war beim Arzt und der hat gesagt, dass ich schwer krank bin und bald sterben muss. Im Herbst wahrscheinlich, wenn die Blätter von den Bäumen fallen. Vielleicht auch schon früher. Das weiß man nie so genau. Vielleicht werdet ihr traurig sein und es nicht verstehen, dass ich auf einmal nicht mehr da bin. Aber man kann das nicht verstehen, egal, wie sehr man weiß, dass es zwei Wahrheiten gibt. Zwei Wahrheiten, das könnt ihr euch merken. Zeigt mir mal eure linke Hand. Hier seht ihr das M in der Handfläche. Das steht für Mutter. Jeder Mensch hat eine Mutter. Und hier rechts, da ist noch ein M, das steht für muerte. Das ist spanisch und heißt Tod. Alle kommen von einer Mutter und alle gehen in den Tod. Weißt du noch, Samuel, wie du mal gefragt hast: Wer hat eigentlich Oma geboren? Du warst noch klein und konntest nicht verstehen, dass auch ich eine Mutter gehabt habe, aber so ist es. Ich hatte eine Mutter und sie ist tot. Ich weiß nicht ... Ich weiß nicht, ob ich im Himmel sein werde, ob ich euch von dort sehen werde, ob ich ein Geist sein werde und versuche, durch die Zeiten zu gehen. Aber das ist egal. Ich werde nicht mehr da sein, und auch wenn es weh tut, ihr werdet euch daran gewöhnen.

Weder Samuel noch Leonie hatten Robert je kennengelernt. Daran musste ich jetzt denken.

Leonie sagte nichts, vielleicht weil sie ein wenig besser als Samuel verstand, was Dianas Worte bedeuteten. Samuel drehte sich zu ihr um und wollte wissen:

– Was ist das denn für eine Krankheit?

– Krebs. Mein Körper funktioniert nicht mehr richtig. Meine Leber geht kaputt, weil da Zellen wachsen, die dort nicht wachsen sollen. Aber selbst wenn ich gesund wäre, ich werde langsam alt, und wenn man alt genug ist, dann stirbt man. Nicht unbedingt in meinem Alter, aber das kann man sich nicht aussuchen.

– Hast du Angst?, fragte Samuel.

– Ja, antwortete Diana, ja. Die meisten Menschen haben Angst vor den Dingen, die sie nicht kennen und sich nicht vorstellen können. Aber es ist nicht schlimm, Angst zu haben.

Das war der Moment, in dem ich entschied, sie öfter zu besuchen.

– Ich möchte nicht anfangen zu trinken, nachdem ich es nun so lange nicht mehr getan habe, sagte sie, als wir gemeinsam auf dem Balkon saßen. Aber vielleicht sollte ich anfangen, noch eine Sprache zu lernen. Vielleicht kann Elodie mir helfen. Bisher habe ich immer geglaubt, es gäbe Wichtigeres zu tun. ... Wie läuft eigentlich die Suche?

– Ich komme vorwärts, sagte ich, wenn auch nur langsam.

– Schön, sagte sie, das ist schön. Wir werden einfach nochmal beisammen sein. Ach, Zekeriya, es gibt so viele Dinge, auf die ich mich jetzt noch freue.

– Ja, sagte ich nun zu João, sie scheint guter Dinge zu sein.

Ich hatte die Frage schon ausgesprochen, als mich der Mut doch noch verließ.

– Warst du je verliebt in sie?

João hob den Kopf und sah mich an. Die buschigen Augenbrauen, der leicht trübe Blick erschwerten es mir, seinen Ausdruck zu deuten. Ich fühlte mich schlecht und hätte den Satz gerne zurückgenommen.

– Nein, sagte er. Nein, nein.
– Weil ihr doch früher immer zu dritt ...
– Nein, wiederholte er.

Er schüttelte den Kopf und lachte.

– Ach, Ziggy ...

Wir schwiegen, während er weiterrauchte und ich daran dachte, dass der Geruch von Tabak für mich immer mit ihm und diesem Laden verbunden sein würde. Als er die Zigarette ausgedrückt hatte, sah er mich an.

– Der Detektiv, sagte er, er hat herausgefunden, wo Damian wohnt. Oder gewohnt hat, ihn selber konnte er nicht finden. Hier hast du die Adresse, dann kannst du einen Brief schreiben und ihn in ein Kuvert stecken.

Ich freute mich, zugleich fand ich es aber auch ein wenig schade. Die Suche im Internet hatte mir gefallen.

– Und?, sagte João.
– Und was?
– Du wolltest noch etwas, oder?
– Diana ... Diana sagt, sie würde gerne nochmal LSD nehmen.
– Kannst du im Netz welches finden?
– Vielleicht, sagte ich, aber stockte dann.
– Ziggy, sagte João, Ziggy, schau mal, wie alt ich bin. Wegen zwei Pappen kommt man nicht gleich ins Gefängnis. Lass sie einfach an meine Adresse schicken. Und jetzt sag nicht danke.

Es fiel mir schwer.

Damian

Wir saßen im Überlandbus, ich am Fenster, Zoë am Gang, und während ich auf Reisfelder, Palmen und Bananenbäume schaute, versuchten wir uns zusammenzureimen, wer uns da verfolgte. Für einen Agenten der EDC wirkte er nicht professionell genug. Ich war auch ein viel zu kleiner Händler, als dass es sich gelohnt hätte, mich aus der DZ zu entführen und in Europa vor ein Gericht zu stellen. Aber vielleicht hatte die EDC auch gewollt, dass die Aktion ein wenig amateurhaft wirkte, damit wir die Flucht ergriffen und ihnen dabei irgendwelche Hinweise lieferten.

Oder vielleicht hatte Supresh doch etwas von dem wmk in der DZ weitergegeben und es gab deswegen Schwierigkeiten. Doch Deckard wusste, wo ich wohnte. Vielleicht wollten sie mich einfach aus der Stadt haben, damit mein Verschwinden erklärbar wurde. Oder es war eine Racheaktion von Angehörigen eines Kunden. Oder jemand, der vom wmk wusste, war auf der Suche danach. Ich stellte mir vor, wie sie Deckard folterten, er aber, ganz alte Schule, meinen Aufenthaltsort nicht verriet.

Die Gedanken ließen sich nicht halten. Ich stellte mir vor, wie sie den Bus anhielten, mich rauszerrten und per Genickschuss töteten. Nein, ich stellte es mir nicht vor, es wurde mir vorgestellt, ich konnte nichts dagegen tun, die Bilder ließen sich nicht abwehren.

Ich erinnerte mich, dass ich die Welt häufig als einen feindseligen Ort erlebt hatte. Dass ich auch deswegen in die DZ gezogen war und dass das nun jahrelang gut gegangen war, aber ein Mann namens Deckard und ein anderer mit Hut, der bei Jhonny aufgekreuzt war, hatten alles durcheinandergebracht.

Egal, wohin man ging, sich selbst nahm man doch immer mit.

Wir waren am Busbahnhof noch in die Drogerie gegangen, um uns eine Reiseapotheke zusammenzustellen.

– Diaz, Lora, Alpra?, hatte Zoë gefragt, doch ich hatte nur den Kopf geschüttelt. Wir hatten Elektrolyte, Aristozyme, Kokablätter gegen Hunger und Durst, Amphetamin für alle Fälle, 10 Pappen mit LSD, 1 Gramm DMT-Base, Kava, GHB, 20 Gramm gemahlene Kratomblätter, AcO-DMT, 5 Gramm Mephedron, etwas AMT, 2C-B und MDA, Tyrosin und Tryptophan. Nicht, dass wir das alles für den Trip brauchten, aber wenn man beginnt, eine Reiseapotheke zusammenzustellen, neigt man schnell dazu, extrem zu werden.

Nun sah ich, dass Zoë recht gehabt hatte. Valium hätte mich beruhigt und schlafen lassen. So nahm ich etwas von dem Kava und redete mir ein, dass das auch besser so war. Ich war nie ein Freund gewesen von Drogen, die dich weniger fühlen lassen statt mehr, die dich von der Welt und der Wahrnehmung entfernen, Benzos, Opiate, Alkohol, alles Substanzen mit großem Abhängigkeitspotential. Valium war in Europa immer noch legal und stand bei der WHO immer noch auf der Liste der unentbehrlichen Substanzen, Valium war ein Symbol für die Verlogenheit der Gesetze und die Macht der Industrie.

Das Kava wirkte mir zu schwach, also nahm ich noch etwas Kratom hinterher und spülte mit einem Schluck Wasser hinunter. Die Blätter dieses Baums entspannten zuverlässig und daran verdienten Bauern in der DZ und nicht Manager von Unternehmen.

Ich hielt Zoë die Tüte mit dem Kratom hin, doch sie schüttelte den Kopf, neigte sich dann und brachte ihre Lippen an mein Ohr.

– Du warst ganz heiß auf mich, bevor Jhonny gekommen ist, nicht wahr?

Sie lächelte und richtete sich auf.

– Heute Abend?, sagte sie.
– Hast du eigentlich keine Angst?, fragte ich.
Zoë sah mich an, senkte die Lider und die Stimme. Sie sah aus wie eine bekiffte Eartha Kitt, doch sie klang noch dunkler und voller.
– Hast du schon mal gesehen, dass ich nüchtern Angst hatte?, fragte sie.
Sie wollte mich zum Lachen bringen. Mit der Wahrheit. Ich hatte gesehen, wie sie Angst bekommen hatte, auf sechs oder acht Trips und sonst fast nie. Kurze Momente, in denen sich ihr sonst weicher Körper spannte und sie den Boden unter den Füßen zu verlieren schien, drei, vier, fünf Minuten lang vielleicht, dann schien die Angst schon von ihr abzufallen, als wäre sie ein Vata-Typ, in dem die Gefühle nicht so lange Resonanz finden.
Als wir für eine Toilettenpause hielten, kaufte Zoë sich Reiskuchen, von dem sie mir auch anbot, aber ich hätte keinen Bissen hinuntergekommen, trotz oder wegen des Kratoms, ich wusste es nicht.
– Sieh mal, sagte sie, wir sind zusammen. Wir bleiben zusammen. Wir haben etwas Geld und viel zu viele Drogen. Wir brauchen keine Angst. Egal, wer es ist, der hinter dir her ist, er scheint sich hier nicht besonders gut auszukennen. Und du bist nicht erst seit gestern in der DZ. Es gibt so viele Möglichkeiten für uns. Wir könnten aufs Land ziehen, niemand würde uns finden.
Sie machte eine Pause und wiederholte dann die Worte aus dem Bus. Dieses Mal klang es nicht wie eine Frage:
– Heute Abend.
Ich bereute es, das Kratom genommen zu haben, ich verspürte nicht mehr die Geilheit von heute Vormittag, ich war matt und müde.
Zurück im Bus setzte ich mir die Kopfhörer auf, legte den Sitz zurück und schon den zweiten Song hörte ich so,

als wären Botschaften in den Tönen versteckt oder Farben. Dann muss ich eingeschlafen sein.

Ziggy

ezenow hatte geantwortet, doch wieder nur sehr knapp: Ja. Ich schrieb zurück: Magst du mir vielleicht mal eine Mail schreiben? brdgrl@molchanje.uz.

moafeen wollte wissen, ob ich auch in Bern wohnte. *Nein*, antwortete ich ihr, *meine Tante hat in der Stadt gewohnt und ich bin als Kind viele Male dort gewesen. Aber auch wenn du bald nicht mehr dort wohnst, würde ich die offensichtlichen Hinweise in deinen Beiträgen rauseditieren, du bleibst sonst verfolgbar ...*

Ich fragte mich, wie der Detektiv Damian wohl gefunden hatte. Er hatte einen Namen gehabt und kaum andere Anhaltspunkte. Damian war auf Anonymität bedacht gewesen, so sehr, dass wir den Kontakt verloren hatten. Und diesen Mann hatte der Detektiv so schnell gefunden?

Ich setzte mich mit Füllfederhalter und Briefpapier hin und schrieb: *Hallo Damian, ich hoffe, es geht dir gut. Ich würde dich gerne mal wieder sprechen, schreib mir doch bitte eine Mail mit deinem öffentlichen Schlüssel an brdgrl@molchanje.uz.*

Er kannte wahrscheinlich den Anbieter, dessen Server irgendwo in Usbekistan stand und der angeblich keine IPs loggte. Ich starrte auf das Papier, das war kein Brief, aber mir fiel auch nicht ein, was ich sonst noch schreiben sollte. *Bis hoffentlich bald, liebe Grüße, Ziggy.* Ich faltete das Blatt und steckte es in ein Kuvert. Morgen würde ich den Brief per Express aufgeben.

Wenn eine Antwort kam, gäbe es keinen Grund mehr, bei Edit reinzuschauen. Damian würde auch wissen, wie

Dianas Wunsch zu erfüllen war. Ich merkte, wie Groll aufstieg. Warum war es diesem Kerl wichtiger, in der DZ zu wohnen und zu dealen, als Kontakt mit uns zu haben? War es nicht feige, sich einfach einen Platz zu suchen, wo man seine Tage in chemisch induzierter Zufriedenheit verbringen konnte? Endogenetic Amusement, EA, was für eine Firma. War Damian nicht geflüchtet, weil er es hier ohnehin zu nichts gebracht hätte? Was unterschied ihn von anderen, die schon vor ihm in weniger entwickelte Länder ausgewandert waren, wo ihre Misserfolge und ihr mangelndes Durchsetzungsvermögen nicht auffielen?

Leider war ich nicht unreflektiert genug, um nicht zu merken, dass dieser Groll auch aus Neid geboren wurde. Aus einer Unzufriedenheit mit meiner momentanen Situation. Wohin hatten mein Ehrgeiz und mein Durchsetzungsvermögen mich denn gebracht? In ein Projekt, das sich interessant anhörte, aber aussichtslos schien. Wenn übernächstes Jahr die Gelder ausliefen, würde ich mich wieder mit Schlafstörungen beschäftigen, bis es mir selbst den Schlaf raubte. Was taten wir bei diesem Projekt schon, außer uns hinter Worten zu verstecken, die uns die Bewilligung der Gelder eingebracht hatten?

Unser Selbstmodell ist das Fenster, das unser inneres Leben mit der sozialen Praxis verbindet. Willensfreiheit ist mehr als nur eine Annahme, sie ist eine soziale Institution. Dass wir uns als autonome Agenten betrachten, spiegelt sich in unserem Rechtssystem.

Es bestand die Möglichkeit, dass es sich beim Klartraum nur um eine Illusion der Kontrolle über den Traum handelte. Denn die Aufgabe der beim Klartraum aktivierten Areale war eben dies: die Illusion der Kontrolle zu erschaffen. Das hatte ich mit Prof. Heiken und Dr. Beck bereits diskutiert, doch ihnen schien das eine versponnene Idee zu sein.

– Wenn ein Proband sich vornimmt, uns zu signalisieren, wenn er luzide wird, und wenn er dann im Traum einem Tennismatch zusieht und wir die Augenbewegungen nachvollziehen können, dann kann ich es nur als bestätigt ansehen, dass es eine Willensfreiheit gibt, sowohl im Wachen, als auch im Traum, hatte Prof. Heiken gesagt.

Ich zweifelte daran, aber die Willensfreiheit fiel nicht in unser Projekt, damit waren Hirnforscher beschäftigt, dafür waren unsere Gelder nicht bewilligt worden. Wir wurden nicht für das Denken bezahlt, auch wenn das gerne behauptet wurde.

Willensfreiheit. Hatte Damian sie gehabt, als er in die DZ gezogen war? Hatte ich sie wirklich gehabt? Der Mensch kann zwar tun, was er will, aber er kann nicht wollen, was er will, heißt es bei Schopenhauer. Hätte das Leben gar nicht anders sein können, als es war? War mein Groll nicht inhaltslos, weil es keinen Schuldigen gab, den er treffen konnte? Hätte ich wirklich andere Entscheidungen treffen können oder sah das nur von hier so aus? War ich in dem einzigen Leben gelandet, das mir möglich war? Wohin driftete ich ab? Ich grübelte und grollte, Gedanken und Gefühle kamen und gingen, flossen ineinander und trennten sich, während ich versuchte, diese Bewegungen zu analysieren. Dann poppte am Monitor ein Fenster auf, eine Nachricht von Psylli:

Hey brdgrl, vielen Dank für die Hinweise, aber ich habe keine Angst, dass jemand die Idee klauen könnte. Auf keinen Fall will ich sie einem der Konzerne anbieten, Psyche-Daily, RecDrugs, Endogenetic Amusement, Buddha-Nature, Chemical TV, das ist doch alles scheiße, die teilen den Markt unter sich auf und es geht nur um Verkaufszahlen und Neuerungen und Marketing. Du weißt sicherlich, dass alle als Tochterunternehmen der Pharmaindustrie angefangen haben, die ja auch schon scheiße war. Scheiß auf die Industrie, Drogen wie Meskalin sind nicht dazu da, Geld damit zu verdienen, Peyote und San Pedro wachsen nicht, weil sie am Kapitalismus teilhaben wollen. Diese ganze verdammte Kommerzialisierung der Drogen hat uns hierhergebracht, DZ oder nicht DZ, das müsste doch scheißegal sein. Es waren schon immer die wirtschaftlichen Interessen viel zu sehr im Vordergrund, ob Opium in China, Kokain in Südamerika oder Mohn in Afghanistan, immer wollte jemand Geld verdienen und Macht ausüben. Hat Shulgin sich seine Erfindungen je patentieren lassen? Nein, er hat sie als Werkzeuge zur menschlichen Entwicklung betrachtet, die frei verfügbar sein sollten wie Bildung. Und Tony Cage und Sohal Mishra? Patente über Patente.

Wenn du jemanden kennst, der die Meskalinoide synthetisieren kann, nur zu. Leite die Datei weiter. Die Information ist nicht dazu da, um darauf rumzuglucken und zu schauen, ob das Ei, auf dem man sitzt, irgendwann zu Gold wird.

Es wäre ein Albtraum, diese Modelle bei EA zu sehen, wo diese Schnepfe Mishra sich in alle Löcher Geld schieben lässt und sich einen darauf runterholt, dass die Leute schon von ihrem Speichel high werden. Es hatte seinen Grund, warum Shulgin nicht mit der Industrie gearbeitet hat. Das Kapital hat seine Evolution schon hinter sich, nun ist die Psyche an der Reihe, wir müssen unser Potential ausschöpfen. Das Bewusstsein soll sich ändern, nicht die Konten, venceremos, Psylli.

Ich ertappte mich dabei, wie ich lächelte. Über mich, über Psylli, über seine Naivität oder meinen Zynismus, über den Unterschied der Perspektiven, der allein im Alter begründet sein mochte, ich wusste es nicht genau. Vielleicht äußerte sich nur inneres Chaos in diesem Lächeln. Und Neid, Neid auf die Freude und Energie der Jugend.

Auch aus Psyllis Forumsbeiträgen konnte man einen gewissen Idealismus herauslesen, doch erst hier offenbarte sich das ganze Ausmaß. Dieser Glaube, Halluzinogene könnten den Menschen helfen, die Welt zu einem besseren Ort zu machen. Die Überzeugung, dass LSD und Konsorten eine geistige Entwicklung auslösten. Beides hatte mir auch schon gefehlt, als ich noch jung gewesen war. Wahrscheinlich war es Roberts Schuld gewesen. Auch Damian hatte diesen Glauben nicht besessen, aber dennoch war er ausgewandert.

Ich wartete, bis mein Lächeln verging, und da es danach nichts mehr zu tun gab, suchte ich im Netz nach Pornos, die mich ansprachen. Ich wünschte mir, ich könnte nochmal zwanzig sein. Unbeschrieben und abartig geil, wie moafeen es ausdrückte.

Damian

Auf der großzügigen Terrasse des Honigmond saßen fast ausschließlich Touristenpärchen. Etwa ein Viertel davon waren jung und sahen eher unkonventionell aus oder glaubten das zumindest. Sie waren dreadlockig, großflächig tätowiert, mit Löchern in den Ohren, die größer waren als die Hände eines Kindes. Sie trugen meist billige, weite Baumwollkleidung, die wirkte, als sei sie schon lange in diesem Klima getragen worden. Menschen, die jung genug waren, um davon überzeugt zu sein, dass sie sich um Regeln nicht zu scheren brauchten, Menschen, denen der Stempel der DZ in ihrem Pass gleichgültig war.

Die anderen Pärchen waren in der Regel jenseits der vierzig, die Männer meist in teurer Funktionskleidung, die Frauen auch schon mal in leichten Abendkleidern mit hohen Schuhen. Die Hände, Füße, Haare, Nägel waren gepflegt, hier und da konnte man Botox vermuten, manche Brüste standen zu stramm unter den Kleidern und

Tops, die so eng waren, dass man fast die Operationsnarben erkennen konnte. Die Bräune hatte der Haut ein ledriges Aussehen verliehen, die Cremes und Tinkturen, die aufgetragen wurden, verschlangen ein Vermögen. Doch diese Leute hatten Geld, genug, um sich über den Stempel keine Gedanken machen zu müssen.

Es gab auch Pärchen, die man nicht der einen oder anderen Gruppe zuordnen konnte, doch auch sie wirkten verliebt. Überall wurde Händchen gehalten, geturtelt, geschäkert, geschmust, geherzt, liebkost, gedrückt, gebusselt, betastet, begrabscht, befühlt und gefummelt. Hände verschwanden unter den Tischen, Lächeln und begehrende Blicke, wohin man sah. Hätte man nicht gewusst, wo man war, man hätte die Szene für unglaubwürdig gehalten.

Kep war das Zentrum der psycholytischen Paartherapie, hierher kamen Menschen, die keinen anderen Ausweg mehr aus ihrer Beziehungskrise sahen, die nicht bereit waren für eine Trennung, aber auch nicht mehr in einem täglichen Kampf leben konnten, dessen Gefechte begannen mit Worten wie: Du vergisst immer ... Warum kannst du nicht einmal ... Du müsstest mich gut genug kennen, um zu wissen ... Ich habe jetzt lange genug ... Beziehungen, in denen mit Gesten, Blicken, mit Seufzern und Gebrüll gekämpft wurde und niemand bereit war, ein Fingerbreit nachzugeben, weil er recht hatte und jahrelang zu kurz gekommen war. Beziehungen, in denen dennoch die Sehnsucht groß war nach der Grenzenlosigkeit und ersten Verliebtheit, nach den Tagen, die aus Sex, Verlangen und Offenheit bestanden hatten.

Sicher gab es auch Paare, deren Beziehungen einfach schal geworden waren, so dass nichts mehr Geschmack zu haben schien, Paare, die alles gegeben hätten für ein wenig Glut, Begehren, Geilheit oder auch nur Wut. Und möglicherweise kamen auch Paare, die es für schwachsinnig hielten, Karren mit gebrochenen Rädern aus dem Dreck zu ziehen, und die gleich am Beginn alle Weichen richtig stellen wollten.

Paare kamen hierher, wenn sie vorausschauend, abenteuerlustig, verzweifelt oder reich genug waren oder alles zusammen. Unter therapeutischer Aufsicht nahmen sie MDMA, LSD oder Psilocybin, und die Grenzen, die sie jahrelang bewusst oder unbewusst aufrecht gehalten hatten, wurden fortgespült, die Partner kamen in Kontakt. Und waren überzeugt davon, dass die Liebe, die sie auf MDMA empfanden, ein Gefühl war, das tatsächlich in ihnen wohnte und nicht in der Substanz.

Der Therapeut nutzte die Offenheit, um Probleme zu analysieren, den Partnern die Augen zu öffnen für den Schmerz des anderen und ihnen klar zu machen, dass sie nicht nach jedem Köder für einen neuen Streit schnappen mussten, sondern den Kreis des Botlok durchbrechen konnten.

Abends saßen die Paare dann strahlend und leicht verstrahlt im Honigmond, an Tischen, an denen vier Personen ohnehin kaum Platz gehabt hätten, und aßen Mahlzeiten, die ihnen sonst zu salzig oder zu scharf gewesen wären.

Extreme Erlebnisse können Menschen verbinden, und die eine oder andere Beziehung wurde hier sicherlich gerettet, doch Robert hatte uns früher einige Dinge eingeschärft und ich sah nach fast zwanzig Jahren in der DZ keinen Grund, seine Erkenntnisse in Zweifel zu ziehen. Erwarte dir nichts von Drogen, hatte er immer gesagt. Zu viele Menschen sind schon in diese Falle getappt, zu glauben, Drogen würden was ändern. Bestenfalls sind sie eine Tür und es reicht, wenn du einmal durchgehst, um zu wissen, was auf der anderen Seite ist. Veränderung geschieht nicht zwangsläufig, weder bei Religion, noch bei Meditation, bei Vegetarismus oder Yoga oder allumfassender Liebe. Nichts sorgt zuverlässig dafür, dass die Welt zu einem besseren Ort wird. Drogen können im Einzelfall hilfreich sein, aber dasselbe gilt für einen Hund oder für einen Spaziergang. Es gibt kein Mittel dagegen. Das war der Satz, den ich am häufigsten von ihm gehört hatte. Es gibt kein Mittel dagegen.

Nachdem wir uns die Paare auf der Terrasse kurze Zeit angesehen hatten, gingen wir ins Cyclo zwei Straßen weiter, setzten uns an einen Tisch an der Straße, bestellten ein leichtes Bhang Lassi, Reispapier-Frühlingsrollen und zwei große Nudelsuppen. Hier war es ruhiger, man konnte das Meer hören, es saßen auch Einheimische an den Tischen, die Bedienung war barfuß und die Preise deutlich niedriger als im Honigmond. Hier und da saßen Westler, einzeln, es mochten Therapeuten sein, Reporter oder Reisende. Das Essen war so scharf, dass es für die meisten Touristen selbst mit ihren mitgenommenen Geschmacksnerven ungenießbar gewesen wäre.

Zoë trug nicht eines ihrer grellen, bunt gemusterten Kleider, sondern einen olivfarbenen Rock und ein leuchtend oranges T-Shirt. Während wir die Nudeln mit Stäbchen aus der Suppe holten, zeichneten sich ihre Brustwarzen hart unter ihrem T-Shirt ab und einige pubertierende Jungen, die vor dem Cyclo herumlungerten, sahen immer wieder darauf. Wie lange war das jetzt her, dass ich so geil gewesen war? Zwölf Stunden?

Natürlich wurde hier in den Drogerien Feekar verkauft, PT-141, Yohimbe, Viagra und Levitra. Wenn man wusste, wie und wen man fragen musste, konnte man auch Mephedron bekommen, dessen Verkauf eigentlich an Auflagen gebunden war, überall in der DZ. Die Geilheit konnte unter Mephedron Ausmaße annehmen, die man kaum für möglich hielt, wenn man diese Droge nicht kannte. Dass es die Potenz schwächte und selbst Jünglinge mit vorzeitigem

Samenerguss erfahren konnten, was das Wort Anorgasmie bedeutete, scherte dann nicht mehr.

Ich ging davon aus, dass gleich im Hotel aus den Nebenzimmern eindeutige Geräusche zu hören sein würden. Ich fragte mich, ob die Jungen vor dem Lokal Wege gefunden hatten zu spannen.

Als Nachtisch bestellen wir Majoun. Mephedron, PT-141, Yohimbe, das hatte alles zweifelsfrei beeindruckende Effekte, doch Hanf war das umfassendste Aphrodisiakum mit den geringsten Nebenwirkungen.

Bevor die ersten Wellen des Majoun sich bemerkbar machten, suchten wir nach einem Internetcafé. Die waren rar geworden, seit es überall Wifi gab, doch ich wollte nicht von meiner Schreibtafel aus ins Netz, auch wenn ich über einen anonymisierenden Anbieter surfte. Meine Paranoia war immer noch groß. Ich installierte mein Verschlüsselungsprogramm und meinen Browser drahtlos auf dem Festrechner. Der Browser war russisch, ich konnte weder die Sprache noch das kyrillische Alphabet, doch die Funktionen wusste ich auswendig. Die Sprache des Browser, den du benutzt, ist rückverfolgbar, selbst wenn deine IP es nicht ist. Ich loggte mich in mein E-Mail-Konto ein, leitete die Bestellungen, die dort eingegangen waren, mit Supreshs Schlüssel chiffriert an ihn weiter. Ich schrieb ihm, was geschehen war, und bat ihn, sich umzuhören und das wmk unter keinen Umständen innerhalb der DZ weiterzugeben.

Alle Proben waren verschickt worden, ich schaute bei Edit, Champslegals und Blaulicht, ob es schon Erfahrungsberichte gab. ezenow hatte auf Edit und Euphoricbasics Tripberichte hinterlassen, kurz und nüchtern, wie es seine Art war, aber es blieb kein Zweifel, dass er tief beeindruckt gewesen war. Die Berichte waren zusammen über fünfhundert Mal gelesen worden, die Leute waren neugierig.

Ich tippte gerade die Rundmail an alle Kunden, wmk zum Verkauf, als ich die erste Welle des Hanfes spürte. Zoë saß draußen auf den Stufen des Cafés, ich rief sie herein und deutete auf die Worte auf dem Monitor.

– Warum nicht?, sagte sie. Wegen einem Mann mit Hut, der bei Jhonny aufgetaucht ist? Niemand würde uns hier vermuten. Schick raus.

Dann hielt sie mir ihren Finger unter die Nase. Als ich den Geruch einatmete, schwoll die Welle an. Hanf war mächtig. Wir hatten es eilig, ins Hotel zu kommen.

Ziggy

ezenow hatte einen Tripbericht geschrieben, der unglaubwürdig klang, auch wenn der Ton eher nüchtern war. Ich hatte Synästhesien gehabt unter Drogen, ich hatte mich aufgelöst, meinen Körper verlassen, ich hatte Stimmen gehört, doch ich hatte nie gesehen, wie Wörter gesprochen wurden und wie sie entstanden. Ich hatte noch nie Fremdsprachen verstanden und ich hatte beim Runterkommen nie die Sprache verloren. Sollte es tatsächlich so eine Droge geben, die offensichtlich massiv auf das Sprachzentrum wirkte?

Die Substanz sei neu, schrieb ezenow, er habe eine Probe von einem Händler bekommen. Ich fragte mich, ob das vielleicht eine Ente war, um die Fahnder der EDC, die sicherlich mitlasen, in die Irre zu führen. Das war schon passiert, kurz nach der Gründung der DZ, Vater lebte noch, Damian und ich trippten regelmäßig gemeinsam. In den vier damals größten europäischen Foren hatte es eine Absprache gegeben, alle hatten geschwärmt von einer Substanz namens Milongon und wie viel sie letzte Nacht konsumiert hatten, wie sie nicht genug bekommen konnten, wie die Euphorie sogar die von Mephedron überstieg. Die Leute posteten begeistert über die geringen Nebenwirkungen und dass trotz ausgeprägtem Nachlegedrang der Kick kaum nachließ und man fünfzig Stunden am Stück feiern konnte. Innerhalb von Wochen wurden Threads vollgeschrieben, die Nutzer beteiligten sich mit großem Vergnügen und binnen dreier Monate gab die EDC eine Presseerklärung heraus, dass eine neue Substanz namens Milongon aufgetaucht war, die man schnellstmöglich verbieten sollte. Was dann auch in einem Eilverfahren geschah, ohne dass jemand die chemische Struktur kannte.

Das Gelächter innerhalb der Szene war groß gewesen, doch die Aktion hatte sich zu einem Eigentor entwickelt. Die Mainstreammedien hatten trotz wiederholter Versuche nicht darüber berichtet, dass Milongon ein bloßes Fantasieprodukt war. Dass eine Substanz verboten worden war, deren chemische Struktur gänzlich unbekannt war, war ein Novum gewesen, aber nach diesem Präzedenzfall war die Paranoia innerhalb der Szene gestiegen.

Als Robert jung war, hatte die imaginäre Droge Jenkem noch ihren Weg in die allgemeine Berichterstattung gefunden, doch Milongon hatte nicht mal einen Eintrag bei Wikipedia. Vielleicht war dieses wmk wieder so ein Versuch, die Drogenpolitik vorzuführen, einer, der wieder scheitern würde.

Ich schrieb ezenow eine weitere private Nachricht: *Hallo, möchte dich nicht nerven, aber wenn du mir ne Adresse gibst, habe ich etwas, das dich interessieren könnte.*

Ich konnte ihm Psyllis Datei schicken, irgendwie schien er mir der richtige Mensch zu sein, um in die inneren Kreise dieser Szene vorzudringen.

Psylli schrieb ich eine Mail, ich sei auf der Suche nach einer Quelle für LSD, weil meine gerade hops gegangen sei.

moafeen hatte mir geschrieben. Sie fragte mich, ob wir uns nicht mal in Bern treffen wollten, einfach so. Darunter stand ein PS: *nicht falsch verstehen, moafeen ist eine frau und in erster linie an männern interessiert, das hier ist keine anmache.*

Ich schrieb zurück. *Liebe moafeen, soll ich mich jetzt doch angemacht fühlen? brdgrl ist ein Mann und wie ich zu diesem Nick komme, eine lange Geschichte. Doch sollte ich mal zufällig in der Nähe sein, gebe ich Bescheid, in Ordnung? Ich mag die Stadt und würde sie gerne zusammen mit dir erleben.*

Die Geschichte zu dem Namen war nicht lang. Ich hatte gedacht, er würde mir Aufmerksamkeit bringen in einer Szene, in der es kaum Frauen gab. Ich fügte noch ein *verheirateter* vor das Wort *Mann* ein, dann löschte ich es wieder, fügte es erneut ein, löschte es, fügte es ein, dann setzte ich meine E-Mail-Adresse zusammen mit einem Smiley unter die Nachricht und drückte auf Senden.

Was machte ich hier eigentlich? Bald müsste Nachricht von Damian kommen, er konnte sich auch um das LSD kümmern, was trieb ich eigentlich am Rechner und bei Edit?

Die Antwort war einfach: Ich fühlte mich lebendig. Es sah nach Möglichkeiten aus. Als könnte dieses Leben noch eine andere Richtung nehmen, als könnte Ungewissheit hineinkommen, als könnten Begierden entfacht werden. Doch es meldete sich eine Stimme, die sagte, dass ich doch gar nicht daran denken sollte, für eine Frau, die halb so alt sein mochte wie ich und die ich nicht kannte, etwas aufs Spiel zu setzen.

In den sechzehn Jahren, die ich nun mit Elodie verbracht hatte, war ich immer treu gewesen. Ich hatte die spärlichen Gelegenheiten zu außerehelichem Sex ausgeschlagen, und nun malte ich mir eine drogengeschwängerte Nacht voller Ausschweifungen aus, nur weil mir eine Frau, die mich für eine Frau hielt und die auf ältere Männer stand, ein Treffen angeboten hatte.

Aufs Spiel setzen. Spiel. War das alles nur ein Spiel? Mein Leben kam mir nicht so vor. Meine gute Laune war dahin. Ich lebte in einem Konjunktiv, könnte, hätte, wäre, würde. Würde ich mehr in der Gegenwart sein, wenn unsere Sprache diese Möglichkeit nicht böte? Das war zumindest Elodies These.

Doch der Mensch verfügt über Sprache und die Fähigkeit, sich alternative Realitäten vorzustellen. Wenn die Sprache diese Fähigkeit nicht unterstützte ... Ich war zu fahrig, um den Gedanken sauber zu Ende zu denken, ich stand auf, holte mir ein Bier aus dem Kühlschrank und versuchte mich davon zu überzeugen, dass ich unmöglich mit einer jungen Frau ... Versuchte mich davon zu überzeugen, dass nichts dabei wäre, wenn ich mit einer jungen Frau, die Sex ohnehin als Spiel betrachtete ... dass ich zu alt dafür war ... dass ich Kinder hatte ... dass moafeens Alter näher an Leonies war als an meinem ... dass doch nichts dabei sein konnte, wenn man ein Mal ... dass nach so langer Monogamie ... dass es das nicht wert war ...

Was ich brauchte, war vielleicht keine andere Sprache, kein Bier, vielleicht nicht mal die Aussicht auf Sex. Was ich brauchte, war einfach eine Portion LSD, etwas, das mich gnadenlos ins Hier und Jetzt schleudern würde. Einige Stunden, in denen ich mir keine andere Vergangenheit wünschte und keine aufregendere Zukunft.

Zurück am Schreibtisch, kam auch schon die Mail von Psylli rein: *Versuchs mal mit owsley_alive@lavabit.cc, sag, du hättest die Adresse von Psychodandy.* Ich rief undrugged auf und tippte die E-Mail-Adresse ein. Der Mann hatte zufriedene Kunden. Er versandte aus Europa, was die Wahrscheinlichkeit minimierte, dass die Post abgefangen wurde.

Ich schickte ihm meinen öffentlichen Schlüssel und den Hinweis, Psychodandy würde für mich bürgen. Sonst nichts, auch die Betreffzeile ließ ich frei.

Ich hatte bessere Laune. Wieder war eine Möglichkeit in mein Leben getreten. Und die Flasche war bereits leer. Ich holte mir eine neue, Elodie räumte gerade die Spülmaschine aus, und als sie sich vorbeugte, sah ich, wie sich der Slip unter ihrem weißgepunkteten Kleid abzeichnete. Am liebsten hätte ich ihr an Ort und Stelle das Kleid hochgeschoben und den Slip hinunter. Aber das schien nicht möglich, einfach weil es in den letzten zehn bis zwölf Jahren in der Küche keinen Sex mehr gegeben hatte.

– Kommst du voran?, fragte Elodie.

– Ja, sagte ich. Wenn auch nur langsam.

Der Tripbericht über das wmk hätte sie sicher interessiert. Und das mit dem Brief hatte ich ihr auch noch nicht erzählt.

– Ich bin müde, sagte sie.

– Ich brauche noch ein bisschen, sagte ich.

Die zweite Flasche schmeckte besser als die erste. Ich wartete, bis die Geräusche aus dem Bad verstummten und Elodie ins Bett ging. Dann schaute ich mir den Porno nochmal an, den ich gefunden hatte, ein Werk aus den 1970ern, Menschen, die offensichtlich auf Drogen waren und Spaß am Sex hatten. Mein Schwanz und ich, wir begaben uns auf eine Zeitreise.

Damian

Es war unser dritter Abend im Cyclo, als eine blonde Frau mit militärisch wirkendem Kurzhaarschnitt und hellblauen Augen an unseren Tisch kam. Sie war uns schon am Vortag aufgefallen, ich hatte sie für eine Therapeutin gehalten.

– Guten Abend, sagte sie, es ist sonst nichts mehr frei, darf ich mich vielleicht zu euch setzen?

– Bitte, sagte Zoë.

Ihre Schultern und Arme waren muskulös, ihr Gesicht eher schmal und eckig, die Pupillen waren klein, aber die Augen klar. Großer Vata-Anteil, entschied ich.

– Ich heiße Daryl, sagte sie.

– Damian.

– Zoë.

– Entschuldigung, sagte Daryl und holte ein Mobiltelefon aus ihrer Tasche, um ein Gespräch wegzudrücken. Ihr seid nicht hier wegen einer Therapie, oder?

– Nein, wir sind hier, weil uns das Essen hier schmeckt, sagte ich.

Daryl lächelte, wirkte aber nicht belustigt.

– Ich bin für eine Therapie gekommen, sagte sie. Aber das ist schon zwei Monate her, Rutger ist längst wieder zu Hause.

Ihr Lachen war hell, doch ihm fehlte die Fröhlichkeit. Sie nahm die laminierte Speisekarte in die Hand und brauchte keine zehn Sekunden, ehe sie den Kopf hob und nach der Kellnerin sah. Nachdem sie Hühnchen-Amok bestellte hatte, fragte Zoë:

– War Rutger nicht zufrieden mit der Therapie?

– Doch. Ich glaube schon. Aber mit mir nicht. Jedes Mal, wenn wir auf MDMA waren, fing er davon an, dass doch nichts dabei sei, eine Prostituierte dazu zu nehmen für Sex zu dritt. Der Therapeut und die Droge haben mir geholfen zu verstehen, dass es tatsächlich gehen könnte, dass Rutger sehr viel daran lag, diese Fantasie auszuleben, und dass er meinen Unwillen als eine Grenze empfand, die er gerne überwinden würde, damit wir einander noch näher sein konnten.

Sie schwieg und ich sah kurz zu Zoë. In der Regel überließ ich es ihr, Gespräche mit Fremden zu lenken. Doch sie sagte nichts. Daryl senkte den Kopf etwas und sprach weiter.

– Aber nichts hat ihm oder dem Therapeuten geholfen zu verstehen, dass ich eine Grenze brauche und das Gefühl, dass diese auch respektiert wird. Er kam mit dieser blutjungen Asiatin ins Hotel und ich bin einfach gegangen. Als ich zwei Stunden später zurückkam, war er bereits weg. Oder in einem Bordell, was weiß ich. Seitdem ...

– Du bist danach einfach hier geblieben?, fragte ich nun doch.

Daryl nickte und holte eine Schachtel Zigaretten aus der Cargotasche ihrer kurzen Hose. Die Kellnerin kam mit Momos für mich und Glasnudeln für Zoë.

– Was machst du jetzt?, wollte Zoë wissen.

– Ich assistiere einer Therapeutin und überlege, hier zu bleiben.

– Hast du denn vorher in dieser Richtung gearbeitet?, fragte Zoë.

– Ich war Krankenschwester, sagte Daryl.

Zoë trat unter dem Tisch mit ihrem nackten Fuß auf meinen, doch ich hätte den Satz ohnehin nicht kommentiert. Diese Menschen, die anderen helfen wollten, denen aber offensichtlich selbst nicht zu helfen war, diese Experten, die fremde Beziehungen retten wollten, um sich in ihrer eigenen Einsamkeit besser zu fühlen, hilfsbereit und randvoll mit Verständnis.

– Es gibt ein Bordell hier?, fragte ich stattdessen.
– Ja, ein klein wenig außerhalb.

Was glaubte sie, warum es an einem Ort wie Kep einen Puff gab? Nur für die Einheimischen? Nur für die vier bis fünf Prozent Nicht-Therapie-Touristen?

– Und was macht ihr hier?, fragte Daryl nun.

Kep war ein guter Ort, um sich zu verstecken. Tagsüber lungerten wir am Strand herum, schwammen, lasen, aßen Ananas und Papaya, tranken Kokosnüsse. Wir gingen ins Internetcafé, ich bearbeitete Bestellungen, auf meinem Bitcoin-Konto ging Geld ein, Supresh schickte mir per Western Union ein wenig Bares. Das machten wir hier.

Supresh schrieb auch, dass der Mann, der nach mir gefragt hatte, nun auch ihn suchte, doch er machte sich keine Sorgen. Er war ins Dynamis-Viertel gezogen, zu einem reichen Inder, den er regelmäßig mit synthetischem Kokain versorgte und dem es kaum auffiel, wenn eins seiner Gästezimmer belegt war.

Der Mann sei ein privater Detektiv, einer von außerhalb der DZ, aber er arbeite nicht für die EDC. Das wollte Supresh herausgefunden haben, aber konnte man sich sicher sein? Wer auch immer es war, er würde uns hier kaum finden. Supresh hatte ein Foto geschickt von einem Westler, der die indische Kampfkunst Kalarippayat betrieb. Man konnte das Gesicht des Mannes darauf nicht gut erkennen, aber Supresh sagte, er heiße Deckard und sei der Sohn eines Kampfsportlers. Der Mann auf dem Foto war jung und mochte Deckard sein oder nicht, aber ich verstand nicht, wie Supresh nur mit dem Namen und meiner Beschreibung auf dieses Foto gestoßen war. Wenn Supresh der Detektiv gewesen wäre, den man auf uns angesetzt hatte, wären wir längst gefasst worden.

– Ich bin Koordinatorin einer Kaffee-Kooperative, sagte Zoë. Wir verkaufen Kaffee nach Europa.

Der Job, den sie vor zwei Jahren verloren hatte.

– Die letzte legale Droge, sagte Daryl und in ihrer Stimme klang Verachtung durch für ein Europa, das noch vor Kurzem ihre Heimat gewesen war.

– Naja, sagte ich, Valium und andere Beruhigungsmittel sind auch legal, Modafinil und Uykusuz und sonstige Aufputschmittel, die produktive Arbeitskräfte hervorbringen und auch noch den Motivationslosesten ins System eingliedern.

– Stimmt, sagte sie. Und was machst du bei der Kooperative?, wandte sie sich an Zoë.

– Ich bin die Verbindungsperson zwischen den Bauern und den Abnehmern, ich sorge dafür, dass faire Bedingungen eingehalten werden.

Das hatte so lange funktioniert, bis die Industrie ihre eigenen Mittelsmänner losgeschickt hatte, die den Kooperativen bessere Preise boten. Zumindest bei der nächsten und übernächsten Ernte. So lange, bis Leute wie Zoë aus dem Geschäft gedrängt waren.

– Aber in dieser Gegend wird doch kein Kaffee angebaut, oder?, fragte Daryl.

– Nein. Nein, wir hatten hier nur ein Treffen. Und dann haben wir noch ein wenig Urlaub drangehängt.

– Wie reagieren die Leute denn hier auf dich? Gerade die Bauern?

– Wieso?

– Naja ...

– Sie glauben zuerst, ich sei Amerikanerin, aber wenn sie erfahren, dass ich aus Afrika komme, dann scheinen sie mir eher zu vertrauen.

Es entstand eine Pause.

– Wie kommst du eigentlich darauf, dass wir nicht wegen einer Therapie hier sind?, fragte ich.

Die Kellnerin brachte Daryl ihr Essen. Sie nahm die Gabel in die Hand und sagte:

– Ihr seht nicht wie Touristen aus.

Nach den ersten Bissen sah man die Schweißtropfen auf ihrer Stirn und sie bestellte ein Bier. War sie wirklich schon so lange hier? Sie holte erneut ihr Telefon heraus und drückte einen weiteren Anruf weg.

– Arbeit?, fragte ich.

– Nein, sagte sie, nein, nein. Nur ein Freund, ich rufe ihn später zurück.

Während sie aß und die Schärfe immer wieder mit Bier wegzuspülen versuchte, erzählte Daryl von Rutgers Obsession, mit zwei Frauen ins Bett zu gehen, von den Foren für Sexualkontakte, wo er sie angemeldet hatte, von den zwei Malen, bei denen ihre Lustlosigkeit währenddessen Rutger offenbar noch mehr aufgegeilt hatte, dass er es, wie er in der Therapie auch zugegeben hatte, auch als Ausübung von Macht verstand und dass sie sich dabei nicht spielerisch unterwerfen konnte, sondern sich benutzt vorkam.

Die Therapie schien ihr zugesetzt zu haben. Sie redete so offen, als seien wir Therapeuten und sie auf MDMA. Es war ein unangebrachtes Gespräch und ich wusste, dass Daryl Zoë mit jedem Wort unsympathischer wurde. Privatsphäre war ein Fremdwort in einem Ort wie Kep.

Wir bezahlten, auch ihr Essen, und ließen Daryl dann alleine dort sitzen. Zoë sagte, wir seien müde, wir würden morgens mit den Einheimischen aufstehen, sie möge uns entschuldigen.

Hand in Hand gingen wir an den Strand, rauchten einen kleinen Joint und hörten den Wellen zu. Außer uns war niemand da. Die chemisch Verliebten saßen alle im Honigmond. Ich legte meinen Kopf in Zoës Schoß und sah zu den Sternen. Man konnte es hier aushalten. Meer, Wellen, Sterne, Salzgeruch. Der Honigmond und die Therapeuten, die waren erst seit einigen Jahren hier und würden auch wieder verschwinden.

– Ich mochte sie auch nicht, sagte Zoë.

– Nicht alle Menschen aus Europa sind so wie die, die du hier triffst, sagte ich.

– Ja, aber glaubst du, ich habe etwas verpasst, weil ich nie dort war?

– Nein.

Eine halbe Stunde später standen wir auf und gingen in unser Hotel. Die Zimmertür war aufgebrochen und unsere Sachen durchwühlt worden. Jemand hatte auch im Wasserkasten der Toilettenspülung und unter dem Schrank nachgesehen. Die Nähte unserer Tasche waren aufgerissen worden. Die Füllung aus den Kopfkissen geholt. Es fehlte nichts. Bis auf alle Drogen.

Ziggy

Er hatte sich nach Augustus Owsley Stanley III benannt, dem Mann, der in der 1960er Jahren Ken Kesey, die Merry Pranksters und die Grateful Dead mit LSD versorgt hatte. Nachdem er selbst LSD genommen hatte, brachte sich der ehemalige Balletttänzer innerhalb von drei Wochen in der Universitätsbibliothek die Synthese von LSD bei und stellte angeblich innerhalb von nur zwei Jahren 1,25 Millionen Trips in einem Badezimmer her. Somit war er mitverantwortlich für die Hippiebewegung dieser Jahre. Ein Mann, der sich ausschließlich von Fleisch, Eiern, Butter und Käse ernährte und Gemüse für gefährlich hielt. Als er 2004 Kehlkopfkrebs bekam, führte er das darauf zurück, dass seine Mutter ihn als Kind gezwungen hatte, Brokkoli zu essen. 2011 war er bei einem Autounfall gestorben, er, der er seinen ersten Trip mit den Worten beschrieben hatte: Die Autos küssten die Parkuhren. Ein Mann, der gesagt hatte: Chemie ist angewandte Theologie.

Owsley, der Name war ein Synonym für gutes Acid gewesen. Und seine Ernährungsgewohnheiten ein weiterer Beweis für Robert, dass Hunter S. Thompson recht hatte, als er sagte, dass Friede und Verständnis nicht für ein paar Münzen pro Pappe zu kaufen waren und dass die ganze damalige LSD-Kultur dem Trugschluss verfallen war, da sei Licht am Ende des Tunnels. Es blieb dunkel in diesem Leben. Es gibt kein Mittel dagegen.

Es kam etwas unerwartet, aber es erschien mir folgerichtig, dass dieser owsley_alive nur ganze Bögen verkaufte, keine Proben, keine kleinen Mengen, ein Bogen, hundert Trips, das war die kleinste Einheit, für vierhundertsechzig Euro.

Geld war nicht das Problem, das Problem war die Menge. Auch ein ganzer Bogen war leicht zu schmuggeln, aber im Fall einer Entdeckung würde João nicht als Konsument, sondern als Händler angeklagt werden und möglicherweise seine verbleibende Zeit hinter Gittern verbringen.

Ich drehte mich mit meinem Stuhl um, weil ich plötzlich das Gefühl hatte, jemand stünde hinter mir. Wenn dem so gewesen wäre, hätte ich hören müssen, wie die Tür geklinkt wurde. Ich vergewisserte mich, dass ich mich in der verschlüsselten Partition des Rechners bewegte. Jetzt, wo es ernst wurde, wurde ich nervös.

Es war leichter, den Kindern begreiflich zu machen, dass ihre Oma bald sterben würde, als ihnen erklären zu müssen, warum João auf einmal ins Gefängnis musste. Und ihr Vater vielleicht auch.

Es war schon schwer genug gewesen, Samuel nachvollziehbar zu machen, dass er einen Monat nicht Fahrrad fahren durfte, nur weil er mal zwanzig Meter ohne Helm gefahren war. Es war mindestens genauso schwer für mich zu verstehen, warum ich für die Kamera auf dem Bolzplatz aufkommen sollte, die Samuel offensichtlich unabsichtlich kaputt geschossen hatte. Eine Kamera auf einem Bolzplatz, die nicht mal dem Schuss eines Neunjährigen standhielt.

Was sprach dagegen, einer sterbenden Frau zwei Wünsche zu erfüllen? Das war nur eine rhetorische Frage. Die Antwort lautete: das Gesetz. Die Vorstellung von Gerechtigkeit, die zurzeit herrschte. Gesetze änderten sich und waren nicht überall gleich, das allein hätte doch ausreichen müssen, um zumindest zu ahnen, dass sie nicht auf der Wahrheit, sondern auf Übereinkunft beruhten.

Ich vergewisserte mich nochmals, dass jegliche Kommunikation verschlüsselt war, und öffnete dann erst moafeens Mail. *liebes brdgrl, sonderbarer nick für einen mann, der auch schon etwas älter zu sein scheint (?). es tönt irgendwo so, als wäre es sehr lange her, dass du bei deiner tante in bern warst. ich weiß nicht, warum ich darauf komme, geschriebene worte tönen ja nicht. aber ich würde mich immer noch gerne mit dir treffen, falls du mal in der gegend sein solltest. du kannst mir die plätze zeigen, wo du als kind gerne warst, und ich kann dir zeigen, wo ich das erste mal in meinem leben pilze genommen habe, spitzkehlige kahlköpfe, selbstgesammelt. das werde ich wohl nie vergessen. ich bin immer neugierig auf menschen und offen für neue erfahrungen, liebe und frieden, moafeen. ps die geschichte zu dem namen musst du mir mal erzählen.*

Ich hatte Falten im Gesicht, mein Bauch war weich, die Hosen, die ich vor zwei Jahren gekauft hatte, waren eng am Bund, an den Schläfen sah man erste graue Haare, mein letzter Drogenkonsum war fast zwei Jahrzehnte her, und auch wenn ich zu Pornos masturbierte, es ließ sich nicht leugnen, dass meine Libido nachgelassen hatte. Ich kam mir alt vor, und wenn ich versuchte, in die Zukunft zu schauen, konnte ich keinen Frieden entdecken. Oder auch nur Freude oder Aufregung. Gesetzt den Fall, wir würden uns treffen, warum sollte moafeen mich attraktiv finden?

Ich dachte an Diana. Nachdem Robert gestorben war, hatte sie fast ein ganzes Jahr lang nicht viel gemacht, zu Hause gesessen, nur so viele Aufträge angenommen, wie zum Überleben nötig waren, und sich sonst zwischen Sofa, Badewanne und Bett bewegt. Es hatte ausgesehen, als würde ihr der Lebenswille entweichen, und Damian und ich waren ratlos gewesen. Er wohnte damals noch zu Hause, doch er trieb sich viel draußen rum und es sah nicht so aus, als würde er die Schule beenden können. Das letzte Jahr hatte er dann auch wiederholt. Wir stritten uns damals, weil das Studium mich so in Anspruch nahm und ich nicht zusehen konnte, wie er sich einfach auf die faule Haut legte. Was soll das denn, sagte er damals, was soll das für eine Welt sein, wenn man zum Menschsein bestimmte Papiere braucht?

Diana hatte damals keine Freude in der Zukunft sehen können, doch nach ziemlich genau einem Jahr hatte sie die Wohnung gründlich geputzt, hatte Damian nahegelegt auszuziehen, den Balkon bepflanzt, hatte sich im Fitnessstudio angemeldet, wieder mehr Aufträge angenommen und hatte fröhlich gewirkt, leicht, verspielt. Sie war älter gewesen als ich jetzt, hatte aber auf einmal zehn Jahre jünger ausgesehen. Ich hatte einen Mann dahinter vermutet, obwohl es dafür keinerlei Anhaltspunkte gab.

Diese Lebendigkeit war ihr in den folgenden Jahren erhalten geblieben, als hätte sie nur ein dunkles Jahr durchstehen müssen, doch seitdem hatte es keine Anzeichen für Männer in ihrem Leben gegeben, auch wenn ich kaum glauben konnte, dass sie nun so lange abstinent gelebt hatte.

Ich setzte mich mit einem Bier in die Küche.

– Und?, sagte Elodie.

Ich hatte ihr nichts von dem Detektiv erzählt, nichts von dem Brief, nichts davon, dass keine Antwort kam und der Detektiv davon ausging, dass Damian nicht mehr dort wohnte.

Aber ich erzählte ihr nun von dieser Droge wmk, über die sich die Berichte häuften, und wie die Konsumenten alle Sprachen verstanden, als hätte es die babylonische Sprachverwirrung nie gegeben, wie sie neue Wörter entstehen und Buchstaben und Silben Orgien feiern sahen. Und davon, dass ich vermutete, das Ganze sei eine Ente. Ähnlich wie Jenkem und Milongon.

– Aber es könnte auch eine reale Droge sein?

Ihre Augen glänzten, ihre Mundwinkel wurden spitzer. Es war klar gewesen, dass sie darauf anspringen würde.

– Möglich.

– Wenn es eine reale Droge wäre ...

Sie sah mich an.

– Jegliche Verbindung zur DZ gefährdet unsere Zukunft, erinnerte ich sie.

Elodie nickte.

– Reizen würde es mich schon.

– Ich weiß.

Von Dianas Wunsch nach LSD erzählte ich ihr auch nichts.

– Ach so, sagte ich, was ich ganz vergessen habe, es gibt einige wichtige Teilnehmer, die doch noch zugesagt haben, der Kongress in Basel ist um zwei Tage verlängert worden.

Damian

Wir standen in der kleinen Lobby des Hotels, niemand hier hatte etwas Verdächtiges bemerkt. Mir tat es nicht leid um die anderen Drogen, ich musste nur an Deckard denken, der gesagt hatte, es solle kein wmk in der DZ auftauchen. Wir hatten 10 mg mitgehabt.

– Wenn jemand die Drogen wiederfindet, sagte ich zu dem Mann an der Rezeption, dann ...

Ich legte einige Scheine auf die Theke.

– Ich möchte nicht mal wissen, wer es war.

– Daryl, sagte Zoë.

– Was?

– Daryl, lass uns zum Cyclo.

Sie lief los und ich rannte hinterher. Sie war schneller als ich, schon immer gewesen, trotz dieses großen Hinterns, trotz der schweren Beine, obwohl sie barfuß war und der Rock sie einschränkte.

Daryl war fort. Die Kellnerin sagte, sie habe sie gestern Abend zum ersten Mal gesehen. Zoë nickte.

– So eine Geschichte wie die mit Rutger kann man sich doch nicht ausdenken, sagte ich.

– Oder eben doch. Ich hatte irgendwie kein gutes Gefühl bei dieser Frau. Damian, irgendjemand weiß, dass wir hier sind.

– Ach ja? Ich dachte, hier findet uns niemand?

– Ich ja auch. Woher wissen die das? Internetcafé?

Ich schüttelte den Kopf.

– Keine Spuren dort, auf keinen Fall.

Mobiltelefone benutzten wir beide nicht, ich war mit der Schreibtafel nie online gewesen, die Fahrkarten hatten wir im Bus gekauft, ich begriff nicht, wie uns jemand hier gefunden hatte.

– Vielleicht sollten wir einen Jeep mieten ..., fing ich an.

– Nein, vielleicht sollten wir einfach hierbleiben, sagte Zoë. Abwarten und sehen, was geschieht, dann verstehen wir mehr.

Ich wollte weg. Einfach weg.

– Abwarten und sehen, was geschieht, ja? Hältst du das wirklich für eine gute Taktik?

– Damian, die werden uns nicht erschießen. Wenn sie das wollten, hätten sie das schon getan.

– Nein, nicht erschießen, nach Europa verschleppen.

– Du bist viel zu unbedeutend …

– Danke.

– Damian. Lass uns warten. Vertraue.

Vielleicht hatte sie doch Angst, ich wusste es nicht. Aber wenn sie welche hatte, dann verging sie schnell. Irgendetwas in Zoës Körperchemie war vielleicht von Natur aus so beschaffen, dass sie Angst kaum spüren konnte. Oder die großen bereits ausgestandenen Ängste hatten sie vor langer Zeit schon taub gemacht für die kleinen. Vielleicht lag es aber auch an mir, meine eigenen Ängste überdeckten mein Wahrnehmungsvermögen für ihre.

– Komm, sagte Zoë und setzte sich an den Tisch, an dem wir vorhin mit Daryl gesessen hatten, komm, setz dich. Lass uns noch einen Eiskaffee trinken und ein Stück Kokoskuchen essen. Komm. Allein essen ist wie allein sterben.

Ich nahm mir einen Stuhl.

– Warum sollten sie ins Hotelzimmer einbrechen, wenn sie dich eigentlich entführen wollen?, fragte Zoë, nachdem wir bestellt hatten. Entwickle kein Yalsol. Was Süßes essen, was Süßes trinken und süß reden. Man kann sich nicht vor dem Tod nochmal sattatmen. Die Drogen sind weg. Und die Furcht vor der Gefahr ist schlimmer als die Gefahr selbst.

– Es gibt kein Mittel dagegen, zitierte ich Robert.

Sie lächelte, ich versuchte es auch, die Kellnerin kam.

– Lass uns einfach noch zwei, drei Tage hier bleiben, sagte Zoë kauend, essen, schlafen, sonnen, schwimmen. Wenn sie uns beobachten, sollten sie nicht das Gefühl haben, wir hätten Angst vor ihnen.
– Du glaubst, sie beobachten uns?
– Nein. Das glaube ich nicht, nur für den Fall.
– Zwei, drei Tage?
– Ja. Oder vier.

Ich hatte in den letzten Jahren stets Drogen besessen, selbst wenn ich abstinent gewesen war. Das hatte mir ein Gefühl von Sicherheit gegeben. Nun fühlte ich mich nackt, auch wenn ich das nicht zugeben mochte.

– Wir können ja schauen, was die Drogerie hier so bietet, sagte Zoë, LSD und MDMA wird es wohl …

Sie brach ab, kniff die Augen zusammen und sah auf einen Punkt hinter mir. Ich drehte mich um, sah eine Gestalt um die Ecke verschwinden, viel zu klein, um Daryl sein zu können.

Zoë sprintete los. Ich hinter ihr her. An der Ecke, hinter der die Person verschwunden war, blieb sie stehen. Es war eine Sackgasse und niemand war zu sehen.

– Vielleicht bekomme ich auch eine Art Yalsol, sagte Zoë. Ich dachte, ich hätte Celia gesehen.
– Celia?
– Ja.
– Wie, Celia?
– Du weißt, wen ich meine.

Ziggy

Wir saßen auf dem Balkon, tranken Minztee und ich drehte und wendete die Wörter in meinem Kopf, während wir in die untergehende Sonne blinzelten.

– Wie war das eigentlich für dich, als Vater gestorben ist?

Diana sah mich an, dann drehte sie den Kopf wieder zur Sonne, legte ihre Beine auf die Balkonbrüstung und nahm einen Schluck von ihrem Tee. Sie atmete hörbar ein, sagte dann aber nichts. Die Stille dauerte so lange, dass ich schon dachte, die Frage würde darin untergehen.

– Man stirbt nicht mit den Verstorbenen. Auch wenn sich das am Anfang so anfühlt. Das weißt du auch. Ich habe mir gewünscht, er wäre da, er wäre hier, selbst wenn nur noch seine schlechten Seiten übrig sein sollten. Sogar seine Gereiztheit habe ich vermisst und mir gewünscht, ich hätte nicht so viel Zeit damit verschwendet, mich darüber aufzuregen. Ich habe mir gewünscht, die Vergangenheit zu verbessern. Ihr wart ja jung, ihr hattet immer ein gutes Verhältnis zu ihm, selbst als ihr rebelliert habt, ihr hattet nichts zu bereuen. Aber ich habe mich ja gestritten mit ihm, ich hätte das alles gerne ungeschehen gemacht. Doch dann kam irgendwann der Tag, an dem ich wieder nach vorne gesehen habe.

– Wie kam das?

– Ich weiß es nicht. Wirklich nicht. Ich habe mir im Laufe der Jahre die eine oder andere Theorie zurechtgelegt. Sie klangen alle plausibel. Sie schienen etwas zu erklären, etwas aufzudecken, einen Prozess zu beschreiben. Es waren alles nur Geschichten, die komplizierten klangen besser. Aber nun, wo alles schon so lange her ist, muss ich sagen: Ich weiß es nicht. Du hast dir damals große Sorgen gemacht, nicht wahr?

– Hm.

– Und Damian auch, selbst wenn das nicht so aussah. Das tut mir leid, wirklich. Ich habe mich damals nicht mal darüber freuen können, dass Damian doch noch so lange hier geblieben ist. Vielleicht wird auch das mir eines Tages leidtun. Wer weiß?

Da es nur Geschichten waren, wie sie sagte, fiel es mir leichter, die Frage zu stellen.

– Steckte hinter einer dieser Geschichten auch ein Mann?

Diana drehte sich erneut zu mir. Das Licht war weich und schimmerte rötlich in ihrem kastanienfarbenen Haar. Ich glaubte, sie würde sich wieder Zeit mit der Antwort lassen, doch diese Frage ließ sie einfach untergehen.

Für die nächste brauchte ich abermals viel Anlauf.

– Hat es in der Zeit ... das war ja lange ... hat es nach Robert noch andere gegeben?

Sie lächelte, den Blick in der Ferne.

– Zekeriya, sagte sie. Du warst als Kind schon so. Warum gibt es Menschen? Warum steht der Baum dort? Wer hat ihn gepflanzt? Warum wissen die, dass nur Fahrzeuge bis acht Tonnen über diese Brücke können? Warum wird die Sonne abends rot? Warum kommt sie immer mit, wenn wir mit dem Zug fahren? Gibt es Menschen, die weder Junge noch Mädchen sind? Könntest du auch ein Kind mit João haben? Was muss man machen, damit man Mädchen bekommt? Wie viele Menschen kann man gleichzeitig lieben?

Sie nahm die Beine herunter, stand auf und besah sich die Minze genauer.

– Blattläuse, sagte sie. Wusstest du, dass ein Tabaksud gegen Blattläuse hilft? Aber bei den Tabakpreisen ...

Sie drehte sich um und lehnte sich an die Brüstung.

– Ich werde nicht klüger, nur weil ich bald sterben werde, sagte sie, also komm nicht auf die Idee, dass du aus meinen Taten und Worten Lehren ziehen könntest. Weißt du, was ich letzte Woche gemacht habe? Ich habe die E-Mails gelöscht, die dein Vater und ich uns geschrieben haben. Und die Chat-Logs.

– Aber ...

Ich wusste nicht, was ich dazu sagen sollte.
- Möchtest du wissen, warum? Das würdest du doch interessant finden, oder? Früher stöberte man in Kellern oder auf dem Dachboden, heute stöbert man auf Festplatten. Was hättet ihr davon, wenn ihr etwas lesen würdet, das nur deshalb nicht privat ist, weil wir diese Sphäre nicht mehr beanspruchen können? Wir waren immer offen zu euch, was wir verschwiegen haben, tut nichts zur Sache. Wenn auf der Festplatte Filme von uns beim Sex wären, das würdest du doch auch nicht sehen wollen? Wir haben euch alles gesagt, was wir für wichtig gehalten haben. Aber alle Eltern machen Fehler. Du erinnerst dich?

Als sie uns für alt genug hielten, hatten sie das oft gesagt, beide. Ich muss damals so vierzehn, fünfzehn gewesen sein, Damian elf, zwölf.

- Was würde es dir jetzt helfen zu wissen, dass ich fremdgegangen bin? Oder zu wissen, wie viele andere Männer ich nach Robert hatte und wie gut oder schlecht es mit ihnen war? Würde es dir die Sache leichter machen? Ziggy, du bist langsam zu alt, um Halt in solchen Geschichten zu suchen.

Sie hielt kurz inne, dann fuhr sie fort:
- Oder vielleicht auch nicht. Es spielt keine Rolle. Es gibt nicht nur einen Weg, es gibt keine Moral, die aus richtig und falsch besteht. Ich kann dich nicht beschützen, ich kann auch jetzt nur nach vorne sehen, deswegen räume ich auf. Und da vorne werde ich für dich nicht mehr da sein. Jeder kann Geschichten erzählen, aber sie füllen nur eine Leere, laden etwas mit Sinn auf, das keinen Sinn hat.

Sie kam einen Schritt auf mich zu und legte mir die Hand auf den Kopf.
- Tut mir leid, sagte sie und ihre Hand glitt in meinen Nacken.

Ich drückte meinen Kopf gegen ihren Bauch.

– Weißt du noch, wie das ist, wenn alle Fragen sich auflösen?, wollte sie wissen.
– Hm.
– Es gibt keine Antworten, sagte sie. Die Antworten verursachen die Fragen. Nicht umgekehrt. Es scheint Antworten zu geben, also denkt man sich passende Fragen aus, ohne zu bedenken, dass es keine Antwort gibt und keinen Sinn. Da ist nichts versteckt. Niemand will uns Lektionen erteilen.

Ich hätte gerne eine Zigarette geraucht. Oder etwas in der Hand gehabt.

– Ich glaube, ich habe eine Quelle gefunden, sagte ich, doch Diana reagierte nicht darauf.

– Einen ganzen Bogen, sagte João. Aber warum auch nicht. Lass ihn hierher schicken, am besten in einem Buch.
– Daran habe ich auch schon gedacht.
– Du kannst mir gerne einen Streifen überlassen.

Was war denn los? Auf einmal wollten alle LSD nehmen. Ich konnte mich noch an einzelne Momente von Trips erinnern, aber es war nun schon so lange her, ich konnte mir das Gesamtgefühl nicht mehr zuverlässig ins Gedächtnis rufen. Vielleicht kann man das auch nie. An Geschichten kann man sich erinnern, so wie an die von Owsley. Auf Drogen zu sein hatte etwas Traumartiges, es hemmte die gedächtnisbildenden Funktionen des Gehirns.

Vielleicht konnte ich ja in Bern ... Vielleicht nahm diese Beschäftigung mit Drogen auch einen zu großen Teil meiner nüchternen Gedanken ein.

– Wie geht es Diana?
– Keine Ahnung, sie wirkt gelassen. Abgeklärt fast. Doch sie scheint einige Geheimnisse mit ins Grab nehmen zu wollen.

Ich hoffte immer noch auf Antworten.

– Was für Geheimnisse?
– Woher soll ich das wissen?
– Was hast du sie denn gefragt?
– Nach anderen Männern als Robert.
João machte sich eine Zigarette an und ich sagte:
– Kann ich auch eine haben?
Er sah mich an, seine Augenbrauen verkürzten sich zu einem buschigen Balken.
– Diana sagt, Tabaksud ist gut gegen Blattläuse.
– Und hast du welche?
Er hielt mir die Packung hin und einige Momente lang sah er wieder so aus, als habe er den Gesprächsfaden verloren.
– Was glaubst du denn?, fragte er. Würdest du es ihr zutrauen?
Ich nickte vorsichtig.
– Und deinem Vater auch?
Wieder nickte ich.
– Und was glaubst du, heimlich oder offen?
Ich hob die Schultern, João gab mir Feuer. Die Zigarette schmeckte mir nicht, aber ich wollte sie nicht sofort wieder ausdrücken.
– Weißt du etwas?, fragte ich.
– Nein, sagte João. Nein. Aber wenn ich etwas wüsste, warum sollte ich es dir erzählen, wenn die beiden es nicht getan haben?
Zu viele Fragen, dachte ich auf dem Heimweg. Viel zu viele. Es klang gut, einfach zu behaupten, die Antworten würden die Fragen verursachen, aber es brachte einen nicht weiter. Warum steht der Baum hier? Warum gibt es Menschen? Warum möchte Diana nach über dreizehn Jahren Damian nochmal sehen? Warum will sie LSD nehmen? Warum nennt sie mich Zekeriya, was sie das letzte Mal vor Roberts Tod getan hat? Warum ist Elodie nicht

ein wenig mutiger? Und warum hat sie weniger Angst, wenn die Drogen in ihr Interessengebiet fallen? Warum meldet sich ezenow nicht? Hilft es weiter zu wissen, dass Damian anscheinend an die Küste gefahren ist? Soll ich tatsächlich für zwei Tage nach Bern fahren? Muss ich mich schlecht fühlen, nur weil die Möglichkeit besteht, dass ich fremdgehen könnte? Gibt es einen anderen Weg als Drogen, damit die Fragen alle mal kurz verschwinden und ich in Ruhe schlafen kann?

Damian

– Celia, die gehört zum Trip, oder?
  Supreshs Pupillen waren groß und sie schienen noch größer zu werden, als unsere Thalis kamen.
  – Was hast du denn genommen?, fragte ich.
  – 2C-B.
  – Wie viel?
  – So 40 mg, über den Tag verteilt.
  Er biss von seinem Papadam ab, kippte das Schälchen mit den Linsen über den Reis und vermischte beides mit der Hand.
  – Ich habe alles im Griff, sagte er grinsend.
  Ich sah ihn an.
  – Du führst eine Gruppe Italiener durch Angkor, die das erste Mal LSD nehmen, laut durcheinanderreden, Steinfiguren knutschen und den Mund so weit auf haben, dass die Vögel anfangen, Nester darin zu bauen, und bist selber auf 2C-B? Das ist unverantwortlich, sagte ich. Du bist ihr Tripsitter, dafür bezahlen sie.
  Ich traute Supresh durchaus zu, in diesem Zustand eine Gruppe zu führen, doch wenn gewisse Grenzen erst mal überschritten sind, gibt es für die meisten kein Zurück

mehr. Aber ich erinnerte mich auch, dass man zu Übermut neigt, wenn man jung ist und sich Dinge traut, die einem zehn Jahre später abwegig oder wagemutig vorkommen.

– Es war das letzte Mal, sagte er. Ich hänge diesen Job an den Haken. Es macht keinen Spaß mehr. Und, ich meine, jetzt mal ehrlich, wie oft hast du dir Angkor schon nüchtern angesehen?

– Zwei oder drei Mal.

– Und wie oft auf Drogen?

Ich zuckte mit den Schultern.

– Siehst du, bei mir ist es umgekehrt. Was ist nun mit dieser Celia?

– Sie gehört zum Trip, sagte Zoë. Würde ich auch sagen. Hast du die Berichte gelesen?

Supresh nickte, während er anfing, mit den Fingern zu essen.

– Und woher wissen wir alle, dass sie Celia heißt?

– Keine Ahnung, antwortete Zoë.

Sie schien nicht die Absicht zu haben zu erzählen, dass sie Celia in Kep gesehen hatte. Oder glaubte, sie gesehen zu haben.

– Und warum sieht sie wie eine Europäerin aus, verdammt? Müsste sie nicht wie eine Afrikanerin aussehen?

– Wieso eine Afrikanerin?, fragte Zoë.

– Na, weil doch dort angeblich die Wiege der Menschheit ist. Dann ist doch auch die Sprache dort entstanden. Oder haben in Europa die Tiere vor den Menschen geredet?

Er lachte prustend, als habe er einen guten Witz gemacht.

– Du glaubst, dieses Mädchen ist der Ursprung der Sprache?, fragte ich.

Supresh kippte das Schälchen mit den Okraschoten neben das Reis-Linsen-Gemisch und schob die Unterlippe vor.

– Ja. So was in der Art.
– Und warum taucht sie in den Trips auf?

Supresh sah von seinem Essen hoch und strahlte mich an:

– Damian, du hast ein Buch geschrieben und du bist rumgereist und all das, warum stellst du mir solche Fragen? Ist doch egal, vielleicht ist Celia auch nur ein Symbol für etwas anderes. Ich habe keine Ahnung. Die wichtigere Frage ist doch: Wer ist hinter euch her? Und ist er euch bis hierher gefolgt? Oder hat er genug, jetzt, wo er 10 mg wmk hat. Warum wollte dieser Deckard nicht, dass das wmk hier auftaucht? Für wen arbeitet er? Celia ... Celia könnte man fragen.

– Du hast das wmk allein genommen, sagte ich.

– Ja. Und ich habe eine Lösung gemacht und einige Bögen darin getränkt, alles genau ausgerechnet, exakt 0,85 mg pro Blotter, damit wir es auch an Leute verkaufen können, die sich das Wiegen nicht zutrauen oder keine verdächtige Waage zu Hause haben wollen. Kannst du in dein Menü mit aufnehmen. Das Geschäft läuft ja gut, scheint niemanden zu stören, dass er hinterher zwölf Stunden kommunikationsunfähig ist.

– Was glaubst du denn?, fragte Zoë.

– Wie, was glaube ich?

– Was sind die Antworten auf die wichtigeren Fragen?

Supresh zog die Nase hoch, lehnte sich zurück, schluckte und sagte dann:

– Deckard hat den Auftrag, Celia aus diesen Trips zu entfernen, weil sie glauben, dass dann auch diese Nachwirkungen aufgehoben sind. Es ist Celia, die den Menschen die Sprache stiehlt. Sie hat die Macht, sie zu geben und zu nehmen. Deckard möchte Celia irgendwie außerhalb der DZ dingfest machen. Oder nein – er möchte, dass so viele Menschen auf wmk trippen, dass Celia sich materialisiert. Und dann will er sie ... liquidieren. Vielleicht wird sie aber auch von selbst aus dem Trip verschwinden, wenn sie sich erst mal materialisiert hat. Am besten nicht hier, denn hier würde sie allen Drogenköpfen auf den Geist gehen. Deckard arbeitet für EA oder für eine von den anderen Firmen und sie wollen das Monopol auf wmk, wollen es aber zunächst außerhalb bekannt machen. Werbestrategie und so. Das einzige Zeug, das es hier noch nicht gibt. Und RecDrugs oder Psyche-Daily haben das spitz bekommen, dass ihr wmk habt, und sind deswegen hinter euch her, sie wollen den Stoff untersuchen und Synthesewege finden.

– Und der Detektiv?, fragte ich.

– Der hat mit all dem nichts zu tun. Der ist von der EDC eingesetzt, um sich über die Strukturen hier zu informieren. Vor dem brauchst du keine Angst zu haben, der kennt sich hier nicht aus, der hat deine Spur längst verloren.

Supresh sah erst mich, dann Zoë an, er versuchte ernst auszusehen, aber dann prustete er los:

– Was weiß denn ich? Ich habe noch weniger Ahnung als ihr. Der Wissende weiß und erkundigt sich, aber der Unwissende weiß noch nicht mal, wonach er fragen soll. Mein Kopf ist wie eine Wüste und was ich erzählt habe, ist nur ne Fata Morgana.

Er beugte sich wieder über sein Essen und da war Neid in mir auf diese Unbeschwertheit. Doch er hatte auch gut lachen, niemand war hinter ihm her. Ich sah Zoë an, sie lächelte mir zu, schien amüsiert zu sein über Supresh. Sie tunkte ihr Chapati in das Auberginen-Curry und ich fragte die Kellnerin nach frischen Chilis.

– Wie kannst du in dieser Hitze nur so viele Chilis essen?, sagte Supresh. Das ist was für Hochlandbewohner in den Anden oder so, damit denen warm wird. Was empfiehlst du in deinem Reiseführer für Cuzco, AMT, damit es nicht zu kalt wird. Chilis, ich verstehe gar nicht, wie die ihren Weg in die indische Küche gefunden haben zusammen mit den Kartoffeln, die da auch nicht reingehören.

Den Reiseführer kannte er fast auswendig, auch wenn er die wenigsten Orte schon mal gesehen hatte. Wahrscheinlich beneidete er uns auch, weil wir die Zeiten erlebt hatten, als Fliegen noch billiger war und die Fronten zwischen DZ und Nicht-DZ noch nicht so verhärtet waren.

– Du glaubst, das ist wirklich Deckard auf diesem Foto?, sagte ich.

– Du hast ihn gesehen, nicht ich. Aber es passt zur Beschreibung, oder?

– Und wie hast du das Foto gefunden?

– Du hast mir beschrieben, wie der Typ aussah, und ich dachte, er könnte ein Kampfsportler sein. Und dann habe ich alle Leute gefragt, die was mit Kampfsport zu tun haben. Auch diesen Freund meines Onkels in Chennai. Und der wusste von einem Mann namens Deckard, der mal dort trainiert hatte. Sehr begabt, aber sehr zurückhaltend, sagt der Freund meines Onkels. Mehr konnte ich noch nicht herausfinden, aber ich bleibe dran.

So war es mit Supresh immer. Der Freund seines Onkels, die Schwiegermutter seines Cousins, die Großtante aus Amerika, seine Verwandten in England. Anfangs hatte ich gedacht, er mache sich wichtig mit all diesen Informationen, die er angeblich aus erster oder zumindest zweiter Hand hatte, aber zu oft war etwas dran, als würden die Fäden dieser Welt in Südindien zusammenlaufen.

Nachdem seine Schüsseln leer waren, lehnte Supresh sich zurück und sagte:

– Ich bin konsumgeil heute. Mein letzter Tag als Tripsitter. Ein wenig 4-AcO-DMT zum Ausklingen?

– Zum Ausklingen? Das hört sich nach nem vollwertigen Trip an, sagte Zoë.

– Jo, passt schon. Kommt, lasst uns feiern.
Er sah mich an.
– Was ist los? Glaubst du, du bist wirklich in Gefahr? Das wmk ist an einem sicheren Ort. Habe ich jemals was verbockt? Ich finde auch für euch ein gutes Versteck. In Indien, wenn es sein muss. Da kannst du dann jeden Tag Chilis essen, dass deine Augenbrauen mit Schweiß bewässert werden. Mein Opa hat so dicke Augenbrauen, dass man Bleistifte drauflegen kann. Dass kommt von den Chilis, da bleiben die immer schön feucht.
– Nein, sagte ich, keinen Trip heute.
– Ich auch nicht, sagte Zoë.
– Lass uns lieber morgen ..., fing ich an.
– Echt, sagte Supresh, morgen, wir drei? Versprochen? Yeah. Das wird geil. Muss ich nur noch meine Pillen gegen Kreuztoleranz nehmen. Yeah.
Er strahlte und wackelte mit dem Kopf.

Ziggy

Welche Substanz?
ezenow war nicht besonders mitteilungsfreudig. Ich ging auf Antworten, hängte Psyllis Datei an, klickte erst auf Verschlüsseln, dann auf Senden.

Über eine vorbezahlte Kreditkarte, die ich mir besorgt hatte, transferierte ich Geld auf ein Bitcoin-Konto, mit dem man anonym bezahlen konnte. Ich orderte einen Bogen bei owsley_alive, bat ihn, den Bogen in ein Buch zu legen, gab Joãos Laden als Lieferadresse an und überwies ihm vierhundertsechzig Euro in Bitcoins.

Dann lehnte ich mich zurück. Das war das erste Mal seit zwanzig Jahren, dass ich Drogen im Internet kaufte. Es hatte sich nicht viel geändert, man verschlüsselte Nachrichten und bezahlte auf eine nicht leicht nachvollziehbare Weise. Im Grunde war es sicherer, als zu einem Dealer zu gehen, der möglicherweise observiert wurde, und selbst wenn nicht, musste man die Ware dann am Körper nach draußen tragen und leugnen wurde schwer. Außerdem hatte man im echten Leben in der Regel keinen Kontakt mit den anderen Kunden eines Dealers und konnte sich nicht austauschen, wie es auf undrugged der Fall war. Und ich hätte auch ganz einfach nicht gewusst, wo ich mit Anfang vierzig in dieser Stadt jemanden finden hätte können, der LSD verkaufte.

LSD, moafeen, Bern, im meinem Kopf öffnete sich ein Raum, der voll war von möglichen Ereignissen in einer nahen Zukunft, ein Raum voller Sehnsüchte, Vorstellungen und Befriedigungen. Vielleicht hätte Diana gesagt, dass der Raum voller Geschichten war, die nicht nur keine Bedeutung hatten, sondern auch noch ungeschrieben waren.

Ich hätte den Kindern mehr Aufmerksamkeit schenken sollen, seit einer Woche schon hatte ich mir Samuels Träume nicht mehr erzählen lassen, und dass Leonie sich in letzter Zeit häufig bei lauter Musik in ihrem Zimmer einschloss, war mir nur recht. Ich war unkonzentriert bei der Arbeit und auf der Suche nach Damian kam ich auch nicht wirklich weiter. Dass der Expressbrief ihn irgendwie erreichen würde, hielt ich mittlerweile für unwahrscheinlich, aber nicht mal darüber dachte ich ausreichend nach.

Meine Gedanken kreisten um das LSD, wanderten zu Francis Crick, dem Mitentdecker der DNA, der gesagt hatte, LSD habe ihm geholfen, den strukturellen Aufbau des Erbgutes zu verstehen. Ich dachte an Bill Wilson, den Mitbegründer der Anonymen Alkoholiker, der geglaubt hatte, LSD könne vielen Alkoholikern aus der Sucht helfen. An Steve Jobs, der Albert Hofmann einen Brief geschrieben hatte, weil er LSD als eine der wichtigsten Erfahrungen in seinem Leben ansah.

Vielleicht könnte ich LSD nehmen und hätte dann einen Geistesblitz, ich würde eine Möglichkeit entdecken, zuverlässig luzide Träume herbeizuführen. Vielleicht konnte ich mit einer bahnbrechenden Idee aufwarten und eine Wendung in unserem Projekt herbeiführen. Elodie, Elodie wäre stolz auf mich und ich ... ich befand mich auf dem richtigen Weg, redete ich mir ein. Während die Ereignisse sich noch nicht zusammengefügt haben, mag es aussehen, als würde man durch ein undurchdringliches Chaos waten, aber rückblickend erkennt man erst, wie jeder Stein, den man als Hindernis angesehen hat, an der richtigen Stelle lag.

Die Erkenntnis, dass man für jede beliebige Weltsicht Anhaltspunkte findet, ist bitter, weil sie keinen Boden unter den Füßen lässt oder nur den, den Descartes auch hatte.

Wenn Sprache Heimat ist, dann macht wmk die ganze Welt zu deinem Zuhause. Es entfernt einen nicht, genau wie LSD einen nicht wirklich entfernt, sondern gewährt Einsicht in zutiefst menschliche Dimensionen. Es enträtselt dabei nicht die Welt wie andere Entheogene, sondern enträtselt die Sprache, doch auch hier kann man die Lösung nicht in den nüchternen Zustand hinüberretten. Bei meinem zweiten Trip habe ich 2,5 mg wmk genommen und in dem Moment, in dem Celia auftauchte, konnte ich erkennen, dass sie nur eine personifizierte Droge ist, eine Droge, viel älter als das Soma der Veden, eine Droge, die es in Afrika gegeben hat und durch die Sprache erst entstanden ist. Es war kein Virus, wie Burroughs glaubte, es war eine Droge. Celia ist die Personifikation einer Pilzart, die ausgestorben ist, nachdem sie den Menschen die Sprache gebracht hatte. Das konnte ich klar erkennen, da ich zu den 2,5 mg wmk noch 35 g frische

Psilocybe cubensis genommen hatte, die mir die Perspektive der Pilze nahebrachten. wmk ist neu synthetisiert, doch dem ausgestorbenen Pilz behagt diese Art der Wiederauferstehung nicht. Deswegen, Leute, hört auf mich und konsumiert kein wmk, es führt nur zu Ungleichgewicht in der Welt.

Ein weiterer Tripbericht zu wmk, von daybrain, dessen übrige Posts darauf schließen ließen, dass sich auch seine nüchterne Alltagsrealität deutlich von der seiner Mitmenschen unterschied.

Inzwischen gab es einige Berichte über diese Substanz und ich begann zu glauben, dass sie wirklich existierte, da die Beschreibungen viel zu detailliert und übereinstimmend waren, um ausgedacht zu sein.

Es wäre eine gute Substanz für Elodie, auch wenn sie das Recht darauf verwirkt hatte, als sie mir gleichsam verboten hatte, in die DZ zu fahren. Doch es gab nicht viele andere Menschen, die dieses wmk so sehr zu schätzen gewusst hätten wie Elodie. Sie saß nun schon seit Jahren beharrlich an ihren Studien, ohne wirklich weiterzukommen. Eine Dosis wmk hätte vermutlich Wunder gewirkt. Wunder, das war auch das, was ich mir für meine Arbeit erhoffte.

Ich schrieb Psylli, entschuldigte mich, dass ich schon wieder nachfragte, aber ich sei auf der Suche nach wmk und 2C-B. 2C-B, das würde Damian sicherlich im Angebot haben, er hatte es immer gerne genommen. Wie hunderte andere Händler sicherlich auch, aber da ich nun schon den Heuhaufen gefunden hatte, konnte ich auch nach der Nadel suchen.

Ich ließ ihn wissen, dass ich seine Datei weitergeleitet hatte an jemanden, der möglicherweise über weitreichende Kontakte verfügte. Und fragte, warum er seine Arbeit nicht im Netz veröffentlichte.

Eine Mail von moafeen kam rein, eine Mail, die wirkte wie ein Brief. Sie nähte ein Kleid, das zu diesem Frühling passte, abends trank sie immer Melissentee, morgens meditierte sie, während die Vögel zwitscherten, manchmal masturbierte sie hinterher, sie hatte viel im Park gelegen, das Wetter sei herrlich, vielleicht ein Grund für ihre ständige Erregung, an besonders sonnigen Tagen ließ sie Vorlesungen ausfallen, das würde sie wohl kaum bereuen, wer wisse schon, wann sich nochmal solche Gelegenheiten ergeben würden. Sie habe im Park *El hablador* gelesen, bereits zum dritten Mal. Sie wollte wissen, ob ich das Buch kannte und welche meine drei Lieblingsbücher seien.

Meine drei Lieblingsbücher. Ich hatte nie zu Listen geneigt, Lieblingslieder, Lieblingsfilme, Lieblingsdrogen, so war ich auch in moafeens Alter nicht gewesen, doch dass sie *Der Geschichtenerzähler* las und das offensichtlich auch noch im Original, machte sie noch anziehender für mich.

Ich schrieb, ich würde keine Listen machen, aber auf Anhieb fielen mir *Die Knochenleute* ein, ein Buch, das ich häufig mit Begeisterung gelesen hatte, es sei außerdem auch noch eins der Lieblingsbücher meiner Frau, tippte ich. Löschte es wieder. Tippte es erneut. Kopierte den Satz, bevor ich ihn löschte. Fügte ihn wieder ein. Machte die Aktion rückgängig. Das ging einige Minuten lang so. Was trieb ich da eigentlich, ich hatte ihr doch schon geschrieben, dass ich verheiratet war.

Dann ging ich runter in die Küche, machte mir ein Bier auf und setzte mich wieder vor den Monitor. Doppelt hält besser, der Allgemeinplatz, auf den sich João auch gestellt hatte. Ich fügte den Satz ein und fragte sie, ob sie nicht vielleicht eine Quelle für 2C-B hatte. Verschlüsseln, abschicken, trinken.

Damian

Wir hatten den Wecker auf sechs gestellt. Während wir unseren Kaffee tranken, ging langsam die Sonne auf. Supresh wippte die ganze Zeit mit seinem Knie, während Zoës Lider noch so schwer waren, dass sie ganz bekifft aussah.

– Hoffentlich wird es heute nicht so heiß, sagte Supresh.
– Und wenn?, fragte ich.
– Macht doch keinen Unterschied, murmelte Zoë.

Als wir vom Hof des Hotels aus auf die Straße traten, kam eine Motorradrikscha direkt auf uns zu und wir hörten eine Stimme aus den Boxen:

– Angkor. Ich mache euch einen guten Preis.
– Wie viel denn?, fragte Supresh.
– Wir wollten doch Fahrrad fahren, sagte ich.
– Warum sollten wir nicht einen alten Kollegen unterstützen?

Zoë sah ihn an und wackelte mit dem Kopf, wie Inder es häufiger tun, eine Geste, die man nicht immer eindeutig als Zustimmung oder Ablehnung entschlüsseln kann.

– Scheiße, es wird heiß heute.
– Wir fahren immer mit dem Fahrrad, sagte ich.
– Supresh, das bist du doch, oder?, klang es aus den Boxen der Rikscha.
– Ja, sagte Supresh und sah direkt in die Kamera, wobei er die Augenbrauen zusammenzog und nachzudenken schien.
– Vijay?

Den Rest des Gesprächs verstanden wir nicht, da die beiden auf Kannada miteinander redeten und zwischendurch englische Wörter einstreuten. Damit auch wir in der Öffentlichkeit privat reden konnten, hatte Zoë deutsch gelernt, schon ganz am Anfang unserer Beziehung. Es war manchmal gut, die Menschen um einen herum vom Gespräch auszuschließen, eine Erfahrung, die Amerikaner in der Regel nicht kannten. Und die vielleicht vom wmk überholt werden würde.

Es war ein seltsames Bild, nicht nur, weil man die Worte nicht verstand, ein indischer Jüngling, der sich im ersten Licht der Sonne mit einer Rikscha unterhielt.

– Vijay, sagte er dann zu uns gewandt. Der gute, alte Vijay. Der war indischer Meister im Motorradrennen, aber Rikschas zu fahren bringt mehr Geld als das. Er ist ein Topfahrer.

Zoë wackelte wieder mit dem Kopf.

– Fahrrad, sagte ich.

– Theek hai, sagte Supresh, blickte wieder in die Frontkamera und wackelte mit dem Kopf.

– Goodbye, klang es aus den Boxen.

– Byebye, sagte Supresh und sah uns an. Wir werden als verdunstete Pfützen zurückkommen.

– Wir werden heute Abend wieder im Little India sitzen und Thalis essen und einen verdammt schönen Tag gehabt haben, sagte ich. Ich gebe dir auch achtzehn Lemon-Soda aus.

– Okay, okay, sagte er. Erst mal die Tickets.

Er holte drei Pappen heraus, deren Muster ich nicht sofort erkennen konnte.

– Artcores von Pyche-Daily, sagte er, 225 Mikrogramm. Gute Reise.

– Gute Reise, sagte ich, legte mir die Pappe auf die Zunge und küsste Zoë auf den Mund. Supresh wackelte mit dem Kopf.

– Gute Reise, sagte Zoë.

– Und jetzt die Tickets.

Wir mieteten Fahrräder, Supresh übernahm die Führung und führte uns auf Nebenstraßen zum Haupteingang, damit Zoë und ich Eintrittskarten lösen konnten, er hatte noch seinen Pass als offizieller Touristenführer.

– Wohin zuerst?, wollte Zoë wissen.

– Klassisch, sagte Supresh, Angkor Wat.

Wir stiegen auf die Fahrräder und fuhren los. Eine Viertelstunde später standen wir vor der größten der Tempelanlagen. Ich zog meine Flipflops aus und steckte sie in die Cargotasche meiner Hose. Das Gefühl dieser alten Steine, die den Weg pflasterten, dieses Abgeschliffene, die Glattheit, die Farbe, die morgens ganz anders war als abends, das noch kühle Gefühl unter meinen Sohlen, alles war mir so vertraut, als wäre es eine Heimat, die ich nie verlassen hatte. Wie oft war ich nun schon barfuß auf LSD diesen Weg gegangen?

Der Himmel verdunkelte sich. Ich sah hoch, hinter dem Tempel waren Wolken, die aussahen, als würden sie mit der Größe der Anlage konkurrieren wollen. Ich blickte zu Supresh, der auch hochsah und grinste, was wohl nicht nur daran lag, dass er sich von den Wolken einen kühleren Tag versprach.

– Das Kirnen?, sagte Zoë und weder Supresh noch ich nickten. Das war keine Frage gewesen, wir schlenderten um den Tempel herum zur Ostseite, wo auf einem riesigen Relief das Kirnen des Milchozeans dargestellt war. Götter und Dämonen benutzten den mythologischen Berg Meru als Quirl, indem sie den König der Schlangen als Seil darum banden. Sie wollten aus dem Ozean Amrita, das Getränk der Unsterblichkeit, gewinnen. Links sieht man die Dämonen, rechts die Götter, der Ozean unter ihnen ist voller Meerestiere, über ihnen schweben Apsaras, halb menschliche, halb göttliche Frauen.

Wir stellten uns vor diese gut fünfzig Meter lange Steinmetzarbeit, Supresh rezitierte das Gayatri-Mantra und die Sonne fand eine Lücke in den Wolken und wärmte unsere Rücken. Die Saison hatte noch nicht begonnen, und seitdem Angkor in der DZ lag, waren die Besucherzahlen ohnehin zurückgegangen, doch jetzt sah man häufiger Westler wie uns, die aus Stein gehauene Figuren anstarrten, als sei dort die Summe aller Geheimnisse offenbart.

Da war das leichte Ziehen, als müsste ich kacken, ich spürte die steigende Aufregung, ich merkte, wie meine Mundwinkel hochgingen, dieses Grinsen, das kaum abzustellen sein würde. Ich sah Zoë an, ihre Lider hingen nicht mehr, dafür schien sie unter den Augen einen Lidstrich von einem dunklen Violett zu haben, doch den sah ich immer, wenn wir auf Drogen dieser Art waren. Ihre Lippen leuchteten und ich konnte aus zwei Schritten Entfernung die Falten und Risse darauf und den feinen Übergang von der Fleischfarbe der Innenseite zum Braun ihres Mundes sehen.

Supreshs Stirn glänzte am Haaransatz, die Enden seiner langen Wimpern schienen sich aus eigener Kraft nach oben zu biegen, seine grünen Augen einen Hauch Türkis auf sein Gesicht zu legen, während seine Lippen sich weiterhin bewegten. Er war leiser geworden und ich konnte nicht hören, welches Mantra er rezitierte. Er stoppte, drehte sich zu uns und holte tief Luft, sagte aber nichts. Zoë wackelte mit dem Kopf und lachte.

– Ich ..., fing er an, ... danke ...

Als ich wieder nach vorne sah, konnte ich erkennen, wie die Dämonen die Schlange nach links zogen, auch die Tiere im Ozean schienen in Schwung zu kommen, die Steine bekamen mehr Farben und Schattierungen und Supresh sagte:

– Das Kirnen.

– Amrita, sagte Zoë.

– Götter und Dämonen, sagte ich, und heute beten die Leute Sohal Mishra an.

– Ich würde eher eine von den Apsaras nehmen als eine studierte Chemikerin, sagte Supresh.

Zoë lachte, als habe er einen Witz gemacht. Supresh fand Sohal Mishra sexy, doch wir waren bereits dort, wo einem Lachen als ein natürliches Bedürfnis vorkommt, das sonst immer unterdrückt wird.

Das Relief geriet immer mehr in Bewegung, der Ozean wurde gequirlt, vermengt, gekirnt, gerührt, gemixt, Dämonen und Götter arbeiteten zusammen, Apsaras schwebten über ihnen. Die Wolken hinter uns waren verschwunden, es war schwül, ich begann zu schwitzen und mein Zeitgefühl war im Begriff, mich zu verlassen. Langsam gingen wir das Relief auf und ab, ich sah zu, wie Seeungeheuer miteinander kämpften, ich sah die Fische und die Krokodile schwimmen, ich sah die Schildkröte, auf der Vishnu stand, und musste an die Panzer denken, die vor einigen Jahren gefunden worden waren und auf denen Texte standen, die bisher niemand entschlüsseln konnte. Ich sah die vielgesichtigen Gestalten und konnte nicht mehr sagen, wie viele Gesichter sie im Stein hatten und wie viele ich noch dazu sah. Wir setzten uns hin, grinsten, seufzten, starrten, bis Supresh aufstand und sagte:

– Bayon?

– Klassisch, sagte ich.

Die Wirkung wurde immer stärker, wir waren eindeutig noch nicht auf dem Höhepunkt. Als ich aufstand, war ich erstaunt darüber, diesen Körper zu bewohnen. Er gehorchte mir nur aus Gewohnheit.

Wir gingen auf der anderen Seite um den Tempel herum, schlossen die Fahrräder auf und Supresh sagte:

– Wir hätten eine Rikscha nehmen sollen.

– Sollen wir dir einen Helm mieten?, fragte ich.

– Ich mein ja nur, sagte Supresh, ich kann keine Entfernungen und Geschwindigkeiten mehr einschätzen.

– Es ist kaum Verkehr, wir setzen uns auf das Rad, deine Beine machen komische Bewegungen und zehn Minuten später sind wir da.

– Wird sich wie ne Stunde anfühlen.

Bald schon lächelten uns die aus Stein gemeißelten meterhohen Gesichter auf den Türmen der Anlage an, als hätten sie schon lange vor uns auf den Grund der Dinge gesehen, und das nicht nur für einige Stunden. Seit mehr als achthundert Jahren blickten diese Bodhisattvas in alle vier Himmelsrichtungen, als seien sie aus der Zeit herausgehoben, als kennten sie eine Wahrheit, die nicht ein Wort ist, sondern ein Zustand.

Wir trennten uns am Eingang und ich betrachtete mal dieses, mal jenes Gesicht. Sah, wie ein Lächeln breiter wurde, Augen freundlicher, ich starrte fasziniert auf die Muster, die sich über die Stirnpartie legten.

Zu diesem Zeitpunkt hätte uns auch das Schillern eines Chitinpanzers fasziniert, doch diese Steine gaben etwas Tieferliegendes frei. Es war, als könnte man eine gänzlich andere Welt betreten, ihre Farben und Gerüche aufnehmen, ihre Töne und Worte hören. Es war, als müsste man nur einen Schritt in die falsche – oder richtige – Richtung tun und man würde nicht mehr zurückfinden in die eigene Zeit. Wenn man lange genug auf einen Punkt starrte, wurden die Farben und Muster jetzt so überwältigend, traten so sehr in den Vordergrund, dass die dahinterliegende Welt verschwand.

Wir trafen uns wie verabredet an dem Relief an der Ostseite des Tempels. Zoës Pupillen waren riesig, die Lider aufgerissen, der Lidstrich, den es nicht gab, leuchtete in einem hellen Aubergine. Supreshs Haut glänzte vor Schweiß und ich schaute kurz auf meine Hände, die mir unnatürlich blass vorkamen. Supresh holte aus seiner Hosentasche ein Stück Alufolie heraus. Als er sah, dass ich mit meinen Augen seinen Bewegungen folgte, wollte er etwas sagen, aber dann brach er in ein Gelächter aus, das seinen ganzen Körper erfasste. Tränen traten in seine Augen, er krümmte sich, hielt sich den Bauch, schien kaum noch Luft zu bekommen. Zoë wurde kurz vor mir angesteckt und dann drückte sich ein kosmisches Gelächter durch uns aus, eine immerwährende Heiterkeit, die gerade drei menschliche Körper als Ventil gefunden hatte.

Wir setzten uns auf den Boden, um uns zu beruhigen, doch kaum ebbte das Lachen ab, brach schon wieder eine Welle über uns herein. Die Gesichter der Bodhisattvas lächelten gütig zu dem Ganzen.

Manche der wenigen Besucher drehten sich nach uns um, aber hey, das war die DZ und die meisten der irritierten Touristen sahen aus wie Karikaturen, die zu unserer Belustigung erfunden worden waren.

Als wir uns beruhigt hatten, faltete Supresh die Alufolie auseinander. Ich hatte sie zwischenzeitlich ganz vergessen. Es lagen drei Pappen darin.

– Noch mehr?, fragte Zoë.

– wmk, sagte Supresh.

Ziggy

– Schau, sagte João und gab mir ein abgegriffenes Taschenbuch, *Vurt* von Jeff Noon, das mochtest du schon als Jugendlicher.

Ich schlug es auf und sah die Signatur.

– Wertvoll?

– Ja, sieh mal auf das Erscheinungsjahr, 1993, es ist eine Erstausgabe. Das ist gut vierhundert Euro wert. Ein Witz, den der Gott der Bücher und der Gott der Drogen zusammen ausgeheckt haben.

João nahm eine Zigarette aus der Packung und zündete sie an. Ich verstand nicht, was er mir sagen wollte.

– Was hast du für den Inhalt bezahlt?, fragte er und da erst begriff ich.

Er saß nie an seinem Schreibtisch aus Kirschholz, wenn ich im Laden war, sondern wir hockten nebeneinander auf Schemeln, eine Wand Bücher im Rücken. João lehnte sich nun zurück, bis sein Rücken das Regal berührte, legte den Kopf in den Nacken und stieß den Rauch zur Decke.

Ich begann die Seiten über meinen Daumen springen zu lassen, ein Mal, beim zweiten Mal langsamer, erst beim dritten Mal fand ich die Stelle. Ein etwa sechs mal sechs Zentimeter großes, silberfarbenes Tütchen aus Folie, die an allen vier Seiten maschinell verschweißt war.

– Das ging aber schnell.

– Ja, sagte er. Was ist das für ein Typ, dass er so ein teures Buch hat und nicht weiß, was es wert ist. Was hast du dafür bezahlt?

– Vierhundertsechzig Euro inklusive Porto, sagte ich.

– Hofmann hat gesagt, dass er das LSD nicht entdeckt hat, sondern dass das LSD in die Welt wollte. Und dieses hier wollte wohl unbedingt zu uns.

Er streckte die Hand aus und ich reichte ihm das Tütchen.

– Du erlaubst, sagte er und nahm eine Schere von seinem Schreibtisch, schnitt die Folie an einer Seite vorsichtig auf und holte mit spitzen Fingern den Bogen heraus. Auf der bedruckten Seite konnte man in einer comichaften Darstellung einen Mann auf einem Fahrrad erkennen, im Hintergrund Berge, eine Sonne, ein Mond und Sterne. Unten rechts stand ein Datum: 19. 4. 1943.

– Der Fahrradtag, sagte João, der wird nie wieder vergessen werden.

An diesem Tag hatte Albert Hofmann in einem Selbstversuch ein Viertelgramm LSD genommen, in der Annahme, dass dies eine geringe Dosis sei. Beim Einsetzen der Wirkung war er mit dem Fahrrad nach Hause gefahren. Da er keinerlei Erfahrung mit Halluzinogenen hatte, wusste er nicht, ob er sterben oder verrückt werden würde. Es war der erste LSD-Trip der Geschichte gewesen.

– Shulgin hat zu viel erfunden, er wird vergessen werden, sagte João, genau wie David Nichols und all diese neuen, Tony Cage, Sohal Mishra und wie sie heißen. Nur Hofmann wird bleiben.

Der Bogen war auf zehn mal zehn kleine quadratische Stücke perforiert. João riss sich mit der Zigarette im Mundwinkel einen Streifen zu zehn Trips ab, schob den Rest in die Folie und gab sie mir.

– Sind noch neunzig Trips, damit kommt ihr wohl hin, oder?, fragte er.

– Und du?

– Ich? Ich mache mir mal nen schönen Sonntag im Bunten. ... Jetzt sieh mich nicht so an, dann mache ich mir halt zehn schöne Sonntage, na und?

– Wie lange hast du jetzt nichts mehr genommen?

– Drei ... vier Jahre vielleicht.

Ich sah ihn erstaunt an. Ich war davon ausgegangen, dass alle Menschen, mit denen ich engeren Kontakt hatte, abstinent lebten. Dass die Menschen bei Edit alle konsumierten, war mir bewusst, aber João? In seinem Alter?

– Woher ...?

João lächelte und nahm noch einen Zug von seiner Zigarette, die er dann hochhielt.

– Ich konsumiere täglich, wenn man es genau nimmt, lachte er. Dann glitt sein Blick nach innen. Möglicherweise rauchte er auch häufig Gras und vergaß deswegen manchmal, wovon wir gerade gesprochen hatten. Doch ich hätte gemerkt, wenn er regelmäßig gekifft hätte, oder?

– Frag diesen Owsley nach dem Buch, sagte er. Woher er es hat und so.

– Jawohl.

João kniff die Augenbrauen zusammen und nahm die Brille ab.

– Manchmal siehst du aus wie dein Vater früher, sagte er lachend. Diese Falten auf der Stirn und die Geheimratsecken, exakt dieselben.

Er stand auf, und obwohl ich noch nicht vorgehabt hatte zu gehen, verabschiedete er mich mit den Worten:

– Grüß Diana von mir.

– Das ging aber schnell, sagte Diana, als sie den Bogen aus der Folie nahm und auf den Küchentisch legte, an dem wir saßen. Hat João sich einen Streifen genommen?

Ich nickte, sie lächelte und blickte verträumt auf die Trips. Dann sah sie hoch zu mir.

– Wie lange ist es her?, fragte ich, darauf gefasst, dass dies ein Tag voller Überraschungen sein konnte.

– Über zwanzig Jahre, sagte sie. Ich glaube, es wird schön, Abschied zu nehmen.

Sie sah wieder auf die Trips und fragte:

– Was ist mit Damian?

– Ich weiß es nicht. Joãos Detektiv sagt, dass er wohl an die Küste gefahren ist, aber dort hat er die Spur verloren. Er vermutet, dass Damian vor etwas flüchtet, aber vermuten kann man viel. Ich versuche ihn immer noch im Netz zu finden, ich halte Ausschau nach Händlern, die seinem Profil entsprechen könnten, aber das gestaltet sich außerordentlich schwierig. Er wollte ja nie richtig groß werden und es ist nicht leicht, Zugang zu dieser Gemeinschaft zu finden.

Ich erzählte ihr von ezenow und Psylli, den Meskalinoiden, die Psylli nicht im Netz veröffentlichen wollte, damit niemand Geld damit verdiente, von seiner Wut auf EA und RecDrugs und die anderen, von Owsley, von der Erstausgabe von *Vurt*, davon, dass João wohl Drogen nahm, ich erzählte einfach und es tat gut. Die Atmosphäre war nicht so emotional aufgeladen wie zwischen Elodie und mir, es ging nicht um ein Ziel und ich musste nicht überlegen, wie meine Worte aufgefasst werden konnten. Reden voller Vertrauen. Oder auch nicht. Ich verschwieg moafeen.

LSD löst Grenzen auf. Es bestand die Möglichkeit, dass allein dieser Bogen auf dem Küchentisch die energetische Schwingung im Raum so änderte, dass ich offener wurde. Vielleicht lag es daran, dass mein Redefluss in ein Meer münden wollte. Vielleicht darf man auch Einsamkeit und Ausweglosigkeit nicht unterschätzen. Ich erzählte doch von moafeen. Alles.

– So etwas in der Art habe ich mir ja schon gedacht, sagte Diana. Sie sah mir in die Augen. Was erwartest du von mir?, sagte sie. Dass ich dir helfe? Du bist alt genug und ich werde bald nicht mehr hier sein, versuche dich schon mal daran zu gewöhnen. In jedem Leben gibt es Probleme und Zeiten, die schwer scheinen. Es gibt kein Mittel dagegen.

Sie stand auf, stellte sich hinter mich, legte mir eine Hand auf die Schulter und fuhr mir mit der anderen durch die Haare. Ich musste daran denken, was João über meine Geheimratsecken gesagt hatte. Ich kam mir sehr alt und sehr jung zugleich vor. Jung, weil ich Hilfe von Mutter erwartete, alt, weil ich feststeckte wie eine verrostete Schraube.

– Mach dir nicht so viele Sorgen, Ziggy, sagte Diana, mach dir nicht so viele Sorgen, am Ende wartet nur der Tod. So ernst ist das nicht, wirklich nicht.

Sie setzte sich auf den Stuhl neben mir und nahm meine Hände.

– Liebe ist keine Lösung, sagte sie. Und die Frage ist nicht, ob du mit dieser moafeen, die du überhaupt nicht kennst, etwas anfangen solltest oder nicht. Die Frage ist, warum du dein Glück in die Zukunft legst.

Sie riss einen Zehnerstreifen vom Bogen ab und gab ihn mir.

– Das ist auch keine Lösung, sagte sie. Aber ein Perspektivenwechsel. Pass auf, dass die Kinder das nicht finden. Oder jemand anders.

– Wann möchtest du denn ...?

– Lass das meine Sache sein.

– Du willst allein trippen?

– Ja, sagte sie.

– Auf achtzig Pappen?

– Die sind hier besser aufgehoben als bei euch. Ich werde sie in den Kühlschrank tun. Hier in die Tür. Nur für den Fall ...

– Für welchen?

– Alle, sagte sie und lächelte ein Lächeln, als würde dieses Leben nichts wiegen.

Den ganzen Heimweg über sah ich dieses Lächeln vor mir.

Damian

– Wie viel ist da drauf?, fragte ich.

– 0,85 mg.

– Sicher?

– Sicher.

Drogen gefallen auch deswegen so gut, weil sie Hemmschwellen herabsetzen. Auch die Hemmschwelle, mehr zu konsumieren. So entstehen Exzesse. Exzesse führen meist zu Kater und Reue. Zu Redop. Selbstekel.

Ich zögerte. Ich sah Zoë an, dann wieder auf die Pappen, die auf der Alufolie in Supreshs Hand lagen. Die Linien seiner Handfläche bewegten sich, bildeten immer neue Muster, aber dort stand nichts über die nahe Zukunft geschrieben.

Vielleicht verlor man bei dieser Dosis noch nicht die Sprache. Bei 500 µg hatten wir sie auch nicht verloren. Hatten aber auch das Potential dieser Droge nicht erkannt. Vielleicht wäre das nun anders, weil man auf LSD sensibler reagierte. Vielleicht führte der Mischkonsum aber auch zu nicht kalkulierbaren Risiken.

Supresh grinste nur, hielt die Hand weiter offen.
– Ihr beiden, sagte Zoë.
– Was?, fragte Supresh.
– Einer muss nüchtern bleiben.
Wir lachten alle drei los
– Nein, wirklich, sagte Zoë, einer muss aufpassen.
– Ach, komm, sagte Supresh.
– Sieh mich an, sagte Zoë und Supresh sah ihr weiterhin grinsend ins Gesicht. Wie alt sehe ich aus?
– Zwanzig, sagte Supresh, nein, vierzig, äh, wie sechzig, jetzt wieder wie zwölf, wie hundertvier. Verdammt, wie machst du das?

Wir lachten alle drei erneut das kosmische Gelächter.

Ich hatte schon häufiger erlebt, wie Gesichter auf LSD in Sekundenschnelle zwischen alt und jung changierten, aber mir war nicht klar, wieso Zoë vorausgeahnt hatte, dass Supresh sie hier und jetzt so sehen würde.

– Hundertacht, sagte Zoë jetzt, hundertacht. Einer muss aufpassen, Supresh, einer, der nicht zwanzig ist am besten.

Dann wandte sie sich an mich, ihre Zähne schienen das Sonnenlicht in sich aufzunehmen und in einen neuartigen Glanz zu verwandeln.

Supresh gab mir eine Pappe, nahm selbst eine, faltete die dritte wieder in Alufolie und steckte sie in die Hemdtasche.

– Auf Celia, sagte ich.
– Auf Celia, sagte Supresh.
– Seid achtsam, sagte Zoë.
– Ta Som?, fragte ich.
– Verlassen wir die klassische Route, sagte Supresh und wir gingen zu den Fahrrädern.

Ich hätte mich konzentrieren müssen, um den Weg zu finden, aber Supresh übernahm die Führung. Ich dachte an Albert Hofmann auf seinem Fahrrad auf dem ersten LSD-Trip der Geschichte. So wie er LSD erlebt hatte, hatte niemand nach ihm LSD erlebt, er war als Erster durch diese Tür gegangen.

Meine Beine bewegten sich von selbst, ich konnte nicht sagen, wo sie aufhörten und wo die Pedale begannen oder was man überhaupt tun musste, um Fahrrad zu fahren, die Zikaden sangen und der sanfte Fahrtwind streichelte nicht nur meine Haut, sondern durch mich hindurch.

Als wir die Räder abschlossen, merkte ich das wmk, eine subtile Veränderung, die ich nicht hätte beschreiben können. Dann sagte Supresh:

– Ich glaube, ich merke was.

Ich konnte sehen, wie die Wörter aus seinem Mund kamen, die beiden *ich* schwebten nach oben, *glaube* und *merke* sanken sanft nach unten und *was* verblasste einfach.

– Sag mal was auf Kannada, sagte ich und kurz darauf kamen Wörter in Kannada-Schrift aus seinem Mund. Ich hörte den fremden Klang und obwohl sich weder Klang noch Schrift direkt mit Bedeutung verbanden, verstand ich, was er gesagt hatte:

– Alle Worte machen der Wahrheit den Hof, aber die Wahrheit ist keusch.

– Deswegen ficken die Worte dann untereinander, sagte ich.

– Du solltest lieber die Schrift der Stadt der Götter sehen, sagte Supresh.

Ich verstand, dass er nun Hindi gesprochen hatte und die Schrift Devanagari war. Sie schien tatsächlich mehr Zauber zu haben, auch wenn das nichts an der Keuschheit der Wahrheit änderte.

– Was sieht man eigentlich bei Sprachen, wenn sie keine Schrift haben?, fragte Supresh.

Ich zuckte mit den Schultern und sah dann Zoë an.

– Kontakt-High, sagte sie, ich verstehe, was passiert.

Die Wörter *Kontakt* und *High* kopulierten heftig in der Luft, bevor sie verblassten.

– Kontakt und High, sagte Zoë, die meinem Blick gefolgt war.

Als wir durch den dunklen kühlen Torbogen gingen, auf dem ein Kapokbaum wuchs, dessen Wurzeln sich die Mauer hinab zu Boden schlängelten, hatte ich das Gefühl, als greife etwas nach mir. Vielleicht weil dieser Baum den Stein fest im Griff hatte, vielleicht weil die Natur hier zurückeroberte, was ihr gehörte, weil der Mensch nichts Bleibendes schaffen kann, weil die Zeit nicht nur ihn, sondern auch seine Werke vergessen macht.

Obwohl meine Pupillen riesig gewesen sein müssen, sah ich im Schatten dieses Torbogens schlecht. Einem Impuls gehorchend drehte ich mich um. War da nicht gerade Deckard um die Ecke verschwunden?

– Was ist?, fragte Zoë.

– Deckard, sagte ich, ich glaube, da ist Deckard.

Supresh war schon auf der anderen Seite des Torbogens und wandte sich nach uns um. Zoë und ich standen in der Mitte des Bogens und das Gefühl, etwas würde nach mir greifen, verstärkte sich. Ich musste raus und ging in die Richtung, in der ich Deckard gesehen zu haben glaubte.

– Wir schauen nach, sagte Zoë und ich war froh, dass sie kein wmk genommen hatte.

– Was hatte er an?, fragte sie und winkte Supresh zu, er solle zu uns kommen.

– Eine helle Hose und ein dunkles Shirt, sagte ich, und erst, als ich meine Wörter in der Luft sah, erkannte ich, dass ich Deutsch sprach.

– Ich glaube nicht, dass er hier ist, sagte Zoë, es macht nur paranoid, unter diesen Wurzeln zu gehen.

Wir liefen ein wenig Richtung Eingang und hielten die Augen offen, aber obwohl ich in meinem Zustand jeden schlanken Mann von Weitem für Deckard hätte halten können, wusste ich, dass ich ihn nicht sehen würde. Aber ich wusste nicht, ob er nicht hier war oder ob er sich nur gut genug versteckte. Nicht in der DZ, hatte er gesagt. Nicht in der DZ.

– Es ist zu spät, um zu bereuen, sagte Zoë. Genieß es einfach. Ich passe auf. Ich passe auf euch beide auf.

Du kannst Gedanken nicht aus deinem Kopf verbannen, du musst sie annehmen, sie betrachten, aber du darfst dich nicht von ihnen fortreißen lassen. Sie sind ein Fluss, in dem du schwimmen könntest, aber manchmal ist die Strömung zu stark und du wirst fortgerissen. Doch der Fluss ist immer da, ob du nass wirst oder am Ufer sitzt, macht für ihn keinen Unterschied. Ich atmete ein, ich atmete aus, Zoë war da und Deckard vielleicht auch. Der Trip ging weiter, warum die Heiterkeit nicht auch.

Wir gingen erneut durch den Torbogen und auf der anderen Seite drehten wir uns um und betrachteten den

Baum, der das Tor fest im Griff hatte. Wie oft hatten Zoë und ich schon hier gestanden. Und es war dennoch immer so, als würde man es zum ersten Mal sehen. Die Zeit blieb stehen. Fragen verschwanden, meine Grenzen zerflossen und Gedanken, Gedanken waren nur Gedanken, die auftauchten und verschwanden, sie hatten nichts mit mir zu tun. Wir standen und glotzten.

– Mein lieber Shiva, sagte Supresh irgendwann und die Wörter formten einen blauen Shiva mit Augen, aus denen Glück tropfte.

Bei dieser Dosierung hatte ich sie nicht erwartet, doch ich war nicht überrascht, als Celia durch den Torbogen kam. Erstaunt war ich erst, als ich begriff, dass Zoë sie auch sah. Die Gedanken in meinem Kopf gehörten wieder zu mir und ich dachte: Vielleicht ist die Dosis zu gering, um die Sprache zu verlieren, wir könnten mit ihr reden. Oder zumindest könnte Zoë mit ihr reden.

– Celia, sagte ich und sah das Wort aus meinem Mund kommen, es klebten kleine Federn daran, vielleicht weil ich versucht hatte, sanft zu klingen.

Tänzelnd wie die Apsaras auf den Reliefen glitt sie auf uns zu und lächelte. Auch die Menschenschädelminiaturen ihrer Halsketten schienen zu lächeln, obwohl ich das auf die Entfernung gar nicht sehen konnte.

– Wie geht es dir?, sagte ich, begeistert davon, dass ich noch sprechen konnte.

Celia machte den Mund auf und zu, es kamen Laute heraus, aber keine Buchstaben oder Zeichen, und die Laute, die Laute verstand ich nicht. Ich sah Zoë an, doch die hob nur die Schultern.

Supresh fragte sie auf Kannada, ob sie die Kette von Kali habe. Die runden Formen der Kannada-Schrift ließen die Kopulationen in der Luft sanfter und weicher aussehen und Celia schien sie zu beobachten.

Supresh wiederholte seine Frage auf Hindi und die Zeichen in Devangari schienen abstinent zu sein. Auch auf sie reagierte Celia nur mit den Augen, gab aber keine Antwort.

Dann sagte sie wieder etwas, aber wir verstanden es alle drei nicht und sahen sie fragend an. Sie kam auf mich zu, nahm meine Hand und führte uns durch den Torbogen. Dann blieb sie stehen und deutete auf einen Mann, der gerade hinter einer Ecke des zentralen Gebäudes verschwand. Ich erkannte Deckard und sprintete los.

Zoë überholte mich. Als sie schon fast am Westtor war, drehte sie sich um. Supresh war auf der anderen Seite um das Gebäude herumgelaufen, aber auch er hatte niemanden gesehen. Zoë rannte in das Gebäude, ich lief weiter zum Westtor und Supresh entschied sich, bei den Bäumen an der südlichen Mauer zu suchen. Keuchend standen wir einige Minuten später wieder zu dritt auf dem Weg, der zum Westtor führte.

– Celia, sagte Zoë, doch sie war auch verschwunden.

Ziggy

moafeen sah aus, als hätte man sie abgeschnitten, oder sie steckte bis zu den Hüften in der Straße, ihre Hände lagen auf dem Teerbelag und sie sagte:

– Ziggy, ich kann hier nicht mehr weg.

Ich fragte mich, woher sie meinen Namen wusste. Dann tauchte wieder dieses Mädchen auf. Ich wusste, dass ich sie kannte, konnte mich aber nicht mehr erinnern woher.

– Warum weiß moafeen deinen Namen, du aber ihren nicht?, fragte sie mich.

– Wie kann ich ihr helfen?, wollte ich wissen.

– Du hast schon dem Metzger die falsche Frage gestellt, sagte das Mädchen. Du musst vorsichtiger sein mit deinen Fragen.

– Welchem Metzger?

– Schon wieder eine Frage ohne nachzudenken. Achtsam. Du musst achtsam sein. Neunsam, sagte sie dann und lachte.

– Ich würde gerne moafeen helfen, sagte ich.

Doch moafeen war auf einmal verschwunden, da war nur noch die Straße.

– Und ich würde gerne Elodie helfen, sagte das Mädchen, kannst du ihr etwas von mir ausrichten?

Noch bevor ich antworten konnte, fiel mir ein, wen sie mit Metzger gemeint hatte und dass ich sie aus dem Traum kannte. Also träumte ich schon wieder. Vielleicht konnte ich immer an der Anwesenheit dieses Mädchens erkennen, dass ich träumte, und dann luzide werden. Ich blickte mich um, doch moafeen blieb verschwunden. Jetzt, wo ich den Traum durchschaue, hätte ich sie befreien können, dachte ich.

– Du träumst immer noch, sagte das Mädchen.

Ich wachte auf. Verstört hörte ich die Vögel zwitschern, es dämmerte, Elodie gab im Schlaf ein Geräusch von sich, das weder Stöhnen noch Seufzen war, und ich hatte eine Erektion.

Ich drehte mich um und versuchte weiterzuschlafen, doch die Zeiten, in denen ich Fortsetzungen von Träumen träumen konnte, waren unwiderruflich vergangen, wahrscheinlich schon seit der zweiten oder dritten Klasse. Ich konnte nicht mal mehr einschlafen, stattdessen versuchte ich den Traum zu analysieren, aber ich schämte mich fast meiner Erklärungsansätze. Dass moafeens Unterleib unter der Erde war, konnte man als unerfüllbare Sehnsucht deuten, sie stellte eine Art Meerjungfrau dar, und gleichzeitig zensierte ich selbst im Traum die Möglichkeit des Geschlechtsverkehrs. Man konnte den Traum auch so deuten, dass ich sie von der Straße holen wollte, man konnte ihn so deuten, dass moafeen viel näher am echten Leben war als ich.

Doch jede Auslegung setzte voraus, dass es in mir eine Instanz gab, die damit beschäftigt war, Wünsche zu verschlüsseln. Wer hätte das sein sollen? Und nach welchem Schlüssel? Wo sollte diese Übersetzung in Symbole stattfinden? Und – was geschah mit dieser Instanz, wenn man luzide wurde?

Woher kam dieses Mädchen in meinem Traum? Sie ähnelte niemandem, den ich kannte, und mein Hirn hatte sie bereits zwei Mal erschaffen. Erfand ich sie, um luzide zu werden? Warum erschien sie mir jetzt im Wachen glaubhafter als die anderen Personen in meinem Traum, die ja auch nur scheinbar autonom handelten?

Du musst vorsichtiger mit deinen Fragen sein, hatte sie gesagt. Aber was hatte sie Elodie ausrichten wollen? Das würde ich nächstes Mal als Erstes fragen, nahm ich mir vor. Davon ausgehend, dass es ein nächstes Mal geben würde.

Elodie drehte sich um, blinzelte leicht, sah, dass ich wach war, schmiegte sich an mich und strich über meinen Schritt. Es gelang mir, meine Gedanken beiseite zu schieben.

Mit Anfang zwanzig mochte man es noch als einen Sieg betrachten, wenn man zur Arbeit oder zur Universität ging und bereits Sex gehabt hatte. Mit Anfang zwanzig konnte das noch ein Grund sein, den Rest des Tages zu strahlen, als habe man etwas Großes vollbracht. Mit Anfang vierzig hatte sich dieses Gefühl vielleicht noch nicht abgenutzt, aber es wurde überlagert von Pflichten, Moral, Überlegungen und Verantwortungen. Das ganze Leben war so kompliziert, dass ein Orgasmus in einer Frau nicht mehr den ganzen Tag erhellte, sondern nur ein Farbklecks auf der Leinwand eines Malers war, der sich schon lange verzettelt hatte. Ein Maler, der nicht wahrhaben wollte, dass ihm jegliche Kontrolle über die Komposition fehlte und der nur deswegen noch weiter an dem Bild arbeitete, weil er schon so viel Zeit und Energie reingesteckt hatte.

Oder das Gefühl hatte sich einfach doch abgenutzt.

Diana nahm die Dinge möglicherweise deswegen so leicht, weil alle Gefühle sich abgenutzt hatten, weil die Bodenlosigkeit und das Feuer der Jugend auch in der Erinnerung verblassten. Da war vielleicht keine Emotion mehr, die sie ans Leben fesselte. Aber warum hatte sie dann ein letztes Mal LSD nehmen wollen? Woher kam so ein Wunsch? Und warum wusste ich, dass diese Frage ohne Antwort bleiben würde?

Liebe ist keine Lösung, hatte sie gesagt. Es gibt kein Mittel dagegen, pflegte Robert zu wiederholen. Vielleicht sollte ich mal mit diesen Fragen aufhören.

Ich hatte Gedanken beiseitegeschoben, nur um mich von anderen überrollen zu lassen. Es war Teil meiner Arbeit, Fragen zu stellen, und je weniger sie zu beantworten waren, desto eher schienen sie in die richtige Richtung zu deuten.

Ich musste schmunzeln. Vielleicht sah ich glücklich aus, als ich kam, aber ich war nicht bei der Sache. Sex konnte mich nicht überwältigen.

Als ich später vor der Mittagspause auf die Toilette ging, überfiel mich der Gedanke, dass ich in einen Unfall verwickelt werden könnte und dass man dann den Streifen LSD in meiner Geldbörse finden würde. Zu Hause hatte ich ihn nirgends verstecken wollen, wir hatten Kinder. Ich ging ins Büro und legte den in Alufolie eingeschlagenen Streifen in *Jenseits von Gut und Böse*. Mir war klar, dass ich gekündigt werden würde, sollte das jemals herauskommen, doch als ich das Buch am Rücken fasste und hin und her schüttelte, fiel nichts heraus.

Elodie hatte ich nichts von dem LSD erzählt, nur erwähnt, dass ich keine Quelle für das wmk finden konnte und dass es die Substanz innerhalb der DZ offensichtlich nicht zum Verkauf gab, was für meine Theorie sprach, dass sie fiktiv sein könnte.

– Wenn man bei einer Droge nicht weiß, ob sie real ist oder nicht, wie muss sie dann erst wirken, wenn man sie nimmt, hatte Elodie gesagt. Ich hatte sie nicht auf die Widersprüchlichkeit dieser Aussage hingewiesen, doch sie hatte mein Zögern bemerkt.

– Eine irreale Droge kann die Realität nicht beeinflussen. Das glaubst du, ja? Das kann sie wohl. Ohne wmk hätte es dieses Gespräch hier nicht gegeben und das Gespräch ist real.

Ich hatte einfach genickt und sie war stolz gewesen, wenn ich mich nicht irrte.

Seit vier Tagen hatte moafeen nicht zurückgeschrieben und ich wurde unruhig. Wäre Schweigen nicht Gold gewesen? Warum musste ich ihr von den Lieblingsbüchern meiner Frau schreiben? Wirkte dieses ständige Wiederholen nicht so, als wollte ich sie auf Abstand halten? Würde ich auch nach Bern fahren, wenn es nicht die Gelegenheit gäbe, sie zu treffen? Oder würde ich in Basel bleiben? Ich konnte Elodie ja kaum erzählen, dass die Tagung doch wieder verkürzt worden war.

Nein, ich würde lieber durch die Gassen meiner Kindheit gehen. Und alleine LSD nehmen? Immerhin hatte die Schweiz die Gesetze gelockert, man konnte nicht mehr für Konsum belangt werden, nur für Handel und Herstellung, so wie es auch mal in Deutschland gewesen war.

Die Versuchung, mich auch auf der Arbeit bei Edit einzuloggen, war groß, aber es wäre ausgesprochen dumm gewesen, ihr nachzugeben. Zu Hause hatte ich die neue Angewohnheit, als erstes an den Rechner zu gehen und meine privaten Nachrichten im Forum und meine Mails bei molchanje abzurufen. Manchmal wurde ich gegen Abend ungeduldig, ab und zu, wenn ich schon bei Diana war, ertappte ich mich dabei, wie ich ihr nicht richtig zuhörte, weil ich schnell nach Hause wollte.

Owsley schrieb, dass er eine ganze Kiste voller Bücher von seinem Bruder habe, der Science-Fiction-Fan gewesen war. Ich bot ihm zweihundert Euro für die Kiste. Wenn nur ein Buch dabei war, das ähnlich wertvoll wie *Vurt* war, hatte sich der Kauf schon gelohnt. Außerdem wollte Owsley wissen, ob ich mit der Ware zufrieden gewesen sei. Ich schrieb zurück, dass ich noch nicht zum Testen gekommen sei, aber eine Bewertung auf undrugged schreiben würde, sobald ich oder einer meiner Freunde den ersten Trip hinter sich hatte. Und ich fragte ihn nach einer Quelle für wmk.

Er könne sich umhören, schrieb er prompt zurück, aber er selbst habe nur eine Droge im Angebot. Und er beabsichtige auch nicht auf das Buchgeschäft umzusatteln, schrieb er, und ich fragte mich, ob er ahnte, dass er übervorteilt worden war. Die Kiste wollte er mir dennoch verkaufen.

Diese Mails und die pornographischen Filmchen, die ich mir anschaute, lenkten mich von der Tatsache ab, dass keine Nachricht von moafeen einging. Beim Abendessen war ich gereizt und herrschte mehr oder weniger grundlos zunächst Samuel und dann auch Leonie an, die sofort aufstand und auf ihr Zimmer ging.

– Was ist denn los?, fragte Elodie hinterher.

– Ich komme nicht weiter, sagte ich und hob die Schultern.

Diese kurzen Antworten ärgerten sie, also holte ich tief Luft.

– Weder auf der Arbeit, noch bei der Suche nach Damian, noch bei der Suche nach diesem wmk. Ich weiß, das ist kein Grund, so zu explodieren.

Mehr fiel mir nicht ein und ich stand auf, bevor Elodie auf die Idee kam, eines dieser Themen vertiefen zu wollen.

Am nächsten Morgen stand ich früher auf, holte die Joggingschuhe aus dem Schrank, Schuhe waren nicht wie Hosen, sie passten noch, obwohl ich sie vier Jahre nicht mehr angehabt hatte. Meinen ersten Marathon war ich gelaufen, als ich neunundzwanzig geworden war, im Jahr von Leonies Geburt. Meinen zweiten ein Jahr später. Vielleicht war es an der Zeit, sich für einen dritten vorzubereiten, vielleicht war es an der Zeit, mein Heil auf der Straße zu suchen und nicht zu Hause oder in der Weite des Netzes, vielleicht sollte ich wieder drei Schritte lang einatmen und vier Schritte lang aus. Vielleicht sollte ich mal wieder etwas Größe und Erfolg und Schwung in mein Leben bringen.

Ich fing langsam an, doch schon nach zehn Minuten merkte ich, dass die Muskeln in den Oberschenkeln übersäuert waren und meine Lungen bald an die Grenzen ihrer Kapazität stoßen würden. Doch ich spürte auch, dass es mir gut tat, so in den Tag zu starten. Im Herbst war der große Stadtmarathon, das war nicht genug Zeit, um wieder richtig in Form zu kommen, doch ich konnte es schaffen. Der Wille. Der freie Wille. Je mehr man an ihn glaubt und sich selbst vertraut, desto größer fühlt man sich.

Am Abend dieses Tages kam endlich eine Nachricht von moafeen. Sie sei unterwegs gewesen, schrieb sie, mit einem alten Freund, der überraschend zu Besuch gekommen sei. Sie seien um die Häuser gezogen und hätten auch wmk genommen. Und danach hätte sie nicht mehr schreiben oder sprechen können oder auch nur verstehen, was gesagt wurde. Doch sie freue sich, dass ich in die Gegend käme, sie würde sich gerne mit mir treffen.

Ich lehnte mich zurück und verschränkte die Hände hinter dem Kopf. Wenn es nicht so gut lief, machte ich mir schon mal statt eines Bieres einen teuren Wein auf. Wenn es gut lief, dann auch. Es gab immer einen Grund zu trinken, doch heute beließ ich es bei einer kleinen Weißweinschorle. Der Wecker stand auf Viertel vor sechs und daran würde sich nichts ändern. Morgen früh würde ich wieder die Laufschuhe schnüren. Ich atmete tief ein. Das Glück war ein hochkohärenter Zustand, wenn auch meist nur von kurzer Dauer.

Damian

Wir saßen im Little India, jeder wieder ein Thali vor sich, und als Supresh sprach, wusste ich nicht, ob er nicht richtig redete oder ich ihn nicht richtig verstand. Es schienen immer wieder ganze Wörter zu fehlen oder er sprach in einem kaum verständlichen Kauderwelsch, einer Art Geheimsprache, wie Kinder sie erfinden.

Als ich Zoë ansah, begriff ich, dass es nicht an mir lag, sie musste sich beherrschen, um nicht laut loszulachen, und auch Supresh machte ein etwas ratloses Gesicht und verstummte dann, zog die Augenbrauen hoch und wackelte mit dem Kopf. Zoë platzte heraus, ein wenig weichgekautes Chapati kam aus ihrem Mund, ihr Bauch und Busen bebten, sie krümmte sich, ihre Stirn senkte sich Richtung Thali und in dieser Position versuchte sie sich zu beruhigen. Als sie sich wieder im Griff hatte, schaute sie auf und sagte:
 – Supresh, also wirklich, das ist ja kurdefulbat meltelem ranguwarladida.

Zumindest war es das, was ich verstand. Ich wusste nicht, ob sie Supresh imitierte oder ob sie richtige Wörter gesprochen hatte.

– Hobdobadel, raflegruntu, erwiderte Supresh.

Wir lachten. Wir lachten alle drei, Supresh schlug mit der Hand auf die Tischplatte, die Schüsseln sprangen hoch, sein Lemon-Soda kippte ihm in den Schoß und wir lachten noch mehr. Ich bemerkte die Blicke von den Nebentischen, doch sie scherten mich nicht. Es gab leise Kommentare, die inhaltslose Wörter wiederholten, oder zumindest hörte ich das so.

Erst als die Kellnerin auch in diese Nonsens-Sprache verfiel, begriff ich, dass alle ganz normal sprachen, bis auf mich und Supresh wahrscheinlich. Vielleicht hörten wir auch nur nicht richtig, sprachen aber normal.

– Sprechen wir denn eigentlich normal?, versuchte ich Zoë zu fragen, doch es hörte sich auch für meine Ohren seltsam an, und Zoë sah mich an und lachte hemmungslos, Supresh und ich lachten einfach auch.

Den Rest des Essens taten wir so, als würden wir kommunizieren, und amüsierten uns dabei. Wir waren wie europäische Kinder, die sich freuen, dass sie mit den Fingern essen und dabei jede Menge Quatsch machen dürfen. Doch der Spaß erschöpfte sich und die Unfähigkeit, eine normale Unterhaltung zu führen, ließ Stille aufkommen, als die Schüsseln leer waren, eine unbehagliche Stille.

Zoë bezahlte und bedeutete uns, ihr zu folgen. Auf dem Weg zu unserem Hotel kaufte sie etwas Gras in einer Drogerie, das wir dann auf der Dachterrasse sitzend rauchten. Zu unserer Linken sahen wir die Lichter der Partymeile, von der dumpfe Bässe bis zu uns drangen, doch rechts waren nur Palmen und Nachthimmel und eine einzelne Wolke von einer Farbe, als würde der Mond auf Schnee scheinen. Supresh saß zwischen Zoë und mir, wir versuchten nicht mehr zu sprechen, die laute Luft der Nacht war schwül und fühlte sich an wie die Umarmung eines dicken Verwandten, den man gerne mag.

Die Bilder des Tages, Apsaras, Bodhisattvas, Dämonen, Männer in Meditationshaltung, Vogelmenschen, Statuen mit acht Armen, sitzende Löwen, die Wurzeln des Baumes über dem Torbogen, Celia, Deckard, alles lief auf einer inneren Leinwand sachte durcheinander, wurde langsamer und legte sich irgendwo ab wie Sand im Meer, die Wellen wurden schwächer, das Wasser stiller, das Verschwinden aller Fragen klang nach und da war nur noch Friede.

Chiliomelette für mich, Bananenpfannkuchen mit Honig für Zoë, eisgekühltes Müsli für Supresh, Kaffee mit gesüßter Dosenmilch für alle, wir saßen beim Frühstück, als ein Mann zielstrebig auf unseren Tisch zukam. Seinem hellblauen Hemd konnte man schon von Weitem ansehen, dass es dafür gemacht war, in klimatisierten Büros getragen zu werden. Er war klein, dürr, sein Brustkorb war schmal und unter seinem Unterhemd zeichneten sich kantige Rippen ab. Seine Lippen und seine Haare waren dünn, das vorherrschende Element war Vata.

– Guten Morgen, sagte er.

– Guten Morgen, erwiderten wir fast gleichzeitig. Er sah weder wie ein Tourist noch wie ein Einheimischer aus.

– Damian Yelmar, Zoë Sharif und Supresh Jamal, nehme ich an. Gestatten Sie, dass ich mich vorstelle. Mein Name ist Gumay Abidin, ich bin Sohal Mishras Assistent. Darf ich mich einen Moment zu Ihnen setzen?

Ich hatte die Veränderung in Supreshs Körperspannung bemerkt, als Mishras Name gefallen war, und möglicherweise hatte auch ich eine Reaktion gezeigt, ohne mir dessen bewusst zu sein. Nur Zoë saß da, als sei der Pfannkuchen das einzig wirklich Wichtige in ihrem Leben, während ich fieberhaft überlegte, worauf das hier jetzt hinauslaufen könnte.

– Haben Sie Autogrammkarten von ihr, Herr Abidin?, fragte Supresh, als der Mann sich setzte.

Er ignorierte die Bemerkung, beugte sich ein wenig vor und sagte leise, ohne jemanden anzusehen:

– Frau Mishra würde sich sehr freuen, wenn Sie ihr weiterhelfen könnten.

– Wie haben Sie uns gefunden?, fragte ich.

– Wir haben unsere Leute, sagte Gumay.

Ich fühlte mich wie Fischpaste, die versucht, sich vor Katzen zu verstecken. Fischpaste, die dem Wahn verfallen war, man würde sie nicht finden, wenn man sie nicht sah.

– Sie sind im Besitz einer Substanz, an der Endogenetic Amusement inklusive Frau Mishra sehr interessiert wären. Könnten Sie mir vielleicht eine Probe davon verkaufen?, wandte er sich nun an mich.

– Was für eine Substanz?, fragte ich.

– wmk.

– wmk, was soll das sein?

– Wir wissen, dass Sie welches haben.

– Sie wissen, wo ich bin, Sie glauben zu wissen, was ich besitze, Sie wissen sicherlich auch, wie ich mein Geld verdiene?

– Ja, natürlich.

– Sollte ich dieses ... wmk tatsächlich besitzen, warum haben Sie nicht einfach welches bei mir bestellt?

– Die Adresse, unter der Sie operieren, ist uns leider nicht bekannt.

Ich musste ein Grinsen unterdrücken, immerhin das.

– Wenn sie Ihnen bekannt wäre, dann hätten Sie sich ein Menü schicken lassen können und hätten gesehen, dass diese Substanz dort nicht gelistet ist.

– Herr Yelmar, begann Abidin nun.

Seit Deckard bei uns gewesen war, wurde ich ungewöhnlich oft mit Herr angesprochen.

– Herr Yelmar, wir wissen, dass ein Mann namens Deckard bei Ihnen war und Ihnen wmk gegeben hat. Wir wissen, dass Sie in Kep waren und dass dort in Ihr Hotelzimmer eingebrochen wurde, vielleicht von jemandem von RecDrugs, um Ihnen das wmk zu entwenden. Soweit wir wissen, wurde diese Substanz nicht in der DZ synthetisiert, und es würde EA im Allgemeinen und Sohal Mishra im Besonderen sehr freuen, wenn Sie uns eine Probe überlassen könnten. Natürlich sind wir bereit, gut dafür zu bezahlen.

– Wer sagt uns denn, dass nicht Sie in unserem Hotelzimmer waren und uns alle Drogen gestohlen haben?, fragte Zoë kauend und ohne von ihrem Pfannkuchen hochzuschauen.

Abidin mochte halb so viel wiegen wie sie und ich stellte mir vor, wie es wohl aussah, wenn die beiden nebeneinander standen. Er klein und eckig, sie groß und kräftig.

Abidins Stimme bekam nun etwas Schneidendes.

– Geben Sie uns das wmk und niemand wird erfahren, woher wir es haben.

– Wir haben keins, sagte ich.

– EA ist ein großer Konzern, sagte Gumay Abidin, unser Arm reicht weit. Ich lasse Ihnen meine Karte hier, Sie können sich jederzeit anders entscheiden – ohne Konsequenzen für Sie.

– Danke, sagte Zoë und nahm ihm die Karte ab, bevor ich auch nur den Arm ausstrecken konnte. Sie lächelte ihn an, als wollte sie mit ihm flirten.

– Einen schönen Tag noch, sagte sie.
– Ihnen auch und gute Reise, sagte er, erhob sich, nickte uns knapp und förmlich zu, drehte sich um und ging.

Meine Hand zitterte, als ich nach meinem Kaffee griff.

Ziggy

– Die Wellen waren soo groß.

Samuel hob die Arme und sein Blick ging hoch Richtung Decke.

– Ich hatte überhaupt keine Angst und eine Welle trug mich bis zum Strand. Die Sonne war dann auf einmal grün und mit der nächsten Welle kam Celia an den Strand. Sie hatte keinen Badeanzug, sondern die Sachen, die sie immer anhat, diese rote Schürze und die grüne Hose. Und dann hat sie mir beigebracht, wie man auf den Händen steht, es war ganz leicht, wie fliegen.

Als er die Kleidung beschrieben hatte, hatte ich aufgehört zu kauen.

– Woher kennst du diese Celia?, fragte ich.
– Nur aus dem Traum. Sie kommt mich besuchen im Traum.
– Sie ist nicht aus irgendeiner Geschichte oder Serie?
– Nein, sie ist nur in den Träumen.
– Hat sie eine Kette?
– Ja, so eine Kette mit großen weißen Perlen, in denen Löcher sind.
– Seit wann siehst du sie denn?
– Schon lange.

Das konnten einige Tage sein oder auch Wochen oder Monate. Samuel hatte, obwohl er sonst nicht auf den Kopf gefallen war, immer noch nicht richtig begriffen, dass auf fünf Tage Schule zwei freie folgten.

Elodie sah mich fragend an, ich legte kurz meine Hand auf ihre, um ihr zu signalisieren, dass ich es später erklären würde.

– Und woher weißt du, wie sie heißt?

– Sie hat es mir gesagt. Letztes Mal schon. Da waren wir in der Lokomotive, ich habe dir davon erzählt.

Ich hatte offensichtlich nicht gut genug zugehört. Oder es hatte die Erwähnung der Kleider gebraucht.

– Wenn du sie noch einmal siehst, kannst du sie etwas von mir fragen?

– Was denn?

– Wo sie herkommt. Und was sie Mama ausrichten möchte.

Samuel sah mich mit großen Augen an.

– Sie war auch in meinem Traum, sagte ich, sie kommt mich auch besuchen.

– In deinem Traum?

– Ja.

Samuel nickte.

– Und warum fragst du sie nicht?

– Mich kommt sie nur selten besuchen.

Er gab sich mit der Antwort zufrieden.

Nachdem er aus dem Haus war, erzählte ich Elodie von den beiden Träumen mit diesem Mädchen, verschwieg aber natürlich moafeen. Während ich erzählte, versuchte ich mich zu erinnern, wann ich wohl das letzte Mal Elodie einen Traum erzählt hatte.

– Vielleicht ist es eine Figur aus einer Geschichte oder einem Film, sagte Elodie, etwas, das ihr beide vergessen habt.

– Nein, sagte ich, ich glaube nicht.

– Was glaubst du denn?

– Ich habe keine Erklärung dafür.

Auf der Arbeit erzählte ich die Geschichte sowohl Prof. Heiken als auch Dr. Beck als auch Dr. Becks Assistenten, doch niemand schien beeindruckt zu sein oder hatte einen anderen Erklärungsansatz als Elodie.

Beide Male, die ich Celia gesehen hatte, war ich luzide geworden. Wenn man eine Person etablieren könnte, eine irreale Person, die zuverlässig in Träumen auftaucht und einem das Signal zur Luzidität sendet ... Ich behielt den Gedanken für mich. Eine irreale Person etablieren, wie sollte das gehen?

Den ganzen Nachmittag über musste ich an moafeen denken, obwohl mir bewusst war, dass ich aus dem Alter für jugendliche Projektionen längst raus sein sollte. Doch ich sehnte mich nach Kontakt mit ihr, ich wollte bei Edit auf *aktive Themen* klicken, ich wollte nach einer Quelle für wmk suchen, ich wollte nicht in meinem Büro sitzen und Daten interpretieren.

wmk für Elodie, ich ahnte, dass das mein Gewissen erleichtern würde. Als wäre unsere Partnerschaft ein reines Tauschgeschäft, bei dem ich die Regeln bestimmte. Ich fühlte mich schlecht, doch die Aussicht, mit moafeen unschuldig vergnügten Sex zu haben, gefiel mir dennoch. Hätte Elodie mich in die DZ fahren lassen, wäre das nie passiert. Aber das taugte auch nur bedingt als Ausrede. Ich stapelte, lötete und schweißte Gedanken aneinander in der Hoffnung auf ein Konstrukt, das mir stabil erscheinen würde. Tragfähig.

wmk, ich weiß es nicht, ich werde meinen freund mal fragen, aber es scheint eine sehr seltene droge zu sein und er hat auch keine direkte quelle. bern am 12. geht klar, ich freue mich sehr, mal jemanden aus der szene zu treffen, der nicht in seinen zwanzigern ist, gehab dich wohl, mo, schrieb moafeen.

Mehr gab der Posteingang nicht her, doch das war schon ziemlich viel. Gut gelaunt surfte ich bei Edit durch die aktiven Themen und bemerkte dabei einige garstige Posts von Psylli. Ich klickte auf sein Profil und dann auf *alle Beiträge anzeigen*. Den letzten hatte er vor einige Minuten verfasst, als Antwort auf diese Vorstellung von Desdemona im Newcomer-Thread:

Hallo an alle, nachdem ich schon einige Zeit mitlese, habe ich beschlossen, mich anzumelden. Leider habe ich noch keine Erfahrungen außer mit Alkohol, aber ich hoffe, das in nächster Zeit nachholen zu können. Momentan informiere ich mich noch. Ich lese gerne, die Werke von Shulgin, Hofmann, Burroughs, McKenna und Rätsch sind mir mittlerweile wohl vertraut. Ich stehe auf Pixiedub, insbesondere auf Noël Helno, und wohne in Deutschland, in der Gegend um Bremen, RL-Treffen mit Usern aus der Nähe angenehm. Seitdem sie vor Jahren das Viertel komplett gesäubert haben, weiß man ja kaum noch, wo man hingehen kann.

Kleines, hatte Psylli geantwortet, *willkommen im Forum, aber wahrscheinlich bist du hier falsch. Man schreibt nicht, woher man kommt (EDC), man kriegt hier keine Drogen, und alles, was in Richtung Beschaffungsanfrage geht, kann ne Verwarnung oder ne Sperre nach sich ziehen. Informier dich lieber richtig und nerv hier nicht rum. Drogen sind nix fürs Kinderzimmer.*

Seine anderen Einträge der letzten Tage hatten auch diesen genervt-aggressiven Unterton. Ich schrieb ihm eine Mail und fragte, was so los sei. Er konnte nicht bedeutend älter sein als Desdemona in ihrem Kinderzimmer, doch das schrieb ich ihm nicht. In dem Alter machten ein, zwei Jahre ja auch noch viel aus. Außerdem schien Desdemona belesen zu sein oder wusste zumindest, mit welchen Namen man um sich werfen musste.

Ich lebe in dieser Welt, dachte ich, ich sorge mich um jemanden, den ich nie im Leben kennenlernen werde. Zumindest nicht in RL, real life, wie Desdemona geschrieben hatte.

Edit war eine Seifenoper für mich geworden, ich verfolgte die Einträge bestimmter Mitglieder mit Interesse, ich fieberte, litt und feierte mit ihnen. Es war eine Seifenoper, bei der ich selbst mitspielte. Edit war mir zur Heimat geworden, stellte ich an diesem Abend fest.

Damian

– Warum treffen wir uns nicht mir ihr?, fragte Supresh.

– Mit Sohal Mishra?, sagte ich.

– Ja. Nochmal wird sich so ne Gelegenheit nicht bieten. Wir haben etwas, das sie gerne möchte. Wir können sie kennenlernen, wir müssen nicht über diesen Assistenten gehen. Wir können sie fragen, was es mit diesem wmk auf sich hat. Wir können mit ihr reden. Mit Sohal Mishra ... wir können ...

Er holte tief Luft, sagte aber nichts mehr. Da war ein Leuchten in seinen Augen, dieser Wunsch, die Sachen anzugehen, die Welt zu verändern, jetzt, sofort.

– Wir stecken in der Scheiße, sagte ich, wir mögen etwas haben, das sie will, aber wir selber sind nichts wert für sie. Und sie wissen verdammt viel über uns. Zu viel. Oder soll ich mir einen drauf runterholen, dass sie meine E-Mail-Adresse nicht haben?

– Ja, aber selbst wenn sie sie hätten, sie hätten ja keinen Bürgen, sagte Supresh. Bleib locker.

Ich bestellte noch einen Kaffee.

– Aber wenn sie geschickt wären, würden sie wohl auch einen Bürgen finden unter so vielen Kunden.

– Sohal Mishra, sagte Supresh, als seien das Worte, die Wunder bewirken konnten.

– Ist eine skrupellose Chemikerin, die für EA arbeitet und sich daran aufgeilt, dass Menschen wie du sie bewundern.

– Sie hat uns Fasladron beschert und ...

– Sie arbeitet für EA, unterbrach ich ihn. Dass sie Drogen kreiert hat, die wir gerne genommen haben, stelle ich nicht in Frage, aber es ging ihr immer nur um Ruhm und Geld und Macht. Damals, als ich in die DZ kam ...

Supresh unterbrach mich nicht, aber ich kannte den Blick, mit dem er mich nun ansah. Auch ich hatte Menschen früher so angesehen, Menschen, die von den guten alten Zeiten redeten, in denen ich noch nicht auf der Welt war. Auch ich hatte innerlich gelächelt über diese Alten, die ihre eigenen Niederlagen der Welt anlasteten und glaubten, etwas verstanden zu haben, nur weil sie mehr eingesteckt hatten als man selbst. Trotzdem fuhr ich fort.

– Wir haben gedacht, das hier würde ein freies Land werden. Wir haben gedacht, es würde um Menschen gehen, nicht um ein System. Sieh dich um, dieses Land gehört EA und RecDrugs und Psyche-Daily, sie haben alles unter sich aufgeteilt. Es gibt keinen einzigen unabhängigen Chemiker in der DZ, es gibt keine freie Forschung, es gibt keine Forschung über das Bewusstsein, da ist uns Europa immer noch weit voraus, obwohl wir hier mehr Möglichkeiten hätten. Es gibt hier keine Skrupel und keine Ethik, nur ein paar Risikominimierungsstrategien und kontrollierte Abgaben für bestimmte Stoffe und Drogen umsonst für registrierte Freerider. Und das auch nur, weil es billiger ist, als sich mit ihnen auseinanderzusetzen. Es geht nur ums Verkaufen, wenn sie die Möglichkeit hätten, würden sie LSD einfach vom Markt nehmen, weil es zu billig ist und zu lange wirkt. Sie wollen kurz wirkende Stimulanzien mit enormem Nachlegedrang. Weißt du, warum Kokain eine Zeitlang so groß war? Weil es das perfekte kapitalistische Gut ist, ein Produkt, das nur kurzzeitig befriedigt und die Gier nach erneutem Konsum schon in sich trägt. Und die DZ funktioniert auch so, die sind nur auf der Suche nach vermarktbaren Produkten. Sohal Mishra ist kein Stern, sie gehört zu denen, verstehst du, sie ist auf der anderen Seite. Das kapierst du doch, oder?

– Dann geh doch rüber, wenn es dir hier nicht gefällt, sagte Supresh.

Er schien beleidigt, vielleicht war er aber auch nur überrascht. Meist hielt ich meinen Mund und versuchte mit der Realität zu leben anstatt gegen sie.

Zoë sah zu mir herüber und schüttelte fast unmerklich den Kopf. Ich lehnte mich zurück und wischte mir mit dem Handteller den Schweißfilm von der Stirn. Es war heiß, der Kaffee schien zusätzlich meine Poren zu öffnen, ich hatte Durst und fragte mich, ob ich Deckard nicht hätte die Tür vor der Nase zuschlagen sollen. Und ob er wohl für Buddha-Natur oder ein ähnlich kleines Unternehmen arbeitete. Oder ob er vielleicht der unabhängige Chemiker war, den ich hier so vermisste. Möglicherweise hatte er geahnt, dass alle Konzerne hinter dem wmk her sein würden, und hatte mir deshalb aufgetragen, es nur außerhalb der DZ zu verkaufen. Warum war ich nicht klüger und schneller gewesen, als er bei uns gewesen war? Wieso überwog immer noch meine Neugier, wenn es um Drogen ging, obwohl ich schon fast alles probiert hatte? Wieso konnte man nach so einem Tag wie gestern so schlechte Laune bekommen?

– Möchtest du zu Sohal?, fragte Zoë Supresh.

Er warf mir einen Seitenblick zu, sagte aber nichts.

– Ja oder nein?, hakte Zoë nach.

Supresh nickte. Zoë sah mich an und deutete mit einer kreisenden Bewegung ihres Zeigefingers auf ihr Ohr. Ich hob die Schultern.
– Ich klär das, sagte Supresh.

Ich saß in der Mitte, Supresh links von mir und Zoë rechts, wenn ich in einer Kurve gegen ihn gedrückt wurde, spürte ich seine spitzen Knochen, wenn ich gegen sie gedrückt wurde, merkte ich, dass ihre weiche Haut kühler war als meine. Supresh sagte Vijay, er solle das Mikrofon abschalten, und während wir über eine unbefestigte Straße fuhren, versuchten wir eine Strategie zu entwerfen.

Ich war dagegen, weiter wmk zu verkaufen. Es waren mittlerweile fast schon 80 Gramm weg, jede Menge Trips, wir hatten genug Geld, wir konnten warten, bis sich alles beruhigt hatte und wir klarer sahen. Supresh war dafür, weiter zu verkaufen, weil es gut lief und viel Geld einbrachte und es auffallen würde, wenn wir nun aufhörten. Als hätten sie uns eingeschüchtert und wir zugegeben, dass wir die Quelle für dieses wmk waren.

– Nein, sagte Zoë, nein. Wir brauchen eine Pause.
Ihr widersprach er nicht.
– Und versuch mehr über diesen Deckard herauszufinden. Und auch mehr über das wmk. Vielleicht ist es keine schlechte Idee, mit Sohal Mishra zu sprechen ...
– Ich sage ihr einfach, ich mache es auf eigene Faust, schlug Supresh vor. Ich regle das schon. Wir werden im Vorteil sein.

Zoë und ich beschlossen, ins Hochland zu fahren, zu einer Frau, die früher mit Zoë zusammengearbeitet hatte, aber nach dem Zusammenbruch der Kooperative zurück in ihr Dorf gezogen war. Bei ihr konnten wir uns versteckt halten, bis ... Wir wussten nicht, bis wann, aber es schien eine gute Idee, eine Weile von der Bildfläche zu verschwinden.

Als Vijay uns wieder am Hotel absetzte, ging es mir schon besser. Die Teufel furzen vor Vergnügen, wenn man Pläne schmiedet, doch manchmal geht es um das Schmieden und nicht um die Pläne.

Zoë und ich waren schon ausgestiegen, Supresh saß noch in der Rikscha und sah uns lächelnd an.

– Angkor?, fragte er.

Zoë und ich sahen uns an. Dann stiegen wir wieder ein. Es gibt nichts Besseres, als sich einige Jahrtausende alte Bauten anzusehen, die mehr Sorgen überdauert haben, als man je anhäufen könnte in einem Leben. Bauten, die vergehen werden.

Ziggy

Stimmt ja, mir geht alles auf den Sack gerade. Dieser ganze Scheißhype um wmk, eine Droge, die einen nicht nur währenddessen, sondern auch hinterher sprachlos macht. Außerdem scheint irgendein Hinterhofchemiker meine Syntheseanleitung zu den Meskalinoiden in die Finger bekommen zu haben und jetzt kommt hier so ne verunreinigte Scheiße auf den Markt, das wollte ich genauso wenig, wie dass EA das in die Finger bekommt. Ich wollte, dass es jemand synthetisiert, aber doch nicht so ein Spacko, wo es mehr Syntheserückstände gibt, als Stoff. Und dann, das merkst du doch auch, melden sich immer mehr Kinder bei Edit an, das ist doch keine Anlaufstelle für rauschgeile Teenies, die sollen einfach ein wenig GBL saufen. Aber nicht mal dafür haben sie ja ne Quelle. Ich melde diese Kids, die mich per pn anschreiben und wissen wollen, ob ich Händler kenne. Das Board geht den Bach runter, die sollten die Registrierung sperren, aber echt. Jeder war mal ein Noob, ich auch, aber ich wollte auch nicht mit 18 Posts schon alle Privilegien haben. Man muss zuerst etwas beitragen zu dieser Gemeinschaft. Mir geht alles so auf den Sack. Ich will was ändern. Irgendwie stehe ich dauernd unter Strom. Aber du wirst sehen, die nächsten Monate wird noch viel geschehen, sehr viel. Drück mir die Daumen.

Aber wenigstens hast du ein Geschäft mit Owsley abgewickelt, habe ich gehört. Scheiße, vielleicht sollte ich einfach mal wieder 20 Stunden trippen und das alles vergessen. :)

Ich hatte keine Schuldgefühle, weil ich die Syntheseanleitung an ezenow weitergeleitet hatte, denn Psylli schien mehr die Tatsache zu ärgern, dass jemand unsauber gearbeitet hatte. Ich hatte aber noch nichts von einem verunreinigten Stoff gelesen bei Edit. Dennoch, da war ein Nagen. Ich war selbst ein Neuling im Forum, ich brachte es auf vierhundertdreißig Posts in den neun Wochen, in denen ich angemeldet war, das war nicht wenig, aber ich hatte gewusst, dass auf diese Zahl geachtet wurde und viel Zeit vor dem Rechner verbracht und gehaltlose Beiträge geschrieben. Es war ein wenig wie mit wissenschaftlichen Publikationen, man musste eine stattliche Anzahl vorzuweisen haben, das beeindruckte in der Regel mehr als ein einzelner Aufsatz, der wirklich bahnbrechend war.

Was unterschied mich von den Teenagern, auf die Psylli so sauer war? Eigentlich nur eine etwas geschicktere Vorgehensweise. Außer ein paar medizinischen Betrachtungen hatte auch ich nichts zur Gemeinschaft beigetragen, ich war nur auf der Suche nach Damians E-Mail-Adresse und ich war noch keinen Schritt weitergekommen.

Schick mir ne Adresse, schrieb ich an Psylli, *dann kann ich dir gerne etwas von Owsley schicken. Lass dich nicht aufregen, es wird immer Leute geben, die in eine bestehende Szene drängen und das sieht immer erst mal aus wie Unter-*

gang. Immer ruhig bleiben. Und schauen, was man hat, nicht, was man nicht hat. Du bist ja sicher noch in einem anderen Forum, oder?

Das war geraten und auch nicht ohne Hintergedanken. Ich stocherte. Die zehn Kilometer, die ich nun an vier bis fünf Tagen in der Woche lief, waren oft die einzige Zeit des Tages, in der ich das Gefühl hatte vorwärtszukommen. Ich brauchte regelmäßig unter fünfzig Minuten, doch ich wollte zumindest unter fünfundvierzig kommen. Vierzig Minuten wären gut gewesen, aber ich hatte ja noch ein paar Tage.

Alles außer dem Laufen sah wie Stillstand aus. Die Tage folgten einer Routine, wie ausgedacht von jemandem, der mir die Freude aus dem Körper quetschen wollte. Um halb sechs klingelte der Wecker, ich wusch mich, trank ein Glas Buttermilch und zog die Laufschuhe an, kam mit Brötchen für alle wieder. Während Elodie Kaffee kochte und Frühstück machte, checkte ich schon Mails und postete Belanglosigkeiten im Forum, duschte danach, und wenn ich runter in die Küche kam, saßen alle schon.

Samuel hatte bereits seit einigen Tagen nicht mehr von Celia geträumt, Leonie veröffentlichte jeden Morgen aufs Neue ihre schlechte Laune und ich mutmaßte, dass es an ihren Hormonen lag und man sie am besten in Ruhe ließ. Elodie murmelte manchmal etwas vor sich hin, das so klang, als würde sie in einer fremden Sprache konjugieren.

Auf dem Weg zur Arbeit setzte ich zuerst Samuel und dann Leonie an der Schule ab, und wenn ich im Büro war, war ich froh, die Tür hinter mir zuziehen zu können. Doch auch hier war die Stimmung schlecht, im letzten Jahr waren wir keinen Schritt weitergekommen. Derweil hatten die Kollegen eine Etage unter uns, die sich mit Schlafstörungen beschäftigten, die schlaffördernden

Wirkstoffe der Passionsblume isolieren können. Wir stocherten im Nebel der Träume und manchmal überkam mich ein schlechtes Gewissen, weil ich für eine derartige Tätigkeit auch noch bezahlt wurde.

Manchmal saß ich einfach nur in diesem Büro und starrte aus dem Fenster auf diesen trostlosen Parkplatz. Ich dachte an die Zeit, als Robert in die DZ ziehen wollte, damals, als sie noch nicht so hieß. Die USA hatten Marihuana zu medizinischen Zwecken legalisiert, die legale Kommerzialisierung hatte begonnen, die UNO war von ihrem Ideal einer drogenfreien Welt abgerückt und einige Länder in Südostasien hatten sich zusammengeschlossen, um einen neuen Weg zu beschreiten. Es war eine Art Aufbruchsstimmung gewesen, vielleicht ein wenig so wie im Ostblock, als er zusammengebrochen war. Oder im Osten Deutschlands nach der Wende, als viele noch an die Demokratie geglaubt hatten, mit einer Inbrunst und Naivität, die schon lange nicht mehr möglich war. Drogenkonsumenten hatten geglaubt, die Vernunft würde siegen, das Recht auf Rausch oder gar die Freiheit. Einige Monate waren neue Gesetzesentwürfe in Europa diskutiert worden, dann hatte es ein paar Todesfälle gegeben, die auf Mephedron zurückgeführt wurden und der Gegenschlag war gewaltig gewesen. Die Diskussion über eine schrittweise Lockerung des Betäubungsmittelgesetzes führte letztlich zur Einführung der generischen Klausel und zu den restriktivsten Drogengesetzen, die Europa je gesehen hatte. Dass die Todesfälle nicht von Mephedron verursacht worden waren, wie sich hinterher herausstellte, machte keinen Unterschied mehr, nachdem die Gesetze im Eilverfahren verabschiedet worden waren.

Es gab wieder zwei Welten, in beiden herrschte dasselbe System, nur mit unterschiedlichen Gesichtern. Und ich steckte hier fest. Fest.

Nach der Arbeit fuhr ich häufig zu Diana, deren Pupillen an manchen Tagen klein waren, aber nie geweitet wirkten.

– Hast du das LSD schon genommen?, fragte ich sie einmal.

– Was würde es für einen Unterschied machen, wenn du die Antwort wüsstest?, fragte sie.

Dann wäre endlich mal etwas passiert, dachte ich.

– Wir könnten vielleicht ein wenig über deinen Trip reden, sagte ich.

– Da gibt es nicht viel zu reden, sagte sie. Es war schön. Ich lag nackt auf dem Balkon, hatte Kopfhörer auf und habe mich aufgelöst, wie es früher auch passiert ist. Es war schön, wiederholte sie nach einer Pause.

– Wie viele Trips hast du denn genommen?, fragte ich und merkte, dass ich neidisch war. Ich hätte auch gerne einen Tag auf dem Balkon gelegen und wäre wenigstens in meinem Kopf verreist, anstatt immer nur auf der Stelle zu treten.

– Drei.

Ich sah sie mit hochgezogenen Augenbrauen an.

– Was soll schon passieren?, sagte sie. Du hattest ja auch schon vorher leise Zweifel an meinem Verstand. Sag nichts. Auch die Nachbarn schauen komisch, wenn eine Frau in meinem Alter mit nichts als einem Kopfhörer bekleidet auf dem Balkon tanzt, aber was spricht schon dagegen, nahtlos braun zu sterben?

Sie lächelte. Sie lächelte, wie vielleicht nur ein Mensch in ihrem Alter lächeln kann, einer, der auf eine verquere Art Frieden gefunden hat.

– Ziggy, sagte sie, mach dir keine Gedanken. Schau mal, wie das Basilikum wächst, der Rosmarin und der Koriander. Ich würde gerne wieder kochen. Was hältst du davon, wenn ihr zum Essen kommt. Jeden Samstagmittag?

– Das wäre ...

– Nein, fiel sie mir ins Wort, nein, nein, das klingt, als würdest du weder ja noch nein sagen. Es ist keine Frage gewesen, ich war nur höflich.

Sie stellte sich hinter mich und strich mir über die Haare, und ich dachte, dass das einerseits eine Veränderung bedeutete, aber andererseits auch eine Art von Stillstand, jeden Samstagmittag. Eine weitere Verpflichtung, eine weitere Grenze in meinem Leben, die ich nicht übertreten konnte. Oder wollte.

– Mach dir keine Sorgen, sagte sie, ich bin nicht verrückt. Ich bin nur alt und der nahende Tod macht mich weich und rücksichtslos zugleich. Aber es ist alles nur, weil ich euch liebe. Schau mal, wie lange ich schon nicht mehr für eine Familie gekocht habe. Und wenn Damian noch käme …

Ich holte Luft, weil ich das für eine unausgesprochene Frage hielt, aber Diana legte mir die Hand auf den Mund.

– Alles zu seiner Zeit, sagte sie.

Nach Gesprächen dieser Art fuhr ich nach Hause und fragte mich, ob die größten Veränderungen bei Diana stattfanden, in ihrem Gehirn. Ich fragte mich, ob sie egoistischer wurde, und vor allem fragte ich mich, warum ich mich nicht mal ihr nah fühlte im Moment. Lag das wirklich nur an ihr?

Die einzigen Veränderungen fanden in meinem Posteingang statt, doch die brachten mich auch nirgendwohin, sondern lenkten mich nur ab. moafeen hatte ihren Freund gefragt, aber der hatte wmk auch nur über zwei Ecken bekommen und konnte kein neues mehr besorgen. Psylli schickte mir eine Adresse in Italien, ich klebte drei Trips zwischen zwei Postkarten, steckte sie in einen Briefumschlag und warf ihn in einen Kasten, der nicht von einer Kamera überwacht wurde.

Desdemona, über die Psylli sich aufgeregt hatte, schrieb mir eine private Nachricht bei Edit und wollte wissen, wo man Kakteen bekommen konnte. Sie hätte den Eindruck, ich würde mich gut auskennen. Ich verzichtete darauf, sie wegen einer Beschaffungsanfrage anzuschwärzen, obwohl ich das Gefühl hatte, dass sie diese Möglichkeit in Betracht gezogen und die Kakteen deswegen nicht genauer benannt hatte, um sich im Zweifelsfall aus dieser Situation herauswinden zu können, doch die Boardregeln waren da streng: Keine Beschaffungsanfragen.

Ich schrieb ihr zurück, dass ich keine Ahnung hätte und dass sie, wenn sie noch eine Weile im Forum bleiben wollte, nicht wahllos Anfragen starten sollte und die PN an mich und meine Antwort löschen.

Ich konnte Psylli verstehen, sie klang wie ein Schulmädchen und suchte nach Abkürzungen, wo andere Leute bereit waren, den ganzen Weg zu gehen. Als würde man einen Marathon laufen, ganz ohne Training, aber dafür bis an die Kiemen geladen mit Amphetaminen.

Die Tage vergingen, es war bereits morgens brüllend heiß, ich schwitzte schon, bevor ich die Schuhe zugebunden hatte, meine Zeit wurde schlechter anstatt besser und meine Laune war schon beim Frühstück auf einem Tiefpunkt, wo sie meist auch blieb.

Irgendwann waren es nur noch zwei Wochen bis zur Tagung in Basel, die Mails, die moafeen und ich uns schrieben, waren voller versteckter Anspielungen oder meine Einbildung spielte mir einen Streich. Basel, dann Bern, es schien mir ein Ziel, obwohl ich ahnte, dass hinterher nichts anders sein würde.

Damian

Insgesamt dreißig Stunden Busfahrt lagen hinter uns, einige Stunden mit dem Jeep noch vor uns. Für die letzten zweihundert Kilometer hatten wir fast sechs Stunden gebraucht, der Bus hatte sich Serpentinen hochgequält, die voller Schlaglöcher waren, die Federung hatte gequietscht und geächzt. Die Sitze hatten kaum noch Polster, die Kurven schlugen mir auf den Magen, der Fahrer hupte nicht vor schwer einsehbaren Stellen und meine Angst verstärkte meine Übelkeit. Dass ich auf einer Ingwerwurzel kaute, machte da keinen Unterschied. Ich rauchte ein wenig Etaqualon, was mich entspannte und von der Welt entfernte, was gingen mich diese Scheißkurven an, mein schmerzender Hintern, die zweihundert Meter, die man in die Tiefe stürzen konnte, und die herrliche Aussicht. Zoë hatte keine Schwierigkeiten, sie hörte Musik und lächelte, wahrscheinlich hätte sie auch auf dem Dach des Busses sitzen können und es hätte ihr nichts ausgemacht.

In Ngoc Boi sprach fast niemand mehr Englisch. Wir aßen gebratene Nudeln an einem Straßenstand, gingen dann in die einzige Drogerie am Ort, doch die Auswahl war weniger als gering, sie hatten keinerlei Halluzinogene, massenweise Bhuma, einige Stimulanzien und etwas Opium. Wir gingen mit leeren Händen wieder raus, dafür kaufte ich mir eine gebrauchte Schreibtafel in einem Laden, der allerlei Elektrogeräte anbot. Wir mieteten einen Jeep mit einem Fahrer, der dauernd Betelsaft aus dem Fenster spuckte, während er uns über eine unbefestigte Straße fuhr. In einer matschigen Senke schaltete er den Allradantrieb zu, und während er fuhr, fühlte es sich immer wieder so an, als würde der Wagen ausbrechen, doch er brachte uns aus diesem mindestens knietiefen Matsch heraus auf die andere Seite.

Schließlich hielten wir vor einem Schuppen, aus dem er ein Geländemotorrad holte, er band unsere Tasche darauf fest, bedeutete uns aufzusitzen und fuhr uns noch eine Stunde über einen holprigen Waldpfad.

Das Dorf, in das wir kamen, bestand aus ungefähr fünfzig Holzhäusern, die nach keinem erkennbaren Muster um einen Platz angeordnet waren, der das Zentrum sein mochte. Sofort waren wir von Kindern umringt, die uns neugierig betrachteten.

– Aolani?, sagte Zoë. Ein Mädchen, das das älteste Kind sein mochte, bedeutete uns ihr zu folgen und ging zum südlichen Ende des Dorfes. Die Kleidung der Kinder war alt und mehrfach geflickt, alle waren barfuß und ich fragte mich, was sie abends machten, wenn es kühl wurde. Die Erwachsenen, die vor ihren Häusern oder auf Plattformen aus Bambus saßen, folgten uns nicht mit ihren Blicken oder wandten gar die Köpfe in unsere Richtung, doch man spürte ihre Neugier.

Als wir noch etwa zwanzig Schritte von einem Haus entfernt waren, auf das das Mädchen offensichtlich zusteuerte, ging die Tür auf und eine alte Asiatin trat heraus. Sie lächelte – wenn sie überrascht war, uns hier zu sehen, so ließ sie es sich nicht anmerken. Als wir näher kamen, legte sie die Handflächen aufeinander und verneigte sich. Ich ließ die Tasche von der Schulter gleiten und wir erwiderten die Geste.

Ich konnte ihr Alter nicht schätzen, doch ihr Gesicht war voller feiner Falten, als seien überall in der ledrigen Gesichtshaut Haarrisse. Sie wirkte abgemagert, doch ihr Rücken war gerade und schien stark. Welches Dosha ist vorherrschend, fragte ich mich, aber nicht mal das konnte ich genau einschätzen, möglicherweise waren Pitta, Kapha und Vata ausgeglichen.

Zoë öffnete ihre Arme und drückte die Frau an sich, die sich jetzt ebenso zu freuen schien wie Zoë. Als sie sich voneinander gelöst hatten, zeigte Zoë auf mich und sagte:
– Damian.
Dann zeigte sie auf die Frau und sagte:
– Aolani.
Ich legte nochmals die Handflächen aufeinander und verneigte mich tief, während sie einfach nur lächelte.

Als wir im Haus waren, sagte Zoë etwas auf Kenali, was mich verwirrte. Aolani antwortete in einer Sprache mit vielen Verschlusslauten, die ich nicht kannte, und beide lachten. Solche Dialoge wiederholten sich in den nächsten Tagen noch sehr oft, es wirkte, als hätten beide wmk genommen und könnten sich mühelos verständigen.

Wenn Zoë und Aolani nebeneinander standen, sah es so aus, als habe ein Karikaturist sich das ausgedacht, eine kräftige junge Schwarze mit großen, leuchtend weißen Zähnen neben einer ausgemergelten kleinen Asiatin mit dünnen Lippen und einigen braunen Stummeln im Mund. Wenn die beiden auch noch miteinander sprachen, wirkte es vollends absurd. Es war, als könnte man der eigenen Wahrnehmung nicht mehr trauen, als könnte das, was man sah, nur auf einer Leinwand stattfinden.

Ich war schon öfter in Dörfern dieser Art gewesen, wo es kein fließendes Wasser gab. Strom wurde mit einem großen Dieselgenerator erzeugt, der nach acht Uhr für zwei Stunden angeschmissen wurde, damit alle die Seifenopern im Fernsehen sehen konnten, meist jede Familie für sich in ihrer Hütte.

– Wieso kaufen die nicht einen großen Fernseher und schauen alle zusammen?, fragte ich Zoë gleich am zweiten Abend.

– Warum willst du diesen Leuten Effizienz beibringen?, fragte sie. Freu dich doch, dass sie sich über so etwas keine Gedanken machen.

Ich war schon öfter in solchen Dörfern gewesen, aber selten über Nacht. Die Nächte waren kühl, viel zu kühl für meinen Geschmack, der Morgennebel war dicht und gab erst im Laufe des Vormittags die Sicht frei.

Zoë und ich halfen Aolani bei kleineren Reparaturen an ihrem Haus, machten lange Spaziergänge durch die Berge, manchmal auf kleinen Dosen 2C-B, das ich noch aus Angkor hatte. Wir spielten mit den Kindern, die fasziniert waren von Zoës Haut und immer wieder darüberrubbelten, wahrscheinlich um zu sehen, ob sie darunter nicht doch hell war.

Am frühen Abend versammelten sich die Leute auf dem Dorfplatz, saßen in der untergehenden Sonne und tranken Bhuma. Das war vor sechs, sieben Jahren groß in Mode gewesen in der DZ, eine weitere Erfindung Sohal Mishras, die den Marktanteil der EA damals deutlich vergrößert hatte. Weder Zoë noch ich hatten uns je für Bhuma begeistern können. Es trat sehr schnell ein Sättigungseffekt ein, danach konnte man weitertrinken, so viel man wollte, ohne dass die Wirkung oder die Dauer der Wirkung sich veränderten. Ein Schluck Bhuma alle zwanzig bis dreißig Minuten reichte. Der Schluck schien noch nicht ganz im Magen angekommen zu sein, da spürte man schon die Wirkung. Es wurde warm, das Blut schien heiterer und beschwingter durch die Adern zu fließen, die Laune hob sich und da war ein leichtes Gefühl von Geborgenheit, von Ankommen, ein Anflug davon, dass Sehnsucht etwas Vergängliches sein könnte. Die motorischen und intellektuellen Fähigkeiten waren nicht eingeschränkt, und nach etwa einer Viertelstunde begann die Wirkung abzuklingen, viel langsamer, als sie eingesetzt hatte. Es gab keinen

Kater hinterher, aber auch keine Euphorie währenddessen, es gab keine Erkenntnisse oder Schein-Erkenntnisse, keine Wahrnehmungsveränderungen. Man konnte Ärger vergessen oder verdrängen, man konnte mit Leichtigkeit monotone Aufgaben ausführen, das Lachen wurde heller und die Worte freundlicher.

Mit dem nächsten Schluck, den man beim Abflauen der Wirkung nahm, konnte man wieder diese Wärme und sanfte Steigerung der Laune erleben. So oft, wie man wollte, doch die Wirkung war subtil, es war immer nur ein Anflug von guter Laune, eine Art Versprechen, das nie eingelöst wurde.

Bhuma war eine Droge, die sich gut in den Alltag integrieren ließ, der zwar nachgesagt wurde, sie beschleunige den Alterungsprozess ungemein, doch es gab keine offiziellen Untersuchungen darüber oder sie wurden nicht veröffentlicht. Bhuma hatte außerhalb der DZ keine Zulassung bekommen, obwohl es als unbedenklich eingestuft wurde. Die Begründung war, dass es keinerlei Nutzen hatte.

Zoë und ich hatten, wie viele andere auch, nach anfänglichen Experimenten den Konsum einfach ganz eingestellt. Bhuma war zu sanft und intensivierte keine deiner Empfindungen, dämpfte sie aber auch nicht nennenswert.

Ich hatte zwar gewusst, dass Bhuma bei der einheimischen Landbevölkerung immer noch beliebt war und EA gute Umsätze bescherte, aber erst hier begriff ich den Reiz dieser Droge. Man saß beisammen, man gönnte sich einige Schlucke nach der Arbeit, es gab keine Exzesse, keine Unstimmigkeiten, sondern nur ein friedliches Miteinander, bei dem eine Flasche Bhuma-Minze oder Bhuma-Limette kreiste und man den Blick über die Gipfel schweifen ließ. Es veränderte nicht die Gespräche, die ich ohnehin nicht verstand, und es enthemmte kaum, so dass auch hinterher keine Reue aufkam. Diese Leute waren zufrieden und alles, was sie wollten, war eine kleine Zerstreuung.

Ich mochte die Abende auf dem Dorfplatz, diese Zeit, bevor der Generator angestellt wurde, der Duft von Bhuma-Mango reichte manchmal schon, um mein Blut zu wärmen und mir einen Vorgeschmack auf die Wirkung dieses Schlucks zu geben.

Ich mochte diese Abende, obwohl ich mich oft fehl am Platz fühlte. Diese Menschen hier lebten ein einfaches Leben, umgeben von Natur, sie bestritten ihren Lebensunterhalt mit der Arbeit ihrer Hände. Sie hatten kein Internet, sie wussten nicht, wer Sohal Mishra war, sie experimentierten nicht mit Drogen. Sie hatten ihr Bhuma und ihre eigenen Worte und die Seifenopern waren ihnen Unterhaltung genug. Sie schienen zufrieden zu sein, einige Schlucke reichten, niemand verlangte es nach Rausch, wie ich ihn verstand.

Wir waren in ihr Land gekommen und hatten in den Städten eine ausgedachte Welt erschaffen, wir scherten uns einen Dreck um die indigenen Kulturen dieser Gegend. Manchmal fühlte ich mich so, als würde ich nur ein künstliches und deswegen falsches Leben führen.

Wir waren in ihr Land gekommen, nicht mit Fahnen und Gewehren wie unsere Vorväter, nicht mit der Absicht auszubeuten, nicht auf der Suche nach billigen Arbeitskräften, nicht mit zwei Millionen Tonnen an Bomben, die wir in dieser Gegend abgeworfen hatten wie die Amerikaner seinerzeit, nicht mit Minen und Fliegerangriffen. Wir waren in bester Absicht gekommen, wir hatten versucht, dieses Land in ein Paradies für uns zu verwandeln, aber wir hatten die Pharmaindustrie mitgebracht und die hatte alles an sich gerissen, und allein die Tatsache, dass es hier Bhuma gab, erfüllte mich schon mit Scham. Wir hatten uns ein Paradies gewünscht, aber wir hatten in Kauf genommen, die Paradiese anderer Menschen dadurch zu zerstören.

– Du romantisierst, sagte Zoë abends im Bett.

Es gab nur zwei Räume, die Wände waren dünn, ich hörte, wie Aolani nebenan die Nase hochzog.

– Ja?

– Ja. Sie haben Fernseher, die verbrennen jeden Abend etliche Liter Diesel, nur um Seifenopern zu schauen. Sie werden irgendwann eine Sehnsucht nach den Annehmlichkeiten und Problemen entwickeln, die sie dort sehen. Die Jungen zieht es jetzt schon in die Städte in ein Leben voller Sex und Drogen und Abenteuer, ohne den Druck der Gemeinschaft. Und wer hat den Strom hierhergebracht und wer die Fernseher? Das war nicht EA.

– Aber diese Leute sind wenigstens in der Natur.

– Ja, sagte Zoë knapp, das stimmt.

– Lass uns ans Meer ziehen, wenn das hier vorbei ist. Raus aus der Stadt.

– Ja, sagte Zoë wieder, dieses Mal lang und weich.

Wir schmiegten uns aneinander, doch ich überlegte schon, wie ich am Meer meine Geschäfte organisieren würde. Man ist nicht Herr über seine Gedanken, man ist ihr Sklave.

Ziggy

Isabelle war Biologin. Sie hatte lange, glatte, rotblonde Haare, einen hageren Oberkörper und ungewöhnlich breite Hüften. Sie sah aus, als glaubte sie, sie könnte ihr Becken durch eine beständige Diät verschmälern. Ihre Wangen waren hohl, die Brille mit den runden Gläsern und das graue Kostüm gaben ihr etwas Mäuschenhaftes.

Sie trank ihre vierte Weißweinschorle, während ich von Rotwein zu Cognac übergegangen war. Wir saßen an der Hotelbar und sie erzählte mir, wie interessant sie unser Projekt fand und dass sie als Kind fast jede Nacht luzide geträumt hatte. Oder zumindest erinnerte sie es so. Sie war Anhängerin der Theorie, dass die nicht voll ausgebildeten Hirnareale im Stirnlappen diesen Umstand begünstigt hatten, die neuronale Kommunikation sei noch nicht in eingeschliffenen Bahnen verlaufen. Unsere Versuche, die Bahnen durch eine Manipulation der Transmitter zu verändern, sollten wir trotz der Misserfolge weiter verfolgen, sie erschienen ihr der richtige Weg.

Dieser Tage schienen sich alle möglichen Menschen mehr für meine Arbeit zu interessieren als ich selbst. Es war halb elf, doch die meisten Teilnehmer des Schlafforschungskongresses waren bereits auf ihren Zimmern. Isabelle nahm ihre Brille ab, senkte das Kinn leicht, warf mir einen Blick zu, bei dem mir das Wort probehalber einfiel, und griff dann nach ihrem Glas. Nach einem großen Schluck blickte sie mir etwas länger in die Augen.

Es war der zweite Tag, ich hatte morgens Schwierigkeiten gehabt, aus dem Bett zu kommen, weil ich abends auf dem Empfang zu viel getrunken hatte. Dieser Enthemmung war die Bekanntschaft mit Isabelle zu verdanken. Ich war nicht gelaufen heute Morgen und ich befürchtete, dass ich auch am nächsten Tag nicht joggen würde, wenn ich mir jetzt noch einen letzten Cognac bestellte. Auch wenn ich heute in der Apotheke gewesen war und mir Paradestillin gekauft hatte, Enzyme, die den Abbau des Alkohols beschleunigten und den Kater deutlich minderten.

Ich sah auf Isabelles lange, knochige Finger und versuchte abzuwägen. Übermorgen war ich mit moafeen verabredet. Morgen früh wollte ich joggen gehen. Es war nicht unwahrscheinlich, dass ich in Bern LSD nehmen würde. Alleine oder mit moafeen. Ich hatte Elodie noch nie betrogen. Doch die Bereitschaft dazu war gegeben. Ich konnte mir diese Bereitschaft aufsparen. Ich konnte auf mein Zimmer gehen, meinen Netzverkehr verschlüsseln und masturbieren. Oder mich bei Edit einloggen. Oder ich konnte Isabelles Becken in meinen Händen halten und ... Was fand sie eigentlich attraktiv an mir? Sollte ich diese Gelegenheit wirklich nutzen? War sie in einer ähnlichen Situation wie ich? Was für ein Mensch mochte ihr Mann sein? Konnte man so etwas einfach fragen? Würde ihr Verhalten im Bett das biedere Erscheinungsbild Lügen strafen?

Als ich Blickkontakt mit dem Barkeeper herstellen wollte, fiel mir die Überwachungskamera ins Auge. Alles wurde aufgezeichnet. Ein Detektiv, jemand wie João ihn engagiert hatte, konnte sich vielleicht ins System des Hotels einloggen und an diese Aufzeichnungen kommen. In der Bar. Auf dem Korridor. Wir beide vor einer Tür.

Ich litt nicht unter Verfolgungswahn, ich wusste, dass Elodie mich nicht beschatten ließ, aber was wusste ich von Isabelle oder ihrem Ehemann? Wie konnte man mögliche Verwicklungen vorausahnen?

Früher hatten Detektive selbst Beweisfotos machen müssen. Nun gab es Filme, man musste nur noch an sie herankommen. Möglicherweise hatten sie sogar auf den Zimmern Kameras, weil es Gäste gab, die rauchten.

– Früher haben Staaten heimlich Bürger beauftragt, um andere Bürger zu bespitzeln, sagte Isabelle, die meinen Blick bemerkt hatte. Heute hat sich jeder daran gewöhnt, dass es keine privaten Momente gibt.

Ich war beeindruckt von ihrer Auffassungsgabe. Der Barkeeper sah mich und ich bestellte einen weiteren Cognac.

– Ein Freund, der immer noch raucht, sagt, seine Lunge sei einer der wenigen Freiräume, die ihm noch geblieben sind. Und mein Sohn hat auf einem Bolzplatz eine Kamera kaputt geschossen und wir müssen für den Schaden aufkommen.

Isabelles Lächeln wirkte nun ein wenig gequält und ich ahnte, dass die Erwähnung von Kindern ein Hindernis war auf dem Weg zu einer gemeinsamen Nacht. Vielleicht hatte ich genau deswegen Samuel erwähnt. Ja, doch, genau deswegen.

Bei Cognac und Weißwein redeten wir über versteckt totalitäre Systeme, über die Freiheit oder vermeintliche Freiheit der Wissenschaft, über die Vergabe von Geldern, und dann sagte Isabelle mit einem Scharfsinn, der ihre erotische Anziehungskraft auf mich vervielfachte:

– So gesehen ist euer Projekt ja auch nur eine Fortführung des Systems und wird auch nur deswegen finanziert. Ihr sucht nach einer Kontrollinstanz, also nach etwas, das die Methoden des Systems noch im Traum aufrechterhalten kann.

Auf diesen Gedanken war ich selbst noch nicht gekommen, und nun schämte ich mich fast dafür und war gleichzeitig versucht, meinen Entschluss nochmal zu überdenken. Doch dann kippte ich den Rest meines Glases einfach runter und sagte:

– Da ist wohl etwas dran. Entschuldige mich, aber wie gesagt, ich trainiere für einen Marathon und sollte langsam ins Bett.

– Manche Menschen genießen ja die Bettwäsche im Hotel, weil sie sich fremd und ungewohnt anfühlt, sagte Isabelle und machte eine Pause. Wie dem auch sei, fuhr sie dann fort, ich wünsche eine gute Nacht.

Auf dem Zimmer schaltete ich den Rechner ein. Mir war bewusst, dass man überprüfen konnte, wie lange ich im Netz des Hotels gewesen war und dass ich dabei eine Verschlüsselung benutzt hatte. Masturbieren oder Forum oder beides nacheinander? Ich war aufgegeilt von Isabelle und ihren Blicken und Anspielungen, doch ich checkte zuerst meine Mails. Psylli hatte geschrieben. Er hatte heute einen Trip genommen und dankte mir dafür, er war noch ganz friedlich und auch freigebig. Er hatte mir die Adresse eines privaten Forums geschickt zusammen mit einem Einladungscode, ein Forum zum Austausch von Quellen.

Ich masturbierte nicht. Ich saß bis in die frühen Morgenstunden am Rechner. So musste Robert sich gefühlt haben, als er sich bei DZF registrierte.

Damian

Wenn sich der Nebel am Vormittag aufgelöst hatte und ich auf dem Hügel über den Teefeldern stand, hatte ich an manchen Tagen ein schwaches Netz. Einer der Dorfälteren hatte mir diesen Platz gezeigt, und manchmal stand neben mir noch jemand anders und schrie Worte in das einzige Mobiltelefon des Dorfes. Egal, wer es war, er verlor nie die Geduld. Auch wenn die gleiche Wortfolge wieder und wieder und wieder gebrüllt wurde, auch wenn das Gespräch offensichtlich unterbrochen wurde, wer auch immer es war, der dort stand, er lächelte. Lächelte gelassen.

Ich hingegen wurde schnell ungeduldig. Es konnte eine Viertelstunde dauern, bis eine einzige Mail in die Schreibtafel reingelaufen war. Und genauso lange, bis ich eine rausgeschickt hatte. Ich schrieb eine Rundmail an alle Kunden, dass ich im Urlaub sei. So konnte ich die Anzahl der Mails, die zu bearbeiten waren, minimieren. Bald schrieb nur noch Supresh.

Hy, übermorgen treffe ich Sohal Mishra, ich sollte vorher nochmal zum Friseur, Fisch essen und mich rasieren ... Über Deckard findet man wenig raus, das meiste klingt wie

Gerüchte aus einer Küche für Freerider: Sein Vater war auch schon Kampfsportler, soll angeblich damals für die CIA gearbeitet haben. Seine Frau starb bei einem Schiffsunglück vor Lima, es wird gemunkelt, sie sei eigentlich beim Waterboarding umgekommen. Danach soll der Vater mit ihm hierhergezogen sein, noch vor der Zeit der DZ. Es ist wenig verlässlich, aber dieser Deckard ist auf jeden Fall jemand, vor dem man Angst haben muss, der beherrscht alle Formen von Dim Mak. Nochmal würde ich dem nicht hinterherlaufen ... Ninjutsu, Karate, Kalarippayat, was dir einfällt, der ist ein Meister. Weiß nur nicht, wie er mit Drogen in Kontakt gekommen ist. Suche weiter, peace, Supresh out.

Es dauerte zwei Tage, bis ich genug Netz hatte, damit die Suchmaschine Ergebnisse zu Dim Mak ausspuckte. Die Kunst der tödlichen Berührung. Hervorragend. Aber was hieß das schon, wenn selbst Supresh sagte, das meiste seien nur Gerüchte. Deckard war uns wohlgesinnt, daran zweifelte ich wenig, ich hatte Angst vor der Industrie. Supresh weniger, seine Mail lief rein, während ich den Artikel über Dim Mak las.

Hy Damian, Sohal ist cooler, als ich gedacht hätte. Nichts in ihrem riesigen Büro erinnert an die Bilder von Shulgins Labor. Sie sieht nicht so gut aus wie auf den Fotos. Sie sagt, dass niemand weiß, woher das wmk kommt, es scheint von keinem der großen Konzerne zu sein und sie würde es gerne analysieren lassen. Sie konnte oder wollte nicht sagen, wie sie auf dich gekommen sind. Ich habe ihr gesagt, wir wären Partner, ich selber hätte kein wmk, aber ich würde versuchen dich zu überreden, mir ein wenig zu überlassen. Und habe gefragt, was es wohl im Gegenzug dafür gäbe. Im September wird eine neue Substanz gelauncht, Elysium, soll wirken wie MDMA, nur noch klarer und mit einer besseren Erinnerung an das Erlebnis. Du könntest es vier Wochen vor Markteinführung haben, wenn du es nicht in der DZ vertreibst. Ich habe gesagt, dass ich mir vorstellen könnte, dass dich das reizen würde. Obwohl ich natürlich glaube, es ist keine Substanz, sondern ein Produkt.

Mann, und dann habe ich sie angebaggert, obwohl sie fast doppelt so alt ist wie ich. Aber die steht einfach nicht auf junge, gutaussehende Männer. Ich hätte ja gerne gesagt, für nen Fick kriegst du dein wmk. Das wär doch mal ein Deal. Naja, peace, Supresh out.

Das hörte sich tatsächlich nicht so an, als hätte EA eine neue Substanz, sondern als hätten sie MDMA etwas beigemischt, was die Gedächtnisleistung verbesserte. Vor zwei Jahren hatte EA mit einer Riesenwerbekampagne Memonic eingeführt. Nie wieder vergessen, wo die Schlüssel liegen, nie wieder Vokabeln pauken, keine Einkaufszettel mehr, keine Geburtstage mehr vergessen. Fotografisches Gedächtnis für jedermann. Memonic hielt die Versprechen, eine leichte Mundtrockenheit und das komplette Verschwinden der Traumerinnerung störte die Menschen nicht. EA bewarb sich schon um eine Zulassung für den europäischen Markt, als Kombinationspräparat mit einer Konzentrationshilfe würde es den Aufbruch der Menschen zu ungeahnten intellektuellen Ufern bedeuten. Morgens eine Pille und das Lernen machte Spaß, weil nichts ablenkte und man nichts vergaß.

Es schien ein lukratives Konzept zu sein, bis die ersten täglichen Konsumenten in Situationen gerieten, die ihnen bestenfalls nur unangenehm waren. Menschen wurden in Unfälle verwickelt, erhielten die Todesnachricht eines Nahestehenden, erfuhren vom Seitensprung ihres Partners oder sahen auch nur Bilder im Netz, die sie ekelten. Bilder, die sie dann verfolgten und unauslöschlich in ihrem Gedächtnis verankert waren. Jede schlechte Erinnerung bedrängte und quälte einen. Es half nicht, Memonic abzusetzen, die Emotionen und Bilder waren immer noch da und zeigten sich auch in Alpträumen, an die man sich als Rebound-Effekt nur zu gut erinnern konnte. Jeder Normalbürger bekam mit Memonic die Möglichkeit zu verstehen, was posttraumatische Belastungsstörungen waren. Die Verkaufszahlen brachen schnell ein, EA riet vom täglichen Konsum ab und empfahl nur noch die gezielte Einnahme unter gesicherten Bedingungen.

Elysium klang so, als hätte man für den Memonic-Wirkstoff, der noch tonnenweise irgendwo lagerte, doch noch eine Verwendung gefunden.

Ich würde ein Produkt bekommen, bevor man das Kleingedruckte lesen konnte, doch nicht mal auf das konnte man sich verlassen, weil jedem der großen Konzerne schon mehrere Male Lügen nachgewiesen worden waren.

Hat sie denn nicht gedroht?, wollte ich von Supresh wissen. Es dauerte über acht Tage, bis ich wieder ein Netz hatte.

Klar hat sie gedroht, aber mehr so unterschwellig. Ob wir denn nicht wüssten, wie gut sie mit den Staaten außerhalb der DZ zusammenarbeiten. Und wie man wohl seinen Lebensunterhalt verdient, wenn man keine zuverlässigen Lieferanten mehr finden kann. Als könntest du dir nicht alles auch in der Drogerie kaufen. Aber sie hat auch gesagt, dass es eine Strafverfolgung innerhalb der DZ geben könnte, wenn jemand herausbekommt, dass du nicht zugelassene Substanzen verkaufst. Aber du hast ja nichts innerhalb verkauft, war ja gut von daher.

Die meisten dieser Drohungen waren so beiläufig in Nebensätzen, Blahblah, Gelaber, was hätte EA schon davon, dich zu schädigen. Ich habe sie gebeten, mir Zeit zu lassen, Zeit und Narrenfreiheit. Das fand sie nicht komisch. Die hat keinen Humor. Also, nimm's leicht, da passiert nichts. Peace, Supresh out.

Ich war beunruhigt. Natürlich war ich beunruhigt. Wenn die EA sich ernsthaft mit uns anlegte, waren wir im Arsch.

– Quatsch, sagte Zoë, wer in den Brunnen fällt, wird vielleicht nass, aber er ertrinkt nicht unbedingt.

– Wie meinst du?

– Was soll dir schon passieren? Schlimmstenfalls musst du aufhören zu dealen.

– Und wenn sie mich nach draußen entführen?

– Warum sollte das passieren? Glaubst du, du bist wichtig genug für so etwas?

Das glaubte ich nicht. Aber davon ging die Angst nicht weg.

– Und wenn ich aufhören muss zu dealen? Du hast deinen Job schon verloren, was passiert dann mit uns? Wovon sollen wir leben?

– Damian, sagte Zoë, Damian, das Leben geht nicht zu Ende, wenn es weniger Möglichkeiten gibt. Es gibt keine Sicherheit, die hat es auch vor wmk nicht gegeben. Was du jetzt wissen möchtest ist: Was passiert, wenn die Sicherheit, die ich mir nur eingebildet habe, wegbricht? Also, was geschieht, wenn ein Fantasieboot ein Leck hat? Es geht unter, Damian. Etwas, das es nie gegeben hat, geht dann unter.

Manchmal mochte ich es, wenn sie so sprach. Manchmal regte es mich nur auf. Für Zoë war immer alles leicht. Sie hatte gut reden. Sie war einfach nur zu träge, um sich Sorgen zu machen. Vielleicht hatte sie sogar recht, aber das führte nicht dazu, dass ich mich besser fühlte, sondern kleiner. Und ich fühlte mich ohnehin nicht sonderlich groß in diesen Tagen.

Zoë war die einzige Schwarze, die die Leute im Dorf in ihrem Leben gesehen hatten, sie musste ihnen fremd erscheinen, aber sie fühlten sich ihr näher als mir. Das konnte ich sehen, und ich musste mich zusammenreißen, um das Zoë nicht übel zu nehmen.

– Wie wollen wir Geld verdienen?, fragte ich nun. Wir können nichts.

– Wir träumen uns Geld, sagte Zoë und lachte dann. Ich passe auf dich auf, versprach sie, vertrau mir einfach.

Sie nahm meine Hände und ich behielt für mich, was mir durch den Kopf ging: Sie hatte schon so lange keine Arbeit mehr. Wenn es so leicht war, etwas zu finden ...

Andererseits war sie noch nie in Panik geraten. Nie.

Eine Stunde später lagen wir nebeneinander, unter uns eine Decke, über uns der Himmel, um uns herum nur Grün. Bei Aolani war es zu hellhörig, keine Nacht gönnten wir uns die Bewegungen der Nähe, doch jetzt trocknete unser Schweiß, während ein Gewitter heranzog. Zoës Haut glänzte wie Samt und war wie fast immer kühler als meine, doch ich fühlte mich warm und geborgen. Zwischen diesen mächtigen Schenkeln konnte mir nichts passieren.

Ziggy

Mit der Schreibtafel im Schoß saß ich auf dem Bett und konnte es kaum glauben. Euphoricbasics. Als sei man achtzehn geworden und glaube, die Welt stünde einem nun offen. Als habe man ein neues Vergnügen entdeckt, ein bislang unbekanntes, von dem man glaubt, es könne die Welt revolutionieren, als habe man das erste Mal masturbiert.

Da waren Händler mit ihren E-Mail-Adressen und öffentlichen Schlüsseln, sortiert nach den Substanzen, die sie verkauften. Da waren ganze Menüs mit Preisen und Zahlungsoptionen, Testberichten und Lieferzeiten.

Insgesamt gab es siebzehn Dealer, die Psychedelika und Entaktogene anboten. Ich sah mir jeden davon ganz genau an und versuchte einen Hinweis darauf zu entdecken, ob sich hinter einem dieser Namen Damian verbarg. Er würde sich nicht ravesupply nennen oder beekeeper, nur weil er 2C-B im Angebot hatte. Andererseits war Damian nicht wirklich berechenbar, er konnte sich einen Namen auch gerade deswegen ausgesucht haben, weil man ihn nicht mit ihm in Verbindung bringen konnte. brdgrl, da waren wir uns ähnlich.

Ich wusste nicht, wie viele Händler dieser Art es wohl geben mochte, zwanzig, fünfzig, achtzig, vielleicht hundertachtzig, vielleicht noch viel mehr. Wenn ich Damian finden wollte, dann musste ich eine Strategie entwickeln. Allen Händlern zu schreiben und nach Damian zu fragen war keine, die in Frage kam. Man würde mich für jemanden von der EDC halten. Auch wenn ich schrieb, dass ich sein Bruder war und unsere Mutter im Sterben lag. Außerdem wäre das dumm gewesen, weil ich dann verfolgbar geworden wäre für unsere Freunde von der Drogenfahndung.

Ich suchte mir zunächst vier Händler heraus, die meiner unbegründeten Meinung nach Damian hätten sein können. Ich schrieb: *Hallo, ich bin auf der Suche nach Damian, einem Deutschen, der auch in diesem Geschäft ist. Falls du ihn kennst, dann richte ihm doch bitte aus: Es gibt kein Mittel dagegen. Und er möchte mich kontaktieren. Luft, Licht und Liebe, brdgrl.*

Ich verschlüsselte die Nachricht mit dem öffentlichen Schlüssel der jeweiligen Händler, hängte meinen Schlüssel an und verschickte die Mails.

Es war halb drei, die Nacht war warm und ein Luftzug versuchte den schweren Vorhang zu bauschen. Ich hatte das Gefühl, endlich vorwärtszukommen. Und war natürlich viel zu aufgekratzt, um jetzt schlafen zu können. Ich war mir der Komik dieser Situation bewusst, ich hatte Isabelle sitzen lassen, um hier mit meinem Rechner ins Bett zu gehen, und sah mir nicht mal pornographische Filme an.

Ich stöberte noch ein wenig im Forum herum, fand Beiträge von ezenow und zwei anderen Benutzernamen, die ich von Edit kannte. Bei Edit reagierte ezenow zwar kaum auf meine Mitteilungen, doch hier konnte ich es nochmal versuchen. Jetzt war ich glaubwürdiger, jetzt gehörte ich einem inneren Kreis an. Die Drogenwelt war auch nicht anders als die Welt der Wissenschaft. Man musste promovieren, man musste veröffentlichen, in den richtigen Publikationen, man musste sich vorkämpfen bis zur Elite, man musste Biss, Geduld und Eifer haben.

Jetzt gehörte ich zur Elite, jetzt war ich auf Kongressen, auf deren Empfängen man Zigarren angeboten bekam. Jetzt gehörte ich zur Elite, ich war in einem öffentlich nicht zugänglichen Forum, wo man zwischen mehreren vertrauenswürdigen Händlern wählen konnte. Doch wenn ich ezenow einige Minuten nach meiner Anmeldung schon schrieb, würde ich mich verdächtig machen. Oder vielleicht war ich hier ohnehin verdächtig, aus dem einfachen Grund, weil ich noch neu war. Vertrauen entsteht durch Langsamkeit. Aber ich hatte nicht viel Zeit.

Bei Euphoricbasics hatte man Angst vor Leuten, die hineinwollten, es konnten Drogenfahnder oder Kinder sein. Die Drogenfahndung war dabei nicht ganz so gefährlich, die E-Mail-Adressen der Händler reichten nicht, um sie zu lokalisieren, und Empfängeradressen für die Drogen wurden hier nicht ausgetauscht. Der EDC ging es mehr darum, Einsicht in diese Szene zu haben, und jeder, der nicht auf den Kopf gefallen war, wusste, dass sie hier einen Account hatten.

Kinder wie Desdemona waren die deutlich größere Gefahr, da sie sich oft nicht auskannten mit den Verschlüsselungsverfahren, mit nicht rückverfolgbaren IP-Adressen, mit der Chiffrierung der Festplatte und der absoluten Notwendigkeit von Diskretion. Und wenn sie sich auskannten, nahmen sie es oft nicht ernst genug. Kinder oder junge Erwachsene sind risikofreudiger und neigen auch eher dazu, Drogenkonsum als identitätsstiftend zu empfinden. Damit aber neigen sie auch zu Prahlerei, und ein privates Forum verträgt diese Art der Prahlerei nicht.

Noch während ich durch das Forum surfte, wurden neue Beiträge erstellt, es war auch für andere eine ereignisreiche Nacht. Der erste erschien in der Rubrik Angebote: *Hallo, wir sind eine Gruppe von Händlern, die sich unter dem Namen Drogenfreiheit zusammengeschlossen hat. Unsere Labore und Verschiffer befinden sich alle außerhalb der DZ und wir bieten nur Substanzen zum Selbstkostenpreis an. Erstes Produkt im Angebot: Kalabuli, ein neuartiger Upper, der ca. 8 Stunden wirkt, recht konstante Plateauphase, leichtes Euphoriepotential, Schlaf ca. 2 Stunden nach Abklingen der Wirkung ohne Downer möglich, wirksam im Bereich zwischen 50 mg und 200 mg. Preis pro Gramm: 8 Euro inkl. Versand.* Darunter standen noch die Zahlungsoptionen, der öffentliche Schlüssel und eine E-Mail-Adresse. Leonard.Pickard@molchanje.ai. Der Benutzername war auch Leonard Pickard. Ich ging auf undrugged und checkte die Adresse, da war nur ein Eintrag und der war eine Minute alt: *Wirbt auf einem privaten Board. Irgendjemand Erfahrungen mit ihm?*

In der nächsten Viertelstunde wurden noch zwei weitere Threads in der Rubrik Angebote eröffnet, von Todd Skinner und Krystle Cole, die auch zu Drogenfreiheit gehörten. Todd bot ein Halluzinogen an, das meskalinähnlich wirkte, und Krystle hatte eine Substanz im Angebot, die nur die Haut sensibilisierte und angeblich ein mächtiges Aphrodisiakum war. Beide Substanzen waren billiger, als man glauben konnte.

Auch die E-Mail-Adressen der beiden hatten bei undrugged keine aussagekräftigen Einträge. Ich konnte mir auf die Sache keinen Reim machen.

Ich hatte Lust, Gras zu rauchen. Das hatte ich schon lange nicht mehr gehabt und selbst in der Zeit, in der ich welches geraucht hatte, hatte es mir nicht besonders gefallen. Aber jetzt stellte ich mir vor, es würde mich entspannen und mich gemütlich einschlafen lassen. Ich wollte die Schreibtafel noch nicht ausmachen und schaute noch einmal bei Edit rein. Desdemona suchte nach netten Leuten außerhalb ihres normalen Freundeskreises, *einfach so zum Abhängen*, schrieb sie. Das konnte man ihr als Beschaffungsanfrage auslegen. Auf Psyllis Antwortpost hatte sie nicht reagiert und jetzt nannte sie wieder Bremen als die Stadt in ihrer Nähe. Ich schrieb, dass es unklug war, persönliche Daten öffentlich preiszugeben und dass sie ihren Beitrag editieren sollte, sonst würde es sicherlich eine Verwarnung geben. Kinder.

Damian

Wir waren nun über zwei Wochen hier. Kein Deckard, keine Daryl, kein Gumay, niemand, der nach mir fragte, keine Fremden im Umkreis des Dorfes, jeder wäre aufgefallen. Obwohl, wenn Deckard tatsächlich so eine Art Superninja war ... Aber wer mochte das glauben.

Was Supresh schrieb oder was sonst noch in der Welt vor sich ging, hätte sich so anfühlen können, als ginge es mich nichts an. Ich trank jeden Abend mehrere Schlucke Bhuma, mal Limette, mal Granatapfel, mal Mango. Zoë und ich schliefen häufig irgendwo in der freien Natur miteinander. Es war nicht die künstliche Geilheit, wie sie manchmal mit dem Konsum von Stimulanzien einhergeht und die dich dazu bringt, stundenlang Sex zu haben, ohne die Aussicht auf einen erlösenden Orgasmus, der dieses Gerammel beendet. Nur die mangelnde Standhaftigkeit erzwang dann Pausen, in denen man Luft holen konnte.

Es war auch nicht die Geilheit einer gesteigerten taktilen Wahrnehmung wie zum Beispiel durch Gras, sondern es schien mir eine natürliche Geilheit, ausgelöst durch viel Schlaf, geregelte Mahlzeiten, weitgehende Abstinenz von Drogen, die einen auf die eine oder andere Art immer aus dem Gleichgewicht brachten. Ausgelöst von einer Atmosphäre der Entspanntheit, von einer ungewohnten Umgebung und wahrscheinlich auch einer gewissen Langeweile, die man Ennui hätte nennen können. Vielleicht spielte eine vage Furcht vor der Zukunft ebenfalls mit rein und der Halt, den Zoës fester Körper mir versprach.

Wir waren umgeben von Natur, begrünte Flächen und Hügel so weit wir blicken konnten. Jeden Tag sahen wir Menschen, die zufrieden schienen mit dem, was sie hatten. Nur bei den Jugendlichen konnte man Unruhe ausmachen, einen Glanz in den Augen, einen Hunger nach einer anderen Welt als dieser hier. Sie strahlten eine Sehnsucht aus nach Abenteuer, Aufregung, emotionalen Verwicklungen. Sie wollten sich bedienen an einer Welt, die ihr Angebot für Lust und Befriedigung unüberschaubar groß hielt. Man spürte eine Sehnsucht nach den Orten, an denen die Seifenopern gedreht wurden, an denen Menschen ihrer Arbeit bei EA oder RecDrugs nachgingen, einer Welt, die ihnen ihre Flachbildschirme versprachen, die es aber so, wie sie dargestellt wurde, nicht gab.

Was ging mich hier diese ausgedachte, künstliche Welt an, in der wir uns sonst bewegten. Was innerhalb der DZ oder in Europa geschah, hatte kaum Einfluss auf dieses Dorf, wir hatten einen Platz, an dem ich mich sicher fühlen konnte, einen Platz, an den die Welt nur als Fernsehausstrahlung gelangte. Es hätte mir egal sein können, was Supresh schrieb. Was änderten seine Worte an unserer Umgebung? Was änderte Wissen an der Natur?

Doch es beunruhigte mich und machte mich neugierig. Ich schritt schneller aus als sonst, als ich mit der Schreibtafel in der Hand hinunter ins Dorf ging.

– Was ist passiert?, fragte Zoë sofort.

Es war ja nichts passiert. Die Berge waren immer noch Berge, der Kaffee war Kaffee, die Luft war Luft und Bhuma Bhuma. Nur in meinem Kopf hatten sich Gedanken selbstständig gemacht.

– Es sind neue Drogen auf dem Markt.
– Die können wir alle ausprobieren, die laufen nicht weg.
– Sie kommen alle von außerhalb der DZ.
– Von wem?
– Man weiß es nicht. Supresh hat etwas genommen, dass sie DMT-Quadrat nennen, es katapultiert einen in eine abstrakte, grüne Welt, die man am ehesten wohl als Urwald beschreiben könnte, schreibt Supresh, man vergisst alles, auch dass man Drogen genommen hat. Es gibt eine lose Gruppe von Leuten, die sich Drogenfreiheit nennt, sie stellen Drogen in Labors in Europa her und verschicken es von dort aus in die DZ. Es gibt ein neues taktiles Entaktogen, ein Aphrodisiakum erster Güte. Und Gumay war wieder bei Supresh, er bietet fünftausend Euro für ein Gramm wmk. Wahrscheinlich, weil es keins mehr gibt auf dem Markt. Supresh hat ihm gesagt, er würde sich umhören, aber er hätte keine Ahnung, wo man im Moment welches herbekommt.

Zoë griff nach der Flasche Bhuma auf dem Tisch und nahm einen Schluck, obwohl es nicht mal Mittag war.

– Bewegung, sagte sie, alles gerät in Bewegung.

Sie hielt mir die Flasche hin, doch ich schüttelte den Kopf.

– Glaubst du wirklich, es gibt eine außerhalb der DZ arbeitende Gruppe, die die Pharmas schwächen möchte? Oder zumindest ärgern?

– Warum nicht?, sagte ich. Drogenguerilla. Die Idee gefällt mir.

– Vielleicht ist das nur eine Taktik von drinnen.

– Um was zu erreichen?

– Um die Konkurrenten auszustechen. Um Drogen auf den Markt zu bringen, bevor sie eine Zulassung haben, um keine Werbekampagne bezahlen zu müssen, um die Steuer zu umgehen, um lange Vorlaufzeiten zu vermeiden, um der Prüfungskommission keine Bestechungsgelder zahlen zu müssen. Gründe gibt es viele.

Das stimmte. Aber ich stellte mir dennoch lieber ein paar junge Chemiker vor, die von Anarchie träumten. Leute wie William Leonard Pickard, der zwischen 1990 und 2000 angeblich 90 % des weltweit erhältlichen LSD synthetisiert und billig verkauft hatte. Helden mit Idealismus, Menschen, die Dinge ändern wollten. Vielleicht stammte das wmk auch aus Europa? Was war hier los? Ich war begierig, wieder ins Tiefland zu gehen.

– Bewegung, sagte ich, ja, Bewegung und Veränderung. Wandel ist Leben, Dinge passieren, wir können nicht einfach hier sitzen und zuschauen.

Aber wenn ich mir vorstellte, wieder runterzufahren, wurde ich zugleich auch nervös. Zu viele Interessen, zu viele große Konzerne, zu viele Dinge, die man nicht durchblicken konnte, und ich wollte mitten rein.

Zoë hob die Schultern.

– Ja, sagte sie, Bewegung, aber das hört sich nach einer ganzen Welle an und wer weiß, ob man sie nehmen kann

oder ob man gewaschen wird. Vielleicht ist jetzt die Zeit
für eine Sitzung.
　Ich sah Zoë an.
　– Aolani, sagte sie, als würde das irgendetwas erklären.

Ziggy

Ana – moafeen – sah noch jünger als, als ich sie mir vorgestellt hatte, deutlich jünger, als hätte sie gerade erst die
Matura gemacht. Ihre langen, glatten Haare waren in der
Mitte gescheitelt, sie hatte eine Brille mit runden Gläsern
und trug keinerlei Schmuck. Nichts an ihr wies darauf
hin, dass sie schon einmal mit Drogen in Kontakt gekommen sein könnte. Sie hätte in einem Kindergarten arbeiten können und im Kirchenchor singen, es hätte niemanden gewundert.
　Wir hatten uns auf der Kornhausbrücke getroffen,
ich war zum verabredeten Zeitpunkt dort gewesen und
bei jeder Frau, die sich mir näherte, hatte ich im Bruch-
teil einer Sekunde entschieden, ob ich mit ihr Sex haben
würde. Bei Ana hatte ich mich dagegen entschieden, wegen
ihres biederen Aussehens. Und jetzt, wo wir im Café saßen,
erschien sie mir zudem viel zu jung. Als wäre sie kaum älter
als Leonie. Doch gleichzeitig reizte mich dieser Umstand.
Es war eine Gelegenheit, ungestraft und ohne moralische
Bedenken – sie war schließlich schon lange volljährig –
etwas zu tun, das einem verboten vorkommen würde.
　Ana war redselig, ohne geschwätzig zu sein, sie erzählte
von ihrem Psychologiestudium, von den Alltagsbegeben-
heiten der letzten Tage, ich versuchte ihr aufmerksam
zuzuhören, aber meine Gedanken drifteten immer wieder
ab. Ich fragte mich, ob dieser Körper, der langsam alterte,
ihr attraktiv erscheinen würde, was sie zu älteren Män-

nern hinzog, ob es einen Defekt gab, der sich im persönlichen Gespräch nun schon bald offenbaren würde. Man wusste, dass geistige Gesundheit eher nicht dazu führte, dass man Psychologie studierte. Oder war das nur ein Vorurteil, wie es sie auch über Drogen zuhauf gab? Meine Gedanken versuchten eine nahe Zukunft zu formen, aber da waren lauter Ängste und Fragen und Sorgen, die mit hinein wollten.

Ana fragte mich nach dem Kongress. Zunächst antwortete ich sehr allgemein, doch sie hakte einige Male nach. Zu meiner Überraschung kannte sie die Arbeiten von LaBerge und Hobbson und schien mit den Grundlagen meines Forschungsgebiets vertraut.

– Der Traumzustand ist ja auch gerade dadurch charakterisiert, dass er in mehreren Hirnregionen gleichzeitig stattfindet und es dadurch ständig zu Überschneidungen kommt. Das ist der Idee eines zentralen Beobachters diametral entgegengesetzt. Es scheint mir ein wenig wie bei der Heisenberg'schen Unschärferelation zu sein, man kann entweder die Position oder die Energie genau bestimmen, nicht beides gleichzeitig. Luzides Träumen ist ein sehr fragiler Zustand, aber man kann nicht sowohl den Beobachter als auch die Träume festhalten – wenn man den Beobachter hat, ändern sich zwangsläufig die Träume. Als Kind habe ich viel luzide geträumt, was ja für die Theorie spricht, dass einzelne Hirnareale noch nicht richtig miteinander vernetzt waren. Eine Art Psilocybin, das einen aber schlafen lässt, müsste eine ähnliche Wirkung haben.

Ich musste an Isabelle denken. Und fragte mich, woher es kam, dass ich innerhalb von so kurzer Zeit Frauen traf, deren Intelligenz mich weit mehr beeindruckte als ihre äußere Erscheinung.

Es war heiß, Ana bestellte sich ihren zweiten Espresso, wir saßen draußen an einem Tisch aus Aluminium. Ana trug eine braungraue, teuer aussehende Leinenhose und eine einfache Bluse, deren Grün je nach Licht ins Grau changierte. An ihren Füßen hatte sie Sandalen, die aussahen, als seien sie von veganen Orthopäden entworfen worden.

– Wie kommt es, dass du dich so gut auskennst?, fragte ich sie.

– Wir versuchen das Bewusstsein zu erforschen, oder?, sagte sie lächelnd, als wäre das eine befriedigende Antwort.

– Seit wann nimmst du Drogen?, fragte ich nun leise.

– Seit ich sechzehn bin, zehn Jahre.

Immerhin war sie älter, als sie aussah, das beruhigte mich, obwohl ich nicht hätte sagen können, warum. Ich dachte daran, was Robert immer gesagt hatte, die Menschen sollten Sex haben, bevor sie mit Drogen anfingen, damit Sex das erste rauschhafte Erleben in ihrem Leben sei. Ich war neunzehn gewesen auf meinem ersten Trip, aber ich hatte bereits mit vierzehn gekifft, zwei Jahre vor meinem ersten Sex. Damian hatte es umgekehrt gemacht, er war vierzehn gewesen, als er das erste Mal Sex hatte, doch vermutlich hatte gerade dieser Umstand zu einem ausgeprägteren Drang nach rauschhaften Erlebnissen geführt. Zumal seine Partnerin fünfundzwanzig gewesen war und er von ihr regelrecht überrumpelt worden war.

– Weiß deine Frau, dass du hier bist?, wollte Ana nun wissen.

Das war höchst unerwartet, doch ich war in Gedanken noch bei Vaters Weisheiten, und der hatte immer gesagt: Solange du nicht lügst, kann dir nichts passieren.

– Nein, sagte ich.

Aber Elodie hatte ich angelogen.
– Elodie, begann ich. Ich sah Ana an. Vertrauen entsteht durch Langsamkeit. Es war etwas anderes.
– Meine Mutter liegt im Sterben, sie hat Leberkrebs.
Ich holte Luft. Sie lag nicht im Sterben, sie tanzte auf hohen Dosen LSD nackt auf ihrem Balkon. Aber wie sollte ich das nun erklären?
– Sie möchte nochmal meinen Bruder sehen, der in der DZ lebt, fuhr ich fort. Wir haben keinen Kontakt mehr zu ihm, weil … weil er nach Europa dealt und weil seine Sicherheit ihm wichtig ist. Und Elodie, Elodie ist ihre Sicherheit auch sehr wichtig. Sie möchte nicht, dass ich riskiere, meine Arbeit zu verlieren. Man ist ja schon verdächtig genug, wenn man Angehörige in der DZ hat. Es ist besser, wenn Elodie nichts weiß, das mit Drogen zu tun hat.
Anas Blick glitt nach rechts oben, sie schien zu überlegen. Dann nickte sie.
– Das ist der Grund, warum du bei Edit bist. Du bist auf der Suche nach deinem Bruder?
Ich zögerte, dann nickte ich.
– Elodie, hat sie schon mal Drogen genommen?
– Nein. Hast du nie Angst, exmatrikuliert zu werden, wenn man feststellt …
– Das hier ist die Schweiz, erinnerte sie mich. Der bloße Konsum wird nicht mehr kriminalisiert. Außerdem bin ich nicht auf der Universität, weil ich auf einen akademischen Grad aus bin, sondern um zu lernen. Was macht sie, Elodie?
– Kannst du dich an diese alte Schrift auf den Schildkrötenpanzern erinnern, die sie entdeckt haben? Abagobye? Das war vor sieben Jahren. Seitdem beschäftigt Elodie sich mit der Entschlüsselung.

– Sie ist also Linguistin?
– Nein, sie hat nie studiert.
– Wieso nicht?
– Sie kommt aus einer Familie, in der ... man sie nicht unterstützen konnte.
– Es gibt ein Ausbildungsförderungsgesetz auch bei euch, oder?, sagte Ana und runzelte leicht ihre glatte Stirn.
– Ja, aber Elodie hat nicht mal Hochschulreife. So etwas hat man bei ihr in der Siedlung nicht gemacht. Das hängt nicht nur am Geld, sondern auch am Umfeld. Als sie dann auf der Abendschule die Matura nachholen wollte, haben wir uns kennengelernt. Wir wollten Kinder, ich hatte noch nicht zu Ende studiert, es kam eins zum anderen, zuerst Leonie, dann das Haus, dann Samuel, dann dies, dann das, es war irgendwie nie genug Zeit. Doch Elodie ist eine sehr gute Autodidaktin, sie kann mitreden bei akademischen Auseinandersetzungen, sie hatte durchaus gute Ansätze zur Dechiffrierung, aber sie wird nicht ernst genommen. Sie würde als eine Expertin in Abagobye gelten, wenn sie einen Titel hätte. So viel zu: Ich bin nicht auf einen akademischen Grad aus ...

Ana nickte, hielt inne, nickte erneut.

– Darum bist du an wmk interessiert. Sie ist an wmk interessiert.

Ich nickte nicht, aber sie konnte in meinem Gesicht lesen.

– Und es stört dich, dass sie dafür ein Risiko eingehen würde, aber für deinen Bruder nicht.

Sie hatte am Ende des Satzes die Stimme gehoben, doch es war keine Frage gewesen, und selbst wenn es eine gewesen wäre, mein Schweigen war Antwort genug. Ana lächelte breit, dann holte sie aus ihrer Handtasche einen Briefumschlag.

– Der Verkauf ist eingestellt, sagt mein Freund, aber er war so nett, mir noch vier Trips zu besorgen. Man muss schon zwei auf einmal nehmen, um das volle Potential zu erfahren. Einer reicht nicht, glaub mir. Pass aber gut auf, hinterher könnt ihr nicht reden, mit niemandem. Ihr müsst die Kinder versorgen.

Erstaunt steckte ich den Umschlag ein.

– Was bekommst du dafür?

– Ich würde es dir gerne schenken, aber ich bin Studentin. Siebzig Franken.

Ich gab ihr das Geld, drehte den Satz kurz in meinem Kopf, wendete ihn, und je länger ich ihn von allen Seiten betrachtete, desto größer wurde der Zweifel, also sprach ich ihn schnell aus:

– Apropos Trip ... Sollen wir ...?

– Lucy?

– Ja.

Sie schaute auf ihre Tasse.

Wenn du zu zweit trippst, dann mit jemandem, dem du absolut vertraust, hatte Robert immer gesagt.

Ana schaute hoch und sah mir in die Augen.

– Wie lange ist es her?

– Fast zwanzig Jahre.

– Ich passe auf dich auf.

Damian

Aolani trug eine lose Seidenrobe, kniete vor ihrem Hausaltar und murmelte etwas, das Gebete sein mochten, während wir hinter ihr auf den Fersen sitzend warteten. Es war früher Abend, die Zeit, in der wir sonst Bhuma tranken. Wir hatten den ganzen Tag nichts gegessen und nichts getrunken, wir hatten seit drei Tagen keinen Sex mehr gehabt. Vor der Sitzung müsse man enthaltsam sein, hatte Zoë gesagt, zentriert, in der Mitte der eigenen Energie. Ich glaubte ihr, ich glaubte ihr auch, dass Aolani diese Bedingung gestellt hatte, aber ich verstand immer noch nicht richtig, wie die Kommunikation zwischen den beiden funktionierte.

Ich verstand einige Gesten Aolanis, ich konnte ihr Lachen und Kopfschütteln richtig deuten, auch wie Zoë um die Zeremonie gebeten hatte, war mir nachvollziehbar gewesen. Doch wir waren nicht krank, Aolani musste uns nicht heilen oder ein paar Wolken aus unseren Köpfen vertreiben, sie musste einen Blick auf eine vertrackte Lage werfen.

– Siv yis, siv yis, siv yis, siv yis, siv yis, sang Aolani nun, während sie sich erhob. Sie nahm einen kleinen Gong in die Hand und ging, während sie ihn leise schlug, nacheinander in alle vier Ecken des Zimmers und spuckte dort auf den Boden. Dann stimmte sie einen rhythmischen Sprechgesang an und ging zurück zu dem Altar. Sie holte aus einem Bambuskästchen ein Tütchen mit einem weißen Pulver, von dem sie vorsichtig etwas auf ihren rechten Handteller kippte. Dann kniete sie sich hin, hielt ihre geöffneten Handflächen dem Altar entgegen und senkte den Kopf. Schließlich stand sie auf, steckte sich den rechten Mittelfinger in den Mund, stippte ihn ins Pulver und führte den Finger an Zoës Mund. Ich hätte Zoë gerne fragend angesehen, aber ich unterdrückte den Impuls. Einfach vertrauen.

Aolani benetzte ihren Finger erneut und gab auch mir ein wenig von dem Pulver. Ich glaubte diesen chemischen Geschmack zu erkennen. Jetzt sah ich Zoë doch an, aber sie hob nur die Schultern und lächelte.

Aolani gab das restliche Pulver in ihre rechte Hand und leckte es von dort auf. Sie nahm einen Becher mit einer bräunlichen Flüssigkeit, von der sie zuerst einen Schluck nahm, bevor sie ihn uns reichte, um es ihr nachzutun. Es schmeckte leicht ölig und modrig, aber nicht ekelhaft.

Aolani legte sich einen Schleier um und bedeutete uns, uns vor dem Altar zu verbeugen und uns dann auf den Rücken zu legen, die Hände auf dem Bauch gefaltet.

Singend und mit einer Art Tamburin einen Rhythmus schlagend ging sie einige Zeit im Kreis um uns herum, während ich mich noch fragte, ob ich richtig geschmeckt hatte. Es war tatsächlich eine Leichtigkeit zu spüren, doch das konnte auch Einbildung sein.

Dann merkte ich, wie ich aufgeregt wurde, zusätzlich gab es ein leichtes Ziehen im Enddarm, ein wenig so, als müsste ich mich entleeren. Nun war ich mir sicher, dass wir eine Droge genommen hatten, nur wusste ich noch nicht genau welche.

Aolani begann entlang der Schnüre, die sie unter dem Dach von der Höhe des Altars bis zur Tür gespannt hatte, entlang zu gehen, hin und zurück, immer wieder, sie schien in eine Art Trance zu verfallen. Die Schnüre stellten die Brücke zwischen zwei Welten dar. Das war keine Mutmaßung, sondern eine Erkenntnis. Ich wusste es mit der gleichen Sicherheit, mit der ich einige Minuten später wusste, dass wir Psilocybin genommen hatten. Oder vielleicht 4-AcO-DMT, das konnte ich nicht auseinanderhalten. Ich wunderte mich, soweit ich wusste, wuchsen in der weiteren Umgebung keine Pilze mit halluzinogenem Wirkstoff, und ich war mir sicher, dass diese Art des Schamanismus in Südostasien nicht verbreitet war.

María Sabina, die 1985 mit über neunzig Jahren verstorben war, war immer noch die berühmteste Schamanin, die mit Hilfe der heiligen Pilze praktiziert hatte. Das war in Amerika gewesen, wie war diese Tradition hierher gelangt? Und wieso nahm Aolani Pulver statt Pilze? Woher hatte sie eine offensichtlich unversteuerte Reinsubstanz in einem Tütchen?

Mittlerweile war es dunkel in der Hütte, meine Fragen verloren langsam an Bedeutung, während sich in der Luft langsam rote und grüne Muster kristallisierten. Ich schloss die Augen und sah ähnliche Muster, die sich im Rhythmus mit Aolanis Gesang veränderten und nach einiger Zeit zu Gestalten formten, die sich zu schnell bewegten, um sie erkennen oder benennen zu können. Eine der Gestalten sah kurze Zeit aus wie Celia, bevor sie ihre Form komplett änderte.

Aolani tanzte stampfend um uns herum, sang, schrie, flüsterte, summte, trillerte, zirpte, brummte, pfiff und piepste, lachte und weinte, sie tönte fast ohne Unterlass, zu ihrer Stimme und dem Tamburin kam noch eine Rassel hinzu. Es schien viel gewesen zu sein, was wir genommen hatten, ich wurde in einen Trip hineingesogen, den ich auf Pilzen so noch nie gehabt hatte. Was aber auch daran liegen konnte, dass ich dabei sonst nicht in einem finsteren Raum bewegungslos auf dem Rücken lag und einer alten Frau lauschte.

Aolani fasste mich an, berührte meine Schulter, meinen Bauch, meine Beine, legte dann ihre Hände um meine Scham, was mich verwirrte, aber es galt immer noch: Vertrauen.

Sie machte ein saugendes Geräusch und ich fragte mich, ob sie meine Energie in sich aufnahm. Noch half mir die Droge zu verstehen, dass es um Kontakt ging. Es ging immer nur um Kontakt. Die Luft schmiegte sich an die Haut, die Haut schmiegte sich an die Muskeln, die Muskeln schmiegten sich an die Knochen. Der Fluss schmiegte sich in das Bett, der Baum in die Erde und in die Luft, alles war in Kontakt, es gab gar keine Grenzen.

Aolani legte mir die Hand auf die Stirn und einen Finger zwischen die Augenbrauen und auf einmal schrie sie. Sie schrie so plötzlich und laut, dass ich mich erschreckte. Ich spürte, wie sich Zoës Körperspannung veränderte.

Als sie nach dem Schrei von mir abließ und zu Zoë ging, drehte ich meinen Kopf, und auch wenn sich Muster über alles legten, konnte ich im Dunkel schemenhaft erkennen, wie Aolani ihre kleinen Hände zuerst auf Zoës Schultern, dann auf ihre großen Brüste legte. Sie fuhr hinunter über den Bauch zu den Beinen und legte dann ihre Hände auf Zoës Scham, bevor sie sie zu ihrem Kopf führte. Der Schrei blieb aus.

In diesem Moment erst packte mich die Angst. Mit metallenen, kalten Fingern griff sie nach mir, um mich zu zerquetschen, um mich auszulöschen. Als wäre der Kern meines Wesens eine Art Rauch, um den sich eine gigantische Faust schloss. Sie bekam nichts zu fassen, doch der Rauch entschwand. Yalsol war nicht das richtige Wort dafür. Mich packte ein Entsetzen, wie ich es noch nie unter Drogen erlebt hatte und nüchtern schon gar nicht. Horrortrip, schoss es mir kurz durch den Kopf, Horrortrip. Ich dachte an das Horrorzimmer im Synaestesia, die dunkelrot und schwarz gestrichenen Wände, auf denen mit großen Pinseln geschriebene Botschaften standen: Du bist ein schlechter Mensch. Du wirst für immer brennen. Es gibt kein Zurück. Du wirst den Verstand verlieren. Hängenbleiben ist kein Mythos. Das ist der Plan, nun kannst du ihn sehen. Dazu die Totenköpfe und Spinnen aus Plastik, die von der Decke hingen, die echten Kakerlaken, die herumliefen, der faulige Gestank, die Hologramme von böse blickenden Augen, die eingespielten Geräusche von Fingernägeln auf Tafeln, von Blech, das zerquetscht wurde, schrille Schreie. Das Horrortripzimmer im Synaestesia, das ich nicht mal auf hohen Dosen LSD gemieden hatte, Supresh und ich hatten dort wunderbare Lachanfälle gehabt und wir hatten uns für unverwundbar gehalten.

Es ist okay, du bist auf Drogen, es vergeht wieder, sagte ich mir, was kann dir schlimmstenfalls schon passieren, du wirst nüchtern werden, diese Angst wird weichen, alles wird gut werden. Doch es half nicht. Es fühlte sich an, als wäre ich schon über den Abgrund geschritten und erst der Aufschlag würde etwas ändern.

Dann spürte ich Hände an meinen nackten Füßen, Aolanis Hände, und plötzlich war da wieder Celias Bild, dieses Mal deutlicher. Es war, als würde sie über mir in der Luft stehen und auf mich herabblicken. Dann hoben sich ihre Füße nach hinten, sie kippte schwerelos nach vorne, bis sie in einem Fünfundvierzig-Grad-Winkel über mir war.

– Du brauchst keine Angst zu haben, sagte sie. Es ist ein träumendes Universum. Es träumt sich selbst. So wie du dich auch selbst träumst in den Nächten. Es ist das Ende von etwas, das nie geschehen ist. Du brauchst keine Angst zu haben.

Erleichtert atmete ich aus und das Bild verschwand, noch bevor Aolani meine Füße losließ.

Ziggy

Meine Stimme hörte sich schon nicht mehr an wie meine Stimme. Sie klang genauso, war mir aber dennoch fremd. Als würde ich mir dabei zuhören, wie ich redete, als wäre meine Stimme abgekoppelt von mir. Es war gerade mal eine Viertelstunde her, dass wir uns die Pappen auf die Zunge gelegt hatten, sie waren offensichtlich tatsächlich so hoch dosiert wie angegeben. Ich bekam Bedenken, ob das wirklich eine gute Idee gewesen war. Schlimmstenfalls, fiel mir ein. Einer von Roberts Ratschlägen. Wenn du Angst bekommst, frag dich, was schlimmstenfalls passieren kann, sagte er. Meistens hängt nichts dran an diesen Ängsten.

Ich könnte die Orientierung verlieren. Ich könnte nicht mehr zurück ins Hotel finden. Doch dann könnte ich mich immer noch in ein Taxi setzen und fahren lassen. Nein, nicht in ein Taxi, nicht in einem solchen Zustand. Ich konnte auch jemanden auf der Straße treffen, den ich kannte. Oder der mich erkannte.

– Hui, sagte Ana, die sind hoch dosiert, oder?
– 200 µg laut dem Händler, sagte ich.
– Dann lass uns zusehen, dass wir in den Wald kommen, bevor der Spaß richtig losgeht.
– Bremgarten?, fragte ich.
– Ja, sagte sie. Du kennst den Weg?
– Noch ja.
– Sollen wir mit meinem Velo fahren? Ich setze mich hinten drauf? Wird aber ein wenig stotzig unterwegs.
– Kein Problem, sagte ich, das schaffe ich schon.

Ich merkte, wie meine Mundwinkel sich unwillkürlich hoben. Idealerweise würde das schon bald zu einem vielleicht stupide wirkenden Grinsen werden, welches nur Lachanfällen weichen würde.

Tatsächlich fand ich den Weg ohne Probleme, ich trat kräftig in die Pedale des schweren Militärfahrrades, registrierte befriedigt, wie das Blut in meine Beine floss, wie sich meine Atmung vertiefte, wie meine Lungen mehr Sauerstoff aufnahmen, wie leicht mir das fiel, weil ich langsam in Form kam, am Morgen hatte ich noch vierundvierzig Minuten für zehn Kilometer gebraucht.

Gleichzeitig spürte ich, wie sich die Schweißflecken unter meinen Armen ausbreiteten. Ich atmete tief durch die Nase ein, doch es roch nicht unangenehm, noch nicht, dachte ich. Ana saß hinten auf dem stabilen Gepäckträger und es schien mir, als vollführe sie Bewegungen mit den Armen, doch ich war mir nicht sicher und ich blickte mich auch nicht um. Wir sprachen nicht und das war mir recht, ich wollte nicht nochmals von meiner eigenen Stimme verwirrt werden.

Als wir an einem Parkhaus vorbeikamen, sagte Ana:
– Vielleicht erinnerst du dich, hier war früher die Reithalle.
– Reithalle?
Kam Halle eigentlich von Hall und hallte meine Stimme?
– Ein Kulturzentrum. Gab immer auch Dealer dort. Ist schließlich auch Kultur.
Ana lachte und ich stimmte mit ein.

Als uns noch wenige Meter von der Autobahnunterführung trennten, hinter der der Wald begann, merkte ich, dass es Zeit wurde. Meine Beine fühlten sich weich an, meine Gelenke schienen irgendwie nicht ganz eingerastet zu sein und mein Körper sich nur noch aus Gewohnheit richtig zu bewegen.

Nachdem ich abgestiegen war, sah ich, dass Ana ihre Bluse ausgezogen hatte. Darunter trug sie ein braunes Top. Sie hatte Schwierigkeiten, das Fahrrad abzuschlie-

ßen, zumindest sah es für mich so aus und es beruhigte mich, dass ihre Fähigkeiten ebenfalls eingeschränkt waren.
– Findest du das Fahrrad wieder?, fragte sie mich.
Ich konzentrierte mich. Im Osten. Richtung Autobahn. Auf der Höhe des Spitals.
Ich nickte.
– Bestimmt?
Erneut nickte ich. Hatte sie einen BH an? Eine Decke in ihrer Handtasche?
Auf dem Weg in den Wald konnte ich erahnen, welche Muster sich auf dem Boden abzeichnen würden, das Grün leuchtete stark und hatte mehr Schattierungen als sonst, die Rinde der Bäume würde sehr bald in Bewegung geraten. Für Sekunden gab es das Gefühl, nicht durch den Wald zu gehen, sondern durch einen Ort, den es eigentlich nur in der Fantasie gab, einen Ort, der herausgehoben war aus dieser Zeit und auf keiner Karte zu finden sein würde. Wie sollten wir dann das Fahrrad wiederfinden?
Ich schaute zu Ana hinüber, ihre Pupillen waren geweitet, sie grinste, starrte die Bäume und Sträucher an. Die Sonnenstrahlen fielen wie vielfarbige Lanzen durch die Blätter.
– Der Filter, der die Wahrnehmung zusammenhält, fällt langsam weg, sagte sie.
Dann blickte sie mich an und lachte.
– Was erzähle ich dir das? Wie geht's? Erinnerst du dich?
– Ja, ich erinnere mich. Aber es war schon beim ersten Mal so, als würde ich mich erinnern.
– Als würde man nach Hause kommen, sagte Ana.
Ihr Gesicht, das vorhin noch ein wenig zu glatt gewirkt hatte, gewann an Charakter. Ihre Haut hatte einen Glanz wie mattes Elfenbein gemischt mit ein wenig Heiligenschein. Da waren Ansätze von Falten auf ihrer Nase, wahrscheinlich weil sich ihre Haut dort beim Lachen leicht

kräuselte, ihre Schläfen waren nicht so eben, wie sie vorhin noch gewirkt hatten. Ich wusste, dass ich mir das nicht einbildete, ich konnte besser sehen als vorhin, doch das würde sich schon in kurzer Zeit ändern.

Anas Brustwarzen waren hart, sie trug tatsächlich keinen BH, doch ich wusste auch, dass Sex bald ebenso widersinnig erscheinen würde wie jede andere zielgerichtete Handlung.

Wir spazierten gemächlich durch den Wald, mein Zeitgefühl und meine Orientierung verließen mich, während ich von Samuels Klarträumen erzählte, von Celia und ihrem Auftauchen in unser beider Träume. Bald schon merkte ich, dass meine Zunge zu langsam wurde für meine Gedanken. Ich brach ab, mitten im Satz wahrscheinlich.

Ana sah mich an und lachte. Sie lachte mich nicht aus, das war mir klar. Es war ein Witz, das Klarträumen, das Erzählenwollen, das Reden, das Zuhören, die Forschung, die Ehe, der Sex, die Kinder, die Sehnsucht, die Suche, die DZ, Europa, die Schweiz, das Alter, der Tod. Es war alles ein Witz, ein großer kosmischer Witz, und wir blieben stehen und lachten, dass uns die Tränen kamen und wir alles nur noch verschwommen sahen.

Nun stand nichts mehr still, wo man auch hinsah, überall war Bewegung. Alle Interpretationen schienen aufgehört zu haben, die Dinge waren nur, was sie waren, ohne Namen, ohne Bedeutung, ohne Zusammenhang. Die Dinge waren leer und hohl. Sie waren nur Wellen. Die Fragen fielen weg und das Lachen kam. Nichts stand still, alles stand still.

Wir spazierten weiter, staunten über Bäume, Sträucher, über die Rinde, über Äste und über Steine. Es war, als hätte jemand einen Farbeimer über dem Wald ausgekippt, und jede Farbe hatte eine eigene Geschichte zu erzählen. So viele Farben, so viele Geschichten, so viel zu sehen, so wenig zu denken. Ab und zu lief ein Schauer durch meinen Körper oder ich atmete befreit ein und aus, verlieh dem Wort seufzen neue Bedeutungen.

Ana setzte sich einfach an den Wegrand und ich setzte mich daneben. Schweigen. Schweigen und versinken, versinken, bis ein Kichern kam, das wachsen wollte. Der große Witz des Universum bewegte uns so, dass es wie Lachen klang.

Das Lachen glitt durch Raum und Zeit, löste beides auf, und als es langsam verebbte kamen wieder Gedanken, wurden an Land gespült.

Was, wenn Elodie etwas ahnte? Was, wenn sie und Ana in Wirklichkeit unter einer Decke steckten? Ana erschien mir vielleicht deswegen so intelligent, weil sie über mich informiert worden war. Weil sie in Kontakt mit Elodie stand. Wenn ich über João einen Detektiv engagieren konnte, ohne dass Elodie das mitbekam, wieso sollte sie nicht jemanden wie Ana auf mich ansetzen, um mich in Versuchung zu führen? Sah Ana nicht viel zu brav aus für jemanden, der Drogen nahm? Warum hatte sie ihre Bluse ausgezogen? Woher hatte sie das wmk bekommen? War es wirklich wmk oder nur ein weiterer Köder?

– Schau mich nicht so an, sagte Ana, es gibt keinen Grund für Yalsol.

– Yalsol?

Warum sprach sie Slang? Sie wollte mich ausschließen.

– Paranoia. Gedankenschleifen.

Sie hob die Hand und fuhr mir über die Wange. Hatte sie vorhin nur gespielt, dass sie das Schloss des Fahrrads nicht sofort zubekam? Hatte sie die Pappe nicht genommen und war noch nüchtern? Und ihre Pupillen? Ich konnte sie nicht mehr klar erkennen, sie schienen sich zu weiten und dann wieder enger zu werden. Woher wusste sie, dass ich Paranoia hatte? Ich hatte nichts gesagt.

Grauen packte mich. Grauen. Warum sprach sie im Jargon der DZ? War sie eine Art Agentin? Hatte sie etwas mit Damian zu tun?

Ich zog meinen Kopf zurück, stand auf und ging ein paar Schritte rückwärts. Das Grauen.

– Du willst mich reinlegen, sagte ich. Das hier ist eine Falle.

In welche Richtung musste ich, um aus dem Wald zu kommen?

– Ziggy, sagte Ana.

Ihre Stimme war sanft und weich, sie wollte mich einlullen.

– Ziggy, ich habe versprochen, auf dich aufzupassen. Wir sind auf LSD. Es ist alles okay.

Sie stand auf und kam auf mich zu. Sie fasste meinen Oberarm. Ihr Gesicht veränderte sich, sie wurde älter und jünger, dann noch viel älter, sie sah aus wie eine Hexe. Daher kamen auch die Falten auf ihrer Nase, sie hatte dort in einem anderen Leben einen Höcker gehabt, einen Hexenhöcker.

– Ziggy, hör mir zu, hör auf meine Stimme. Schließ die Augen, achte nicht auf die Muster hinter den Lidern, achte auf deine Atmung, atme ein, langsam, gleichmäßig, dann aus, langsam, gleichmäßig, ein und aus, ein und aus.

Sie zog die Wörter in die Länge, als wollte sie sich über mich lustig machen.

– Wir haben zusammen gelacht, gerade eben noch. Bleib hier. Lass uns diesen Trip genießen. Es ist alles okay. Wir sind im Wald.

Ihre Hand löste sich jetzt erst von meinem Arm und sie trat drei Schritte zurück, ich öffnete die Augen. Nur eine Droge, sagte ich mir, nur eine Droge, Ana ist schon lange vor mir bei Edit gewesen. Oder? Das ist kein Hinterhalt. Oder?

Ana ließ ihre Tasche fallen.

– Schau, sagte sie und breitete die Arme aus, ich stehe nackt vor dir, du brauchst keine Angst zu haben. Ich habe nichts zu verbergen. Ich tue dir nichts.

Sie war nackt? Wann hatte sie sich ausgezogen? War sie nackt? Ihre Schamhaare bewegten sich, schienen miteinander zu sprechen, einen Plan auszuhecken. Ich drehte mich um und lief los.

Damian

Aolani ging vor ihrem Haus in die Hocke und zeichnete im Schein der ersten Sonnenstrahlen eine Brücke in die feuchte, lehmige Erde. Sie deutete auf sich und dann von einem Ende der Brücke an das andere. An das rechte Ende malte sie ein Haus und deutete auf ihres, an das linke Ende der Brücke malte sie ein Mädchen. Mit Pferdeschwanz, Kittelschürze und Halskette. Sie hielt ihren Zeigefinger auf das Mädchen und sah uns fragend an. Wir nickten, wir kannten sie. Aolani lächelte zufrieden. Sie gab uns zu verstehen, dass Celia in umgekehrter Richtung über die Brücke ging wie sie.

– Okay, sagte ich, sie ist in die Welt der Geister gegangen und Celia kommt von dort zu uns.

Zoë nickte. Aolani nickte auch und lächelte schon wieder, als wäre das hier ein großer Spaß. Sie malte Worte, die aus Celias Mund kamen und sagte etwas, das ich nicht verstand. Ich sah Zoë an, sie sagte bloß:

– Sprache.

Dann zeichnete Aolani zwei Männer, über den beiden eine Frau mit einer großen Vulva, von der sie Striche zu den beiden Männern zog. Dann zeigte sie auf einen Mann und dann auf mich, danach zeigte sie auf den anderen.

Ich sah Zoë fragend an. Sie sagte:
– Dein Bruder.

Nun zog Aolani Linien von Celia zu Ziggy und mir, malte eine Ellipse um die Frau mit der großen Vagina, dann eine größere Ellipse um die erste und darum herum noch eine dritte. Dann zog sie einen Strich durch den Hals der Frau.

Ziggy und Diana. Ich dachte selten an sie. Ich versuchte vorwärts zu leben. Mein Leben war mit den Jahren immer angenehmer geworden und ich zufriedener. Seit ich mit Zoë zusammen war, hatte ich selten in der Vergangenheit nach Gründen gesucht oder nach Erinnerungen, die mich wärmten.

Oder versuchte ich nur zu verdrängen? Der Kontakt war vor vier oder fünf Jahren abgebrochen, als wir nach einer Phase täglichen Konsums von Amphetamin und anderen Uppern Yalsol entwickelt hatten, Yalsol, das schon einer Psychose glich. Ich hatte kaum noch etwas gewogen damals, meine Haut war ganz dünn geworden, ich viel zu empfindlich und geplagt von Verfolgungswahn, dass ich mich manchmal nicht mehr aus dem Haus traute und dort auch nur in einer Ecke saß. Zoë hatte die Kontrolle über ihren Konsum ebenfalls verloren, ihre Brüste, ihr Bauch, ihre Arme, ihre Beine, alles bis auf ihren Hintern war weniger geworden. Dauernd hatten wir etwas gezogen, bis wir völlig paranoid und erschöpft ein, zwei Tage schliefen, und dann wieder von vorne anfingen.

Nach acht oder neun Wochen hatte Zoë vor mir gestanden und gesagt:
– Damian, wir hören auf.

Bis dahin hatte ich schon alle meine Festplatten und E-Mail-Adressen gelöscht und weder Diana noch Ziggy hatten mir je auf die neue geschrieben. Und ich hatte mich auch nicht mehr gemeldet. Weil ich nicht genau wusste, was ich ihnen alles in dieser Phase geschrieben hatte und mich schämte. Und vielleicht, weil ich nicht mehr an Europa erinnert werden wollte, wo ich nur schikaniert worden war. Wo das Wetter schlecht war und die Menschen sich für ein ausgedachtes Leben entschieden hatten. Ich hatte nie Heimweh gehabt.

Was war mit Diana? War sie etwa tot? Ich hatte es ihr damals übel genommen, dass sie nicht in die DZ gezogen war, aber heute konnte ich es verstehen und war ihr nicht mehr gram. Ich konnte auch verstehen, dass Ziggy in Europa geblieben war. Wäre er hier in die Forschung gegangen, hätte er für einen der Pharmakonzerne arbeiten müssen.

Wie konnte ich sie jetzt erreichen?

Zoë sah mich an und dann Aolani, einen Moment lang schien es, als wären wir alle voneinander getrennt. Nichts schmiegte sich mehr an etwas anderes. Da waren drei Menschen im Morgengrauen, die wie zufällig vor einem Haus hockten.

Dann nahm Aolani den Stock wieder auf und begann Wege zu zeichnen, Straßen, Pfade, und sagte etwas, wobei sie auf mich deutete und dann mit ihrem Stock auf Punkte abseits der Wege. Sie schüttelte vehement den Kopf und sah mich dabei mit ihren dunklen Augen an, dass mich eine Ahnung des Grauens der vergangenen Nacht wieder erfasste.

– No, sagte sie und deutete auf Punkte außerhalb der Wege. No, no, no.

– Du sollst die Wege nicht verlassen, übersetzte Zoë.

– Ja, sagte ich, metaphorisch oder wörtlich?

– Hm, am besten beides.

– Also nicht mehr weiterdealen?

Zoë hob die Schultern.

– Frag sie doch.

Zoë sagte etwas auf Kenali, Aolani antwortete in ihrer Sprache.

Zoë sah mich an und hob erneut die Schultern.

– Ich weiß es nicht, sagte sie, für solche Feinheiten habe ich kein Gespür.

– Die Wege nicht verlassen, murmelte ich.

Mein Magen fühlte sich hart an, verkrampft, vielleicht lag das an dem Psilocybin, vielleicht an diesem Rat, den ich nicht entschlüsseln konnte.

Aolani zeichnete noch eine Frau auf den Boden, eine massige Frau mit großen Brüsten und zeigte auf Zoë. Dann deutete sie auf das Mädchen, das Celia darstellte, zog einen Strich von Celia zu Zoë und kicherte dabei. Dann erhob sie sich, ging ins Haus und kam mit einer Flasche Bhuma wieder heraus. Sie nahm einen Schluck und reichte die Flasche an Zoë weiter.

– Wie, sagte ich, das war es schon? Was ist mit EA, mit wmk, mit Sohal Mishra, mit Deckard, mit ...

Zoë fragte etwa auf Kenali und Aolani schüttelte lachend den Kopf.

– Vielleicht sind das nicht unsere wirklichen Probleme, sagte Zoë.

– Sondern?

– Ich weiß es nicht. Vielleicht solltest du versuchen deinen Bruder und deine Mutter zu erreichen. Oder wir nehmen etwas wmk und reden mit Celia. Und mit Aolani.

– Ich schreibe Supresh, er soll uns etwas schicken.

– Tu das, sagte Zoë. Vielleicht mag er herkommen für ein paar Tage. Das würde ihm gefallen. Kannst du deinem Bruder oder deiner Mutter schreiben?

– Ich habe keine Adresse hier. Aber Ziggy arbeitet an der Universität, er müsste zu finden sein.

Aolani sah von Zoë zu mir, dann von mir zu Zoë, während wir redeten. Sie nahm mir die Flasche Bhuma aus der Hand und ging dann ins Haus. Zoë und ich hockten uns mit den Rücken so gegen die Hauswand, dass wir in die aufgehende Sonne sahen.

– Hast du Angst bekommen?, fragte Zoë.

– Ja. Aber erst als ich gesehen habe, dass sie dich auch so anfasst, aber nicht schreit. Davor habe ich vielleicht geglaubt, der Schrei würde dazu gehören. Danach war es so, als würde er etwas Schlimmes ankündigen. Doch dann war auf einmal Celia da und sagte, ich solle keine Angst haben, es sei nur ein träumendes Universum und das Ende von etwas, das nie geschehen ist. Da wurde ich wieder ruhig. Warum kann Aolani Celia sehen?

– Ich verstehe immer weniger anstatt mehr, sagte Zoë.

– Ja, sagte ich. Wo kommen all die neuen Drogen her? Was ist mit diesem Deckard? Wieso laufen die Dinge schief, seit er bei uns war? Was für eine komische Tür ist da aufgegangen? Und was würde passieren, wenn sehr viele Menschen wmk nehmen? Und ...

Ich sah Zoë an.

– ... wo kommen all die Fragen her, vervollständigte sie den Satz und wir lachten.

Aolani kam heraus, Zoë stand auf, um ihr das Tablett mit dem Tee abzunehmen, und verneigte sich als Geste des Dankes. Aolani lachte und ging zurück ins Haus.

– So einen Trip habe ich noch nie erlebt, sagte ich.

– Ich auch nicht. Es ist nicht nur die Droge, es ist auch die Art des Gebrauchs.

– Warum hat sie Psilocybin?

– Die Welt wird kleiner. Nein, die Welt wird gar nicht kleiner. Die Wege werden kürzer und die Dinge vermischen sich mehr. Man kann in vierundzwanzig Stunden an fast jeden Ort der Welt. Nur nicht hierher. Oder von hier weg. Solche Orte gibt es immer weniger. DZ, Europa, die untergegangenen Staaten von Amerika, Südamerika, das sind alles Grenzen, die gezogen wurden, und es wird viel getan, um sie so real wie möglich zu machen, aber das funktioniert nicht immer.

Ich nickte. Ja, das hatte ich in der Nacht gesehen, alles schmiegte sich aneinander, überall war Kontakt. Der Tee war heiß und die Sonnenstrahlen begannen uns zu wärmen.

– Müssen wir jetzt noch enthaltsam sein?, fragte ich.

– Lass uns noch den Tee in Ruhe trinken, sagte Zoë.

Später weckte uns Regen.

Ziggy

Als ich mich auf einen gefällten Baumstamm setzte, um Luft zu holen, war Ana längst nicht mehr zu sehen. Während ich gelaufen war, hatten meine Augen mir gesagt, dass der Boden unter mir sich wellte und Blasen warf, doch meine Füße waren auf mehr oder weniger ebenen Grund getroffen und ich war nicht gestolpert. Nun pulsierte das Blut durch meine Adern und die Wirkung des LSDs verstärkte sich, ich konnte nichts länger als eine halbe Sekunde fokussieren, alles bewegte sich, Farben schienen auf meine Augen zuzustürmen. Ich hatte die Orientierung verloren und immer noch Angst, möglicherweise verstärkt durch meinen Puls und das Adrenalin. Ich wollte wieder nüchtern sein. Jetzt. Sofort. Ich wollte zurück in meine Alltagsrealität. Ich wollte Dinge bewerten, abwägen, verstehen, ich wollte in eine Welt voller rational scheinender Entscheidungen. Auch wenn ich mich selbst in diese Sackgasse manövriert hatte.

Es gibt kein Mittel dagegen.

Das war keine Erinnerung. Roberts Stimme war in meinem Kopf.

Die Welt schien ihre Tiefe zu verlieren, um mich herum waren zweidimensionale Muster, ich konnte die Farben nicht mehr als Baum oder Strauch oder Ast identifizieren.

Genieß es, sagte Robert nun. Wenn du schon drauf bist, genieß es. Runter kommst du so oder so. Es gibt keinen Grund Entscheidungen zu bereuen, ein schlechtes Gewissen zu haben und sich den Trip zu versauen. Genieß es.

Es war, als würden sich die Farben nun umstülpen und mich einsaugen in eine Welt, die hinter der bekannten lag. Was für eine? Eine Frage wollte sich als Gedanke manifestieren, aber sie ergab keinen Sinn. Genauso wenig wie die Gedanken. Ich ergab mich, ich ergab mich einfach und es war, als würde der Strom der Gedanken abreißen und ich somit ins Bodenlose fallen. Nichts mehr, um sich festzuhalten. Nichts, um sich zu vergewissern, dass man noch hier war. Ausgestattet mit einem funktionierenden Gehirn. Ein Gedanke tauchte auf und war sofort wieder weg. Ein weiterer. Ich wusste nicht, was es für Gedanken waren und ob sie zusammenhingen, ich ließ mich einfach fallen. Es gibt kein Mittel dagegen.

Ich merkte, dass meine Mundwinkel immer noch oder schon wieder oben waren. Ich versank in ihnen, bis es nichts mehr gab, nicht mal mehr die Mundwinkel. Ich wurde hohl und leer, als wäre ich eine Hülle, eine eingebildete Hülle, durch die hindurchgelebt wurde. Ein leiser Wind blies durch mich, als wäre mein Körper nur lose in die Luft gezeichnet.

Fahrradfahrer und Spaziergänger waren an mir vorbeigekommen, die Sonne hatte ihr Licht geändert, ein Eichhörnchen hatte Einzelbilder hinterlassen, als es einen Baumstamm hinaufgelaufen war. Ich hatte zweimal an einen Baum gepinkelt, belustigt darüber, dass dieser Körper Bedürfnisse haben konnte. Auch Durst nahm ich wahr, doch ich wollte sitzen bleiben, bis ich noch klarer wurde, halbwegs nüchtern. Es würde ohnehin lange hell sein und ich würde den Weg zurück in die Stadt schon finden.

Von links kamen einige Farbflecken ins Bild, als wäre da ein Zünder aus dunklem Holz. Das Streichholz bewegte sich, und als es näher kam, hielt ich die Haare für so etwas wie einen Umhang. Dann erst erkannte ich Ana.

– Es gibt kein Mittel dagegen, murmelte ich. Und wenn sie von Elodie beauftragt war, von der EDC oder sonstwem. Jetzt hieß es mit dem Fluss der Dinge mitgehen.

Ana verlangsamte ihre Schritte und sah mich skeptisch an, während sie näher kam. Ich lächelte. Sie lächelte zurück. Ich blickte auf den Platz links von mir und sie setzte sich hin, holte eine Flasche Wasser aus ihrer Tasche und reichte sie mir. Nachdem ich getrunken hatte, bekam ich ein weiches Ingwerbonbon.

Die Reste des Bonbons klebten an meinen Zähnen, als ich Verzeihung sagte.

– Schon gut, sagte Ana.

In der Pause, die entstand, hätte man noch ein Bonbon essen können.

– Vertraust du mir jetzt?
– Ich weiß es nicht.
– Konntest du es genießen?
– Ja. Nach einer Weile ging es.
– Ist doch schön.
– Und du?
– Ich habe mir Sorgen um dich gemacht. Ich hatte dir versprochen aufzupassen, aber das hat wohl nicht geklappt. Dann dachte ich, ich störe und bedränge dich besser nicht. Und du bist alt genug, es ist nicht dein erster Trip, es wird schon irgendwie gutgehen. Vertrauen.

– Und dann konntest du es auch genießen?
– Ja. Aber irgendwann habe ich mich dann aufgemacht, um dich zu suchen.

– Und wie hast du mich gefunden?
– Auf Lysergsäurediethylamid.
Wir lachten.
– Es gibt kein Mittel dagegen, sagte ich und Ana ließ das unkommentiert.
– Kannst du wieder unter Leute?, fragte ich.
– Ich kann immer unter Leute.
– Ich würde gerne nach Bethlehem.
– Hat dort deine Tante gewohnt?
– Ja.
– Also, sagte Ana und stand auf. Weißt du, wie wir zum Velo kommen?
– Nein, gestand ich. Ich blickte hoch, versuchte mich an der Sonne zu orientieren, dann entschied ich mich für eine Richtung.
– Warum da entlang?, fragte Ana.
– Männliche Intuition, sagte ich, bei den Pfadfindern geschult.

Wir kicherten. Wir waren weit davon entfernt, nüchtern zu sein, doch die Wirkung ließ nach. Manchmal konnte ich in Bodennähe immer noch die Luft sehen, als wäre sie in Bernstein gegossen.

Ich dachte an Damian und fragte mich, wie oft er LSD nahm. Ich dachte an Diana. Drei Trips, was hatte sie mir sagen wollen, drei hintereinander oder drei auf einmal? Vielleicht machte sie es genau richtig. So viel Heiterkeit wie die Toleranz zuließ. Ich dachte an Aldous Huxley, der auf LSD aus dieser Welt gegangen war. An Elodie, die noch nie Drogen außer Alkohol und Marihuana probiert hatte und letzteres auch nur ein einziges Mal. Ich sah sie vor mir, wie sie bei Prof. Heiken an diesem Tisch saß, wie sie sich bewegte, wie sie zuhörte, wie sie sprach. Ich sah dieses Bild und begriff, dass sie nicht zurückwollte in die Welt, aus der sie kam, in eine Welt aus Hochhausblocks, eine Welt, in der der Vater Menschen wie mich als Intellektuelle verachtete, die nicht mal in der Lage waren eine verstopfte Toilette zu reparieren, eine Welt, in der Intelligenz bedeutete gewitzt zu sein, schlitzohrig, bauernschlau, eine Welt, in der unerreichbare Wertgegenstände Objekte der Sehnsucht waren, aber die Positionen, in denen man sie bekam, als unehrenhaft galten. Ich sah, dass es nicht leicht gewesen war, dort hinauszukommen, dass es ihr nicht um eine Karriere ging, sondern um eine Umgebung. Sie wollte kein Leben, in dem es fast keine Möglichkeiten gab, einen vorgezeichneten Weg zu verlassen. Wir waren auch auf so einem Weg gelandet, aber das konnte sie nicht erkennen. Ich sah, dass sie es nicht leicht gehabt hatte mit mir in letzter Zeit, weil ich ihr Motive unterstellte, die sie wahrscheinlich nicht hatte. Doch sie beklagte sich nie, suchte nicht die Konfrontation und sie war nicht beleidigt, weil ich sie vernachlässigte.

Und ich, ich hatte sie betrogen. Angelogen. Ich sah zu Ana. Was würde es ändern, wenn wir doch noch ...

– Da, sagte ich, da vorne ist das Fahrrad.

Ana schloss auf und ich fand den Weg nach Bethlehem. Die Menschen, die wir auf der Straße sahen, hatten einen leichten Lichtschein um den Kopf und schienen alle stark geschminkt zu sein. Ich lächelte die ganze Zeit, Ana machte hinter mir Bewegungen mit den Armen und ich wusste, dass sie ihre Bluse anzog.

Als wir schließlich durch die Gassen schlenderten, neigte sich die Sonne und tauchte alles in weiche Whiskyfarben.

– Erinnerst du dich?

– Ja. An seltsame Sachen. Wie sich der Pony angefühlt hat, wenn er kurz vor den Augenbrauen war. Wie das Pflaster auf meinem Knie aussah. Wie mein Bruder als Kind immer versucht hat, den Dialekt nachzuahmen und sich dabei totgelacht hat. Wie der Hefezopf meiner Tante geschmeckt hat. Und wie ich geglaubt habe, im Kornweg würde getrunken werden. Wie vor der Westside Jungs standen, einige Jahre älter als ich, und wie ich geglaubt habe, ihr Leben sei unendlich spannend. Die Bücher in dieser Kiste im Keller meiner Tante. Dort habe ich mein erstes Buch von Philip Dick gefunden.

– Welches war das?
– *Der unmögliche Planet.*

Ana nickte, sagte aber nicht, ob sie das Buch kannte.

Wir spazierten durch Bethlehem, gingen am Haus meiner Tante vorbei, das Licht der Sonne legte sich auf die Dinge, als wollte es Frieden schenken, ich wusste ganz genau, wie es war, ein Kind zu sein. Dennoch oder gerade deswegen hätte ich am liebsten Anas Hand ergriffen.

– Wollen wir noch etwas essen gehen?, fragte ich.
– Möchtest du hinterher mit mir schlafen?

Damian

Es regnete.

Es regnete tagelang. Nicht ohne Unterlass, doch die Unterbrechungen dauerten kaum länger als drei, vier Stunden. Auf dem Hügel, der nun schwer zu erklimmen war, gab es kein Netz, auch nicht in den Regenpausen, in denen der Himmel nicht aufklarte, sondern nur seinen Grauton zu ändern schien.

Immer wieder versuchte ich die Mail an Supresh rauszuschicken, doch ohne Erfolg. Es flossen Bäche, wo vorher keine gewesen waren, Äste, Stämme, Steine und Schutt wurden von den Bergen heruntergespült, die Straße ins Dorf verschwand, ganze Abschnitte wurden einfach fortgeschwemmt und auf den übriggebliebenen Passagen versank man mehr als knöcheltief im Schlamm.

– Wir sitzen hier fest.

– Hm, machte Zoë.

Sie saß so auf einem Kissen, dass sie durch die geöffnete Tür den Regen sehen konnte.

– Wir müssen etwas tun.

– Hm.

– Ich meine es ernst.

Es klang unfreundlicher, als ich es beabsichtigt hatte. Es klang so, wie ich mich fühlte. Zoë drehte sich zu mir und sah mich an.

– Weißt du noch, wie wir in Stung Treng am Busbahnhof gesessen sind?

– Ja.

Damals waren wir erst ein Jahr zusammen. Zu lange, um genug Spannung aus der Anwesenheit des anderen zu ziehen. Zu kurz, um ihn wirklich zu kennen.

Dort war ich unruhig geworden, war auf und ab gegangen und hatte schließlich DPT geraucht, um mir die Zeit zu vertreiben. Zoë hatte auf einer Bank gesessen und ohne sichtbare Ungeduld vierzehn Stunden auf den Bus gewartet. Es machte nicht den Eindruck, als würde sie meditieren, in ihren Gedanken versinken oder komplizierte Mandalas visualisieren. Sie saß da wie ich nach dem DPT, nur dass ihre Pupillen nicht so groß waren. Sie saß da, als hätte sie genug Unterhaltung im Kopf. Sie lehnte ab, als ich ihr etwas anbot, weil ihr nicht danach war, auf einem Halluzinogen in einem Minibus durchgeschüttelt zu werden und möglicherweise Bein an Bein mit einem fremden Menschen zu sitzen, während sie noch halb in einer anderen Welt hing. Das Argument, dass gerauchtes DPT einen nach ein, zwei Stunden fast nüchtern zurückließ, beeindruckte sie nicht.

– Aber was machst du da?
– Nichts.

Das konnte ich eine Stunde oder auch zwei oder vier, aber irgendwann musste ich etwas tun. Nichts. Das war schwieriger, als es zunächst aussah.

Sie hatte vierzehn Stunden nicht gegessen, kaum getrunken, war nur einmal aufgestanden, um zu pinkeln. Die Sonne hatte ihr nichts ausgemacht, sie war nicht mit dem Schatten gewandert und hatte auch keine Fliegen verscheucht. Sie dachte nicht nach, sie träumte nicht, plante nicht, fokussierte sich nicht, sie befand sich auch in keiner anderen Welt. Sie tat einfach nichts, behauptete sie. Apathie.

– Das Gras wächst nicht schneller, wenn man daran zieht, sagte Zoë nun. Entspann dich. Langeweile kommt durch Spannung. Spannung kommt durch Erwartung von Ereignissen. Warte nicht. Das ist die Natur. Es hört auf zu regnen, wenn es aufhört zu regnen.

– Ja, sagte ich. Derweil bekommt niemand mehr wmk, wir wissen nicht, was da draußen los ist, ich weiß nichts über Ziggy oder über Diana, nichts über Supresh. Aolanis Sitzung war vergeblich, weil wir hier hocken, als hätte jemand einfach die Pause-Taste unseres Lebens gedrückt. Wir kommen nicht mal mehr zum Ficken. Nachts in meinen Träumen fahre ich in Bussen, in Zügen, fliege in Flugzeugen, steige auf Berge, laufe durch Gänge, nachts ist alles voller Bewegung.

Jeden Morgen, an dem ich wieder mit diesem prasselnden Geräusch wach wurde, konnte ich mich an meine Träume erinnern, ich lief, hetzte, floh, jagte, sprintete, sauste und rannte jede Nacht.

– Das liegt in der Natur der Träume, sagte Zoë. Da ist man immer in Bewegung. Man sieht sich fast nie irgendwo still sitzen und warten. Auch Mönche, Schriftsteller und

Rollstuhlfahrer sehen sich immer in Bewegung, das ist normal, das bedeutet nicht, dass man fort muss.

– Wenn es wenigstens eine Drogerie in der Nähe gäbe.

Zoë reagierte nicht. Drogen waren ein probates Mittel gegen Langeweile. Man konnte je nach Substanz stundenlang auf seine Hände oder einen Punkt an der Wand starren oder in den Regen. Man konnte sich in einen Raum begeben, in dem es keine Spannungen mehr gab oder nur solche, die in Euphorie mündeten.

Ich schlug nicht vor, Aolani nach Psilocybin zu fragen. Der rituelle und der hedonistische Gebrauch waren zwei völlig verschiedene Dinge. Das Bhuma, das mich mittlerweile auch langweilte, sparte ich mir immer bis abends auf, was die Unruhe tagsüber noch verstärkte. Es gab nicht mal Gras und ich wusste nicht, wie ich in einer Hütte hockend mit diesem unablässigen Geräusch des Regens zu Frieden gelangen sollte. Zufriedenheit, weil man etwas getan oder konsumiert hat, ist leicht zu erreichen, grundlose Zufriedenheit ist selten anzutreffen.

Ich hatte Zoë vor Augen, aber das half mir nicht, sondern steigerte meine Nervosität, als müsste ich gegen ihre Ruhe gegenhalten, gegen ihre und die Aolanis. Den ganzen Tag saßen wir zu dritt in dem Haus, Aolani war manchmal mit uns im Hauptraum, manchmal in ihrer kleinen Kammer, ein Königreich der Abwechslung. Wir hörten dem Regen zu, es gab keine Musik, keine Drogen, keinen Sex. Von Zeit zu Zeit bekam ich Lust rauszurennen und zu schreien, zu schreien und die Arme gen Himmel zu heben und meine Wut hinauszubrüllen und die Wolken zu verfluchen. Doch ich glaubte nicht, dass mir das helfen würde. Es würde nur den Wahnsinn verstärken.

Man wusste nicht, wann es aufhören würde, man wusste nicht, wann man das Gefängnis des Wassers verlassen konnte.

Aolani gab uns nach einigen Tagen zu verstehen, dass sie rausgehen könnte, damit wir mal ungestört waren. Sie lächelte dabei und es war ihr sicherlich ernst, aber wie hätten wir die alte Frau in den Regen schicken sollen.

Die meiste Zeit regnete es so stark, dass niemand rausging, alle saßen in ihren Hütten, besserten höchstens undichte Stellen im Dach aus und vertrieben sich ansonsten auf eine für uns nicht sichtbare Art die Zeit.

– Was machen die denn alle?, wollte ich wissen.

– Sie erzählen Geschichten, nehme ich an, sagte Zoë.

– wmk, sagte ich. Wenn wir wmk hätten, dann könnten wir an ihren Geschichten teilhaben. Aber warum geht denn Aolani nie zu jemandem, um Geschichten zu hören oder zu erzählen? Sie sitzt hier immer nur und ist mit Handarbeiten beschäftigt.

Sie flocht Körbe oder stellte Schmuck her, sie kochte oder kratzte schorfige Wunden an ihren Ellenbogen auf. Sie schien den ganzen Tag irgendwie beschäftigt zu sein.

Sie blickte zu mir und lächelte dieses faltige Lächeln, als würde sie alles verstehen, was ich sagte und noch mehr. Dann stand sie auf und ging raus. Sie breitete vor der Tür die Arme aus und begann sich um die eigene Achse zu drehen und zu singen. Sie hob dabei den Kopf und blickte hoch Richtung Himmel. Ich glaubte, es sei ein Tanz, um die Mächte zu besänftigen, die uns diesen Regen geschickt hatten. Nein, ich wünschte es mir nur.

Nach und nach zog sie ihre Kleider aus, bis sie schließlich nackt war, und ich fragte mich, ob sie nun wahnsinnig geworden war, noch vor mir. Zoë stand auf, legte ein Scheit Holz ins Feuer, damit Aolani es warm hatte, wenn sie wieder reinkam.

– Was ist das jetzt?, fragte ich.

– Es reicht, sagte Zoë. Es reicht langsam allen.

Das war der neunzehnte Tag des Regens.

Ziggy

– Papa, Papa, Celia hat gesagt, sie würde sich gerne mit dir unterhalten. Du darfst nicht aufwachen, wenn du sie siehst. Du musst weiterträumen.
– Dann frag sie doch, wenn du sie heute Nacht siehst, wie ich das machen soll. Ob es nicht irgendeinen Trick gibt.
– Gut, ich frage, sagte Samuel und biss in sein Brötchen. Dann schob er den Bissen in die Wange und sagte: Wie kann Celia gleichzeitig in deinem und meinem Traum sein?
– Du bist doch schon mal geflogen im Traum, sagte ich.
Er nickte und begann zu kauen.
– Siehst du, im Traum sind Dinge möglich, die im normalen Leben nicht gehen. Man kann fliegen, man kann fallen, ohne je aufzukommen, und Celia kann eben an zwei Orten gleichzeitig sein. Wenn du von Mama träumst, dann ist sie ja auch gleichzeitig in deinem Traum und ihrem Bett.
– In wie vielen Träumen kann man denn gleichzeitig sein? In tausend?
– Vielleicht. Ich weiß es nicht.
– Aber ein Traum ist doch etwas, das nur ich sehen kann. Deswegen weißt du auch nie, was du in meinen Träumen getan hast.
– Richtig, bestätigte ich.
– Aber wenn ganz viele Leute Celia sehen können und sie immer weiß, was sie mit denen gesprochen hat ... dann ist der Traum doch kaputt.
– Ja, vielleicht. Ich weiß es nicht. Ich kann das auch nicht erklären.
Vielleicht hätte ich Samuel mit zur Arbeit nehmen sollen. Vielleicht hätte er die richtigen Fragen gestellt.
Leonie tippte ihren Zeigefinger in die Brötchenkrümel auf ihrem Teller und zerkleinerte sie. Dann schob sie die

Krümel von einem Rand des Tellers zum gegenüberliegenden.

– Frag doch Celia mal heute Nacht, sagte ich. Vielleicht weiß sie ja, wie das passiert, dass sie gleichzeitig in verschiedenen Träumen ist.

– Okay, sagte Samuel.

Ich schaute zu Leonie.

– Bitte?, sagte ich.

Elodie lächelte.

– Darf ich dieses Wochenende ausgehen?

Es klang, als hinge sehr viel daran.

– Ausgehen?

– Ja.

– Mit wem?, fragte ich.

– In die Grinsekatze.

– Nein, nein, mit wem?

– Mit Cihan aus meiner Klasse.

– Und die darf alleine in die Grinsekatze?

– Nein, sie muss auch noch ihre Eltern fragen.

– Ihr seid zu jung, sagte ich. Da sind Türsteher vor der Grinsekatze. Die kontrollieren Ausweise. Dass ihr noch nicht sechzehn seid, ist ja offensichtlich. Wie wollt ihr da reinkommen? Kennt ihr jemanden?

Vor etwas über einem Jahr, als Leonie wahrscheinlich noch nicht wusste, dass es die Grinsekatze gab, hatte es dort eine Razzia gegeben. Die Polizei hatte damals zwei Gramm Mephedron, vier Gramm Gras und sieben Tabletten mit MDMA sichergestellt. Ich konnte mich noch gut an die Zahlen erinnern, weil sie so dürftig waren für einen Club, in dem an diesem Abend zweihundertfünfzig Menschen gewesen sein sollen.

Vor über einem Jahr. Wir hatten noch nichts von Dianas Krankheit gewusst, Elodie und ich hatten regelmäßig Sex gehabt, auch wenn die glühende Leidenschaft natürlich auch damals schon gefehlt hatte. Vor einem Jahr. Ich hatte fast nie an Drogen gedacht, hauptsächlich Rotwein und Bier getrunken. Vor einem Jahr, als es so ausgesehen hatte, als würden wir einen Durchbruch bei unserem Projekt erleben, weil nach der Einnahme eines Cyclopeptids alle Probanden etwa eine Woche lang jede Nacht zuverlässig luzide Träume erlebt hatten.

Dass Schlafbeere zumindest in den ersten Nächten der Einnahme das Traumerleben intensivieren konnte, hatten wir schon früh herausgefunden. Wir hatten eine Sondergenehmigung gehabt, um Ashwagandha, wie die Schlafbeere auf Sanskrit hieß, importieren zu können, da sie als Heilpflanze in Europa nicht zugelassen war. Das Ashwagandha hatte uns auf die Spur des Cyclopeptids gebracht. Eines der Alkaloide aus Ashwagandha, das wir für verantwortlich für das verstärkte Traumerleben hielten, hatte strukturelle Ähnlichkeit mit dem Peptid, und nach zahlreichen Anträgen hatten wir die Erlaubnis bekommen, es zu synthetisieren. Ich hatte es letztes Jahr dann mit nach Hause genommen, um es im Selbstversuch zu testen. Ich hatte lebhaft geträumt von Tieren, die Kampfsportarten konnten, Elefanten, die Saltos schlagend durch die Luft sprangen, Giraffen, die ihren Hals um ihre Gegner knoten konnten, Bären, die Roundhouse-Kicks beherrschten. Ich war in dieser Nacht nicht luzide geworden und nach dieser Nacht hatten wir auch mit dem Peptid nicht mehr zuverlässig luzide Träume hervorrufen können, weder im Labor noch anderswo. Monatelang hatten wir versucht zu rekonstruieren, welche Einflüsse es in der Woche, in der das Peptid luzide Träume hervorrief, noch gegeben hatte. Mahlzeiten, Gewohnheiten, Trinkwasser, Mondphasen, Farbpartikel in der Kleidung, Synergieeffekte mit Alkohol, Medikamenten, Tees, nichts hatten wir ausgelassen, doch am Ende hatten wir nicht den geringsten Hinweis darauf gefunden, was in dieser Woche passiert war.

Leonie drückte ihren Zeigefinger auf die Brötchenkrümel und hielt den Blick gesenkt.

– Wir kennen niemanden, sagte sie. Wenn sie unsere Ausweise sehen wollen, dann hängen wir einfach ein wenig vor dem Laden herum und gucken uns die Leute an. Wir sind um halb zwölf wieder zu Hause. Versprochen.

– Warum denn ausgerechnet die Grinsekatze?

– Noël Helno geht auch dorthin.

Bei der Razzia hatte man ihn festgenommen, später aber freilassen müssen.

Ich blickte kurz zu Elodie, die unter dem Tisch mit Zeige- und Mittelfinger eine horizontale Bewegung machte, die Nein bedeuten sollte.

Leonie hatte Noël Helnos Musik vor ungefähr einem Jahr entdeckt, der trunkene, punkige Überschwang, das beschwingte Akkordeon, der scharfe Klang der Blechblasinstrumente, der vorwärts treibende Bass darunter, die heiser dunkle Stimme Helnos, aus allem sprach der Wunsch, alles bis zum Anschlag auszukosten und das Leben zu feiern, auch wenn es nichts zu feiern gab. Man spürte diesen Drang, alles außer Kontrolle geraten zu lassen. Es hatte mir gefallen, dass Leonie sich für so etwas begeisterte, anstatt sich für die glatten Helden und die noch glattere Musik der Charts zu interessieren. Nun wusste ich nicht, ob ich ihr tatsächlich verbieten sollte, dorthin zu gehen.

Sie hielt den Kopf weiter gesenkt, aber sie schien zu lauern, sie schien sich vorbereitet zu haben auf dieses Gespräch.

– Bis Samstag sind es noch sechs Tage, sagte ich, ich muss mal darüber nachdenken.

– Es wäre nur dieses eine Mal, sagte Leonie, es soll keine regelmäßige Sache werden, nur eine Ausnahme. Papa.

Ich nickte einfach.

Später, als aus ihrem Zimmer laute Musik kam, sagte Elodie:

– Sie hat mich auch schon gefragt, ich habe gesagt, dass ich das nicht alleine entscheiden kann. Mir gefällt das nicht, fügte sie nach einer kleinen Pause hinzu.

– Sie möchte Helno sehen, sagte ich.

– Oder sie möchte, dass wir glauben, dass sie Helno sehen möchte.

– Und was möchte sie dann wirklich?

– Ich weiß es nicht.

– Sie ist ein Teenie. Sie möchte diesen Helno anhimmeln, ihn mal in echt sehen und nicht nur seine Videos im Internet.

– Nein, sagte Elodie, ich habe so ein Gefühl, da steckt noch etwas anderes dahinter.

– Was?

Sie hob die Schultern. Dann schlang sie ihre Arme um meinen Nacken und küsste meinen Hals.

– Und wann haben wir mal Samstagabend frei? Du und ich?

– Du und ich und wmk? Dafür reicht ein Samstagabend nicht. Ich spreche heute mal mit Diana darüber.

Später im Auto fragte ich mich, ob Elodie deswegen so zärtlich war, weil sie eine angenehme Atmosphäre für dieses Drogenerlebnis kreieren wollte. Und ob sie etwas ahnte.

Ich fragte mich, ob mich der Umgang mit meinen Kindern glücklich machte, die Hoffnung an Damians Adresse gelangen zu können, das gleißende Licht dieses heißen Sommers, subtile Nachwirkungen des LSD, die Endorphine, die mein Körper jeden Morgen beim Laufen ausschüttete, die Entgiftung meines Körpers, die leeren Straßen oder sonst etwas. Das Glück ist ein kohärenter Zustand und das Fehlen eines einzigen Bausteins kann alles zum Einsturz bringen.

Damian

Regen.
Regen, als würde er uns das Wort *trocken* aus dem Hirn waschen wollen.
Regen.
Die Unterbrechungen hatten aufgehört, es regnete nun ohne Unterlass. Die Farben wurden fortgespült, alles schien grau schattiert. Kuntergrau, die Welt wäre wenigstens kuntergrau geworden, wenn Aolani uns etwas Psilocybin gegeben hätte. Ich hatte sie gefragt, hatte ihr pantomimisch vorgemacht, wie sie uns das Pulver gegeben hatte. Aolani hatte gelacht und genickt. Doch das Nicken war kein Ja gewesen, sondern sollte mir wohl verdeutlichen, dass meine Bitte höchstens als Witz taugte.

Doch auch die Bewohner des Dorfes schienen langsam die Geduld zu verlieren. Durch das allgegenwärtige Geräusch des Regens hindurch hörte man gegen Abend bisweilen laute Stimmen, die nach Streit klangen, worauf Aolani jedes Mal mit einem Kichern reagierte.

Doch nicht nur Stimmen, man konnte hören, wie schwere Gegenstände gegen Wände flogen, man konnte Drohungen ausmachen und Schmerzensschreie. Die Geschichten reichten nicht mehr, Geschichten waren ein sanfter Zeitvertreib, manchmal musste man die Zeit heftiger vertreiben, man musste sie verjagen, und wenn das nicht gelang, schlug man zu. Es musste Schuldige geben, die

Welt musste aus Ursache und Wirkung bestehen, und Ursachen, die man nicht erkennen konnte, musste man dennoch bekämpfen. Es gab keinen Tropfen Bhuma mehr im Dorf.

Kein Mensch kann lange ohne Drogen sein. Ob die Droge eine Substanz ist, eine Musik, eine Idee oder der Glaube, man müsse etwas leisten in diesem Leben, ist nicht von Belang. Es muss einen Raum geben, in dem Sinn entsteht. Und so ein Raum tat sich nicht auf in einer Hütte, auf deren Dach seit hunderten von Stunden dasselbe Lied gespielt wurde.

Menschen kamen zu Aolani mit Gaben und Geschenken, noch vier Mal führte sie den Tanz auf, bei dem sie sich auszog. Die Götter des Regens schienen das Ritual falsch zu deuten, am nächsten Morgen regnete es jedes Mal noch heftiger. Seit vier Tagen schüttelte Aolani nur den Kopf, wenn jemand mit Gaben vor der Tür stand.

– Das hat sie noch nie erlebt, sagte Zoë, noch nie hat es so lange geregnet, noch nie hat sie den Kontakt zu den regenbringenden Kräften verloren. Alle beginnen sich Sorgen zu machen.

Nach wie vor saß sie die meiste Zeit des Tages auf einem Kissen, den Rücken gegen die Wand gelehnt, den Blick Richtung Tür oder aus dem Fenster gerichtet. Auch jetzt, in der fünften Woche des Regens konnte ich kein Anzeichen von Ungeduld ausmachen. Sie wirkte nicht mal träge, wenn sie so dasaß. Sie saß. Sie saß neutral.

– Fragst du dich nicht, wann es mal aufhört?

– Doch. Alle stellen sich die Frage. Aber es gibt keine Antwort.

– Glaubst du nicht manchmal, die ganze Welt könnte verschwunden sein? Unsere Wohnung, das Viertel, die Stadt, die DZ. Wie sollten wir das mitkriegen?

– Die Gefahr besteht immer. Egal, wo du bist, die Welt, die du nicht wahrnehmen kannst, könnte verschwunden sein. Woher weißt du, dass es hier noch andere Hütten gibt?

– Deswegen schaust du immer nach draußen ... Nein, Zoë, ich meine das nicht philosophisch. Ich meine es ernst. Egal, welche Katastrophe sich ereignet haben könnte, wir würden es hier nicht mitbekommen.

– Ja, und an welcher Katastrophe könntest du etwas ändern, wenn du mittendrin wärst?

Ich ritzte mit einem Messer Striche in einen Balken. Es war der 38. Tag des Regens, als irgendetwas sich änderte. Zoë und ich waren albern, wir redeten den ganzen Tag nur Unsinn und lachten beim geringsten Anlass, doch es war kein Gelächter wie auf Drogen, es fühlte sich anders an, nicht so grenzenlos, dafür aber echter. Als würden Körper und Gehirn in die Zeit der Kindheit zurückversetzt werden, in dieses verspielte Leben ohne Pflichten, in dem Lachen nicht die Befreiung von etwas war, sondern ein natürlicher Zustand. Ich erinnerte mich an einen Abend, an dem Ziggy und ich im Bett gelegen und gelacht hatten, wenn jemand von uns beiden furzte. Was auch immer wir vorher gegessen hatten, wir furzten viel und lachten noch mehr. Robert hatte schon einige Male an unsere Tür geklopft, damit wir endlich still wären, doch auf einmal ging die Tür auf. Wir erwarteten ein Donnerwetter. Er atmete hörbar durch die Nase ein. Dann lachte er los, als sei der Geruch einer der besten Witze, die er je gehört hatte. Als wäre unser Feld des Lachens stärker als sein Unmut.

– Oh, Mann, ihr werdet erstinken, sagte er und ging.

Als ich älter wurde, fragte ich mich, ob er wohl auf Drogen gewesen war, doch bis ich vierzehn oder fünfzehn war, habe ich ihn nie anders als nüchtern gesehen. Was nicht heißt, dass er an diesem Abend nüchtern gewesen sein muss, es war lange nach unserer Bettzeit und er kiffte regelmäßig, wie ich später herausfand.

Zoë und ich waren an diesem Tag so ähnlich wie mein Bruder und ich an jenem Abend. Wir konnten lachen über jeden einzelnen Tropfen dieses Regens. Aolani lächelte die ganze Zeit gutmütig, schien sich aber zu fragen, was in uns gefahren war. Gegen Abend wurde mir etwas bewusst, das ich manchmal völlig vergaß, etwas, an dem mich einige Zeit festhalten konnte. Zoë war eine Schwester, eine Mutter, eine Geliebte, Zoë war meine ganze Familie hier und nur mit ihr konnte ich mich so wohl fühlen. Ohne sie, ohne sie hätte ich viel öfter an Ziggy gedacht, an Diana, an Elodie und Leonie und Samuel. Ohne Zoë war ich in der DZ nicht zu Hause. Vor ihr hatte ich mir auch beweisen müssen, dass ich es hier schaffen konnte, ich hatte mir immer wieder vor Augen halten müssen, was es bedeutet hätte, nach Europa zurückzukehren. Ich konnte verdammt froh sein, dass wir gemeinsam in diesem Dorf waren, gemeinsam den Regen unseres Lebens erlebten. Zoë war meine Heimat.

Am nächsten Morgen weckte Zoë mich früh, bedeutete mir, zur Tür zu gehen, zog sich ganz aus, ging raus in den kalten Regen und sah mich herausfordernd an. Ich ließ meine Kleider bei der Tür und folgte ihr wortlos. Ich ging hinter ihrem großen Hintern her, der nass glänzte, als wollte er mit seinem Schwarz ein wenig Farbe in die Welt bringen. Ich hatte eine Gänsehaut und war wach, als hätte ich zwei doppelte Espresso getrunken. Unweit des Dorfes legte Zoë sich einfach in den Matsch und zog mich auf sich. Der Regen prasselte auf uns, während wir fröstelnd miteinander schliefen.

Es war lange her. Sehr lange. Es war schnell vorbei.

Zoë lächelte und einige Momente lang glaubte ich, das sei alles von langer unsichtbarer Hand geplant.

Unsere Abstinenz von Drogen, die gereinigten Körper, der Zeitpunkt des Aktes, alles würde sich zusammenfügen ....

– Wir sollten versuchen von hier wegzukommen, unterbrach Zoë meine Gedanken.

Ich freute mich, dass der Vorschlag von ihr kam.

– Wie?

– Zu Fuß.

– Wieso auf einmal?

– Ich weiß es nicht. Es fühlt sich wie der richtige Zeitpunkt an. Als müsse die Musik sich mal ändern. Außerdem brauchen die Menschen hier Bhuma.

Ziggy

– Das hat sich wirklich gelohnt, sagte João, Erstausgaben, Bücher, die nur in kleinen Auflagen erschienen sind und richtige Fans haben. Außerdem signierte Bücher von McKenna, Shulgin, Pendell, es ist wie ein Paradies. Da sucht man Drogen, findet aber Bücher.

Er hielt ein Exemplar von Borges *Ficciones* hoch.

– Signiert, sagte er. Sechshundert Euro wert. Mehr als ein Bogen LSD.

Zufrieden lehnte er sich zurück und zündete sich eine Zigarre an.

– Schön, sagte ich. Und Damian, was ist mit Damian, gibt es Neuigkeiten?

– Der Detektiv vermutet ihn irgendwo im Hinterland, gut versteckt. Er weiß nicht, wo er weitersuchen soll. Außerdem glaubt er, dass Damian irgendetwas mit dem wmk zu tun hat, von dem du erzählt hast, aber dafür gibt es nicht mal Indizien. Nur so ein Gefühl, meinte er.

– Es gibt jetzt noch mehr neue Drogen, sie scheinen außerhalb der DZ hergestellt zu werden, aber sie werden in die DZ verschickt.

– Ich habe im Internet darüber gelesen. EA, RecDrugs und Psyche-Daily haben gemeinsam eine Presseerklärung herausgegeben, in der sie vor unerforschten Substanzen zweifelhafter Herkunft warnen. Die Regierung der DZ droht mit Strafverfolgung, egal von wo aus die Händler operieren.

Er lachte hustend. Es klang, als würde ihm seine Lunge ernsthafte Probleme bereiten, aber er strahlte.

Es hatte sich wenig geändert in den vergangenen Jahrzehnten, offizielle Verlautbarungen von Regierungen klangen immer noch so, als wäre es nicht möglich, sich anonym im Internet zu bewegen, sie klangen so, als hätten diese Leute immer noch nicht genau begriffen, wie dieses Internet denn funktionierte. Sie klangen so, als würde Zensur funktionieren und Überwachungsstrategien aufgehen.

– Hast du denn etwas Neues herausgefunden?, wollte João wissen.

– Vielleicht. Ich bin jetzt in einem privaten Forum. Dort habe ich einfach einige Leute angeschrieben. Und einer sagte, er glaube zu wissen, wen ich meine, und hat mir eine E-Mail-Adresse gegeben, die angeblich zu einem guten Freund von Damian führt.

– Ach ja, sagte João, richtig, der Detektiv hat noch herausgefunden, dass Damian mit einem Supresh zusammenarbeitet, einem Inder, der früher Rikschafahrer gewesen ist für diese ferngesteuerten Rikschas.

Ich musste grinsen. Musste, ich hätte es nicht unterdrücken können. João schüttelte fragend den Kopf.

– Die Adresse, sagte ich, die Adresse, die ich bekommen habe ist riqueshawallah@sus.be. Noch zu früh für ein Heureka, aber das hört sich doch ziemlich gut an. Wer ist das eigentlich, dieser Detektiv, woher hast du ihn? Er scheint ja wirklich gut zu sein.

João zog an seiner Zigarre und bestätigte nur:

– Er ist gut. Er ist sehr gut. Wie ist es denn dort im privaten Forum?

– Ich bin kaum noch bei Edit, seit ich dort angemeldet bin. Der Tonfall ist insgesamt freundlicher dort, es sind kaum Teenager da, einige Nutzer scheinen richtige Veteranen zu sein, die seit Jahrzehnten in solchen Foren aktiv sind, vielleicht sind einige sogar in deinem Alter. Man hilft sich gegenseitig, setzt auf Gemeinschaft, die Anzahl der Mitglieder ist überschaubar. Niemand muss über Risiken und Nebenwirkungen aufgeklärt werden, über Anonymisierung und Verschlüsselungsverfahren. Und wenn doch, wird einem unter die Arme gegriffen. Ich bin gerne dort, ich fühle mich wohl.

– Ja, sagte João, zur Elite gehören. Und sich wohlfühlen im virtuellen Raum. Was sagen die denn so zu den neuen Drogen?

– Das stößt auf Begeisterung. Sohal Mishra ist für die nur eine Karrierefrau, die ihre Entdeckungen mal hätte am eigenen Leib testen sollen. Sie sehen die neuen Drogen als einen Protest gegen die Strukturen der DZ und die Vorherrschaft der drei großen Pharmakonzerne.

– Sohal Mishra nimmt keine Drogen?

– So das Gerücht.

– Aha. Und Tony Cage und Stanley Freeman?

– Tony Cage konsumiert, sagt man, aber Freeman hat wohl schon vor einigen Jahren aufgehört.

– Was für eine Welt, sagte João, was für eine Welt. Ich bin froh, dass ich alt bin. Weiß Diana das?

– Ich glaube nicht.

– Erzähl es ihr.
– Glaubst du, sie interessiert sich dafür?
– Nehme ich an.
– Sie ist seltsam geworden.
– Das habe ich auch schon gemerkt.
– Wirklich? Woran?
– Sie ... sie scheint oft zu trippen ... und ... äh, wie soll ich sagen?

Er brach ab, als hätte er den Faden verloren.

– Sie scheint seltsam, half ich ihm.
– Ja, sagte er, richtig. Sie scheint keine Angst mehr zu haben. Und keine Hoffnungen. Das macht sie zu einem Menschen, der einem fremd ist, weil wir alle Ängste und Hoffnungen haben.
– Sie hofft, dass sie Damian noch einmal sieht, bevor sie geht. Oder würdest du das einen Wunsch nennen?
– Ach, keine komische Haarspalterei. Sie hat sich das gewünscht, aber ich glaube, nun ist es ihr egal.
– Sie wollte nochmal LSD nehmen.
– Ja. Das hat sie auch getan. Sie hat abgeschlossen irgendwie, aber sie hat die Freude nicht verloren, nur ihre Absichten. Vielleicht ist das das Wort, das wir brauchen, wenn wir Haare spalten wollen. Da sind keine Absichten mehr.
– Vielleicht nimmt sie zu viel von dem Morphium.
– Nein, nein, nein, nein, sie ist auf eine andere Art gleichgültig. Ich glaube, sie nimmt wenig von dem Morphium, weil ihr die Schmerzen nichts ausmachen. Sie war ja schon immer eine starke Frau. Ich ...

Er sah mich an und hob die Schultern.

– Sie war ja schon immer eine starke Frau, versuchte ich ihm erneut zu helfen.

Und er hob noch einmal die Schultern.

– Ich weiß nicht mehr, was ich sagen wollte.

Wir schwiegen eine Weile, während João rauchte. Es schien ihm nichts auszumachen, dass er den Faden verloren hatte.

– Ich habe wmk bekommen, sagte ich.

– Obwohl es das nicht mehr auf dem Markt gibt.

Er hatte am Ende des Satzes kaum merklich die Stimme gehoben.

– Ja.

– Woher?

– Aus dem Netz.

– Du hast es dir schicken lassen?

– Ja ... Nein. Ich habe jemanden von Edit getroffen.

– Hm.

– Elodie und ich würden es gerne nehmen.

– Nur zu.

– Diana möchte ich nicht fragen. Kannst du vielleicht nach den Kindern sehen?

– Wie wäre es mit einem Babysitter?

– Man kann am nächsten Tag nicht sprechen. Wenn etwas schiefgeht, was sollen wir dem Babysitter sagen?

– Und was sagt ihr Leonie und Samuel?

– Dass wir mal übers Wochenende wegfahren. Und dass du nach dem Rechten siehst.

– Wann sind denn Schulferien?

– Nächste Woche schon. Wieso?

– Keine Ahnung, nur so. Was habe ich schon mit Schulferien zu tun?

João lachte und fragte dann:

– Fahrt ihr weg?

– Ja, zehn Tage in die Berge, auf einen Bauernhof in Südtirol. Von dort ist es nicht so weit hierher und ich wollte Diana nicht länger alleine lassen.

– Ach, sagte er, ich passe schon auf die Kinder auf. Macht euch einen schönen Tag. Und einen nicht so schönen Tag. Dir geht es etwas besser seit du in Basel warst, oder?
– Mir geht es immer gut, wenn ich hier bin, entgegnete ich ohne zu zögern.
João nickte einfach.
– Leonie möchte in die Grinsekatze, sagte ich, um Noël Helno zu sehen.
– Noël Helno wird früh sterben, sagte João. Wenn sie ihn lebend sieht, wird sie sich ihr ganzes Leben daran erinnern.
– Vielleicht sollte sie dann besser auf ein Konzert gehen.
– Ich weiß nicht, ob er noch in der Lage ist, anständige Konzerte zu geben. Wie alt ist Leonie jetzt?
– Fast vierzehn.
– Ich bin froh, dass ich keine Kinder habe, sagte João und lachte, er lachte so sehr, dass ich das Gefühl bekam, mir sei eine Pointe entgangen.
– Irgendwann, sagte er, brach dann aber wieder ab, von einem Lachanfall geschüttelt.
Irgendetwas war falsch, doch ich fühlte mich wohl in diesem Laden. Ich fühlte mich wohl in Joãos Gegenwart, das war als Kind schon so gewesen und würde sich wohl nie ändern.

Damian

Kia mochte fünfzehn sein. Vielleicht auch jünger. Ihre kleinen Brüste wirkten prall und die großen, vor Kälte steifen Brustwarzen zeichneten sich deutlich unter dem olivfarbenen Männerhemd ab. Meistens ging sie vorne und ich sah nur verstohlen auf ihre Brust, wenn wir Halt machten und etwas aufgeweichtes Dörrfleisch aßen. Sowohl Zoë als auch ich hatten seit Jahren kein Fleisch mehr gegessen, aber bei diesem Regen konnten wir kein Feuer machen, als Proviant hatten wir nur Dörrfleisch, Nüsse und Klebreis mitgenommen.

Zoë bemerkte meine Blicke, aber sie war kein eifersüchtiger Mensch und wusste, dass man sich seine Sexualität nicht aussuchen konnte, genauso wenig wie seine Doshas. Und sie wusste, dass Sexualität Abgründe hatte. Das ganze Leben hatte Abgründe, das einzige, was einen davor rettete hinabzustürzen, waren Grenzen, die man zog und die man dann Moral nannte oder Ideale oder Einstellungen. Jeder Mensch zog diese Grenzen, doch wenn man sich in Vergnügen stürzte, sei es Sex, seien es Drogen, sei es Tanz, Sport oder Sprache, trat man immer auch über die Klippe ins Leere. Darin waren wir alle gleich. Die Frage war nur, was als Bremse fungierte und wie gut sie hielt.

Als die Schwärze der Nacht dem Grau des Tages und des Regens gewichen war, waren wir losgewandert, innerhalb von Sekunden waren wir durchnässt und mussten uns darüber keine Gedanken mehr machen.

Sobald das Dorf außer Sichtweite war, hatte Kia angefangen zu singen. Ihr Gesang wurde gedämpft vom Regen, doch es klang so, als würden die Tropfen einen Rhythmus vorgeben. Ihre Stimme war hell, etwas dünn, aber sehr klar. Die Melodien wiederholten sich und irgendwann stimmte Zoë mit ein. Ihre Stimme war deutlich dunkler und kräftiger, aber sie konnte genauso hoch singen wie Kia und übertönte sie nicht, sondern ließ ihr die Führung. Ab und zu konnte sie Bruchstücke des Textes mitsingen, doch meistens erfand sie Silben, um den Tönen Ausdruck zu geben.

Ich wünschte mir, mitsingen zu können, doch es war mir nicht möglich und so überließ ich mich dem Gesang der beiden, der mein Gemüt und meine Beine bewegte.

Wir gingen bergab, Richtung Zivilisation, unser Ziel war ein Dorf, in dem es angeblich noch Bhuma gab, das Kia mit nach Hause nehmen sollte. Gegen Mittag war ich bereits drei Mal gestürzt, Zoë ein Mal und Kia gar nicht. Sie strauchelte auch nie, weil sie in eine Liane oder unter eine Wurzel getreten war, sie schien Dinge zu sehen, die für mich unsichtbar waren. Ab und an beschleunigte Kia oder wir wurden langsamer, dann verschwand sie aus unserem Blickfeld. Mich packte dann jedes Mal die Angst, wir könnten die Orientierung verlieren, doch wenn wir eine Minute einfach nur geradeaus gingen, fanden wir sie auf einer Wurzel sitzend oder in der Hocke. Oder sie sang lauter und wir folgten ihrer Stimme. Wenn sie uns sah, lächelte sie, ein Lächeln, das ich als Unbefangenheit wahrnahm.

Ihre Doshas schienen weitgehend ausgeglichen zu sein, mit einer leichten Betonung auf Pitta. Aber vielleicht konnte ich es auch nicht gut erkennen, ich hatte oft Schwierigkeiten, die Doshas der Asiaten zu lesen.

Ich fragte mich, ob Kia noch Jungfrau war. Sie wirkte, als würde sie sich auskennen, mit Menschen, mit Sexualität und mit Abgründen, sie wirkte erfahren, doch vielleicht interpretierte ich das nur in diese Undurchschaubarkeit hinein. Im Dorf war sie mir nicht weiter aufgefallen, ich wusste nicht mal, ob ich sie überhaupt wahrgenommen hatte und fragte mich, wie es kam, dass so eine junge Frau aus so einem kleinen Dorf überhaupt erfahren, unbefangen und fast schon weise wirkte.

– Glaubst du, sie ist eine Enkelin oder Urenkelin von Aolani?, fragte Zoë.

– Weiß nicht. Ich frage mich, wie sie in der Stadt aussehen würde.

– Ob sie dort auch so selbstsicher wirkt?

– Ja.

– Ich glaube schon. Die Stadt ist nur eine ausgedachte Welt, sie würde vielleicht staunen, aber sie würde sie nicht ernst nehmen. Es wäre vielleicht so, als würde sie durch einen Film spazieren.

Nachmittags sangen weder Kia noch Zoë, meine rechte Hüfte schmerzte bei jedem Schritt, beim letzten Sturz hatte ich mich wohl verletzt. Mir war kalt, ich war müde, meine Fingerkuppen waren schrumpelig vom Regen, meine Beine waren schwer und fingen an zu zittern, sobald es nur ein Stückchen bergauf ging.

Gegen Abend hatten wir nichts mehr zu essen und ich fragte mich, wie lange ich noch durchhalten würde. Nur der Anblick der beiden anderen, denen es besser zu gehen schien als mir, ließ mich Haltung bewahren. Ich wollte mich hinlegen und ausruhen, ich wollte mich hinlegen und schreien, den Regen verfluchen, die Welt, die DZ, Deckard, das wmk und was mir sonst noch einfiel. Ich wollte nicht hier und jetzt sein, hier und jetzt war kaum mehr auszuhalten.

Als endlich das Dorf in Sicht kam, freute ich mich. Ich freute mich auf einen Schluck Bhuma, der mir die Anspannung nehmen würde, ich freute mich auf ein Feuer und ein wenig zu essen. Doch als erstes einen Schluck Bhuma, der in meine Adern fahren würde, als wollte es mich von innen liebkosen. Einige Tropfen Wärme, einige Tropfen Laune.

Es gab kein Bhuma. Das war das Erste, was Kia uns zu verstehen gab, nachdem wir in eine Hütte getreten waren und sie mit einem alten Mann gesprochen hatte.

Man gab uns trockene Kleidung, wir setzten uns ans Feuer und bekamen einen dampfenden Eintopf, und noch bevor mein Teller leer war, spürte ich, wie alles schwer und weich wurde.

Minuten nachdem wir aufgegessen hatten fielen mir die Lider im Sitzen zu, ich bemerkte noch, wie Kia mich aus den Augenwinkeln betrachtete, und obwohl weder ihre Haltung, noch ihr Gesichtsausdruck darauf schließen ließen, glaubte ich, dass sie sich über mich amüsierte.

Ich ging auf die Vierzig zu und hatte meistens in Städten gelebt, in ausgedachten Welten, wie Zoë sie nannte, ich hatte mich auf ausgedachte Arten fit gehalten, natürlich konnte ich nicht mit Kia mithalten, daran änderten auch ein paar morgendliche Übungen nichts, die ich in den letzten Wochen ohnehin hatte schleifen lassen.

Schon bald machte man uns ein Bett auf dem Boden und ich schlief, als hätte ich ein Entspannungsmittel genommen. Ein sehr sanftes und freundliches. Vielleicht konnte man auch Müdigkeit in Pillen pressen und vermarkten.

Am nächsten Morgen fühlte ich mich steif, als wäre Sand in meine Gelenke eingedrungen und als hätten Bleikügelchen den Weg in meine Muskeln gefunden. Hätte es hier Bhuma gegeben, hätten wir einen anderen Führer bekommen und Kia wäre zurückgegangen. Doch nun lag ein weiterer Tagesmarsch in gleicher Konstellation wie gestern vor uns, und auch die Aussicht, wieder zehn, zwölf Stunden immer wieder auf Kias Brüste starren zu können, konnte mir nicht mal ein leises Lächeln entlocken.

Wieder raus in den Regen, dessen Geräusch mich bis in meine Träume verfolgte. Ich hatte geträumt. Ich hatte geträumt, es würde regnen, dann war ich aufgewacht und hatte dasselbe Geräusch gehört wie in meinem Traum. Ich war erwacht in eine Realität, die aus nichts als Tropfen zu bestehen schien.

Ein Tag, nur einen Tag noch, dann würden wir auf eine Straße kommen, eine asphaltierte. Oder zumindest interpretierte ich die Zeichen so, die der alte Mann machte, in dessen Hütte wir zu Gast waren.

Bevor wir gingen, holte er eine kleine Holzkiste mit einem Geheimfach hervor, in dem ein Ziplocktütchen mit kleinen grauen Kugeln war. Er schüttete sie sich auf die Handfläche, gab mir und Zoë jeweils drei und Kia zwei. Er grinste und machte auf der Stelle tretend schnelle Laufbewegungen, die Arme schwungvoll hochreißend.

Die Kügelchen sahen ein wenig aus wie Knetmasse. Ich tippte auf ein pflanzliches Stimulans und hätte gerne mehr gehabt als diese kleine Portion, doch ich war höflich genug, nicht danach zu fragen. Wir spülten die Kugeln mit etwas Tee hinunter, sie waren bitter und ich vermutete, dass hier die Rinde eines Baumes verarbeitet worden war. Wir brachen auf.

Nach einer halben Stunde wusste ich, dass es sich nicht um ein pflanzliches Mittel handelte. Stimulation und eine leichte Aufregung waren vorhanden, meine Laune besserte sich trotz des Regens, aber ich konnte nicht mit Bestimmtheit sagen, welchen Upper wir zu uns genommen hatten. Ich sah Zoë, die einfach nur nickte und grinste. Kia sang ein wenig lauter als gestern, und auch wenn es dieselben Melodien waren, sie klangen fröhlicher.

Es kribbelte unter der Kopfhaut, Energie schien nach oben zu steigen und sich unter der Schädeldecke zu sammeln. Schauer liefen mir über den Rücken, die Wirkung kam in Wellen, deren Abstände sich verkürzten und die von Mal zu Mal stärker wurden. Der Regen wurde mir egal, mein Brustkorb weitete sich, meine Nase und meine Lungen waren frei, meine Atmung tief und beglückt. Das Gehen fiel mir leicht und meine Hüfte schmerzte kaum noch. Kia erhöhte das Tempo und unterstrich die Melodien bisweilen mit Handbewegungen, aber sonst ließ sie sich nichts anmerken.

Zu der stimulierenden Wirkung kam noch eine emotional öffnende Komponente hinzu, aber gleichzeitig fühlte ich mich völlig klar im Kopf, während meine Kiefermuskeln sich leicht verspannten.

Ich sah Zoë an.

– 4-FMP?, sagte sie.

Ich nickte. Ganz sicher war ich mir nicht, doch es schien tatsächlich die fluorisierte Variante von Amphetamin zu sein, eine Substanz, die Robert schon gekannt hatte und die in Europa in den Zehnerjahren illegalisiert worden war. Die nächsten sechs bis acht Stunden konnten wir ohne Hunger eine beträchtliche Strecke zurücklegen.

4-FMP, in einem Dorf, in dem es keine Drogerie gab und das weit ab von allem lag. Wie kam es dorthin? Warum schien Kia so wenig beeindruckt von der Wirkung? Warum blieb sie nicht stehen, reckte sich, streckte sich und seufzte? Oder sah uns fragend an? Warum schmatzte sie nicht, warum verhaute sie in ihrer Euphorie nicht die Töne, warum biss sie nicht die Zähne aufeinander, warum klang ihre Stimme immer noch sanft und geschmiert, obwohl ihre Stimmbänder trocken sein mussten?

Hatte ich alles falsch eingeschätzt? Waren sie da oben in dem Dorf doch nicht so unschuldig? Schließlich hatte Aolani auch Psilocybin gehabt.

Ich war geil. Ein Nebeneffekt vieler Stimulanzien. Ein anderer ist, dass sie die Gefäße verengen und somit eine Erektion erschweren. Orgasmen gibt es bestenfalls nach außerordentlicher Anstrengung. Doch wollte ich tatsächlich mit zwei Frauen im strömenden Regen bis zur Erschöpfung Sex haben und dann beim Runterkommen schlecht gelaunt den Rest des Weges zurücklegen? Aber konnte ich nicht wenigstens Kia bitten, dieses Hemd auszuziehen? Und die Hose auch?

Sie blieb stehen, drehte sich um, sah uns an. Ihre Nippel waren noch größer und härter und ich wusste, dass Zoë mich nicht anzusehen brauchte, um zu wissen, was los war. Kia strahlte, ihre Kiefermuskeln standen hervor, ihr Blick war starr, die Pupillen geweitet. Sie sagte etwas.

Es klang ernst. Vielleicht wollte sie Sex. Jetzt. Doch dafür brauchte es keine Worte. wmk. Wie würde sich das wohl mit einem Upper vertragen?

Kia stimmte ein Lied an, eins, das sie gestern nicht gesungen hatte. Sie machte eine Handbewegung, wir sollten mitsingen. Es war eine einfache rhythmische Melodie, die sich beständig wiederholte.

Die nächsten Stunden marschierten wir singend durch den Wald. Unsere Stimmen verwischten sich, irgendwie schien auch ich die Töne zu treffen und es war, als würden unsere Körper in einem Dreier harmonieren. Der Klang war unsere Reise durch Regen, Raum und Zeit.

Weit vor der Dämmerung kamen wir in ein Dorf, wir waren nicht müde, nur heiser, doch der heiße Tee tat gut.

Als sie sich umzog, sah ich durch einen Spalt in der Tür Kias festen, kleinen Hintern und sie drehte sich um, bevor sie das trockene Hemd anzog, vielleicht mit Absicht. Ihre Nippel verschlugen mir den Atem. Groß und dunkel und hart.

Der beste Sex ist manchmal der, den man nicht hat.

Unsere Euphorie war verflogen und der Schluck Bhuma nahm dem Runterkommen die Kanten. Wir bekamen eine dicke Reisnudelsuppe mit viel Gemüse. Alles schien weich, so wie unsere Haut durch die Nässe, der Dorfvorsteher konnte Englisch, von ihm erbat ich ein wenig Kratomharz für uns alle, damit wir besser einschlafen konnten. Es gab ein schwaches Netz, aber meine Tafel war nicht aufgeladen und ich schlief an Zoë gekuschelt ein, ohne mir weiter Gedanken darüber zu machen.

Ziggy

Die Hitze war ein Problem. Der Wecker schnitt nun jeden Tag eine Scheibe von meinem Schlaf ab, damit ich laufen konnte, bevor es zu heiß wurde. Dass die Tage nun langsam kürzer wurden, war kein Trost, um halb fünf waren es schon fünfundzwanzig Grad, und wenn ich fertig war, zeigte das Thermometer meist schon über dreißig an. Ich war nicht gut in Form, manchmal setze ich mich auf eine Bank, um auszuruhen. Es schien, als wären meine Lungen nicht in der Lage genug Sauerstoff aufzunehmen, als wäre es meinem Kreislauf zu viel, jeden Morgen an seine Grenzen getrieben zu werden, als wäre mein Körper nicht in der Lage zu regenerieren. Ich schob es auf die Temperaturen, auf die ungewöhnlich hohe Luftfeuchtigkeit, in dunklen Momenten auch auf das Alter. Das Glücksgefühl beim oder nach dem Laufen blieb aus, da waren nur noch Schweiß, Atemnot und müde Beine.

Nachdem ich geduscht hatte, hatte ich noch genug Zeit, um bei Euphoricbasics reinzuschauen. Während sich in der DZ immer mehr Drogen verbreiteten, die aus Europa zu stammen schienen, gab es weltweit kein wmk mehr und riqueshawallah hatte mir geschrieben, dass er eine Ahnung hatte, wer Damian sein könnte, er würde sich wieder melden.

In Litauen wurden in einem Wohnmobil, das angeblich als Drogenlabor gedient hatte, zwei junge Männer tot aufgefunden. Ihre Identität war auch eine Woche nach ihrer Entdeckung ungeklärt. Beide waren durch Kopfschüsse exekutiert worden. In dem Wohnmobil wurden weder Drogen noch Ausgangsstoffe gefunden, nur eine professionelle chemische Ausrüstung. Vieles blieb Spekulation, doch bei EB glaubten einige, die Pharmafirmen der DZ hätten die Morde in Auftrag gegeben. Aber auch nach dem Tod der beiden verbreiteten sich Drogen aus Europa in der ganzen Welt inklusive der DZ. Es schien, als sei ein Damm gebrochen, als habe ein junger Chemiker oder eine Gruppe von Chemikern gerade eine sehr produktive Phase. Nachdem ich mich bei EB ausgeloggt hatte, machte ich Frühstück für alle. Heute kam Samuel als Erster herunter:

– Celia sagt, sie hat mit dir gesprochen.

Ich war nicht aufgewacht. Aber ich war auch nicht luzide geworden. Hätte Samuel nichts gesagt, hätte ich den Traum vergessen.

Celia war erschienen.

– LSD und moafeen passen nicht zusammen, hatte sie gesagt. Aber nimm wmk mit Elodie. Ihr werdet verstehen.

– Was werden wir verstehen?, hatte ich im Traum gefragt.

– Das, was man verstehen kann. Nicht das, was darüber hinaus geht.

Neben uns hatte auf einmal ein Streifenwagen gestanden, die Traumpolizei. Zwei Beamte mit Vollbärten in weinroten Uniformen waren ausgestiegen.

– Was machst du hier?, hatte der dickere der beiden Celia gefragt.

Diese war daraufhin verschwunden und ich hatte die Namen der Beamten wissen wollen. Hanni und Nanni, hatten sie sich vorgestellt. Und dann – brach meine Erinnerung an den Traum ab. Ich zog die Augenbrauen zusammen.

– Papa?

– Ja, ja. Sie hat mit mir gesprochen.

– Und was hat sie gesagt?

Ich stockte. Was hätte ich antworten sollen? Ich soll Drogen nehmen? Es ist leichter, über die Realität zu lügen als über seine Träume. Die Realität lässt sich leichter zurechtbiegen.

– Sie sagte, dass wir einen schönen Urlaub haben werden.

Leonie kam die Treppe herunter, auf ihren Ohren waren Kopfhörer, ihr Kopf wippte im Takt. Ich lächelte ihr zu und schüttelte leicht den Kopf. Elodie mochte es nicht, wenn sie mit Kopfhörern beim Frühstück saß. Ich fand das nachvollziehbar, aber mich störte es nicht, Leonie war ohnehin oft abwesend, wenn die Familie bei Tisch war.

Sie nahm die Kopfhörer ab.

– Was ist denn jetzt mit heute Abend?, sagte sie. Cihan darf auf jeden Fall gehen, auch ohne mich, und ihr verschleppt seit Tagen eine definitive Antwort. Was ist das für eine Taktik?

Ich lächelte in mich hinein. Verschleppt seit Tagen eine definitive Antwort. Sie verfügte über eine erstaunliche Quantität an Vokabeln, die nicht ganz ihrem Alter angemessen waren.

– Spätestens um elf bist du zu Hause.

– Halb zwölf, sagte Leonie, ich hatte halb zwölf gesagt.

– Ja, das hattest du. Aber wir haben uns für elf entschieden.

– Halb zwölf, sagte sie fragend.

– Halb zwölf und ich komme dich abholen, bot ich an.

Sie sah mich schmollend an, doch ich konterte mit einem strengen Gesichtsausdruck. Sie verstand, dass ihr kein Verhandlungsspielraum blieb und sagte:

– Na gut, elf.

– Und es ist nur das eine Mal.

Ich ging hoch, um zu sehen, wo Elodie blieb. Wir hatten vereinbart, dass wir Leonie unsere Entscheidung erst heute mitteilen und damit unterstreichen würden, dass es eine Ausnahme bleiben sollte. Elodie hatte sie aus der Ferne beobachten wollen. Oder beobachten lassen. Mein Unbehagen über diese Lösung fand sie nachvollziehbar, doch sie war der Meinung, dass Leonies Sicherheit alle Bedenken überwiegen müsse. In einer Welt, in der die Sorge um die Sicherheit ohnehin alles andere überwog. moafeen hatte recht gehabt, ich arbeitete im falschen Projekt. Doch wir würden scheitern, das erfüllte mich mit Genugtuung.

Als ich die Schlafzimmertür öffnete, gab es eine rasche Bewegung. Elodie lag auf dem Bauch und hatte ihre Hand unter ihrem Körper weggezogen. Sie drehte ihren Kopf nun nicht zur Tür und ich öffnete sie nicht weiter. Das Bild fror ein. Schweiß schoss mir aus allen Poren und die Emotion ließ sich nicht bestimmen. Es war weder Wut noch Trauer noch Enttäuschung noch Demütigung. Ich fühlte mich nicht ausgeschlossen oder verletzt. Vielleicht konnte ich es nicht bestimmen, weil es alles gleichzeitig war. Ich ließ die Klinke los und ging wieder runter.

Damian

In der Dämmerung erwachte ich, weil mich etwas irritierte. Ich kam nicht sofort drauf, lauschte einige Zeit in die Stille, bis ich begriff, dass der Regen aufgehört hatte. Lächelnd griff ich nach der Schreibtafel, stellte sie mit dem Solarauflädegerät nach draußen vor die Hütte und legte mich wieder hin. Eine Weile dachte ich, ich würde nicht wieder einschlafen können, doch dann musste ich eingeschlummert sein.

Mir träumte, ich säße unter dem Baum, unter dem Buddha Erleuchtung erlangt hatte. Zoë hatte unrecht, dachte ich, ich sitze hier, ich bewege mich nicht, ich bin ruhig. Dann stand Celia vor mir.

– Es ist das Ende des Traums, sagte sie.

– Nein, sagte ich, ich schlafe noch.

– Ja, entgegnete sie, du schläfst noch. Wenn du aufwachst, wird der Traum bald vorbei sein. Verstehst du?

– Nein.

Sie lachte und die Schädel an ihrer Kette schienen aneinanderzuklackern.

– Was ist das mit dir und dem wmk?, wollte ich wissen.

– Als ich noch kleiner war, habe ich gedacht, man würde beim Sprechen Buchstaben verbrauchen und man müsse den Speicher durch das Lesen von Büchern wieder auffüllen. Deswegen sprachen die Erwachsenen auch so viel, weil sie lange lasen. Das beantwortet meine Frage nicht, sagte sie dann, doch sie sagte es mit meiner Stimme und lachte über meine Verblüffung.

– Denk an Aolanis Worte, sagte sie. Nichts wird bleiben, wie es war, und nichts wird verändert werden.

Nach diesem Satz wachte ich auf.

Ich tastete nach Zoës Hintern, der sich wärmer anfühlte als in den ganzen Regentagen, endlich mal ein Tag, an dem die Sonne schien.

Die Welt, wie ich sie kannte, hatte sich verändert. Das besagten zumindest Supreshs E-Mails. Es hatte nicht geregnet bei ihnen, zumindest erwähnte er es nicht. Doch es kamen neue Drogen in die DZ, die Medien berichteten über Überdosierungen und Kontaminationen. Die Regierung hatte die Bürger daran erinnert, nur offizielle Drogen in Originalverpackung zu kaufen, und die Strafen bei Zuwiderhandlung waren in einem Eilverfahren heraufgesetzt worden. In Litauen waren zwei junge Leute umgebracht worden, vermutlich weil sie Drogen hergestellt hatten. Es kursierten Verschwörungstheorien, die die EA als Drahtzieher hinter den Morden sahen.

Die neuen Drogen ließen Tony Cage, Stanley Freeman und Sohal Mishra so wirken, als hätten sie die letzten Jahre nicht gearbeitet, sondern sich auf Ruhm gebettet und ausgeruht. Liquid Sky veränderte nur das Körperempfinden, die Haut schien flüssig zu werden und mit der Umwelt zu verschmelzen, Grenzen lösten sich auf. Alles schmiegte sich aneinander. Doch bei Liquid Sky konnte man sein Bewusstsein in die Umgebung wandern lassen, in das Sofa, auf dem man saß, und man konnte fühlen, was das Sofa fühlte. Es schien komplett neue Substanzen zu geben und ich freute mich schon beim Lesen darauf, sie anzutesten.

Gleichzeitig fragte ich mich, was das für mein Geschäft bedeutete. Doch 2C-B, MDMA und LSD würden kaum an Popularität verlieren. Und wenn doch, sie würden nicht in Vergessenheit geraten.

Es war nicht überraschend, aber dennoch erstaunte es mich zu sehen, wie die Regierung der DZ die neuen Substanzen kriminalisierte. Es war eine Farce, so wie der Krieg gegen Drogen eine Farce gewesen war. Ja, wir durften Drogen nehmen, ja, sie waren legal, ja, wir durften frei entscheiden. Wir durften nicht nur unsere Nasen, Brüste und Hintern operieren lassen, wir durften nicht nur ungesunde Sachen essen und unser Infarkt- und Diabetesrisiko erhöhen, das alles durften die Menschen in Europa auch, nein, wir durften sogar unsere Gedankenwelt verändern und wir konnten uns als Freerider registrieren lassen und bestimmte Drogen dann gratis bekommen. Doch wir waren nicht freier. Keinen Deut. Die Bedingungen, zu denen wir das durften, diktierten die Medien und die Regierung unter dem Einfluss der Pharmakonzerne. Drogen hatten und haben keine Lobby. Nur das Geld hat eine.

Bei dem ganzen Trubel schien wmk aus dem Blick geraten zu sein. Supresh erwähnte es nicht mal.

In seiner letzten Mail, die er vor vier Tagen abgeschickt hatte, schrieb Supresh: *Da ist ein Ziggy, ein Arzt aus Deutschland, der behauptet, dein Bruder zu sein. Er sagte, ich solle dir ausrichten: Es gibt kein Mittel dagegen. Kannst du was damit anfangen?* Er hatte die Adresse brdgrl@molchanje.uz und den öffentlichen Schlüssel hinzugefügt.

Ziggy. Ziggy verschickte seinen öffentlichen Schlüssel. Es musste etwas passiert sein. Aolani hatte recht gehabt. Was auch immer sie hatte sagen wollen.

Die Sonne war zu schwach, ich schaffte es, eine Nachricht zu tippen, doch der Akku gab seinen Geist auf und ich wusste nicht, ob sie rausgegangen war oder nicht. Ziggy. Ich konnte keinen klaren Gedanken fassen. Ziggy.

– Was glaubst du, was er möchte?, fragte Zoë beim Frühstück.

Ich nahm einen Schluck Grüntee und versuchte die Dinge in meinem Kopf zu sortieren. Ich hätte mich bei ihm melden können. Vielleicht vermisste er mich. Ich hätte ihn vermisst, wenn ich Zoë nicht gehabt hätte. Aber er hatte Elodie und die Kinder. Vielleicht hatte er sich von ihr getrennt. Und wollte nun in die DZ. Nein. Er hätte seine Kinder nicht zurückgelassen.

Elodie liebte Ziggy. Das wusste ich erst, seit ich Zoë kannte. Liebe hörte nicht auf, sie war ein Fluss, der sich ein neues Bett suchte, wenn man ihn zu lange staute. Was konnte geschehen sein? Was nur?

Ich dachte an Robert, der damals alleine hierhergekommen war, um sich nach einem Haus für uns alle umzusehen. Wenn er damals nicht ...

Zoë unterbrach den Gedanken.

– Deine Mutter?

Ich nahm noch einen Schluck.

– Ja, sagte ich. Kann sein.

Diana hatte damals nicht gewollt, dass ich allein hierherzog.

– Schau, hatte sie gesagt, dort gibt es für uns nichts mehr zu erben. Dieser Tsunami war ein Omen. Wir sollen hierbleiben.

– Man kann überall die Zeichen sehen, die man möchte, hatte ich geantwortet. Robert wollte hin, das ist auch ein Zeichen, oder? Die Welt ist nur in unserem Kopf.

– Dann bleib doch hier.

– Tue ich ja. Ich verlasse die Welt nicht. Und meinen Kopf auch nicht. Ich ziehe nur in die DZ.

Ich hatte sie allein gelassen. Fast zwei Jahre nach Roberts Tod erst war ich hierhergezogen.

– Wie kommen wir weiter?, wollte ich nun wissen.?

– Ich habe einen Roller gesehen, sagte Zoë. Finden wir heraus, wem er gehört.

Eine Stunde später hatten wir einen Mietpreis für den Roller ausgehandelt, unser Geld war hier wieder etwas wert. Wir hatten Kia verabschiedet, die sich mit einem großen Korb voller Plastikflaschen mit Bhuma auf dem Rücken auf den Heimweg gemacht hatte. Obwohl wir ihr Amphetamin in der Drogerie gekauft hatten, tat sie mir leid, es ging nur bergauf. Vielleicht tat mir auch bloß leid, dass ich sie wahrscheinlich nicht wiedersehen würde.

Für uns kauften wir nichts in der Drogerie, in sechs bis acht Stunden konnten wir im nächsten Städtchen sein und würden jemanden dafür bezahlen, den Roller zurückzufahren.

Es würde dort stabiles Internet geben, vielleicht Zugang zu den neuen Drogen aus Europa, die Wege würden wieder kürzer werden, die Kommunikation schneller, ich würde wahrscheinlich bereits eine Antwort von Ziggy haben. Diese asphaltierte Straße würde uns geradewegs in ein Leben führen, das wir kannten und das ich vermisst hatte. Wir würden in der Landschaft sein, anstatt eingesperrt in einem Jeep zu sitzen. Dafür, dass wir gestern unsere Körper ausgelaugt hatten, hatte ich verdammt gute Laune.

Wir setzten uns auf den Roller, um uns herum war nur Grün, die Straße bereits trocken. Ich wich Schlaglöchern aus, es gab kaum Verkehr, ich freute mich an den Kurven und am Fahrtwind. Manchmal sah ich unseren Schatten vor uns, manchmal blickte ich zur Seite, weil er dort auf den Asphalt fiel. Wir sahen verdammt gut aus, Zoës Busen drückte sich an meinen Rücken, ihre Hände waren an meinen Hüften, wir fuhren, wir waren frei. Der Regen hatte aufgehört, der Roller lief ohne jegliche Macke, das Momentum in der Kurve schien sich auf magische Art auf unser Leben zu übertragen, wir fuhren, wir rollten, wir groovten, wir waren wie die Nadel in der Rille. Leben ist wie Musik, alles, was da ist, ist nur für einen Moment da. Wie beim Fahren auch. Leben, fahren, hören, die Melodie der Freude in unserem Inneren. Als es ein Stück geradeaus ging, drosselte ich das Tempo, drehte mich um und küsste Zoë. Sie fühlte, was ich fühlte, daran bestand kein Zweifel.

Als ich pinkeln musste, hielt ich am Straßenrand und wir stiegen ab. Ich wollte mich an einen Strauch stellen und ich verstand nicht, wie ich ausrutschte, noch bevor ich die Hose geöffnet hatte. Ich rutschte aus, wie ich ausgerutscht war, als wir mit Kia durch den Wald gelaufen waren, ich rutschte aus und stolperte auf einmal die Böschung hinunter, konnte mich aber irgendwie auf den Beinen halten. Die Zeit dehnte sich, ich konnte mich schon auf dem Boden liegen sehen, Bilder von Möglichkeiten tauchten in meinem Hirn auf. Zwischen dem Punkt, ab dem ich wusste, dass ich die Kontrolle verloren hatte, bis zu dem Punkt, an dem ich schließlich am Boden liegen würde, schien ich in einer Art Schleife gefangen zu sein, die Zeit wurde lang und länger. Bis ich den Knall hörte.

So war es. Zuerst hörte ich. Dann fror die Zeit ein. Lange war da kein Verstehen. Sehr lange. Als die Zeit wieder einsetzte, wusste ich, dass ich sie würde verlassen müssen. Mein Besuch war beendet. Vielleicht hatte Celia das sagen wollen.

Ziggy

Nur zwei Tage hatte ich sie nicht gesehen, doch sie schien mir verändert. Ihre Wangenknochen standen deutlicher hervor, die Augen lagen tief in den Höhlen und die Ringe darunter erinnerten mich an dunkle Feigen. Ihre Haut hatte am Hals und im Gesicht mehr Falten bekommen, ihre Arme waren noch dünner, die Handgelenke wirkten zerbrechlich. Ihre Bräune konnte nicht über den leichten Gelbton ihrer Haut hinwegtäuschen. Sie trug ein Top ohne BH darunter, eine Jogginghose, die weit über dem Knie endete, ihre Beine waren leicht geschwollen. Sie empfing mich auf dem Sofa liegend, das nun auf dem Balkon stand. Ich wusste nicht, wie sie es dorthin geschafft hatte. Als ich mich zu ihr hinunterbeugte, um ihr einen Kuss zu geben, hob sie eine Hand und tätschelte meine Wange. Ihre Waden und Achseln waren rasiert. Ich war froh, eine Botschaft zu haben, von der ich glaubte, sie könne ihren Schmerz lindern.

– Wie geht's?, fragte ich, doch sie gab keine Antwort, sondern nickte nur lächelnd.

– Wie hast du das Sofa nach draußen bekommen?

– João war gestern hier.

– Du hättest mich anrufen können. Oder mich vorgestern bitten. João …

Ich wusste nicht, wie ich es ausdrücken sollte.

– Er war halt derjenige, der hier war, als ich das Sofa draußen haben wollte. Ich glaube, es macht ihm Angst, mich so zu sehen. Dabei könnte es ihm Mut machen. Er hat keine Kinder. Er hat gut verdient an den Büchern.

Ich fragte mich, ob sie auch geistig abbaute.

– Ja, sagte ich. Er verdient gut an dieser Bücherkiste. Aber der Detektiv, den er engagiert hat, muss auch ziemlich teuer sein.

Ich saß auf dem Boden, den Rücken gegen die Wand gelehnt, blinzelte. Wir schwiegen, bis ich mich traute, die Frage zu stellen.

– War er eigentlich nie scharf auf dich?

– Soll das ein Witz sein?

– Wieso?

Diana schüttelte den Kopf, ich wusste nicht, ob das Geräusch ein Lachen oder ein Husten war.

– Er war scharf auf Robert.

Ich sah sie an.

– Ach, Ziggy, sagte sie, Ziggy ...

Ich fühlte mich, als wäre ich sieben Jahre alt und hätte zum dritten Mal an einem Tag ein Glas fallen lassen und meine Mutter gab mir das Gefühl, es wäre am besten, meine Fehler zu ignorieren.

– Ich habe gute Nachrichten, sagte ich nun. Ich habe Damian gefunden. Gestern kam eine Mail von ihm, ich habe ihm geantwortet, ihm geschrieben, was los ist.

Ich hatte erwartet, sie würde sich freuen. Oder zumindest lächeln, doch sie sagte nur:

– Gut.

Und nach einer Pause:

– Wie geht es ihm?

– Er klang gut. Es war nur eine kurze Mail und er hat wohl im Moment nur begrenzten Internetzugang.

– Er hat also noch nicht geantwortet.

– Nein.

– Der Detektiv fährt nun zurück?
– Ja.
– Was sagt Elodie dazu, dass du Damian gefunden hast?
– Sie weiß es noch nicht.
Mutter nickte.
– Ich bin müde, sagte sie, lies mir doch ein wenig vor.
– Aus welchem Buch?, fragte ich, doch ich stotterte am Anfang des Satzes.

Sie griff nach unten und zog unter dem Sofa ein Exemplar von *Die Heilanstalt auf dem Berg* heraus. Ich wusste nicht, ob sie es ohnehin besessen hatte oder ob João ihr ein Exemplar aus der Kiste gegeben hatte.
– Auf welcher Seite bist du?
– Lies einfach.

Aufs Geratewohl schlug ich eine Seite auf und begann zu lesen. Es war die Stelle, an der der Geschichtenerzähler in der Heilanstalt auftaucht.

Es dauerte keine Viertelstunde, bis Diana einschlief. Ich deckte sie mit einer leichten Decke bis zu den Hüften zu, füllte die Wasserkaraffe auf, platzierte das Telefon in ihrer Reichweite und zog dann leise die Wohnungstür ins Schloss.

Die Abendsonne tauchte den Bürgersteig in ein weiches Licht und ließ das Leben so aussehen, als wäre es mild zu jedem. Ich blieb im Auto sitzen, ohne den Motor anzulassen, und fragte mich, wie ich mich fühlte.

Es war viel passiert seit dem Frühling. Sehr viel für jemanden, der das Gefühl hatte, in seinem Leben festzustecken. Ich war Mitglied in zwei Drogenforen, ich hatte LSD genommen, ich wog weniger und hatte eine bessere Kondition. Ich hatte erstaunliche Gespräche mit meiner Mutter gehabt. Ich hatte öfter als sonst bei João im Laden gesessen. Sehr viel war passiert, aber es hatte nichts geändert. Ich steckte fest in diesem Leben, ich funktionierte hier nur.

Es fühlte sich immer noch eng an um meine Brust und allein das Atmen fiel mir bisweilen schwer. Ich merkte, wie Groll aufstieg. Groll gegen Damian. Er machte es sich leicht. Viel zu leicht. Gegen Hedonismus wäre nichts einzuwenden, wenn er nicht immer mit Egoismus Hand in Hand ginge. Ihm war egal, wie es uns hier ging, welche Probleme wir hatten, womit wir uns plagten, wie unsere Leben aussahen. Hauptsache, er konnte in der Sonne liegen und sich zudröhnen.

Ich ahnte, dass ich ihm mit diesem Groll unrecht tat. Ich wusste, dass ich fähig war, ein Gedankengebäude zu bauen, das meine Gefühle unterstützte und sie berechtigt aussehen ließ. So war es immer.

Zuerst kam ein Gefühl, dann eine Anschauung, die das Gefühl rechtfertigte. Ich ließ den Motor an und legte den Gang ein. Zum Teufel mit diesem Kopf, der Gebäude errichten konnte.

Aus Leonies Zimmer kam laute Musik. So laut, dass ich sie hören konnte, als ich in die Garage fuhr. Noël Helno.

Elodie saß in der Küche am Tisch und hatte geweint. Ich unterdrückte den Impuls, sofort die Laufschuhe anzuziehen, es war ohnehin zu heiß.

– Drogen, sagte Elodie. Sie war wegen Drogen in der Grinsekatze.

– Was ist passiert? War die Polizei hier?

– Nein, sagte sie, nein, die Polizei war nicht hier.

– Woher weißt du es?

– Ich war an ihrem Computer.

– Du warst was?

– Ich war an ihrem Computer und habe mir den Verlauf im Browser angesehen. Sie hat ein Konto bei einem Drogenforum.

– Welches Forum?

– Es heißt Edit.

Mir wurde heiß. Sehr heiß. Von den Haarspitzen bis zu den Zehennägeln.

– Desdemona, flüsterte ich und setzte mich an den Tisch. Die ganze Zeit über schallte Noël Helnos kratzige Stimme durch das Haus, doch Elodie hatte mich verstanden.

– Woher weißt du das?

Die Ellenbogen auf der Tischplatte, senkte ich den Kopf und stützte ihn mit den Händen ab.

– Woher weißt du das?

Wenn sie die Frage noch einmal wiederholen musste, würde sie schreien. Aber ich wusste nicht, was ich sagen sollte.

– Ist das hier eine Front gegen mich? Habt ihr Geheimnisse? Du erlaubst Leonie nicht nur, in die Grinsekatze zu gehen, sondern auch Drogen zu nehmen? Was dreht ihr hinter meinem Rücken? Ist das etwa, weil ich nicht wollte, dass du nach Damian suchst? Willst du mir etwas beweisen?

Sie war laut geworden, doch nun verstummte sie. Ich hob den Kopf, aus ihren Augen kamen Tränen.

– Ich habe es nur geraten, sagte ich. Das ist das Forum, in dem ich angefangen habe, nach Damian zu suchen. Dort hat sich vor Kurzem diese Desdemona angemeldet, aber ich konnte nicht ahnen, dass es Leonie ist. Das ... das ist mir eben erst aufgegangen. Die Wortwahl ... Du ... Du hättest nicht an ihren Rechner gehen sollen.

– Sie ist dreizehn.

– Wir wollen sie doch nicht kontrollieren. Nicht in einer Welt, in der ...

Ich brach ab.

– Nein, sagte sie, wir können auch einfach darauf vertrauen, dass sie den Weg ins Verderben ganz alleine findet.

– Drogen sind kein Verderben. Sie ist in einem guten Forum. Sie wollte sich informieren. Sie ist unsere Tochter, sie würde nicht blind irgendwelches Zeug nehmen. Sie hat ein Interesse an veränderten Bewusstseinszuständen. Das mag mir nicht behagen, ich mag es zu früh finden, aber ich kann es ihr nicht übel nehmen ... Ihr Opa ...

– Sie ist dreizehn, unterbrach mich Elodie.

Ich dachte daran, was Robert immer gesagt hatte.

– Und wenn sie Sex hätte?, fragte ich.

– Das ist nicht unbedingt strafbar. Und auch nicht so leicht nachzuweisen.

– Was hast du ihr gesagt?

– Ich habe sie zur Rede gestellt. Sie hat mir die Tür vor der Nase zugeschlagen und die Musik aufgedreht.

– Sie ist dort angemeldet. Ja, und? Die Seite ist legal. Was hat das damit zu tun, dass sie in die Grinsekatze wollte? Glaubst du, sie hat dort etwas gekauft?

– Ich weiß es nicht. Ich war dagegen, dass sie dahin geht.

– Ich weiß. Elodie, wir werden eine Lösung finden, ja? Wir werden eine Lösung finden. Ich ziehe mir die Schuhe an und laufe eine kleine Runde, damit ich den Kopf freikriege. Dann treffen hier uns wieder, ja? Lass Leonie so lange laute Musik hören, wie sie möchte.

Ich stand auf und nahm Elodies Hand, zog sie hoch und umarmte sie.

– Alles wird gut, sagte ich und konnte hören, wie sie die Nase hochzog. Sie weinte selten. Sehr selten. Doch jedes Mal wenn es geschah, hatte ich das Gefühl, versagt zu haben. Ich fühlte mich dafür verantwortlich, dass der Schmerz nicht so tief drang. Ich fühlte mich dafür verantwortlich. Trotz allem.

Alles wird gut, sagte ich mir, als ich die Schuhe zuschnürte. Alles wird gut.

Zoë

Bilder. Da waren sie auf einmal wieder. Bilder, die ich jahrelang nicht betrachtet hatte. Bilder, auf denen mein Sein gründete.

Die Ohrfeige meiner Mutter. Diese laute Ohrfeige.

Das Blut. Kahas ungläubiges Gesicht, als sie ihre Hand von ihrem Bauch nahm und die Hand ganz rot war, als hätte sie sie in einen Farbeimer getaucht.

Das Gefühl in meinen Beinen, als ich nach Hause lief.

Der Schrei, der keiner wurde, als würde ich träumen.

Ich hatte es Damian erzählt. Ein einziges Mal, als wir auf MDA waren. Ich hatte ihm die ganze Geschichte erzählt, wie und warum ich als Dreizehnjährige alleine in die DZ gekommen war. Ich erzähle es jetzt ein Mal und dann sprechen wir nicht mehr darüber, hatte ich gesagt, da waren wir ungefähr ein halbes Jahr zusammen.

MDA öffnet das Herz, ähnlich wie MDMA, es enthemmt, es lässt dich ohne Angst auf Bilder blicken, die dich sonst in Schrecken versetzen. Es hatte gut getan, alles zu erzählen, ihm alles zu erzählen. Und dann die Geschichte loszulassen.

Ich wusste nicht, ob Damian so verstrahlt war, dass er die Geschichte vergaß, aber wahrscheinlich ist er einfach nur meiner Bitte nachgekommen und hat nie darüber geredet.

Danach waren die Bilder wie verschwunden. Egal, was wir genommen hatten, egal, welche Erinnerungen auftauchten. Ich wusste, wo ich herkam, das kann man nicht vergessen. Doch die Bilder verloren Farben und Schrecken. Um zu triumphieren im Leben hilft vergessen und vergeben. Die Drogen hatten mir dabei geholfen. Davon war ich überzeugt.

Doch jetzt kam alles wieder. All das Blut. Mein Mund, der aufging ohne einen Schrei. Der Wunsch wegzulaufen. Ich blieb stehen. Am liebsten wäre ich verschwunden. Ganz verschwunden. Es hatte sich nichts geändert. Ob ich dreizehn war oder einunddreißig. Der Schmerz war zu groß. Jetzt noch größer als damals, weil ich schon wusste, ich würde allein sein. Allein. Ganz allein. Beim zweiten Mal ist es schlimmer als beim ersten Mal, weil man schon weiß, was kommt. Man weiß, es gibt keinen Weg drumherum, du musst geradeaus da durch.

Wenn ich wenigstens hätte schreien können. Wenn meine Kehle nur offen gewesen wäre. Doch dann wäre vielleicht noch mehr Schmerz in mich hineingeströmt.

Ich hielt Damians Hand und an seinem Blick konnte ich erkennen, dass er wusste, dass es vorbei war.

Es gab keine Möglichkeit, ihn schnell genug in ein Krankenhaus zu bringen, es gab keine Möglichkeit, die Blutung zu stoppen. Warum beide Beine? Wie konnte es passieren, dass die Mine ihm beide Beine wegriss? Das linke Knie war noch dran, wenn auch zerfetzt, rechts war das Bein fast bis zur Hüfte weg. Ich wusste nicht, wie viel Zeit ihm noch blieb. Er lächelte.

– Kaha, sagte er.

Es klang, als wäre auch in seiner Lunge Blut. Kaha. Ich lächelte. Er hatte es nie vergessen.

– Ich liebe dich, sagte ich. Es gibt kein Mittel dagegen.

– Es gibt kein Mittel dagegen. Ich liebe dich, sagte er. Der Traum endet, schließ die Augen.

Ich schloss die Augen. Ganz fest. Aber es war, als wäre da Blut unter meinen Lidern. Ich schloss die Augen und wusste, dass er starb. Wenn ich sie wieder öffnete, würde er tot sein. Und ich wieder allein. Nicht mal Tränen leisteten mir Gesellschaft, kein Schrei wurde mein Freund, kein verzweifeltes Trommeln auf Damians Brust begleitete mich. Es kroch nur Kälte in meine Knochen und ich wünschte, ich wäre fähig. Zu irgendetwas.

Ich versuchte mich so klein wie möglich zu machen, mich zu verstecken, irgendwo drinnen, irgendwo, wo ich sicher sein konnte. Zeit hörte auf.

Meine Hand muss wohl auf Damians Oberarm gelegen haben. Sein Bizeps zuckte, obwohl er nicht mehr atmete, ich öffnete die Augen und sah ihn an.

– Du darfst nicht aufgeben, hat meine Mutter am Flughafen gesagt, egal, was passiert, du darfst nicht aufgeben. Versprich mir das. Hörst du? Versprich mir das.

– Versprochen.

– Du musst weiterleben.

Sie hatte nicht gesagt *auch für mich musst du weiterleben*, aber ich hatte gespürt, dass sie es meinte. Für sie, für Kaha, für meinen Vater. Und jetzt auch für Damian.

Er kam mir leicht vor. Vielleicht weil die Beine fehlten, vielleicht weil er so viel Blut verloren hatte, fast alles wahrscheinlich. Ich legte die Beine in den Fußraum, klemmte seinen Rumpf zwischen meine Knie und fuhr los.

Nach vielen Kurven hielt ich an. Die Sonne stand hoch, ich setzte mich hin und ließ dem Akku etwa eine halbe Stunde Zeit, um sich aufzuladen, dann machte ich die Schreibtafel an. Ich ging auf den verschlüsselten Messenger, doch Supresh war nicht online. Ich versuchte in Damians Mailaccount zu gelangen, indem ich Passwörter ausprobierte: LSD25DMT, DMTLSD25, Lysergsaeurediethylamid, Lysergicaciddiethylamide, Dimethyltryptamin, N, N-Dimethyltryptamin, ich kombinierte die letzten beiden mit der Zahl 108 und dann gab ich auf. So einfach hätte Damian es niemandem gemacht. Ich fand Supreshs öffentlichen Schlüssel im Schlüsselbund, schrieb ihm eine Nachricht, chiffrierte sie und schickte sie von meiner Mailadresse aus:

Supresh, komm so schnell wie möglich nach Geraleevega. Bring wmk mit. Lass dich nicht verfolgen. Küsse, Zoë.

Ich setzte mich auf den Roller, klemmte mir den Rumpf erneut zwischen die Knie und wollte gerade anfahren, als mir ein Lastwagen entgegenkam. Ich hob grüßend die Hand und hoffte, man könnte vom Fahrersitz aus nicht erkennen, was ich da transportierte. Der Lastwagen quälte sich weiter bergauf, der Fahrer grüßte nicht mal zurück. Ich zog meine Jacke aus und versuchte Damian so gut es ging darunter zu verbergen. Dann fuhr ich los.

Kurz darauf kam ich durch ein Dorf und am liebsten hätte ich die Augen zugemacht und geglaubt, man würde mich so nicht sehen. Doch ich sang einfach leise vor mich hin, ich sang mein Lied und niemand hielt mich auf oder schien etwas Ungewöhnliches zu registrieren.

Bald darauf hielt ich an einer ebenen Stelle am Straßenrand und schleppte Damian weit in den Dschungel hinein, wo ich ihn unter Blättern und Ästen versteckte. Ich wischte die Blutspuren vom Roller, hatte schon den Anlasser gedrückt, da stieg ich nochmal ab, öffnete die Sitzklappe, da war tatsächlich ein Helm. Ich nahm ihn und ging damit zurück. Tiere könnten Damian finden und fressen. Ich versuchte mit dem Helm ein Grab zu schaufeln, doch es waren überall Wurzeln, so würde ich ihn nicht verstecken können. Ich ging erneut zum Roller, leerte meine Wasserflasche, öffnete den Tank, kippte den Roller und versuchte vorsichtig, die Flasche zu füllen. Dann ging ich ein drittes Mal in den Wald und goss das Benzin über Damian. So würde kein Tier ihn riechen, sagte ich mir.

Es dämmerte, als ich in Geraleevega ankam. Ich zog Geld an einem Automaten, fand jemanden, der den Roller zurückfahren würde, gab ihm die Hälfte des Geldes im Voraus und versprach ihm den Rest, wenn er zurückkam.

Dann mietete ich einen Jeep, kaufte Feuerholz und fuhr zurück zu der Stelle, wo ich Damian versteckt hatte. Ich versuchte mit dem Jeep so weit wie möglich in den Wald hineinzufahren, damit man ihn nicht von der Straße aus sah und damit ich das Holz nicht so weit tragen musste. Ich musste den Weg vom Jeep bis zu Damian acht Mal gehen, bis ich die dreihundert Kilo Holz auf meinem Rücken dorthin geschleppt hatte. Ich schichtete das Holz auf und legte Damian darauf.

Etwa dreihundert Kilo Holz und etwa drei Stunden, bis der Körper verbrannt ist, das wusste ich noch aus Benares. Ich wollte nicht zu viel Aufmerksamkeit erregen, es waren noch zwei oder drei Stunden bis zur Dämmerung, also wartete ich.

Warten ist nicht das richtige Wort, warten bedeutet, auf einen Zeitpunkt in der Zukunft zu hoffen. Ich konnte keine Zukunft sehen. Ich ließ die Nacht vorüberziehen. Man würde den Rauch auch bei Tageslicht weithin sehen, aber ich wusste keine andere Lösung. Brandrodung war keine Seltenheit in dieser Gegend, möglicherweise würde es gar nicht auffallen.

In der Dunkelheit saugte ich Trauer auf, bis sie aus meinen Poren zu tropfen schien. Ich wurde müde. Mein Hirn driftete ab. Da war dieser Wunsch, nein, die Möglichkeit, dass das alles nur ein Traum war. Dass er zurückkommen würde. Ja, wenn ich die Augen aufmachte, würde er zurück sein. Er war nicht tot. Er war nicht tot. Er würde wiederkommen. Das hätte er nicht getan. Er hätte mich nicht allein gelassen. Er würde wiederkommen. So schnell kann niemand gehen, er musste noch hier sein, irgendwo in der Nähe, ich musste ihn spüren können. Er würde ein letztes Mal mit mir reden, das würde er doch.

Mit den ersten Sonnenstrahlen steckte ich die Scheite in Brand. Der Rauch trieb mir die Tränen in die Augen.

Ich verbrannte mir die rechte Hand, ohne dass ich verstand, wie es geschah. Vielleicht blieb ich eine Stunde dort, vielleicht länger. Vielleicht auch kürzer. Es war nicht von Bedeutung. Die verbrannte Hand hielt ich die meiste Zeit auf meinem Rücken, weil allein die Nähe des Feuers sie pochen ließ, als würde der Schmerz von außen mit einer Keule dagegenschlagen, während der Schmerz drinnen mich betäubte.

Zurück in Geraleevega aß ich acht Pfannkuchen mit Honig.

Ziggy

Samuel kam reingestürmt.

– Papa, Papa, ich habe es heute Morgen vergessen, aber ich habe Celia wiedergesehen. Sie sagt, ich soll dir nochmal was ausrichten.

– Ich glaube, ich habe sie auch gesehen. Aber lass uns später darüber sprechen.

– Warum? Wegen Leonie? Sie hat etwas angestellt, oder?

– Nein. Nein, sie hat nur ...

Ich holte Luft und Elodie sagte:

– Sie wollte Dinge kaufen, die nicht gut für sie sind.

– Was für Dinge?

– Ich versuche es dir später zu erklären, sagte ich. Geh wieder auf den Bolzplatz.

Ich ging nach oben, klopfte an Leonies Tür und machte dann auf. Ein Herein hätte man ohnehin kaum hören können. Leonie lag auf dem Bett und starrte an die Decke. Ich deutete mit dem Kinn auf die Anlage, Leonie stand auf und drehte die Musik leiser.

– Wir müssen reden, sagte ich. Ich bitte dich, es nicht aufzuschieben.

– Ich komme gleich, sagte sie, und es klang eher wie eine Drohung denn wie ein Versprechen.

– Wir müssen ehrlich sein, begann ich, als wir zu dritt am Küchentisch saßen, doch ich fühlte mich unwohl bei diesem Satz. Ehrlichkeit, das war ein Vorsatz, den man nicht sein Leben lang einhalten konnte. Ehrlichkeit war ein Ideal, das einen vor schlimmen Fehlern bewahren sollte.

– Ist das ehrlich, hinter meinem Rücken an meinen Rechner zu gehen?, fragte Leonie.

– Nein, sagte Elodie, das war falsch, dafür muss ich mich entschuldigen.

– Aber es wäre so oder so aufgefallen, sagte ich nun.

Elodie und ich hatten uns auf diese Strategie geeinigt.

– Warum?, fragte Leonie nun unschuldig.

– Weil ich dich erkannt habe. An deiner Wortwahl, eloquent, enervieren, statistisch betrachtet, auf die Titten gehen, Noël-Helno-mäßig und dann die Signatur, dieses vermeintliche Borges-Zitat: Wenn ich mein Leben noch einmal leben könnte, im nächsten Leben würde ich versuchen, mehr Fehler zu machen. Man kann aus Desdemonas Posts herauslesen, wo sie wohnt. Glaubst du, ich würde so etwas lesen, ohne dass mir der Verdacht käme, es könnte meine Tochter sein?

Ich hatte ihre Beiträge vorhin nochmals überflogen und mich geschämt, dass es mir nicht sofort aufgefallen war.

– Das sagst du nur, weil, begann sie und brach dann ab. Du bist auch in dem Forum?

Ich war stolz auf ihre Auffassungsgabe. Ich nickte.

– Warum? Um mir hinterherzuspionieren?

– Nein, weil ich irgendwo anfangen musste, nach Damian zu suchen.

– Bei Edit?

– Ich sage doch, irgendwo musste ich anfangen.
– Wer bist du denn?
– Birdgirl, sagte ich. Ich war schon vor dir dort angemeldet.

Leonie schien zu überlegen, dann nickte sie und sagte:
– Ich verstehe. Du drückst dich dort anders aus. Und lässt die Leute in dem Glauben, du seist eine Frau.
– Okay. Also zurück zum Anfang. Wir müssen ehrlich sein. Hast du etwas gekauft?

Sie sagte nichts und sah auf die Tischplatte.
– Wir müssen die Wahrheit wissen. Es wird nichts passieren. Versprochen. Gar nichts. Aber wir müssen es wissen, damit wir wissen, was als Nächstes zu tun ist.
– Ja, murmelte Leonie, ohne den Kopf zu heben.

Elodie entfuhr ein Geräusch des Schreckens und ich drückte ihren Oberschenkel, um ihr zu bedeuten, dass diese Art von Emotion uns hier nicht weiterbrachte.
– Was?, fragte Elodie, aber ihre Stimme war zu harsch.
– Ich glaube ... Ich glaube, es ist Lakritz, sagte Leonie und hob den Kopf.
– Und Haschisch sollte es sein?, fragte ich.
– Ja.

Ich unterdrückte ein Grinsen und wusste nicht, ob sie dasselbe tat.
– Du hättest an einen Zivilbullen geraten können, an jemanden, der dir etwas Hochgiftiges verkauft. Drogen können gefährlich sein.
– Haschisch, begann sie nun und ich unterbrach sie.
– Halt mir jetzt keinen Vortrag über Haschisch, sagte ich.
– Ja, Eulen nach Athen, nickte Leonie.
– Es geht nicht so sehr um die Drogen an sich.
– Ja, bestätigte Elodie. Du kannst von der Schule verwiesen werden wegen Haschisch. Du kannst einen Ein-

trag bekommen und kriegst nie einen Führerschein. Du kannst Probleme an der Universität bekommen. Außerdem glauben Ziggy und ich, dass du noch zu jung bist.

– Das entscheidet ihr also? Dass ich zu jung bin, dass ich studieren soll, auf welche Schule ich zu gehen habe ... Wann hast du denn das erste Mal gekifft?, wandte sie sich an mich, und fügte hinzu: Wir müssen ehrlich sein.

– Mit fünfzehn, sagte ich wahrheitsgemäß.

– Das eine Jahr.

– Fünfzehneinhalb. Fast zwei.

– Wir entscheiden nicht für dich, wir versuchen nur zu verhindern, dass du dir deine Zukunft verbaust. Wir wollen, dass du die Möglichkeit hast zu entscheiden und nicht, dass dir ein Weg vorgegeben wird, nur weil du mal kiffen wolltest.

– Möglichkeit, sagte Leonie, und was ist mit der Möglichkeit, einfach in die DZ zu ziehen? Wie Onkel Damian?

– Weißt du, was mein Vater immer gesagt hat? Sex und Drogen versetzen dich in einen Rausch, und man sollte zuerst den natürlichen Rausch erleben, bevor man die anderen Paradiese erforscht.

Leonie senkte den Kopf und ich war mir nicht sicher, ob ihre Wangen nicht gerade etwas blasser gewesen waren. Mir wurde heiß und ich sah Elodie an, die leicht den Kopf schüttelte und die Schultern hochzog.

– Warum seid ihr nicht in die DZ gezogen?, wollte Leonie nun wissen. Was hättet ihr denn getan, wenn wir dort aufgewachsen wären?

– Dann hätten Ziggy und ich uns nie kennengelernt, wenn er schon vorher in die DZ gezogen wäre.

– Aber wenn Opa nicht gestorben wäre, dann wären wir jetzt dort.

– Das Leben ..., begann ich und machte eine Pause. Leonie beendete den Satz für mich:

– ... findet nicht im Konjunktiv statt. Aber ich gehe später sowieso in die DZ. Hier ist doch alles total verlogen, sie verkaufen Anarexol 3.0, aber Haschisch ist nicht gut für die Gesundheit? Du darfst dir die Titten machen lassen, die Nase, den Arsch, du darfst dich piercen und mit dem Kopf gegen die Wand laufen, so oft du willst, aber wehe, du möchtest deine Gedankenwelt beeinflussen, da ist aber was los. Hier kann man nicht leben, hier ist alles vergiftet, alle lügen und niemand lebt nach seinen eigenen Vorstellungen, alle verstellen sich. Auch ihr. Alle, alle bis auf Noël Helno.

– Weißt du, sagte ich, Opa ist damals in die DZ gefahren, um ein Haus für uns alle zu suchen, da war ich schon im Studium. Ich hatte mein eigenes Leben, er hat sich gewünscht, dass Damian und ich mitkommen, aber vielleicht wäre ich so oder so hiergeblieben. Als er dann gestorben ist, wollte Oma auch hierbleiben. Sie wird ihre Gründe gehabt haben.

– Aber Onkel Damian ist gefahren.

– Der wollte auch nicht auf die Universität. Aber ich wollte das Studium beenden und hier gibt es nun mal die besseren Universitäten. Das ist eine legitime Entscheidung, man kann nicht die Verfügbarkeit von Drogen über alles stellen.

– Weißt du denn überhaupt, wie es ist in der DZ, fragte Elodie, hast du dich informiert? Sie haben immer noch keine guten Universitäten. Selbst Sohal Mishra hat in Singapur und Zürich studiert.

– Wer sagt denn, dass ich studieren möchte?

Elodie sah Leonie erschrocken an, als habe sie diese Möglichkeit noch nie in Betracht gezogen. Ich sprang ein.

– Selbst wenn du nicht studieren möchtest, die Lebensbedingungen dort sind anders. Sie haben kein funktionierendes Sozialsystem. Und es ist eine Form von Kolonialismus, dorthin zu gehen, ohne ein Interesse an den Menschen und der Kultur zu haben und nur auf sein Vergnügen bedacht zu sein. Was unterscheidet denn Leute wie Onkel Damian von den Kolonialisten? Die wollten auch nur das Beste für sich haben.

Das war unsauber argumentiert, außerdem war ich zu weit gegangen. Mein Groll gegen Damian wurde sichtbar.

– Aber ihr seid hier richtig zu Hause, ja?, fragte Leonie. Ihr findet das akzeptabel, diese Kultur der Vormundschaft, diese Verlogenheit, dieses Königreich der Angst? Ihr fühlt euch geborgen zwischen all diesen Menschen, die Masken tragen, weil sie nicht anders können? Und dann setzt ihr euch hier mit mir an den Tisch und pocht auf Ehrlichkeit. Wenn Papa draußen so ehrlich wäre, wie würde unser Leben dann aussehen? Was habt ihr eigentlich für ein Recht, von mir Ehrlichkeit einzufordern?

Sie hatte recht. Sie hatte recht, aber das Leben war viel komplizierter, als sie mit ihren nicht ganz vierzehn Jahren verstehen konnte. Das Leben kannte keine klaren Antworten, auch nicht auf einfache Fragen. Und immer bestand die Gefahr, dass man am Ende seines Lebens erkannte, dass man in der Pubertät richtig gelegen hatte. Und später nie wieder.

– Wir sind eine Familie, sagte ich. Innerhalb der Familie belügt man die anderen nicht. Du wirst so oder so kiffen, ob mit unserer Erlaubnis oder ohne. Aber es ist mir wichtig, außerordentlich wichtig, dass du geschickt vorgehst. Sehr geschickt. Und es wäre mir lieb, wenn du noch ein wenig warten würdest damit.

Leonie blickte sofort zu Elodie, in deren Gesicht große Missbilligung geschrieben stand, die aber dennoch ein Nicken andeutete.

Leonie grinste und wollte wissen, ob sie jetzt gehen könne. Elodie nickte erneut. Als wir die Musik aus ihrem Zimmer hörten, dieses Mal nur ein leichtes Wummern der Bässe, sagte Elodie:
– Sie stürzt sich ins Verderben.
– Wir können sie nicht am Konsum hindern. Es finden sich immer Wege. Wir müssen mit ihr reden. Es hätte auch sein können, dass sie Anarexol nimmt. Wäre das wirklich so viel besser? Was willst du tun? Sie auf Schritt und Tritt überwachen?
– Die Gene, murmelte Elodie erschöpft.
– Bitte?
– Vielleicht sind es die Gene. Dein Bruder, dein Vater, deine Mutter. Vielleicht ist dieser Wunsch nach Rausch genetisch verankert.
– Würdest du dich dann besser fühlen?
– Nein, gab Elodie zu.
– Freu dich doch, sagte ich, freu dich, dass du eine Tochter hast, die einen eigenen Kopf hat.
– Ich will nur nicht, dass sie unglücklich wird.
– Das will ich auch nicht.
– Vielleicht sollten wir uns das nochmal überlegen mit dem wmk.
– Was würde das ändern?
– Ich weiß es nicht.
Sie wiederholte den Satz einige Male leise und schien mir dabei so weit weg. Als wären wir Fremde, die aus irgendeinem verqueren Grund Kinder miteinander hatten und nur für Momente über diese Kinder zueinander finden konnten. Wir hatten lange geredet vor diesem Gespräch und die Worte hatten uns verbunden, das hatten wir beide so empfunden. Doch nun saßen wir in der Küche, und was uns trennte, war stärker als die Worte. Ich wusste nicht,

ob ich in den Urlaub fahren wollte. Vielleicht konnte ich
Diana als Vorwand benutzen.

– Celia hat gesagt, du sollst nicht traurig sein, sagte Samuel,
als er verschwitzt vom Bolzplatz wiederkam.
 – Worüber soll ich nicht traurig sein?
 Ich hatte auch von ihr geträumt, aber ich konnte mich
nicht mehr erinnern.
 – Über die Lücken. Sie hat gesagt, es wird Lücken geben,
darüber sollst du nicht traurig sein. Was hat sie gemeint?
Wie Zahnlücken?
 – Weiß nicht, das musst du sie fragen.
 – Lücke, sagte Samuel, Lücke, Brücke, Tücke.
 – Ritzeratze, sagte ich.
 Er lachte und ich machte den Kühlschrank auf, um mir
ein Glas Weißwein zu genehmigen.

Zoë

Ich hatte nicht geträumt. Aber ich hatte mir im Schlaf
wohl die ganze Zeit gewünscht, ich möge in eine andere
Welt erwachen. Ich hatte mir gewünscht, ich könnte aufwachen und die Mine und das Blut wären nur ein Traum
gewesen. Doch ich wachte auf, und obwohl der Wunsch
so stark gewesen war, dass ich noch im Schlaf daran festhielt, war er nicht so stark wie andere Gefährten, er konnte
die Realität nicht biegen. Den ganzen Tag saß ich auf dem
Bett und starrte an die hellblau gestrichene Fassade des
Hauses gegenüber. Mal weinte ich und alles verschwamm,
mal saß ich einfach nur da und das Bild wurde wieder
etwas klarer. Tränen und keine Tränen. Wunsch und kein
Wunsch. Mehr geschah nicht.

Es dämmerte schon, als ich rausging, um an einem Straßenstand zu essen. Ich schaffte fast drei Portionen gebratenen Reis, dann ging ich in die Drogerie und kaufte mir Kava, viel Kava. Es würde mich beruhigen und entspannen. Ich musste locker bleiben, die Dinge durften keinen Halt in meinem Körper finden.

Angst, Trauer und Schmerzen haben eine niedrige Frequenz, sie fressen sich ein und verklingen nur langsam. Die hohen Frequenzen, Glück, Lachen, Freude verhallen schnell. Das Kava machte nicht, dass ich weniger fühlte, dass ich etwas staute und mied, das Kava machte mich weich, damit der Schmerz durch mich hindurch konnte. Es gibt keine Abkürzung, wenn es um Schmerz geht. Man muss ihn einfach durch sich hindurchlassen ohne hart zu werden. Ohne zu verhärten. Nur darum geht es. Dass der Schmerz dich vorfindet wie Butter. Nein, wie Wasser.

Ich schlief vierzehn Stunden lang, dann aß ich erneut Pfannkuchen, dieses Mal nur fünf, mit Limette und Honig. Supresh wollte am Abend hier sein und ich ließ die Zeit verstreichen. Etwas, das Damian nie verstanden hatte. Zeit verging, man musste nichts dafür tun, warten war schon zu viel.

– Was ist passiert? Wo ist Damian?, wollte Supresh wissen.

– Tot, sagte ich. Damian ist tot.

Er reagierte nicht, ich stand auf, umarmte ihn, setzte ihn auf das Bett und dann begann ich zu erzählen.

Ich fing vorne an, ich konnte nicht anders, ich fing vorne an, beim Regen, dem fehlenden Netz, den Tagen, in denen Damian ungeduldig und unruhig geworden war. Ich erzählte von Aolani und der schamanischen Sitzung, von ihrer Zeichnung in der feuchten Erde, von Kia, von der Wanderung, dem 4-FMP, dem geliehenen Roller, der

Fahrt. Ich erzählte, als würde ich etwas wiedergeben, bei dem ich beteiligt gewesen war. Ich sagte *ich*, aber in meinem Kopf sah es so aus, als würde ich über Geschehnisse berichten, die ich auf einer Leinwand gesehen hatte. Der Leinwand meines Bewusstseins möglicherweise.

Supresh schien wie eine Wachsfigur, er saß starr auf dem Bett, während ich mich mittlerweile auf den Boden gesetzt hatte. Ich kam an die Stelle in meiner Erzählung, in der Damian anhielt und am Straßenrand pinkeln wollte und ausrutschte.

– Er ist auf eine Mine getreten, sagte ich. Ich hörte den Knall, ich sah Damian in der Luft, es war, als hätte jemand die Zeitlupe eingeschaltet und die Luft hätte einen Widerstand, der Bewegungen und Schall schluckte. Als ich bei ihm war, sah ich, dass es keine Chance gab.

Supresh beugte sich vor, die Ellenbogen auf den Knien, den Kopf gesenkt.

Ich erzählte weiter, von der Fahrt, dem Holz, der Verbrennung.

In Supreshs Augen waren noch keine Tränen, aber es wirkte, als sei sein Hirn schon nass.

– Hättest du gerne noch Abschied genommen?, fragte ich.

Er nickte. Und dann fing er an *Nein* zu sagen. Nein. Immer wieder und wieder. Ich stand auf und setzte mich neben ihn, um ihn zu umarmen.

– Wir können noch an die Stelle fahren, sagte ich.

Nein. Immer nur Nein, leise, laut, schnell hintereinander, mit Pausen, immer nur Nein. Dann ließ er sich fallen und krümmte sich auf dem Boden zusammen und fing endlich an zu weinen. Der Schmerz muss durch dich hindurch.

– Du weißt, dass dieser Ziggy ihn sucht?, sagte er, als er sich ein wenig beruhigt hatte. Scheint, als wäre es sein Bruder.

– Es ist sein Bruder, sagte ich. Er hat ihm eine Mail geschrieben, aber ich weiß nicht, ob sie rausgegangen ist. Die Tafel hat sich abgeschaltet, weil der Akku so schwach war. Ich komme nicht in Damians Account. Ich weiß nicht, was ich tun soll. Die beiden hatten schon lange keinen Kontakt mehr, ich vermute, es geht ihrer Mutter nicht so gut.

– Hast du ... Hast du eigentlich noch Kontakt mit zu Hause?, fragte Supresh.

Ich musste schlucken, aber es ging nicht. Ich schüttelte den Kopf. Dann holte ich Luft.

– Und du?, brachte ich heraus.

– Weißt du doch, sagte er, ich telefoniere fast jeden Tag mit meinen Eltern. Und mit meinen Schwestern auch häufig. Und?, hakte er nochmal nach.

Ich nahm einen Schluck aus der Wasserflasche und noch einen.

– Kaha, meine beste Freundin, und ich waren am Strand spielen, sagte ich. Wir sahen einen Panzer, aber wir sahen in jenen Tagen oft Panzer und Jeeps und Männer in Uniformen mit Maschinengewehren, wir machten uns keine Gedanken darüber. Doch dann hörten wir plötzlich Schüsse und Kaha brach zusammen und auf einmal war überall Blut, ich bin gelaufen, doch dann bin stehengeblieben, weil Kaha nicht mitkam. Sie lag auf dem Boden und sah ihre Hände an, die sie sich auf den Bauch gepresst hatte. Ihre Hände waren so rot, bis zu den Unterarmen war alles rot. Ich habe mich neben sie gekniet, doch dann waren da wieder Schüsse und Kaha hat geschrien: Lauf, Zola, lauf!

– Zola?

– Zola, sagte ich. Damals Zola. Ich bin nach Hause gelaufen, obwohl meine Knie so weich waren, als wären sie aus Maisbrei. Zu Hause bin ich weinend meiner Mutter in die Arme gefallen und sie hat mich fortgeschoben und meinen Körper untersucht. Und dann hat sie mir eine

Ohrfeige gegeben. Und noch eine. Sie hat mich gefragt, wo ich war, aber bevor ich antworten konnte, hat sie ein drittes Mal geschlagen. Und dann hat sie mich in die Arme genommen und geweint.

Drei Stunden später waren wir am Flughafen und das nächste Flugzeug, das in ein Land flog, für das ich kein Visum brauchte, ging in die DZ. Meine Mutter hat mich mit allem Geld, das sie hatte, in dieses Flugzeug gesetzt ... Und seitdem ...

– Scheiße, sagte Supresh, Scheiße.

Er stand auf, machte hilflose Bewegungen mit den Armen. Er kam auf mich zu, ging dann wieder rückwärts. Scheiße, Scheiße.

Ich erzählte nie von früher, so wie Damian es tat. Ich deutete Dinge an, und deshalb glaubten die meisten Menschen, ich sei irgendwann mal mit meinen Eltern hierhergekommen, weil mein Vater hier Arbeit gefunden hatte. Ich hatte sie gesucht, meine Eltern, bevor ich Damian kennengelernt hatte, ich war sogar nochmal hingeflogen, obwohl es gefährlich war, aber es hatte nicht nur unser Haus, sondern unsere ganze Straße nicht mehr gegeben.

In der DZ zogen es viele Menschen vor, ohne Vergangenheit zu sein, ich fiel selten auf.

– Scheiße, brüllte Supresh heulend und trat gegen die Wand.

– Wir leben, sagte ich. Wir leben. Einatmen, ausatmen, einatmen, ausatmen, das Lied des Atems, den ganzen Tag und die ganze Nacht. Wir müssen dankbar sein. Das ist nur eine Leihgabe. Wir müssen dieses Buch irgendwann zurückgeben, doch solange wir es haben, sollten wir darin lesen.

– Das ist eine Scheißgeschichte, sagte Supresh. Eine absolute Scheißgeschichte. Ich wünschte, ich wäre Analphabet.

Ziggy

Es war wie ein Scherz, ausgedacht von einem hämischen Gott, ein Scherz, der auch auf meine Kosten ging. In der DZ tauchte nun eine Droge auf, die die REM-Phasen im Schlaf verlängerte und die Träume intensivierte, was bei manchen Konsumenten zu luziden Träumen führte. Ich bemühte die Suchmaschinen, doch die offiziellen Medien schienen noch keinen Wind von der Sache bekommen zu haben. Ich hätte gerne im Institut davon erzählt, ich hätte gerne Damian gebeten, mir auf dem Weg hierher ein wenig von diesem Rutor mitzubringen. Doch Damian antwortete nicht auf meine Mails und im Institut hätte ich nicht erklären können, wie ich von dieser Droge erfahren hatte.

Es schien eine von langer Hand geplante Aktion zu sein, die DZ von Europa aus mit neuen Substanzen zu überschwemmen. Die Pharmakonzerne begannen die Regierung der DZ unter Druck zu setzen, um diesen illegalen Import einzudämmen. Die Gesetze, die psychoaktive Substanzen grundsätzlich erlaubten, sollten auf patentierte Verbindungen eingeschränkt werden. Sie wollten den Research Chemicals Einhalt gebieten.

Es hätte eine Komödie mit verquerem Sinn für Ironie sein können, doch es war Realität. Anfang unseres Jahrhunderts waren in Fernost hunderte von Substanzen synthetisiert worden, die dann kiloweise nach Europa und Nordamerika verschifft worden waren, um von dortigen Internethändlern vermarktet zu werden. Großbritannien hatte als erstes ein Analoggesetz eingeführt, um der Drogen Herr zu werden, ein Gesetz, das ganze Molekülgruppen verbot, Österreich, Polen, Ungarn, bald waren andere Länder mit ähnlichen Gesetzen nachgezogen und heute war in ganz Europa alles verboten, was im Verdacht stand, irgendwie aktiv zu sein. Es gab keine Unschuldsvermutung für Moleküle.

Die Konsumenten waren vor zwanzig Jahren näher an die Labore gezogen, man war dem Einbruch des Tourismus in Südostasien mit neuen Drogengesetzen begegnet, hatte einfach alles freigegeben, auch weil man das Geld, das der organisierten Kriminalität in die Hände fiel, in die Tasche des Staates schaufeln wollte, eine Rechnung, die aufging. Drogerien verkauften versteuerte Drogen, Kriminelle wurden aus dem Geschäft gedrängt. Während Bauern sich in Kooperativen organisierten und Mohn, Hanf und Kratom anbauten oder Pilze züchteten, hatten sich Chemiker von Pharmakonzernen anheuern lassen, um neue Drogen zu erfinden, die auch ihren Weg in die restliche freie Welt fanden, vor allen Dingen nach Europa.

Und nun wurden neue Drogen auf genau dem umgekehrten Weg verschifft, allerdings in kleineren Mengen, wenn ich das richtig verstand. Und schon begann die freizügig scheinende DZ ein anderes Gesicht zu zeigen. Früher hatten die Kartelle die Beamten geschmiert und es war alles ein wenig undurchsichtig gewesen, jetzt zahlten die Konzerne und die Konsumenten Steuern, aber sonst schien sich kaum etwas geändert zu haben.

Der Scherz sollte einen vielleicht gar nicht schmunzeln lassen, sondern den Irrsinn illustrieren, in dem wir lebten.

Die Mail, die reinkam, hielt ich nicht für einen Scherz, auch wenn ich die Absenderadresse nicht kannte. Eine Zoë schrieb mir, sie sei Damians Freundin und ich könne ihr vertrauen, sie wisse, dass meine Frau Elodie heiße und meine Kinder Leonie und Samuel, und Robert habe immer gesagt, man solle Sex haben, bevor man mit Drogen anfange. Damian sei gerade in einem Dorf ohne Netzzugang, ob ich ihr bitte mitteilen könne, was ich von ihm wolle.

Ihr Deutsch war fehlerhaft, sowohl im Ausdruck als auch in der Orthographie, und ich wusste nicht, was ich davon halten sollte. Damians Freundin hieß Zoë, das wusste ich, auch wenn mich wunderte, dass diese Beziehung anscheinend länger gehalten hatte als alle vorherigen. Doch diese Mail konnte von irgendjemandem kommen. Von der EDC zum Beispiel. Vielleicht waren sie mir auf die Schliche gekommen? Vielleicht wussten sie sogar von Roberts Aussagen? Vielleicht hatten sie die Szene schon lange infiltriert, jeder, mit dem ich kommuniziert hatte, hatte meinen öffentlichen Schlüssel, mit dem die Mail chiffriert war. Aber welche Art von Informationen erhoffte sich hier jemand? Oder wurde ich nur paranoid? Oder hatte der Absender Wahnvorstellungen? Oder nur einen fragwürdigen Humor?

Kurz darauf kam eine Mail von riqueshawallah, der mir schrieb, Damian sei gerade verhindert, in einem Dorf ohne Netzzugang, aber seine Freundin werde mir schreiben, ich könne ihr vertrauen.

Ich wurde noch misstrauischer. Sollte ich Zoë nun schreiben, dass unsere Mutter im Sterben lag? Konnte diese Information irgendwie gegen mich verwendet werden? Wurde ich verfolgt? Hatte Leonie irgendjemanden auf unsere Spur gebracht? Sie wussten, dass jemand sich mit unserem Internetanschluss bei Edit rumtrieb.

Es waren nur noch zwei Tage, bis Elodie und ich das wmk nehmen wollten, was mich zusätzlich nervös machte. Noch zwei Tage bis zum wmk, noch eine Woche bis zum Urlaub, noch sechs Wochen bis zum Marathon.

Es war Montag, ich hatte frei, weil ich letzte Woche eine Nachtwache gehabt hatte, es war noch Vormittag, aber das störte mich jetzt auch nicht, am Morgen war ich fünfzehn Kilometer in sechsundsechzig Minuten gelaufen. Ich machte mir eine Flasche auf und trank das erste

Drittel noch am Besteckkasten stehend. Über meinem rechten Auge machte sich der Schmerz des zu schnell getrunkenen kalten Bieres bemerkbar.

Dann setzte ich mich wieder an den Rechner und dachte, scheiß drauf, es wird schon gut gehen. Ich suchte nach einer Quelle für Rutor, die ich dann tatsächlich bei Euphoricbasics fand. Der Anbieter verschickte noch kostenlose Proben und ich ließ eine an Joãos Adresse schicken, ohne ihn vorher gefragt zu haben. Es wird schon gutgehen, sagte ich mir. Vielleicht sind sie dir auch auf den Fersen, aber dann hat dieses Versteckspiel wenigstens ein Ende.

Die Flasche war leer, ich fühlte mich leichter, beschwingter, ruhiger, mutiger. Ein Bier am Morgen. Mut und Leichtsinn. Doch man fühlte sich lebendig, lebendig und jung, wenn man eine Entscheidung traf, deren Reichweite man nicht mal erahnen konnte. Solche Entscheidungen traf ich sonst nicht mehr in meinem Leben. Ich war in einer seltsamen Stimmung.

Ich schrieb Zoë, dass unsere Mutter im Sterben lag, dass sie Damian noch einmal sehen wollte, dass wir, wie sie wahrscheinlich wisse, den Kontakt verloren hatten und dass es sehr schön wäre, wenn er sich mal melden würde.

Ich ging in die Küche und machte mir einfach noch eine Flasche Bier auf und fragte mich, was ich entgegnen würde, wenn Leonie das sah und eine spitze Bemerkung machte.

Es war eine Ausnahme und ich war alt genug, um meinem Körper auf diese Weise zu schaden. Ich ging nicht davon aus, dass jemand die leeren Flaschen im Kasten zählen würde.

Zurück am Rechner, schrieb ich Zoë noch eine Mail, fragte sie, wie lange sie schon mit Damian zusammen war, was sie noch alles von uns wusste und dass sie es mir nicht übel nehmen solle, aber ich sei nicht sicher, ob sie diejenige sei, für die sie sich ausgab.

Was sollte ich nun Diana erzählen, fragte ich mich, nachdem ich die Mail abgeschickt hatte. Ich zog die Slipper an, ging zu Elodie, die im Garten arbeitete, und sagte, ich würde zu João gehen.

– In kurzen Hosen?

– Ja, heute mal in kurzen Hosen. Ich bin zu Mittag nicht da, nehme ich an.

– Du hast getrunken, sagte sie.

– Ja, sagte ich. Und wenn ich heimkomme, werde ich betrunken sein. Und ich werde nach Rauch riechen.

– Genieß es, sagte sie und da war kein ironischer Unterton in ihrer Stimme. Oder doch?

Die Sonne knallte auf meinen fast kahlen Schädel, ich ging nochmal rein, nahm mir eine Kappe, setzte die Sonnenbrille auf und kam mir verwegen vor, als ich so wieder auf die Straße ging.

Die Energie und Eleganz, mit der ich auszuschreiten glaubte, erkannte ich als Pose, aber selbst wenn es nur Pose war, jeder braucht diese Momente, in denen er sich selbst glauben macht, die Welt sei kein Kerker, in dem man zwischen Sorgen, Nöten und Ängsten wählen kann.

Als ich den kühlen Laden betrat, lachte João und holte dann einen achtzehn Jahre alten Rum hervor.

– Passend zu den Temperaturen hier, aus der Karibik, sagte er.

Ich blieb, bis die Flasche leer war.

Zoë

– Guten Tag Frau Warsame, wo haben Sie denn Ihren Partner gelassen?, begrüßte mich Sohal Mishra, ohne von ihrem Schreibtisch aufzustehen.

– Der nimmt sich gerade eine Auszeit, sagte ich.

– Er soll im Hochland gewesen sein, habe ich gehört.

– Ja, sagte ich und setzte mich, Sie scheinen viel zu hören.

Sie nickte und ich versuchte zu begreifen, was Supresh an ihr reizte. Sie hatte hohe Wangenknochen, einen weichen Teint, feine Gesichtszüge, die leicht puppenhaft wirkten, sie war schlank und hochgewachsen, doch es wirkte alles glatt wie bei einem beliebigen Model. Zudem wirkte sie kühl, kalt schon. Es hätte keine Klimaanlage gebraucht in diesem Raum. Gute Frauen sind besser als gute Männer, schlechte Frauen sind schlechter als schlechte Männer, hatte meine Mutter immer gesagt.

Man konnte Respekt haben vor Sohal Mishra, sie war maßgeblich dafür verantwortlich, dass EA heute der führende Pharmakonzern war, sie hatte viele neue Stoffe erfunden. Doch man konnte auch Angst haben vor ihr, vor ihrem Ehrgeiz, ihrer Skrupellosigkeit, ihrem Willen nach Macht. Doch Angst ist ein schlechter Ratgeber.

– Wie kann ich Ihnen helfen?, fragte sie.

– Ich brauche ein Visum für Europa, sagte ich. Besser noch eine Aufenthaltsgenehmigung.

– Wir sind keine Botschaft.

– Nein, sagte ich, aber Ihr Arm reicht weit. Und ich kann Ihnen im Gegenzug wmk anbieten.

– Weiß Ihr Partner von diesem Vorschlag?

– Lassen wir ihn aus dem Spiel. Er nimmt sich eine Auszeit, wie gesagt.

– Er sagte aber, er habe keines.

– Haben Sie einen Mann?, fragte ich.
– Nein.
– Wenn Sie einen hätten, hätten Sie dann keine Geheimnisse vor ihm? Das ist eine Sache zwischen Ihnen und mir. Ich weiß, wie ich an wmk kommen kann.
– Ich bin nicht mehr auf der Suche.
– Sie meinen, es interessiert Sie nicht, weil es vom Markt verschwunden ist.
– Sagen wir, unser Wissensdurst wurde dadurch gemindert.
– Ihr Wissensdurst ... Möglicherweise würden Sie eine sehr trockene Kehle bekommen, wenn es wieder auftauchte. Und dann auch noch innerhalb der DZ, die ja geradezu überschwemmt wird mit neuen Substanzen.
– Soll das eine Drohung sein?
Ich schüttelte den Kopf. Dann holte ich meinen Pass aus der Tasche und legte ihn auf den Tisch.
– Ich komme wieder, sagte ich, mit zehn Gramm wmk. Ich wünsche einen schönen Tag.
Ich stand auf, deutete eine Verbeugung an und ging raus. Gumay saß im Vorzimmer und ich zwinkerte ihm zu und fasste mit meiner Hand zwischen meine Beine, als hätte ich Eier.

– Woher weißt du, dass Gumay schwul ist?, fragte Supresh.
– Den Unwissenden erscheint ein Garten wie ein Wald, sagte ich. Und ich bin schon in vielen Wäldern gewesen. Finde jemanden, der ihn beschattet. Es wäre ganz gut, etwas gegen ihn in der Hand zu haben. Weißt du schon, was du machen möchtest?
Wir saßen in einem Hinterzimmer des Synaestesia, der Bass drang bis zu uns, wir waren unabhängig voneinander hier rein gekommen und Kenan, der Betreiber, hatte uns nacheinander in dieses Zimmer gelotst.

– Was machen, wie meinst du?
– Was willst du tun die nächsten Jahre?
– Dasselbe wie die letzten beiden Jahre. Dealen. Damians Geschäft.
– Hast du Angst?
– Wovor?
– Alle kennen deinen Namen. Du wirst mit wmk in Verbindung gebracht. Alles ist in Aufruhr. In Europa werden Menschen exekutiert, die möglicherweise einfach nur junge Chemiker sind. Sohal Mishra wusste, dass wir im Hochland waren. Keine Ahnung, was noch alles passieren wird. Vielleicht bist du hier nicht sicher.
– Was soll ich woanders? Seit ich angefangen habe, in Bangalore Rikscha zu fahren, wollte ich hierher. In Indien kann ich höchstens wieder Rikscha fahren. Und woanders hin ...
– Europa?
– Europa? Nein, danke.

Er brauchte länger, als ich gedacht hätte, doch er begriff und sagte:
– Echt Europa? Werden dir die Drogen nicht fehlen?
– Drogen gibt es überall. Es ist leichter, als Droge über eine Grenze zu kommen, denn als Mensch. Aber ich glaube nicht mal, dass ich es vermissen werde. Schau, was ich schon alles genommen habe in meinem Leben. Es sind die Pforten der Wahrnehmung, die geöffnet werden, du solltest das Buch mal lesen, nicht das von Huxley, das von Blake. Warum sollte man immer wieder durch dieselbe Tür gehen, wenn man schon weiß, was auf der anderen Seite ist? Ich habe gerne mit Damian Drogen genommen, aber eigentlich wollte ich nur atmen. Um mehr ging es nicht. Ich bin nicht hierhergekommen, weil ich ein anderes Leben wollte, sondern weil meine Mutter ein Leben wollte für mich. Ich glaube, ich brauche keine Drogen.

– Europa, sagte Supresh. In Europa ist nicht genug Platz zum Atmen. Da wird jedes Molekül in der Luft kontrolliert.

– Lass das meine Sorge sein.

– Aber warum Europa, warum nicht …?

– Ja, warum nicht Usbekistan oder Paraguay oder was weiß ich wohin? Weil …

Supresh hatte eine Kappe auf und hielt den Kopf die meiste Zeit gesenkt, es war dunkel hier und an seinem Verhalten war mir nichts aufgefallen, aber jetzt nahm ich ihm die Kappe vom Kopf und sah ihm in die Augen. Seine Pupillen war kleiner als sonst, seine Augen hatten diesen Glanz. Er sah erschrocken aus, weil er verstand, was ich vermutete. Ich gab ihm eine Ohrfeige. Eine richtige. So eine, wie ich sie von meiner Mutter bekommen hatte.

– Was hast du genommen?, fragte ich.

– Heroin, sagte er. Nur geraucht.

– Supresh, ich werde nicht zurückkommen, um dich zu retten. Jeder Mensch verdient mehr als eine Chance, aber manchmal gibt es nur eine. Ich möchte nicht, dass du deine Tage mit Opiaten verbringst. Nimm Kava, nimm zwei, drei Tage Loras, aber versprich mir, versprich mir, dass du auf dich aufpassen wirst. Ich werde nicht hier sein, um es zu tun.

Er hielt den Kopf gesenkt und nickte.

– Versprich mir das.

– Du hast mein Wort, murmelte er.

– Schau mal, sagte ich, du hast Damian bewundert, aber auch er hat irgendwann widerwillig verstanden, was hier los ist. Die DZ ist kein besserer Ort, sieh nur, wie sie gerade gegen die Drogen von draußen vorgehen. Hier ist nicht alles freier, es läuft nicht alles glatt, nur weil du hier lebst. Wir müssen alle strampeln, um über Wasser zu bleiben.

Ich zog ihn in meine Arme und streichelte über seinen Kopf. Vielleicht fühlte ich mich ihm so verbunden, weil auch er alleine, ohne Geld und ohne Zukunft in der DZ angekommen war. Ich sang leise, passte mein Lied dem Beat an, der durch die Wände drang, ich sang.

– Dein Wort, sagte ich.

– Mein Wort, sagte er und es klang richtig in meinen Ohren, es klang, als wäre es ein Lied in seinem Inneren.

– Weißt du etwas Neues über Deckard?

– Puh, sagte er, man kriegt nichts Genaues raus. Der Schwiegervater meiner Cousine in Russland hat einen Bruder, der beim KGB gearbeitet hat. Der sagt, Deckards Vater hätte für die CIA gearbeitet oder irgendetwas mit denen zu tun gehabt und dann Ärger mit ihnen bekommen. Deckard selbst soll im Geheimdienst der DZ gewesen sein.

– Du hast eine Cousine in Russland?

– Geeta, ich habe dir von ihr erzählt, sie hat in Goa diesen Russen am Strand kennengelernt und ...

Ich nickte, ich erinnerte mich. Supreshs weit verzweigte Verwandtschaft im Kopf zu behalten war nicht einfach.

– Also, sagte ich, fang an, außerhalb der DZ wmk zu verkaufen. Und auch innerhalb, aber nur in winzigen Mengen. Und nicht rückverfolgbar. Strengere Vorsichtsmaßnahmen als sonst. Am besten setz einen neuen Account auf. Und kannst du mir ein wenig LSD-Lösung besorgen oder Kristalle? Jhonny hat wie die anderen Drogerien nur Pappen.

– Wofür das?

Ich schüttelte den Kopf, so wie er es manchmal tat. Konnte alles heißen. Supresh lächelte, als hätte er verstanden.

Ziggy

Vor der Zeit gab es nur den Ungrund. Als der Traum der Zeit begann, entstand im Ungrund ein Augendes. Das Augende konnte nicht sehen und so entstand die Sehnsucht. Erst kam das Zeitende, dann das Augende und dann das Sehnsuchtende. Es wurde ein zweites Augendes geträumt, damit das Augende sehen konnte. Als es Sehen gab, sind die Formen entstanden, die Welt füllte sich, sie kreiste, eckte, musterte, floss, stockte, schwang, blaute, rotete, grünte, weißte, dunkelte und hellte. So kamen Sonne, Wasser, Erde, Berge und Flüsse in die Zeit.

Manche sagen, der Ungrund sei Klang. Manche sagen, das Ungründige sei aus dem Klang entstanden. Manche sagen, die Zeit sei ein Lied, das aus dem Ungrund aufsteigt. Der Klang und der Ungrund sind verbunden. Das ist, was die Alten erfahren haben.

Der Klang braucht nichts Hörendes. Auch die Ohren sind nur aus Sehnsucht entstanden. Das Sehnsuchtende wollte das Lied des Ungrunds hören. Das Lied entsteigt vielleicht aus dem Ungrund, doch es ist nicht der Ungrund. Das, sagen die Alten, ist wichtig zu verstehen.

Eine Sache steht für eine andere. Der Klang war derjenige Teil des Ungrunds, den die Alten hören konnten, doch sie verwechselten nicht Lied und Sänger. Singende kamen und gingen, Singende waren in der Zeit, das Lied war außerhalb.

Die Farben, die Formen, das Leuchtende und das Verschluckende, das Glättende und das Erweichende waren nur Dinge, die aus dem Ungrund emporstiegen und in der Zeit fest wurden, so dass wir sie berühren können, sehen, erklimmen. Wenn es nicht fest genug wurde wie das Wassernde, konnte man darin schwimmen.

So kam es vielleicht, dass der Klang für etwas Festes stand. Das wissen auch die Alten nicht, sie wissen nur, dass man unterscheiden muss, obwohl alles eins ist. Das Wissen besteht nicht aus Klang, doch es ist auch nicht fest. Das Wissen ist wie das Wasser, über das die Alten gesegelt sind. Sie haben keine Spuren hinterlassen. Der Weg des Wissens ist ebenso, doch der Weg des Wissens löchert, weil das Wissen nicht wie das Wasser ist oder wie der Klang. Im Wissen löchert es immer, es kann nie den Ungrund bedecken.

Klang stand für etwas Festes, Festes stand für den Ungrund und aus den beiden Augen aus dem Anfang der Zeit wurde eines zum bösen Blick und das andere das Auge eines Drachens oder Delphins.

Es gab überall augendes Leben, Insekten, Vögel, Fische, vierbeinende Tiere und Menschen. Alles Lebende bestand aus Formen und Farben. Der böse Blick brauchte jemanden, auf den er fallen konnte. Der Drachen oder Delphin brauchten Freunde.

Der Ursprung ist im Ungrund, aus dem die Sehnsucht emporgestiegen ist und das eine Augende, das ein zweites brauchte, um wirklich Augendes zu sein.

Eine Sache stand für eine andere. So kamen das Wortende in die Welt und der Klang der Worte änderte die Welt. Manche Worte waren hart und schwer und andere schwebten. Manche Worte wurden zu Liebe und andere zu Waffen. Die Worte, die zu Waffen wurden, konnten auch Worte für die Liebe sein. Eine Sache konnte für eine andere stehen. Etwas Wortendes konnte für etwas Festes stehen, für etwas Weiches, für das Auge des Drachens oder für das Auge des bösen Blicks.

Die Sprache kam aus dem Klang, sie kam aus den Liedern, doch sie stand für etwas anderes, nicht für das Lied des Ungrunds. Die Sprache stand für etwas anderes, so wie auch unsere Träume in der Nacht für etwas anderes stehen.

Wir kennen die Bedeutung der Träume nicht, doch die Alten glaubten, dass die Träume für etwas anderes standen, weil sie nicht fest waren, so wie die Worte nicht fest waren.

Aus den Worten entstanden neue Träume, ohne dass die Menschen die Augen schließen mussten. Die neuen Träume zeigten etwas, das nicht fest war. So wie die Luft die Sonne spiegelte und das Auge glauben machte, es gäbe Fließendes in der Ferne.

Die Worte gaben dem, was aus dem Ungrund aufstieg, Formen und Farben, eckten, glätteten, drehten und bogen es.

Mit den neuen Welten wuchs die Sehnsucht und mit der Sehnsucht wuchsen die neuen Welten. So geriet der Mensch in Bewegung, so verteilte er sich über die Erde.

Die neuen Welten spiegelten sich nur in den Worten wie auf einem glatten See, es gab diese Welten aber nicht, es gab nur den Spiegel und so entstand Verwirrung unter den Menschen.

Die Verwirrung und die Sehnsucht waren der Grund des Glaubens. Manche glaubten, es gäbe Götter, weil sie in den Wäldern lebten, wo es vieles gab. Manche glaubten, es gäbe nur einen Gott, weil sie in den Wüsten lebten, wo man sogar eines suchen musste. Manche glaubten den Gefährten aus der Pflanzenwelt, die zu ihnen sprachen. Manche suchten Verbündete in Pilzen. Manche saßen, manche standen auf dem Kopf.

Die Menschen vergaßen das Wasser und was die Alten gelehrt hatten, und viele glaubten, es gäbe Wege zu den Welten, die nur aus Worten bestanden. Sie suchten nach Höllen und Paradiesen, nach dem bösen Blick und dem Auge des Delphins. Sie glaubten den Worten von Männern, die in ihren Träumen Wasser gesehen hatten.

So entstand das Chaos und so entstand die Ordnung, die aus Worten bestand. So versuchten alle etwas zu sein, das mehr als der Ungrund sein konnte. Dabei waren alle nur ein Schatten im Traum der Zeit, entstanden aus der Sehnsucht eines Auges.

So wurden wir zu Menschen, lehren uns die Alten. Weil wir die Welt mit Worten anders träumen konnten, als sie uns erschien.

Doch es gibt Wege aus der Zeit. Dies ist ein träumendes Universum. Das sei unser Tröstendes in diesem Schattenspiel. So sagten die Alten. Doch wir trauen unserem Wissen nicht, da es aus Worten besteht, die der Schleier sind, der den Ungrund verdeckt. Wir atmen ein und wir atmen aus, dabei erklingt das Lied des Lebens. Diesem Lied hören wir zu. Und gleichzeitig singen wir es. Wir wohnen nirgends als im Klang. Wir sind frei ohne einen Willen zu haben. Nichts ist fest genug, alles ist wie Wasser. So schwimmen wir auf diesem Lied und wir atmen ein und wir atmen aus. Doch jeder möchte selbst ein Singender sein. Selah.

Elodie legte die Seite aus der Hand. In ihren Augen waren Tränen und diese Tränen schienen das Lied zu sein, das gesungen werden sollte.

Das wmk erschwerte das Lesen, die Buchstaben tanzten vor den Augen, doch man verstand, man verstand zweifelsfrei, was dort vor über fünftausend Jahren niedergeschrieben worden war.

Elodies Glück war nicht nur das Glück darüber, dass der Text, an dem sie nun schon so lange arbeitete, endlich entschlüsselt war, sondern auch ein Glück, das aus diesen Worten gekommen war und das mich ebenfalls erfasst hatte.

Das Gefühl, eine Verbindung zu haben, einen Halt im Wasser, wo es keinen Halt geben konnte. Hinter den Worten schimmerte der Ungrund hervor. Ein Glück, dass man zusammen auf dem Wasser trieb und nicht unterging, solange man nur atmete.

Unsere Tränen sangen zusammen ein Lied und wenig später erklang auch noch eine Hymne auf den Eros, eine Hymne ganz ohne Worte und wir waren einander Ozeane, in denen wir versinken konnten, ohne je unterzugehen. Sex war nicht das Wort dafür.

Zoë

Es war mein Abschiedskreis. Ich hatte mich nie bewusst dafür entschieden, einem reinen Frauenkreis beizutreten. Die Nutzlosen Nonnen waren für mich dagewesen, als ich Hilfe brauchte, und ich war über all die Jahre bei ihnen geblieben, auch wenn von den Frauen, die mir damals ein Zuhause und einen Halt geboten hatten, keine mehr dabei war.

Die Energie im Raum war nicht ausgeglichen, nie, zu viel Yin, auch wenn die Energie dieses Kreises bei der Aufnahme Yang war. Beim Initiationsritual sperrte man die Neue in einen stockdunklen Raum, nachdem sie einer Gefährtin gefolgt war. Sie wurde mit Eiswasser überschüttet, an den Haaren gezogen, angeschrien, bespuckt, mit Besenstielen und Füßen traktiert, man bewarf sie mit lebenden Reptilien, und bevor die Spinnen und Kakerlaken in den Raum geworfen wurden, ging der große Scheinwerfer an, der alles in gleißendes Licht tauchte, so dass man zunächst die Augen schloss und beim Öffnen nicht wusste, ob die Tiere real waren oder nicht. Das Horrortripzimmer im Synaestesia war ein Spaziergang dagegen und niemand hatte damals Rücksicht auf mich genommen, weil ich noch so jung gewesen war.

Ich hatte keine Angst gehabt, ich hatte den Frauen vertraut, allen acht, die damals dabei gewesen waren.

Nach der Initiation waren sie wieder so, wie ich sie kannte, empfangen und aufnehmen, geben und schenken, weich und natürlich. Sie redeten von weiblichen Elementen, von der großen Vagina, die die Welt und die Mythen geboren hatte, von der heiligen Schwesternschaft der Nutzlosen Nonnen.

Wenn wir vollzählig waren, waren wir mittlerweile siebenundzwanzig Frauen, aber wahrscheinlich ahnte keine, dass ich am längsten dabei war. Als ich mit Damian zusammengekommen war, war ich über ein Jahr nicht bei den Kreisen gewesen, und später, als wir zusammen zu viele Upper konsumiert hatten, hatte ich auch nicht an den 14-tägigen Zusammenkünften teilgenommen.

Ich war den Nutzlosen Nonnen verbunden, wie oft hatte ich von links Lapalabra erhalten und mit diesem Stock in der Hand, der mir das Wort erteilte, mein Lied angestimmt. Das, welches Mutter mir als mein Lied beigebracht hatte, das, was sie gehört hatte, als sie schwanger mit mir gewesen war. Wenn alle in mein Lied einstimmten, dann erzeugten wir eine Kraft, die mich lange Zeit trug. Sie griff mir nicht unter die Arme, sie pustete mich hoch, als sei ich eine Feder, die sich jemand nur ausgedacht hatte. Wenn wir mein Lied sangen, waren wir eins, wenn wir andere Lieder sangen, waren wir auch eins. Vielleicht hätten wir mit einem oder mehreren Männern in unserer Mitte nicht diese Energie emporsteigen lassen können. Vielleicht aber doch.

Ich hatte mich oft gefragt, ob ich nicht einem anderen Kreis beitreten wollte, einem mit Männern und Frauen.

Heute wusste ich, warum ich in einem Frauenkreis war. Niemand würde nach Damian fragen, niemand ahnte auch nur, dass ich mit einem Mann zusammenlebte. Gelebt hatte. Die letzten neun Jahre. Niemand würde wissen wollen, wie es war, in dieser Wohnung zu sein, in der ich mit Damian zusammengelebt hatte. Ich würde niemandem erzählen, wie ich aus Gewohnheit für zwei gekocht hatte. Und dann alles allein gegessen. Niemand würde wissen wollen, wie viele Nächte ich in Jhonnys Laden schlief, weil die Wände der Wohnung Lieder der Gemeinsamkeit sangen, die ich nicht hören wollte. Niemand würde die Lücke bemerken. Ich würde niemandem sagen, dass dies mein letzter Kreis war. Ich würde die Nutzlosen Nonnen verlassen, ich würde verschwinden wie eine Feder, die sich jemand nur ausgedacht hat. Leicht würde ich zu einem anderen Kontinent fliegen.

Lilith rief die Gefährtin des heutigen Abends an und begann aus dem Kessel in der Mitte mit einer Kelle Flüssigkeit in unsere Tassen zu geben. Obwohl wir offiziell alle gleichberechtigt waren, gebärdete sie sich immer als Mutter des Kreises. Die Gefährtin des Abends war Metaphorizin, verkündete Lilith, ich hatte noch nie davon gehört und nahm an, es wäre eine dieser neuen Drogen aus Europa. Doch dann ergriff Celia Lapalabra und hatte das Wort. Sie musste die ganze Zeit neben Lilith gesessen haben und ich hatte sie in diesem Halbdunkel nicht bemerkt. Ein Kind in unserer Mitte.

– Liebe Nutzlose Nonnen, sagte Celia und hörte sich nicht an wie ein Kind, sondern wie eine junge Frau. Liebe Schwestern, Lilith hat mir erlaubt, diese Nacht mit euch zu verbringen. Mit euch und mit Metaphorizin. Sie ist eine Gefährtin, die nicht aus den hierarchischen Strukturen der Labore der DZ stammt, sondern ihren Ursprung in einer Zeit hat, als die ganze Welt noch als Gefährte verstanden wurde. Die Welt als Droge ist keine Metapher, sondern nur eine Tautologie. Das wollen wir heute Abend alle gemeinsam erfahren. Ich wünsche uns allen eine gute Reise.

Moema, eine der jüngsten unter uns, stand auf und hob die Hand, das Zeichen, dass sie um Lapalabra bat. Celia reichte ihr den reich verzierten Stock.

– Sie ist noch ein Kind, was macht sie hier?, fragte Moema.

Sie war bei dem Zweig der Native American Church gewesen, der in die DZ ausgewandert war. Sie musste selbst noch fast ein Kind gewesen sein, als sie an ihren ersten Sitzungen teilgenommen hatte, doch sie war aus ihrer Kirche ausgetreten, weil ihr Peyote nicht Gefährtin genug war.

Es gab auch Nutzlose Nonnen, die der Santo Daime-Kirche angehört hatten. All diese religiösen Vereinigungen, die mit Gefährten arbeiteten, hatten Zweige in der DZ, wie Der Tempel des wahren inneren Lichts, der DPT als Sakrament hatte. Doch auch alte religiöse Kulte waren wiederbelebt worden, die heiligen Pilze, das Fleisch der Götter, wurden von ihrem späteren christlichen Bezug befreit und in eine erstaunlich rigide Lehre gepresst. Die Nutzlosen Nonnen verstanden sich als offen gegenüber allen Glaubensrichtungen. Doch wären wir wirklich offen gewesen, hätten wir auch Männer und Kinder zugelassen.

Celia hob jetzt nicht die Hand, um Lapalabra zu bekommen und zu protestieren. Sie hob die Kittelschürze, klemmte sie sich unters Kinn, knöpfte sich die Hose auf und zog sie so weit hinunter, dass dichtes, schwarzes Schamhaar sichtbar wurde. Dann bog sie den Oberkörper zurück, zog die Hose noch weiter herunter und präsentierte uns eine Vagina, die nicht die eines Kindes war. Dazu erklang ein Lachen, dass die Schädel ihrer Kette aneinanderklackern ließ und aus einem Körper zu kommen schien, der einen weit größeren Resonanzraum haben musste als den dieses Mädchens. Als sie sich wieder gerade hinstellte, sah sie mich direkt an und lächelte, als würde sich mich erkennen. Dann schlug sie den Blick nieder, während sie sich zuknöpfte.

Nach einem kurzen Gebet hoben wir unsere Tassen an die Stirn, bevor wir sie an die Lippen führten. Ich trank etwa die Hälfte der Flüssigkeit, die nach Stevia schmeckte, jemand hatte den Geschmack des Metaphorizins kaschieren wollen.

Wismut bat um Lapalabra und begann dann mit ihrer alten, brüchigen, aber melodischen Stimme zu singen. Bald stimmten wir mit ein und wir sangen ein Lied, dessen Worte wir nicht verstanden.

Als nächstes bekam Joleen Lapalabra, sie erzählte einen Witz, in dem ein Europäer, ein Afrikaner und ein Känguru in einem Fahrstuhl sind. Fahrstuhl, die Metapher wurde lebendig, ich sah einen Aufzug, der die Form eines Stuhls annahm. Das war die Wirkung der Gefährtin?

Ich hörte nicht zu, sondern dachte an Stuhlbein. Ich sah einen Stuhl mit Beinen. Ich dachte an Gehirnwäsche. Ich schmunzelte über das Hirn in dem Waschtrog, während viele über die Pointe des Witzes lachten, die ich nun verpasst hatte. Bildschirm, Lautsprecher, Kabelsalat, Glühbirne, Flaschenhals, Handschuh, Tonleiter, Ohrring, Schneebesen, kaputtlachen, Flussbett, tote Metaphern kamen mir in den Sinn, doch sie wurden alle sogleich lebendig, als hätten sie sich nicht abgenutzt, als würde ich sie zum ersten Mal hören. Ich freute mich über die Bilder, die sie in meinem Kopf malten. Ich trank auch noch den Rest aus meiner Tasse, während Juli Lapalabra ergriff.

– Zur Krönung des Abends, der noch sehr stürmisch werden könnte, sollten wir vielleicht noch einen Witz reißen, sagte sie und ich sah sie bewundernd an. Sie war schon einen Schritt weiter. Nein, sie saß am gleichen Platz und ich war erheitert.

Jede noch so verblasste Metapher wurde lebendig, als wäre alles nur Poesie, als wäre jedes Wort, das wir sprachen, nicht durch die Münder von Millionen abgenutzt worden.

– Dieser Abend wird einen schweren Eindruck hinterlassen, sagte Juli. Ihr seid doch derselben Ansicht, oder?

Eindruck, Ansicht, die Sprache zauberte, doch wir hatten uns längst an ihre Wunder gewöhnt. Die Wirkung der Gefährtin nahm zu. Ich sah Celia an. Wieso erschien sie auf wmk? Metaphorizin und wmk veränderten die Wahrnehmung von Sprache, aber auf völlig unterschiedliche Art und Weise. Würden die Nachwirkungen von Metaphorizin ähnlich schwerwiegend sein? Wie konnte ich mit Celia sprechen? Ich starrte sie an, und obwohl sie meinen Blick spüren musste, wendete sie nicht den Kopf in meine Richtung. Vielleicht sollte ich die Hand heben, wenn ich Lapalabra hatte, konnte ich Fragen stellen, anstatt zu singen.

Doch ich stand auf, um auf die Toilette zu gehen, mein Körperempfinden war unbeeinträchtigt vom Metaphorizin, ich konnte zielgerichtet handeln und meine Gedankenwelt schien auf den ersten Blick unverändert. Auf den ersten Blick.

Als ich die Tür öffnete, um den Raum zu verlassen, verstand ich auf einmal, dass Tür auch nur eine Metapher war. Eine Metapher für eine Verbindung zwischen zwei Räumen.

Die Toilette hatte ein Fenster und ich konnte die Umrisse des Banyanbaums auf dem Hof sehen. Baum. Auch nur eine Metapher. Eine Metapher für Holz. Eine Metapher für Erleuchtung. Buddha unter dem Bodhibaum. Eine Metapher für den Wohnsitz übernatürlicher Wesen. Wohnsitz. Ich war begeistert von den Wörtern in meinem Kopf.

Jede Pflanze war eine Metapher. Eine Metapher für Leben. Eine Metapher dafür, dass die Kraft der Sonne umgewandelt wurde. Eine Metapher dafür, dass für uns gesorgt wurde.

Nachdem ich fertig war, hockte ich noch eine Weile dort, fasziniert von der Sprache. Mir war dunkel bewusst, dass ich mich auf der Shulgin-Skala einer Plus Drei näherte. Die Natur der Gefährtin war mehr als offensichtlich und es war nicht mehr möglich, ihre Wirkung zu ignorieren. Sie hatte Besitz von mir ergriffen.

Als ich aufstand, Wasser in das Hock-Klo schüttete, hatte ich die Worte verlassen, anders war es kaum zu beschreiben.

Alles, was ich sah, war eine Metapher, unabhängig davon, ob ich es sprachlich benannte. Ich ging durch eine Welt, die nur aus Metaphern bestand, aus Übertragungen und Platzhaltern. Als ich wieder auf meinem Kissen saß, sah ich auf die Tasse, aus der ich vorhin noch getrunken hatte, sie war eine Metapher für den Transport von Flüssigkeiten.

Nichts, was ich jetzt noch sah, war nur das, was es war, sondern alles wies über sich hinaus und es waren viel zu viele Gedanken gleichzeitig in meinem Kopf, zu viele Erkenntnisse und Verbindungen. Ich wusste, ich würde nicht mehr sprechen können, wenn ich es versuchte, weil die Sprache jetzt nicht mehr mithalten konnte mit der Geschwindigkeit der Gedanken, die sich auf mehrere Spuren verteilten.

Ich sah Celia an. Sie musste auch eine Metapher sein. Die Nutzlosen Nonnen waren eine Metapher für vieles, aber in erster Linie eine für die Sehnsucht nach dem Unendlichen, eine Sehnsucht nach Perfektion, nach Einheit, nach Halt, eine Metapher für das Gefühl des Mangels. Aber auch eine Metapher für Schwesternschaft. Die auch nur eine Metapher war. Eine Metapher für Wesen wie uns.

Die Götter hatten uns nur erfunden, um eine Metapher zu schaffen, für ein Geschöpf, das sich nie zu Hause fühlte, das immer glaubte, es gäbe noch etwas, das man dem Leben hinzufügen konnte. Ein aberwitziges Gelächter erfasste mich. Erfasste mich und schüttelte mich durch. Dann sah ich wieder zu Celia. Ich musste doch sehen können, wofür sie stand. Für Sprache? Für Gesang? Für die Lebendigkeit der Träume? Für die Existenz einer anderen Welt? Für das Weibliche? Für das Ende des Lebens? Die Auslöschung des Universums? Für dessen Entstehung?

Warum war mir sonst alles so klar, warum begriff ich all die Metaphern um mich herum, aber wenn ich Celia ansah, tauchten nur Fragen auf?

Die Welt als Droge ist keine Metapher, sondern eine Tautologie.

Als ich wieder Sätze formulieren konnte, war Celia nicht mehr unter uns.

Ziggy

Obwohl wir vorbereitet gewesen waren, machte es Angst. Man konnte nicht so tun, als sei man taubstumm. Man beherrschte keine Gebärdensprache und konnte sich auch nicht mit Hilfe von Notizen auf Zetteln verständigen.

Ich starrte auf die Tastatur auf der Schreibtafel, doch obwohl meine Finger wussten, wo die Buchstaben waren, war es nicht möglich zu tippen, weil ich keine Wörter kannte, geschweige denn Buchstaben.

Sprache war ein undurchdringlicher Code, doch nicht so wie bei der asymmetrischen Verschlüsselung mit zwei Schlüsseln, bei der einer oder der andere oder auch beide fehlen konnten. Es war, als wisse man nicht mal, dass es einen Schlüssel geben musste. Alle Buchstaben sahen so aus wie Symbole eines Alphabets, das man noch nie gesehen hatte, lateinisch, kyrillisch, hebräisch, Devangari, kretische Hieroglyphen, man hätte es nicht unterscheiden können. Und wenn doch, hätte man nicht erraten können, dass sich Bedeutung dahinter verbarg.

Man konnte Bedeutung nicht mehr benennen, man konnte nicht mehr denken wie gewohnt, man spürte und ahnte, doch die Linearität war aufgelöst. Es folgte nicht ein Wort dem anderen, Gedanken reihten sich nicht aneinander, es schien nur Empfindungen und Reaktionen auf Empfindungen zu geben. Der Lärm im Kopf war erstorben, mit ihm einige Sorgen, die präzisen Fragen an die Zukunft, die imaginierten Schreckensbilder und die formulierten Ziele.

Doch das Verschwinden dieses Lärms hinterließ keinen Frieden, keine Stille, sondern nur Leere und Unbehagen. Es fehlte etwas. Es fehlte mehr als sonst. Man konnte immer noch Angst vor der Zukunft haben, man konnte immer noch in Erwartung leben, man konnte sich immer noch sorgen, auch wenn es an Ausdruck mangelte.

Wir gingen im Zimmer herum, bis klar wurde, dass wir nur wahnsinnig davon werden würden. Im Fernsehen waren nur bunte Bilder und alle Wörter klangen, als würden die Schauspieler und Moderatoren eine Fantasiesprache nachahmen.

Schon bald hielt ich es nicht mehr aus, ich nahm meine Schuhe in die Hand und blickte dann Elodie fragend an. Sie nickte, hier würden wir niemandem begegnen, den wir kannten. Wir gingen raus, nickten dem Auszubildenden an der Rezeption kurz zu, ich hoffte, er würde uns nicht ansprechen.

Draußen spazierten wir ziellos durch die Straßen Bremerhavens, doch es war viel zu heiß, um in der prallen Sonne zu sein. Vor einem Supermarkt blieb Elodie stehen, ich nickte und wir gingen rein. Das war unsere Kommunikation.

Wir nahmen Brot und Käse und Wein, ich gab der Kassiererin einen braunen Schein, dessen Nennwert ich weder lesen noch wirklich begreifen konnte, aber ich erinnerte mich, dass diese Farbe ausreichend sein musste für Dinge, die wir erwerben wollten. Zahlen waren ein ebenso unverständliches Konzept wie Buchstaben. Dass wir in der Lage waren einzukaufen, war in erster Linie der Gewohnheit geschuldet.

Zurück im Hotel, öffnete ich die Flasche, ein Barolo, ich hatte das Etikett erkannt. Elodie legte die Tagesdecke auf den Boden, wir setzten uns darauf, gossen den Wein in die Gläser, die auf der Minibar gestanden hatten, teilten das Brot mit den Händen, stießen an und da war das erste Lächeln, seitdem wir aufgestanden waren.

Als die zweite Flasche zur Neige ging, waren wir beide wieder nackt. Es gab eine Fortsetzung des Akts vom Vorabend. Sex war immer noch nicht das Wort dafür. So wie unendlich nicht das Wort für unendlich ist. Wie sollte man etwas mit einem Wort beschreiben, das eine Unbeschränktheit darstellen soll? Wie sollte in einem Wort der Rausch enthalten sein, die Zügellosigkeit, das Begehren, das Aus-sich-Heraustreten, das Vergessen, das Entgrenzen, die Hitze, der Geruch, die Laute, wie sollte die Vereinigung in ein Wort passen?

Worte verwiesen die Welt in Schranken, schnitten sie in Würfel, in Scheiben, in Streifen, Worte zerfleischten die Welt, teilten sie in Mengen und Schnittmengen ein und taten so, als könnte man etwas erfassen und verstehen.

Und gleichzeitig wiesen die Worte dann über sich selbst hinaus, entgrenzten sich im Kopf wieder, aus einer endlichen Zahl von Wörtern konnten unendlich viele Versprechungen werden, die die Welt nicht einhalten konnte.

Es fühlte sich an, als wären wir frisch verliebt, es fühlte sich an wie damals, als alles so einfach schien und die Möglichkeit einer anderen Welt verblasste, einer Welt außerhalb des Bettes und der anderen Orte, an denen man gierig und ungestört kopulierte. Es fühlte sich an wie diese Zeit, in der Worte kamen, leicht, schwebend, bejahend, Worte, die nicht den Anspruch erhoben, Komplimente zu sein oder Versprechen. Worte, die einfach im Raum schwebten und mit leichter Zunge ausgesprochen werden konnten. Eine Zeit, in der die Kraft der Akte alles andere farblos wirken ließ, verschossen, eine Zeit, die wir unwiederbringlich verloren geglaubt hatten.

Wir lebten. Wir liebten. Wir atmeten schwer und glänzten feucht. Wessen Schweiß auf wessen Haut klebte und wessen Herz den Rhythmus vorgab, war unmöglich herauszufinden. Man konnte nicht sagen, wessen Auslöschung vollständiger war.

Möglicherweise waren mit den Wörtern auch die Erinnerungen verschwunden, oder sie traten in den Hintergrund. Die fest gefügte Mauer unserer Identität bröckelte und wir fühlten uns lebendig, weil wir die Welt von Mustern befreit sehen konnten, weil die Gedankenschleifen und Wiederholungen außer Kraft gesetzt waren, weil es keine Vorwürfe und Schuldzuweisungen gab und keine Kränkungen. Es gab keinen Schmerz, den man mit Hilfe von Worten wie ein Schild vor sich halten konnte oder wie einen Zerrspiegel, in dem der andere sich betrachten musste.

Möglicherweise glühte aber auch einfach nur der gestrige Abend nach, der Text, Elodies Freude über die Entschlüsselung, das Gelächter, die kopulierenden Wörter, die Sprachen aus dem Fernseher, die alle verständlich waren.

Gegen Abend war auch die dritte Flasche leer, das Brot und der Käse waren gegessen, wir lagen auf dem

Bett und hielten uns an den Händen. Die Tage waren kürzer geworden, ohne dass die Hitze nachgelassen hatte, es dämmerte, und in diesem weichen letzten Licht des Tages sagte Elodie:

– Schön.

Die Wörter waren zurück. Schön. Mehr gab es nicht zu sagen.

Wir machten den Fernseher an, riefen eine Komödie ab, lachten, unsere Bäuche wackelten, und hätte mir jemand gesagt, ich sei erst zwanzig, ich hätte ihm geglaubt. Nur dass ich mit zwanzig nicht genug Geld gehabt hatte, um den Zimmerservice anzurufen und Spaghetti mit Pesto zu bestellen.

Doch die Tage enden nicht, während man noch lacht. Nicht, wenn man die vierzig bereits überschritten hat. Nach der Komödie machte ich die Schreibtafel an, loggte mich in das Netz des Hotels ein, nachdem ich den Datenverkehr verschlüsselt hatte, und rief meine Mails bei molchanje ab.

Als hätte dafür eine Notwendigkeit bestanden. Die Macht der Gewohnheit hatte es uns ermöglicht Brot, Käse und Wein zu kaufen. Doch die Macht der Gewohnheit trieb mich auch dazu, mit dieser schnellen Welt Schritt halten zu wollen, Mails zu lesen, sobald sie reinkamen. Ich las laut vor:

– *Hallo Zekeriya, Damian hat immer noch kein Internetz. Er ist auf einem Rückzug, noch einige Zeit. Ich werde mich kümmern um den Flug. Ich hoffe, deiner Mutter hat keine grossen Schmerzen und ist noch lebend. Geht es Elodie und den Kindern gut? Grüsse sie unerkannterweise. Heil auf euren Wegen, Zoë.*

– Was soll das heißen, sagte ich, wieso hat er so lange kein Netz? Was für ein Rückzug? Er hatte früher mal ein Jahr lang regelmäßig meditiert, es aber danach sein lassen, soweit ich wusste. Und wieso hatte diese Zoë das Retreat nicht vorher erwähnt? Da stimmte was nicht. Das war mir suspekt.

Ich stand auf und sah aus dem Fenster, als könnte draußen auf dem Gehsteig ein Mann mit Sonnenbrille stehen, dem anzusehen war, dass er uns beschattete. Ich begann im Zimmer auf und ab zu gehen, versuchte dem Ganzen einen Sinn zu geben, suchte nach Wörtern in meinem Kopf, die die Welt zusammenfügen würden, wie ich sie haben wollte. Oder zumindest wie sie zusammenpassen würde.

Versteckte sich Damian vor mir? Ließ er sich verleugnen? War das wirklich seine Freundin oder Frau? Hatte er zu viel wmk genommen und konnte nicht kommunizieren? Hatte da jemand ein Netz ausgeworfen, das sich nun immer enger zusammenzog, bis ich hilflos darin zappeln würde? Und Elodie und die Kinder gleich mit? Würden Elodies schlimmste Befürchtungen eintreten?

Da ist kein Glück jenseits eines bestimmten Alters, da ist kein Glück, weil die Dinge zu kompliziert sind, weil es auf fast keine Frage mehr eine einleuchtende Antwort gibt. Sondern viele. Viel zu viele. Die Welt war voller Antworten. Das war das Problem.

Zoë

Als ich im Aufzug stand, musste ich erneut an diese Metapher denken. Kabelsalat. Es hätte herauszufinden sein müssen, wann diese Metapher zum ersten Mal aufgetaucht war. Ich hatte den ganzen Tag Texte über Sprache gelesen, doch keine der wissenschaftlichen Positionen schien mir plausibel. Man konnte vieles in eine Vergangenheit legen, die nicht mehr überprüfbar war, oder Behauptungen aufstellen, die gut klangen. Niemand konnte erklären, warum die Metapher der Gehirnwäsche in vielen Sprachen ähnlich war. Oder wie die Wörter des Schmerzes in die DZ gekommen waren. Neue Wörter, keine zwanzig Jahre alt, und niemand konnte etwas Verlässliches über die Herkunft von Yalsol, Adja, Melko, Redop und Botlok sagen. Ich hatte wmk genommen, ich hatte Metaphorizin genommen, aber verstanden hatte ich nichts. Oder nur, dass die Wissenschaftler nichts verstanden hatten, sondern nur Theorien besaßen. Man konnte glauben, Sprache sei durch ein Virus entstanden, die Religion durch Drogen und die Wissenschaft durch Antworten.

Noch bevor ich an der Tür klopfen konnte, machte Gumay sie auf und bat mich mit einer Handbewegung hinein.

– Guten Tag, sagte ich. Kennen Sie den Unterschied zwischen einem Fahrstuhl und einem Rollstuhl?

Doch bevor er antworten konnte, war ich schon an ihm vorbei, klopfte an Sohal Mishras Tür und trat ein, noch bevor sie reagieren konnte. Ich ging rechts an ihrem Schreibtisch vorbei und gab ihr die Hand, während sie irritiert aufstand. Ich hielt ihre feingliedrige Hand lange in meiner, die noch ganz rau von den Verbrennungen war und schüttelte sie ausgiebig.

– Guten Tag.

– Guten Tag, sagte Sohal Mishra und lächelte mich an mit einem Lächeln, das aussah, als könne man es irgendwo lernen.

Sie nahm wieder Platz an ihrem Tisch aus Glas und Chrom, während ich um ihn herumging und mich auf den lederbezogenen Schwingstuhl fallen ließ. Aus meiner Tasche holte ich den Ziplockbeutel mit zehn Gramm wmk und legte ihn zwischen uns auf die Glasplatte. Mishra lehnte sich zurück und sah mich an. Es gab keinen Grund zu reagieren, also lehnte ich mich auch zurück und sah ein wenig aus dem Fenster.

Es dauerte über eine Minute, bis Mishra die Stille nicht mehr aushielt.

– Ihr Freund scheint sich sehr gut versteckt zu haben. Ist er vielleicht schon illegal über die Grenze?

– Ich glaube nicht, sagte ich. Ich kann Ihnen nicht sagen, wo er ist, aber ich gehe nicht davon aus, dass ich ihn wiedersehen werde.

– Können Sie mir das versprechen?

Ich nickte, ohne zu begreifen, was in ihrem Kopf vorging und was ihr Plan war.

– Und Sie, Sie werden nach Europa gehen und dort bleiben?

– Ich werde jedenfalls nicht in der DZ bleiben.

– Warum wollten Sie dann keine neue Identität? Das würde Ihnen in Europa einen leichteren Start verschaffen.

– Letztes Mal, als ich hier war, sagten Sie, Sie seien nicht die Botschaft und jetzt sind Sie der Geheimdienst, der mich mit neuen Papieren versorgen möchte?

Sie zog eine Schublade auf, holte meinen Pass heraus und legte ihn auf den Tisch.

Ich nahm ihn in die Hand und blätterte, bis ich die Seite fand. Es war ein Visum, gültig für drei Monate.

– Okay?, fragte Mishra.

Ich nickte.

– Was werden Sie nach den drei Monaten machen?

– Keine Angst, ich werde nicht zurückkommen und Sie um noch einen Gefallen bitten. Die Zukunft gehört keinem. Bleibt mir nur noch, mich zu bedanken.

Meine Hände waren schon auf der Lehne, mein Hintern hatte fast die Sitzfläche verlassen, doch dann überlegte ich es mir anders und setzte mich wieder.

– Kennen Sie eigentlich Metaphorizin?, fragte ich.

Sohal Mishra reagierte nicht. In ihrem Gesicht war nichts zu lesen, keine Überraschung, keine Verblüffung, keine fieberhaften Gedanken. Ich stand einfach auf und hatte mich bereits abgewendet, da fragte sie:
– Was soll das sein? Eine neue Droge aus Europa?
Ich drehte mich um.
– Ich weiß es nicht. Wirklich nicht. Sie wirkt offenbar ähnlich wie wmk auf das Sprachzentrum und scheint innerhalb der DZ erhältlich zu sein. Ich habe sie gestern Abend genommen, aber ich weiß weder, woher sie stammt, noch wo ich sie kaufen könnte. Ich dachte, dass Sie vielleicht ...
Ich machte eine wegwerfende Handbewegung. Da war mehr Bewegung in einem Eiswürfel als in ihrem Gesicht.
– Egal.
Ich ging auf sie zu und reichte ihr zum Abschied erneut die Hand.
– Danke, sagte ich, wirklich vielen Dank für das Visum. Ich weiß es zu schätzen. Manchmal bekommt man eine zweite oder dritte Chance, ein Leben zu leben. Vielleicht kommt für Sie ja auch noch eine.
Jetzt war sie wenigstens kurz verwirrt, doch ich lächelte einfach und strich sanft über ihren nackten Oberarm, als wäre eine tröstende Geste nötig. Dann deutete ich eine Verbeugung an und konnte mir ein Grinsen nicht verkneifen.
Als ich an Gumay vorbeiging, sah er mich erwartungsvoll an und ich sagte:
– In dem einen kann man selbst bestimmen, wohin man fahren möchte.
Er sah aus, als sei ich ihm noch eine Pointe schuldig.
Ich fuhr runter, ging im Empfangsbereich auf die Toilette und wusch mir gründlich die Hände.
Es war eine alte Hippie-Idee und würde wie alle alten Hippie-Ideen keinen Nutzen haben, doch mir gefiel die

Vorstellung, dass Sohal Mishra jetzt genug LSD über ihre Haut aufnehmen würde, um gut und gerne zwölf Stunden lang auf Sendung zu gehen. Wer sein Geld mit Drogen verdiente, sollte auch mal welche genommen haben. Damian hätte es gefallen. Da war ich mir sicher.

Ich setzte mich in eine Rikscha und fuhr zu Lilith. Viele Wohnungen im Deli-Viertel waren auf eine absurde Weise uniformiert. Auch wenn es verschiedene Uniformen gab, die Einrichtung blieb immer ein Klischee. Bei Lilith gab es einen Kupferkessel im Flur, Kelche mit keltischen Mustern, Federschmuck, altmodische europäische Besen. Im Zimmer waren Pentagramme und Tücher mit psychedelischen Mustern an den Wänden, getrocknete Kräuter hingen an der Decke. In grotesk großen Terrarien tummelten sich Schlangen, Kröten und Frösche, auf einem Tisch stand eine Kristallkugel, Umhänge lagen auf großen Holzkisten. Ich sah spitze Hüte, die Holzfigur einer schwarzen Katze, die einen Buckel machte, einen Mörser aus Marmor, kleine braune Glasflaschen, Döschen und Tiegel mit Cremes, Tinkturen und Salben aus Kräutern, einige wahrscheinlich mit aktiven Nachtschattengewächsen angereichert.

Lilith umarmte mich nochmals, dann zündete sie in einer Messingschale Kampfer an, schwenkte die Schale, um die Luft im Raum zu klären und böse Geister zu vertreiben. Bei Aolani hätte mich so ein Ritual nicht befremdet, doch Lilith lebte so, weil sie sich irgendwann entschieden hatte, an Hexen und Geister zu glauben. Sie hatte Europa verlassen, weil die dortige Lebensweise abgekoppelt war von ihren eigenen Traditionen. Und so hatte sie sich selbst von den Traditionen, mit denen sie aufgewachsen war, abgekoppelt. Zuviel Vata hätte Damian wohl gesagt, nirgends geerdet. Menschen wie Lilith verloren sich in einer Glaubensrichtung, die sie sich ausgesucht hatten.

Vata, hätte Damian gesagt, als würde das etwas erklären, als wäre es nicht eine Schablone, die man auf den Menschen legt. So wie ich Europäerin sagte und damit möglicherweise auch etwas verstehen wollte. Doch es lag nicht daran, dass sie aus einem anderen Kulturkreis stammte oder ein wie auch immer geartetes Dosha hatte. Lilith war im Gegensatz zu Aolani nicht frei. Ihr Verhalten war davon bestimmt, was sie von sich selbst erwartete, von einem Bild, das sie sich machte.

Lilith bot mir einen Kirschwein in einem Silberkelch an, den sie mit der Blüte einer Engelstrompete abgedeckt hatte. Ich lehnte ab.

– Was führt dich zu mir, Schwester, wie kann ich dir helfen? Ein Blick in die Zukunft?

Ich sah mir ihre langen, dünnen, etwas spröden Haare mit den grauen Strähnen an, die in der Mitte gescheitelt waren, die Falten um ihre Augen, das schmale Gesicht, in dem die Wangen eingefallen wirkten, weil Lilith so dünn war.

– Die Zukunft gehört keinem, sagte ich, als wäre es meine Aufgabe Sprichworte zu verbreiten. Ich wollte dich nur fragen, woher du Celia kennst. Ich habe sie nun schon einige Male gesehen, aber ich konnte leider nie mit ihr sprechen.

– Celia. Das ist ein Anagramm für Alice, ist dir das schon aufgefallen?

Ich wackelte mit dem Kopf wie Supresh.

– Sie ist mir in meinen Träumen erschienen und hat mir Dinge offenbart. Unter anderem hat sie angekündigt, dass sie zum gestrigen Kreis kommen und eine neue Droge mitbringen wollte. Ich muss gestehen, ich war skeptisch, doch dann war sie ja tatsächlich da und hatte Metaphorizin mit. Sie hat es vor meinen Augen genommen, damit ich sehe, dass ihr zu trauen ist. Dann fing auch schon der Kreis an und auf einmal war sie verschwunden. Mehr weiß ich auch nicht. Aber wir stehen an der Schwelle eines neuen Zeitalters. Unsere Generation wird den ersten Schritt machen in eine neue Epoche.

– Ja?

– Ja. Die Welt verändert sich. Die Träume werden prophetisch, alles gerät aus dem Gleichgewicht, weil große Umwälzungen bevorstehen. Der Menschheit steht ein Wandel bevor. Amerika ist untergegangen, die DZ ist entstanden. Es naht das endgültige Ende des Kali-Yuga. Die Zeiten des Unheils und des Verderbens sind vorbei, wir werden aus der Asche emporsteigen und einer goldenen Zukunft entgegenschweben. Das hast du doch im Kreis auch bemerkt, wie das Metaphorizin die Trümmer im Geist beseitigt hat, damit wir auf dieser Tabula rasa eine neue Welt errichten können?

Ich wackelte mit dem Kopf. Die Veränderung. Das Zeitalter des Wassermanns, der Maya-Kalender, dieses Jahr 2012, das nun schon lange zurücklag oder die Offenbarung des Johannes. Es hatte immer Menschen gegeben, die geglaubt hatten, diese Welt würde untergehen und eine bessere würde auftauchen. Der Mensch glaubte das, auch wenn er satt war und eine Lehne für seinen Rücken hatte. Fehler, die man sah, häuften sich zu Bergen und man stand auf dem Gipfel und glaubte Überblick zu haben. Doch der Atem des Lebens war selbst auf dem höchsten dieser Gipfel derselbe wie im Tal. Ein und aus. Mehr war da nicht. In Kenali lebten immer noch Menschen in Angst, geplagt von Hunger und Durst. Sie lebten, nackt bis auf den Atem. Sie fanden keinen Trost in der Zukunft, so sehr sie auch suchten.

– Ich habe auf Metaphorizin nur die ewig gleiche Sehnsucht nach Veränderung gesehen, sagte ich.

– Glaubst du nicht an uns, Schwester?

– Glaubst du nicht an den Arzt, dann glaube auch nicht an die Krankheit. Wenn diese Celia nochmal kommen sollte, sag ihr bitte, dass ich sie sprechen möchte. Hier oder im Traum, das ist egal. Würdest du mir diesen Gefallen tun?

– Ja, vielleicht kann ich sie überzeugen.

– Ja, vielleicht.

Ziggy

Die Fenster waren geschlossen, die Anzeige stand um halb sechs Uhr in der Früh schon auf siebenundzwanzig Grad Außentemperatur, die Straßen waren weitgehend leer und ich fühlte mich wieder auf wundersame Weise jung, als bräuchte es nicht mehr zum Leben, ein Auto, Straßen, die irgendwohin führten, Möglichkeiten, die offen standen. Als könnte ich die Befriedigung erfahren, die aus der Bewegung kam. Elodies linke Hand lag auf meinem Oberschenkel. Eine Frau an meiner Seite, die nicht zögern würde, bis ans Ende der Welt zu fahren mit mir.

Nein, das war nur Romantik und schnell als solche zu entlarven, auch wenn das nichts an meinem Hochgefühl änderte. Samuel spielte auf der Rückbank mit seiner Schreibtafel ein Autorennen, während Leonie mit dem Kopfhörer auf den Ohren aus dem Fenster sah und keinen Zweifel an ihrer schlechten Laune ließ. Warum mussten wir auch so früh losfahren?

Wir saßen in einem klimatisierten Volvo, eine vierköpfige Familie, die für zehn Tage in den Urlaub fuhr. Ich hatte Diana das Versprechen abgerungen, mich sofort anzurufen, falls sich ihr Zustand deutlich verschlechtern sollte. Wir hatten neun Übernachtungen auf einem Bauernhof gebucht, im Gepäck waren Wanderschuhe und ich hatte Wanderkarten auf meine Tafel geladen. Dennoch war es so, als könnte das Leben unvorhergesehene Wendungen nehmen und das Blut unerwartet schneller durch die Adern rauschen.

Wenn wir anhielten, maulten die Kinder wegen der Hitze und wollten so schnell wie möglich zurück ins Auto. Wir brauchten für die tausend Kilometer nicht ganz elf Stunden.

In der sanften Brise des frühen Abends begrüßte uns Frau Heckl, unsere Wirtin, eine stämmige und redselige Person in einer altmodischen Tracht, die aussah, als würde die Luft hier der Gesundheit zuträglich sein. Seit ihr Mann vor sieben Jahren auf der Jagd spurlos verschwunden war, vermietete sie drei Räume des Hauses als Gästezimmer. Sie hatte einen siebzehnjährigen Sohn, der ihr immer weniger half, doch mit drei Zimmern konnte eine patente Frau durchaus fertig werden. Außer uns war noch ein altes Ehepaar da, das jedes Jahr für vierzehn Tage kam.

Blahblahblah, machte Leonie lautlos, als Frau Heckl gerade nicht hinsah, und bat mich gestikulierend ihren Kopfhörer wieder aufsetzen zu dürfen, doch ich schüttelte nur den Kopf.

Wir mussten etwa zehn Minuten gehen, um ins Dorf zu kommen, wo es Gaststätten gab. Leonie maulte über dieses langweilige Kaff und Samuel wollte wissen, warum es hier keine Bolzplätze gab. Doch heute tat das alles meiner Laune keinen Abbruch, Elodie und ich gingen Hand in Hand. Das war früher mal die Regel gewesen, doch trotz der langen Pause schien es den Kindern nicht aufzufallen.

Nach einem Blick in die Karte verkündete Leonie, dass sie sich ab heute nur noch vegetarisch ernähren würde.

– Das ist doch absurd, sagte sie, dass es immer noch Speisekarten gibt ohne ein einziges vegetarisches Gericht.

Weder Elodie noch ich gingen darauf ein und sie bestellte Kartoffelpüree und Salat.

Später saßen wir auf unserem Zimmer, die Kinder waren nebenan, Samuel spielte wahrscheinlich ein Spiel, während Leonie Musik hörte. Elodie studierte ihre Aufzeichnungen und fragte:
– Glaubst du, es wird ernst genommen werden, wenn ich es veröffentliche?
– Ich fürchte nein, sagte ich. Sie werden es als die Arbeit einer Amateurin abtun.
– Clara Stern war auch Amateurin.
– Die kennt heute auch niemand mehr.
– Die Entzifferung ist absolut stringent und logisch, egal, wie oft ich das durchgehe, ich kann keine möglichen Fehlerquellen entdecken. Sie müsste jedem einleuchten. Zumindest jedem Linguisten.
– Es geht nicht um logisch oder nicht, die Damen und Herren, die seit Jahren Forschungsgelder verbrauchen, möchten sich nicht von einer dahergelaufenen Nicht-Akademikerin belehren lassen.
– Aber wenn sie wmk nehmen würden, dann würden sie sehen, dass ich recht hatte. Recht habe. Linear A könnte komplett entziffert werden, dieses wmk ist der Traum jedes Linguisten.

Ich lächelte und sie lächelte auch.
– Man müsste ihnen vielleicht etwas ins Essen tun, sagte sie.
– So wie damals, als die Hippies davon geträumt haben, dem Leitungswasser LSD beizumengen, sagte ich. So wird es wohl nicht gehen. Reich es ein für eine Publikation im wissenschaftlichen Rahmen. Einen Versuch ist es immer wert. Wenn das nicht geht, können wir immer noch versuchen, es unabhängig im Netz zu veröffentlichen. Früher

oder später, aber in diesem Fall wohl eher später, wird man dann erkennen, dass du die Erste warst und recht hattest.

– Oder das wmk verbreitet sich weiter, dann wird man früher draufkommen, dass ich recht hatte. Aber dann wird man vielleicht auch sehen, dass es nicht mein Verdienst war.

– Es gibt zurzeit kein wmk mehr, sagte ich, und selbst wenn es welches gäbe, würde es kaum die Sprachwissenschaft in Europa revolutionieren.

– Hm, sagte Elodie und legte den Kopf schief.

– Hat das eigentlich einen besonderen Grund, dass du heute Abend dieses Kleid trägst?

– Man kann doch sehen, dass ich keine Unterwäsche trage.

Als ich aufstand, ermahnte sie mich:

– Leise.

– Ich habe wieder von Celia geträumt. Sie sagt, du achtest nicht auf sie, weil du gerade frei hast. Sie hat heute Nacht versucht, mit dir zu sprechen.

– Ich kann mich nicht erinnern, sagte ich wahrheitsgemäß, während ich in meinem Kopf nach Bildern der Nacht suchte.

Ich nahm mir noch ein Brötchen.

– Celia sagt, es wird bald wieder Wehenklage geben.

– Wehenklage?

– Wemklag vielleicht. Ich konnte mir das Wort nicht merken. Sie sagte, du wüsstest, was das ist.

Ich überlegte, und als es klickte, warf ich Elodie einen Blick zu, doch sie schien nicht alarmiert zu sein. Ich versuchte zu begreifen, was es mit dieser Celia auf sich hatte. Wir hatten sie gesehen, am Ende des Trips. Kurz nachdem ich vergeblich versucht hatte, eine verschlüsselte E-Mail zu lesen, das wmk funktionierte wohl nur bei Sprachen, aber nicht bei anderen Verschlüsselungssystemen. Ich hatte Celia sofort als das Mädchen aus meinen Träumen erkannt, aber auch Elodie hatte sie gesehen und gewusst, dass dieses Mädchen Celia hieß, obwohl sie keine Tripberichte gelesen hatte.

– Warum war da diese Celia am Ende des Trips? Das ist doch dasselbe Mädchen, das in Samuels Träumen auftaucht, du hast sie doch auch gesehen?, hatte sie später gefragt.

– Dann frag Celia, was passiert, wenn es wieder Wehenklage gibt, sagte ich nun.

– Du musst sie selber fragen.

– Ich kann nicht so gut träumen wie du. Versuch es, bitte, ja?

– Und sie hat noch etwas gesagt: Es wird eine Blume gepflückt werden.

– Was für eine Blume?

– Eine Sonnenblume vielleicht. Ich weiß es nicht. Oder eine Pusteblume. Sie hat gesagt, es wird eine Blume gepflückt werden und es sollen alle lachen und tanzen. Auch wenn es bald Herbst wird.

– Da hast du dir aber eine ganz schöne Scheiße zusammengeträumt, sagte Leonie, Wehenklage und Blumen. Bist du dir denn sicher, dass das dein Traum war und nicht etwa Celias?

Ich sah sie mit zusammengezogenen Augenbrauen an.

– Ach, sagte sie, jeden Morgen beim Frühstück diese Traumscheiße, könnt ihr das nicht wenigstens im Urlaub unterlassen?

– Leonie, sagte ich und schüttelte den Kopf.

Ein schlaksiger Junge mit gegelten schwarzen Haaren und Lederarmbändern um das linke Handgelenk kam an unseren Tisch und fragte:

– Möchten Sie noch Cappuccino?
– Ja, gerne, sagte ich.
– Du bist also Luka, sagte Elodie und der Junge nickte.
– Noch mehr Cappuccino oder etwas anderes?, fragte er in die Runde.
– Cappuccino, sagte Leonie, deren Tasse nicht mal halb leer war.

Luka sah sie an. Er sah sie an, als würde er sich mit ihr gegen uns verbünden wollen. Nicht nur gegen uns, gegen alle Erwachsenen der Welt.

Als er Richtung Küche ging, sah ich ihm hinterher und fragte mich, wie viele Siebzehnjährige es wohl gab, die sich so sicher und elegant bewegen konnten.

– Wohin wollen wir denn heute?, fragte Elodie und legte eine Papierwanderkarte auf den Tisch.
– Ich bleibe hier, sagte Leonie herausfordernd.
– Gut, sagte ich sofort, um ihr den Wind aus den Segeln zu nehmen, von mir aus.
– Ich möchte Blumen pflücken, sagte Samuel.

Ich war ausgeschlafen, ich würde erst am Abend joggen, bergauf und bergab, in etwas dünnerer Luft als sonst, es würde ein hervorragendes Training sein, ich kam langsam in Form, meine Wahnvorstellungen hatten sich weitgehend verflüchtigt, wer sollte schon hinter einem angesehenen Mediziner her sein, der jetzt nicht mal mehr Drogen im Haus hatte. Und dem nichts nachgewiesen werden könnte. Ich hatte dieser Zoë einfach nur die Stadt genannt, in der wir wohnten, damit sie Damian schon mal einen Flug buchen konnte. Damian würde kommen und mit ihm vielleicht die Leichtigkeit, mit der er seit Jahren lebte. Damian würde kommen und es würde sich etwas ändern, dieser seltsam sorgenvolle Sommer würde zu Ende gehen. Sollte Leonie doch schmollen und pubertieren, wir hatten uns alle ein paar ruhige Tage verdient, an denen ich weiterhin ausschlafen würde und vor dem abendlichen Laufen auch noch eine Gelegenheit finden würde, um mit Elodie intim zu werden.

Ich war bereit, alles zu vergessen.

Zoë

– Wie bist du hier reingekommen?
– Ist doch egal. Deckard ist böse. Sehr böse. Weil ihr wmk in der DZ verkauft habt.
– Wie bist du hier reingekommen? Was tust du hier?
– Ich bin hier, um dir zu helfen.
– Ich brauche keine Hilfe.

Supresh wartete unten auf mich. Die Wohnung war fast leer. Das meiste hatte ich verkauft. Was ich noch besaß, passte in einen großen Stoffbeutel, den ich gerade holen wollte. Ich hatte meinen Pass mit dem Visum, einiges an Bargeld, auf die Bitcoins konnte ich von Europa aus zugreifen, in knapp vier Stunden ging mein Flug, und als ich die Tür aufschloss, stand ich Celia gegenüber, die im Flur auf dem Boden saß, die Beine angezogen, den Rücken gegen die Wand gelehnt. Jetzt schüttelte sie den Kopf.

– Nein, sagte sie, vielleicht brauchst du keine Hilfe. Aber Deckard wird am Flughafen sein und verhindern wollen, dass du abreist.

Sie stand auf. Statt der Kittelschürze trug sie heute weite Latzhosen aus grünem Leinen und nichts darunter, soweit ich das sehen konnte.

– Deckard ist gefährlich, sagte sie, wirklich. Glaub mir. Ich möchte nur helfen.

– Wer bist du?, fragte ich.

– Wer ich bin? Wer ist das, der diese Frage beantworten würde? Wer ist das, dem diese Stimme gehört? Dieser Körper? Wer ist das, durch dessen Sinne diese Welt wahrgenommen wird? Sollen wir ein Philosophie-Seminar aufmachen? Hier ist niemand, sagte Celia.

Mit dem Beutel in der Hand stand ich unschlüssig da.
– Was will Deckard schon machen?
– Ich weiß es nicht. Vielleicht wird er dich töten wollen.
– Warum sollte er?
– Weil er nicht wollte, dass in der DZ wmk verkauft wird, und weil er weiß, dass du dafür verantwortlich bist.

Celia steckte ihre Hände in die Hosentaschen.
– Und warum wollte er nicht, dass wmk in der DZ verkauft wird?
– Weil er Angst vor mir hat.
– Und warum?
– Manche haben Angst vor der Höhe, manche haben Angst vor dem Wasser, andere fürchten das Dunkel, wieder andere das Licht.
– Puh, Philosophie-Seminar, sagte ich. Okay, warum möchtest du mir helfen?
– Weil ich mich verantwortlich fühle für Deckard, weil er mich entdeckt hat.
– Wer bist du denn?
– Philosophie-Seminar. Aber die Antwort führt nur ins Leere. Du wirst das Flugzeug nicht besteigen können. Bitte, sagte sie, bitte.

Das Bitte klang, als sei sie wirklich ein kleines Mädchen.
– Wenn er Angst vor dir hat, bin ich sicher, wenn du mich begleitest.
– Und wenn er jemanden zum Flughafen schickt, der keine Angst vor mir hat? Deckard ist gefährlich, ehrlich.

Ich fing an zu singen, weil ich nicht weiter wusste. Und Celia reagierte, als wäre das ganz normal. Singend ging ich ins Schlafzimmer, legte mich auf die nackte Matratze, auf der ich so viele Nächte mit Damian geschlafen hatte, zog die Beine an und versuchte die Melodie zu finden, die mich tragen würde. Dann stand ich auf und nahm meinen Stoffbeutel. Es war gerade warm in Europa, ich würde erst mal nichts kaufen müssen.

Celia stand im Flur, als hätte sie sich nicht bewegt, die Hände immer noch in den Taschen, und sah mich erwartungsvoll an.

– Komm mit, sagte ich und reichte ihr die Hand. Komm mit und erzähl mir unterwegs mehr.

– Nicht in eine Rikscha, sagte Celia, die können abgehört und verfolgt werden.

– Supresh wartet unten, er wird uns helfen, komm.

Ich musste daran denken, wie meine Mutter damals mit mir zum Flughafen gefahren war.

Als Supresh uns sah, machte er den Mund auf, sein Kiefer verlor an Spannung, aber er sagte nichts.

– Hallo, sagte Celia.

– Hallo, sagte Supresh.

– Wir brauchen eine sichere Rikscha, sagte ich.

Eine Viertelstunde später saßen wir in einer Rikscha und waren auf dem Weg zum Flughafen. Supresh sagte, der Fahrer habe die Rikscha vom System abgekoppelt.

– So bin ich manchmal früher einfach in der Gegend rumgefahren, sagte Supresh, wir haben damals ein Programm geschrieben, das Fahrten gefaket hat. Abgerechnet wurde mit gephishten Kreditkarten. Das ist jahrelang nicht aufgeflogen. Alles ist sicher.

– Ganz bestimmt?, fragte Celia und klang wieder wie ein Kind. Meistens entsprachen ihr Tonfall und ihr Vokabular überhaupt nicht ihrem augenscheinlichen Alter. Ich versuchte verstohlen von oben in diese Latzhose hineinzugucken, um zu sehen, ob sie eine Unterhose anhatte und ob man die dichten Schamhaare erkennen konnte, doch die Hose warf an der falschen Stelle Falten.

– Alles, was ich jetzt erzähle, hat nur Gültigkeit innerhalb dieser Geschichte, die ihr Leben nennt, sagte Celia.
– Was soll das heißen?, fragte Supresh, der sich schnell gefangen hatte.
– Glaubst du an parallele Universen?, fragte Celia zurück.
– Weiß nicht.
– Man nennt sie Literatur, sagte Celia. In einem Buch haben die Figuren nur innerhalb der Buchdeckel Gültigkeit. Du kannst kein Bankkonto für Don Quixote einrichten oder zusammen mit Kapitän Ahab trippen. Alles, was es gibt, gibt es nur innerhalb der Geschichte. Doch es gibt ein Außerhalb, immer. Und dann gibt es etwas, wo es kein Innen und Außen mehr gibt. Aber das ist so etwas wie *Es war einmal* ... Alles, was ich jetzt sage, hat nur Gültigkeit innerhalb dieser Geschichte. Es gab einen Versuch des Geheimdienstes der DZ. Sie haben Agenten ohne ihr Wissen Drogen verabreicht, die sie leistungsfähiger machen sollten. Das Präparat sollte nicht nur wach und konzentriert machen, sondern Emotionen reduzieren, man sollte fremde Sprachen ohne Akzent sprechen und die Motive der Menschen durchschauen können. Ein gewagter Versuch mit einem Kombinationspräparat. Deckard war eine der ersten Versuchspersonen. Eigentlich eine dumme Idee, weil er das meiste, was das Präparat leisten sollte, schon konnte. Er bekam Paranoia, glaubte, der Geheimdienst würde gegen ihn arbeiten. Bei seiner Flucht tötete er den Versuchsleiter, zwei seiner Assistenten und auf dem Weg nach draußen auch noch Leute vom Wachpersonal. Seitdem wird er verfolgt. Oder glaubt, dass er verfolgt wird. Yalsol ist nur ein Wort. Nachts kann er nicht schlafen und er hat Alpträume, aus denen er weinend aufwacht. Jeden Morgen fühlt er sich erschöpfter als vor dem Schlafen. Es ist irgendetwas anders in seinem Kopf. Wahrscheinlich

wird er von dem Wunsch nach Rache getrieben, aber der Wunsch hat ihn schon in das Netz des Geheimdienstes gespült. Vielleicht ist es nicht Rache, sondern nur Wahnsinn. Deckard hatte noch nie vorher Drogen genommen.

– Obwohl er in der DZ lebte?

Supresh. Obwohl er die Antwort wusste.

– Er ist als Asket erzogen worden, sein Vater war ein amerikanischer Kampfsportler, der lange für die CIA gearbeitet hat, aber wegen der Drogengeschäfte des Geheimdienstes aussteigen wollte. Er ist hierhergekommen, um sich dem Việt Võ Đao zu widmen, nachdem seine Frau gestorben war. Auf jeden Fall drehte Deckard durch, entwickelte Wahnvorstellungen, hörte Stimmen, die angeblich aus etwas kamen, das er das Klingende nannte. Er fing an sich mit Chemie zu beschäftigen, doch er sagte, die Stimmen hätten ihm die Anweisungen gegeben, wie das wmk zu synthetisieren war. Er nahm es, die zweite Droge in seinem Leben. Als er mich sah, bekam er Angst, große Angst. Niemand nach ihm hat solche Angst vor mir gehabt. Er fürchtet, er könnte komplett den Verstand verlieren, wenn er mich nochmal sieht. Er ist zu Damian gegangen, weil er wollte, dass das wmk sich verbreitet. Er hat geahnt, dass ich Teil dieser Geschichte werde, aber er wollte mich nicht in der Nähe haben.

– Du ... Du existierst gar nicht? Du bist nur ...?, suchte Supresh nach Worten.

– Ich bin genauso real wie du, sagte Celia. Oder genauso wenig. Ich habe nur Gültigkeit innerhalb dieser Geschichte. Alle Geschichten drücken nur den Wunsch nach Bedeutung aus, aber sie sind nicht selbst die Bedeutung. Deshalb kann eine Geschichte nichts ändern. Und deshalb können unsere Geschichten nicht verändert werden.

– Wo warst du vor dem wmk?

– Wo warst du, bevor du geboren wurdest?

– Wer sind deine Eltern?

Celia lachte. Sie lachte und hielt sich den Bauch, strampelte mit den Beinen. Sie lachte sich Tränen in die Augen, während ich einen Blick in ihre Latzhose erhaschte. Sie hatte die Brust eines kleinen Mädchens, aber man konnte den Ansatz von dunklen Schamhaaren erkennen. Sie lachte, als würde die Welt in dem Rhythmus ihres Gelächters vibrieren, sie lachte, als hätte sie eine Gefährtin im Leib.

– Und deine?, sagte sie, als sie sich beruhigt hatte. Wo waren deine Eltern, bevor sie geboren wurden? Du bist genauso ein Wunder wie ich, aber nur weil du auf einem anderen Weg zum Wunder geworden bist, glaubst du, uns würde etwas unterscheiden. Es ist ein träumendes Universum. Es gibt hier nichts. Nichts. Nur Ungrund. Alles ist Ungrund. Und aus dem steigt etwas auf, was wir für echt halten. Es ist egal, es ist wie ein Buch, es ist nur eine Geschichte, aber in der Geschichte sind die Dinge etwas wert. Zum Beispiel das Leben. Außerhalb nicht. Ihr wisst das doch ...

– Wir wissen das immer nur kurz, wenn überhaupt, sagte ich.

– Wie ist das, willst du jetzt immer noch zum Flughafen? Ich sang.

Dann schüttelte ich den Kopf.

Ziggy

Das Menschende hat am Anfang gesungen wie das Vogelnde, sagen manche. Das Wortende kam aus dem Klingenden. Jeder Mensch hatte ein eigenes Lied und alle klangen wohl. Die Melodie war immer eine Melodie des Ungrunds gewesen. Sie war aus ihm aufgestiegen, aber sie hatte nie für etwas anderes gestanden als sich selbst. Die Melodie war immer nur das Geschehende gewesen. Der Mensch sang und war im Klang, es gab keinen noch zu hörenden Klang oder einen schon gehörten.

Doch die Menschen konnten sich das noch zu Sehende schöner vorstellen als das Gesehene. Sie lebten in Erwartung noch klingenderer Lieder. So kam das Stocken in den Gesang. So kamen die Pausen. So kamen Missklänge. So gerieten die Lieder ins Chaos, die Töne aus der Folge, so entstand Löcherndes. Und in dieses Löchernde hinein kamen die ersten Worte. Sie sollten das Löchernde überdecken, sollten vergessen machen, dass die Lieder nicht mehr rein waren. Die Worte kamen, weil die Melodie verschwand.

Mit dem Stocken kamen die Worte, mit den Wörtern kamen die Versprechungen. Die Wörter mussten halten, ein Baumendes musste immer ein Baumendes sein, ein Ziegendes immer ein Ziegendes.

Mit den Versprechungen kam der Handel.

Mit dem Handel und den Versprechungen kamen Wörter für die Zeit, andere Wörter als für den Stand der Sonne. Das noch zu Morgende, das schon Gesternde, ein Mondendes, zwei Mondende.

Doch die Wörter hielten nicht immer, sie brachen, so kam die Lüge in die Welt. Auch die Lieder konnten nun lügen, sie konnten klingen wie Sonnendes, wenn es regnete, sie konnten klagen, wenn es zu lachen gab.

Der Klang der Worte trug nicht laufwärts, der Klang der Worte war keine Melodie mehr, sondern nur ein Versprechen. Die Wörter standen für die Dinge in der Welt und nicht für das Summen des Ungrunds.

Je mehr Lügen es gab, desto mehr wollte der Mensch die Wahrheit. So veränderten sich die Wörter, jede Familie hatte eigene, jede Gruppe hatte eigene, jeder Stamm hatte eigene. Jeder Mensch wollte Menschen um sich haben, die Versprechungen hielten, so verließ man sich auf sein eigenes Blut und sein eigenes Wort. Jede Familie wollte sich die Welt zu eigen machen, indem sie eigene Wörter besaß.

So kamen die Sprachen in die Welt. Doch alle Sprachen und alle Wörter kommen aus den Liedern, aus dem Summen des Ungrunds, aus den Schwingungen und Wellen, die aus dem Ungrund aufsteigen, weil es hoch und niedrig geben musste für das Augende, für das Ohrende. Weil Augen und Ohren nur Verschiedenes erkennen konnten, aber nicht dasselbe. Der Ungrund musste schwingen, er musste hoch und niedrig sein, dunkel und hell, laut und leise.

Die Welt wurde festgeschrieben vom Seher. Ohne das Auge und das Ohr, ohne die Nase und die Haut existierte nicht die Welt, sondern nur die Möglichkeit einer Welt. Der Ungrund ist die Schwingung dieser Möglichkeit und die Schwingung ist Klang.

Die Alten wussten, dass die Welt aus Klang entstanden ist, auch wenn es nichts Ohrendes gab. Deshalb sind, nachdem die Worte in die Welt kamen, weder die Lieder gestorben, noch die Sänger. Das Lied konnte verbinden.

Mit den Worten kamen die Poeten. Sie trauten ihren Stimmen nicht, deshalb kleideten sie sie in Worte. Sie trauten auch den Worten nicht, deshalb ordneten sie sie zu Reimen.

Das Baumende, das ein Wort war, hatte nicht das Baumende erschaffen, das mit seinen Wurzeln die Erde von innen kitzelte. Doch wenn man das Baumende sprach, gab es ein Baumendes zwischen den Ohren des Menschen, der Klang erschuf Welten und die Poeten wussten um diese Magie. Sie gaben vor, diese Welten zu erkunden, aber sie erschufen sie nur. Manche Poeten suchten nach dem Summen des Ungrunds in den Worten und die guten konnten einen Nachhall einfangen. Manche Poeten suchten die Wahrheit in den Worten selbst. Sie scheiterten, scheitern und werden scheitern. Die Worte sind nur Platzhalter, die eine neue Welt erschaffen, die manchmal schön ist, schön wie das noch zu

Geschehende. Doch diese Welt ist nie wahr, so wie das noch zu Geschehende.

Die Worte halfen das noch zu Geschehende oder das woanders Geschehende schöner zu machen. So wuchs die Sehnsucht. Die Poeten gaben vor, mit den Worten die Sehnsucht zu besänftigen, die sie in Wirklichkeit erschaffen hatten.

Mit den Worten und den Sprachen, den Versprechungen und dem Handel, mit dem Dichtenden und dem Lügenden wird die Welt immer weiter verwirrt werden, Worte werden gebrochen werden, Lügen werden sich verbreiten, Versprechungen werden größer werden, die Welt wird mit Versprechungen festgeschrieben werden, bis sie ganz verwirrt und verwickelt ist, bis alle Sprachen wieder zu Klang werden und einige Menschende alle Sprachen verstehen.

Zu dieser Zeit wird es ein Kindendes als Zeichen geben, aber das Zeichen wird nichts von dem noch zu Geschehenden künden, denn es wird aus dem Ungrund kommen, wo es keine Zeit gibt. Selah.

Ich lief wieder morgens, weil es da kühler war. Mit den ersten Sonnenstrahlen war ich aufgewacht und hatte gleich die Laufschuhe angezogen. Den Berg hoch, fast ganz um das Tal herum und dann wieder hinunter. Ich hatte zusehen können, wie alles immer mehr Farbe bekam. Als ich zurück war, zeigte das altmodische Thermometer außen am Haus achtundzwanzig Grad an. Verschwitzt und schnaufend setzte ich mich an den alten Holztisch, an dem Elodie in den letzten Tagen immer gearbeitet hatte, als ich vom Laufen gekommen war. Sie schrieb auf der Grundlage dessen, was wir auf wmk verstanden hatten an einer Übersetzung der drei Abagobye-Texte.

Heute stand sie unter der Dusche. Ich las die handschriftliche Übersetzung, während das Wasser lief. Elodie hatte eine weiche, runde Schrift, die leicht nach links kippte. Die Streichungen und Ergänzungen, die Fragezeichen und unterschlängelten Wörter hatten mich kein Mal stocken lassen.

– Das hast du die letzten Morgen übersetzt?, fragte ich, als sie nur mit einem Handtuch auf dem Kopf aus der Dusche kam.

Elodie nickte und mein Blick rutschte nach unten.

– Man muss noch nachbessern. Manche Verbformen durchschaue ich noch nicht richtig, manchmal sieht etwas aus wie eine Verlaufsform, dann wieder wie ein Substantiv. Und da sie nur sechzehn Phoneme haben, sind die Wörter auch noch so unübersichtlich lang. Außerdem fehlt der kulturelle Hintergrund für eine exakte Übersetzung. Bei diesen Verben, die wir als Substantive übersetzen müssen, habe ich keine stringente Lösung. Aber es dürfte gut genug sein, um es einzuschicken.

Sie hatte meinen Blick natürlich bemerkt und lehnte sich nun mit dem Rücken gegen den Türrahmen, in einer Pose, die klischiert hätte wirken können, doch als sie das rechte Knie anwinkelte, war da etwas in ihrem Blick, das man nicht wiedergeben kann. Als ich aufstand, hoffte ich, die Kraft meiner Beine würde reichen, damit sie dort noch eine Weile so stehen konnte, doch ich bekam sehr schnell einen Krampf im rechten Oberschenkel. Elodie ließ mir keine Zeit, mich schlecht zu fühlen, sie zog mich unter die Dusche und wir genossen einfach nur, wie das Wasser auf uns prasselte und rieben unsere nackten, nassen Körper aneinander.

Ich hoffte, dieser Krampf würde sich nicht zu einer Zerrung auswachsen, als ich hinterher meinen Quadrizeps mit Finalgon einrieb.

Samuel hatte drei Nächte nicht von Celia geträumt. Ich schien traumlos zu schlafen und wachte voller Tatendrang noch vor dem Wecker auf, wenn es Zeit zum Laufen war.

Tagsüber stromerte Samuel auf dem Hof herum, beschäftigte sich mit Schafen, Kühen, Gänsen, Hühnern und Kaninchen oder lag im Heu und spielte Spiele auf seiner Schreibtafel, davon war er auch hier nicht abzubringen.

Leonie lag mit Kopfhörern und einem Handventilator im Schatten der Markise auf der Terrasse. Sie trug einen Bikini und lachte ihre Eltern aus, weil sie Wanderschuhe mit dicken Socken trugen, weil sie Rucksäcke mit teurem Ventilationssystem hatten, schmutzabweisende Hosen und Hüte, durch deren Gewebe der Schweiß nach draußen transportiert wurde.

Zu den Mahlzeiten, auch mittags, kamen wir zusammen. Manchmal alberte Leonie herum und es schien ihr gleichzeitig unangenehm zu sein, dass sie ihre Freude zeigte. Ich loggte mich weder bei Edit noch bei Euphoricbasics noch bei molchanje ein, rief nur abends kurz Diana an, die mich aber stets schnell abwürgte. Die Luft hier schien mir eine Last von den Schultern zu nehmen, ich hatte eine Auszeit von meinem Leben, oder von dem Käfig, den ich Leben nannte. Ich fühlte mich leicht, so leicht, dass ich mich fragte, ob ich den Marathon unter dreieinhalb Stunden laufen könnte.

– Und hast du heute Nacht von Celia geträumt?, fragte ich Samuel an diesem Tag beim Frühstück, während mein Oberschenkel brannte, als hätte jemand heißes Fett darauf gegossen, doch der Muskel war hart und der Gedanke daran, dass mein Penis frühzeitig weich geworden war, wollte sich in mich hineinbohren, um sich zu einer Sorge auszuwachsen.

– Ja, sagte Samuel, ja. Wir waren zusammen auf der Flucht vor einem Mann, doch dann bin ich die Treppe heruntergefallen und bin aufgewacht und hatte Angst. Und dann habe ich noch mehr Angst bekommen, weil Leonie nicht da war.

Ich wandte den Kopf zu Leonie, die rot wurde. Erstaunen, Schuld, Zeit. Der Moment fror ein.

Zoë

An den Flug konnte ich mich kaum erinnern. Er musste lange gedauert haben und es war der erste Flug meines Lebens, doch ich wusste fast nichts mehr. Der Lippenstift der etwas zu schlanken blonden Stewardess war am Mundwinkel verschmiert gewesen und ich hatte mich gefragt, warum sie einen Rotton gewählt hatte, der nicht zu ihrer Haut passte. Und ich erinnerte mich daran, dass viele Asiaten und Europäer in dem Flugzeug gewesen waren, mehr als ich je zuvor auf so engem Raum gesehen hatte. Und dass es kaum Afrikaner gegeben hatte.

Ich fragte mich, ob ich in achtzehn Jahren diese Fahrt auch würde vergessen haben. Seit zwei Tagen waren wir unterwegs, meistens schweigend, doch es war schön zu dritt in einem Auto zu sitzen, die Musik laut aufgedreht, draußen schreiend grüne Reisfelder, gelbe Senfblüten, Palmen und Bananenbäume. Es war, als wären wir eine Familie. Meine Gedanken schweiften immer wieder in die Vergangenheit, meistens schwamm ich in Bildern, doch manchmal, wie bei diesem Flug aus Kenali in die DZ, waren da nur noch einzelne Fetzen.

Supresh saß am Steuer, ich neben ihm und Celia im Schneidersitz auf der Rückbank. Supresh hatte auf einem Auto mit guter Anlage bestanden.

– Bis zur Grenze ist es noch ein ganzes Stück und wir können unmöglich ohne Musik fahren.

Meistens lief ein Oldie-Reggae-Sender, mit Bässen, in denen man sich sonnen konnte, ein Sender, bei dem jedes fünfte Stück von Lee Perry war und der mehrmals täglich *Chase the devil* spielte, vielleicht nur, weil sie wussten, dass wir dreistimmig mitsangen: *I'm gonna put on an iron shirt and chase the devil out of earth, I'm gonna send him to out of space, to find another race.*

– Westwärts, sagte Supresh, das hätte ich nie gedacht, dass ich mal so weit Richtung alte Heimat fahre.

– Wir müssen den Wagen bald loswerden, sagte Celia. Deckard weiß, dass du den Flug nicht genommen hast, und sucht nach dir.

– Yalsol, sagte Supresh. Ich habe den Wagen mit einem gefälschten Ausweis gemietet.

– Ja, sagte Celia nur.

– Wirken Drogen eigentlich bei dir?, wollte Supresh wissen.

– Ja. Wieso sollten sie nicht wirken? Aber geht das nicht gegen deine Ehre als aufrechter Dealer, Kindern etwas anzubieten?

– Wie alt bist du eigentlich?

– Keine Ahnung.

– Fang jetzt bloß nicht wieder an zu lachen. Was nimmst du denn so? Was ist denn in deiner persönlichen Hitliste ganz oben?

– Kiff.

Mir kam dieser Dialog absurd vor, aber auch irgendwie normal. Es war, als würden die beiden sich schon lange kennen und könnten nur mit diesem frotzelnden Unterton miteinander reden.

– Und diese Kette, die aussieht wie die von Kali, was hat es mit der auf sich?

– Die habe ich im Kindergarten von einem Verehrer geschenkt bekommen.

Supresh drehte sich nach ihr um, doch Celia sah nicht aus, als hätte sie einen Witz gemacht. Sie schaute auf ihre Füße, während sie mit ihren Zehen spielte. Supresh sah nicht wieder nach vorne, ich machte schon den Mund auf, als er endlich wieder auf die Straße blickte. Jetzt bemerkte auch ich, was ihn irritiert hatte. Eine schwarze Limousine, die sich von hinten in hohem Tempo näherte. Supresh beobachtete sie nun im Rückspiegel und beschleunigte, bis das Gaspedal am Anschlag war.

Celia spielte weiter mit ihren Zehen, als würde sie nichts mitkriegen, doch da schien ein Grinsen in ihrem Gesicht zu sein, ein Grinsen, als wüsste sie, dass sie schlauer war als die Erwachsenen.

Die Musik wirkte nun zu langsam, zu entspannt. Der Abstand verringerte sich, die Limousine war groß, schnell, protzig. Sie wirkte wie ein Fremdkörper auf dieser Straße mit Schlaglöchern, die von Plastikmüll, Palmen und Reisfeldern gesäumt war.

– Festhalten, sagte Supresh und dieser Fremdkörper fuhr von hinten auf uns auf, dass wir einen Satz nach vorne machten.

Die Limousine hatte getönte Scheiben, ich konnte nicht erkennen, wer am Steuer saß, und ich fragte mich, was Supresh jetzt tun würde. Oder Celia. Dass wir entkommen würden, schien mir außer Frage, nur hatte ich keine Idee, wie.

Der Wagen setzte dazu an zu überholen und Supresh wirkte entspannt, als wäre das hier nur ein Spiel, eine virtuelle Realität, durch die er ein Auto steuerte.

– Festhalten, schrie er wieder, bevor er scharf bremste, so dass die Limousine an uns vorbeischoss. Supresh wendete und fuhr zurück. Eine zweispurige Landstraße ohne Verkehr und ohne Abzweigungen. Wohin?

– Doch wieder ostwärts?, sagte Celia.

– Halt's Maul, antwortete Supresh und sah in den Rückspiegel. Gleich hat er uns wieder. Was soll ich machen?
– Fahr langsamer, sagte Celia.
– Was?
– Fahr langsamer.
– Verdammte Scheiße, es geht eh schon bergauf ...
– Langsamer, schrie Celia ihn an und Supresh ging vom Gas.
– Vertrau mir, sagte Celia, während die Limousine aufholte.

Die Straße hatte eine deutliche Steigung, die Limousine war noch etwa dreihundert Meter hinter uns, Supresh warf Celia einen fragenden Blick zu, doch sie nickte nur, als habe sie alles im Griff.
– Gas, sagte sie, doch wir beschleunigten kaum bei der Steigung, vielleicht wären mehr PS besser gewesen als mehr Watt. Die Limousine scherte aus, um uns zu überholen. Oder von der Straße zu drängen.
– Gas, sagte Celia wieder.
– Gas mich am Arsch, mehr geht nicht.

Jetzt waren wir fast an der höchsten Stelle des Hügels, die Limousine war schon neben uns, als vor ihr der Trecker auftauchte, der aus der Gegenrichtung kam. Die Limousine wich aus, kam von der Straße ab und überschlug sich.
– Wenden, sagte Celia, und Gas.

Supresh gehorchte. Erst nach zwei, drei Minuten fand er die Sprache wieder.
– Kannst du hellsehen, oder was?
– Wir haben den Trecker doch vorhin überholt, sagte Celia.
– Was grinst du denn jetzt so, blaffte Supresh mich an.

Ziggy

– Er nutzt dich nur aus, kannst du das denn nicht sehen?, sagte ich.

– Ich nutze ihn ja auch nur aus, antwortete sie.

Innerlich kochte ich. Die Frage, deren Antwort mich nicht interessieren sollte, wollte ich nicht stellen. Natürlich wollte ich sie stellen, doch ich verbot es mir. Luka würde schon wissen, wie man mit Mädchen wie Leonie umging, ich sah wenig Hoffnung.

Äußerlich war ich ruhig, obwohl ich ihr am liebsten eine gescheuert hätte, aber das hätte ja auch keinen Unterschied mehr gemacht. Ich war wenigstens äußerlich ruhig, weil ich keinen Fehler machen wollte, den sie mir irgendwann vorhalten konnte. Mein rechter Arm spannte sich, als hätte er einen eigenen Willen.

– Weißt du, wenn ein Schlüssel viele Türen zu öffnen vermag, dann ist es wohl ein guter Schlüssel. Aber eine Tür, die mit jedem Schlüssel zu öffnen ist, ist sicherlich keine gute Tür.

Auch das sagte ich nicht. Es musste eine Möglichkeit geben aufzustehen und zu gehen, ohne dass sie merkte, dass ich kurz davor war, die Beherrschung zu verlieren. Es musste eine Möglichkeit geben, dieses Gespräch nicht mit einer verbalen oder realen Backpfeife zu beenden.

Da erst fiel mir ein, was Celia in Samuels Traum gesagt hatte. Es wird eine Blume gepflückt werden. Es war also ohnehin zu spät. Aber vielleicht war es auch nur passiert, weil ich das von Robert erzählt hatte, das mit dem Sex und den Drogen ... Zu leicht hatte sie sich diesem dahergelaufenen Bauernsohn ... Vielleicht auch nur, weil sie sich Zustimmung erhofft hatte für Konsum ...

Meine Gedanken überschlugen sich. Ruckartig stand ich auf und quetschte hervor:

– Ich drehe eine Runde.

Als wären das tatsächlich meine Worte. Als würde ich mich so ausdrücken.

Nirgends hätte ich so laut brüllen können, wie ich wollte. Falsch. Alles schien falsch zu sein. Die Welt lief verkehrt und weil ich mich ihr entgegenstemmte, lief sie noch verkehrter. Eines Tages würde ich alles verloren haben, was mich an sie band. Meine Tochter ein Flittchen, das seine Schenkel bereitwillig dem Erstbesten geöffnet hatte, meine Mutter tot, weil die Drogen ihre Leber zerstört hatten, mein Sohn möglicherweise verschwunden in der Welt der virtuellen Spiele, meine Frau von einer Karriere als Sprachwissenschaftlerin aufgesogen, mein Bruder verdummt durch jahrelange Dröhnung.

Wie hatte ich mich gefreut bei Leonies Geburt, über ihre ersten Zähne, auch über die schlaflosen Nächte, die ersten Wörter und Sätze, die ersten Partien Memory, die ich gegen meinen Willen verloren hatte, die Milchzähne, die ausfielen, die Buchstaben, die sie geschrieben hatte, die Additionen, die ihr keine Probleme bereitet hatten. Wir hatten dieses Kind genährt, gepflegt, gefördert, wir hatten ihre Tränen geweint und ihr Lachen gelacht.

Sie war in die Pubertät gekommen, als sei das eine Schule des schlechten Benehmens, in der sie besonders gut abschneiden wollte. Doch wer hätte ihr das übel nehmen sollen? Wer konnte ihr das Interesse an Drogen übel nehmen? Die Faszination für Figuren wie Noël Helno, die laute Musik, die Streitereien mit Samuel und mit uns. Aber irgendetwas hatten wir doch falsch gemacht. Wieso ließ sie sich deflorieren von so einem Kerl mit zu viel Gel in den Haaren?

Ich setzte mich auf einen Stein am Wegrand und dachte an Robert. Er hatte mir erzählt von Orgasmen ohne Ejakulation, von Kontrolle der Energie, von wellenartigen statt punktuellen Höhepunkten, von Prostatamassagen. Fünfzehn war ich gewesen und hatte beschämt geschwiegen. Ich hatte mir gewünscht, einen Vater zu haben wie alle anderen. Einen, dem diese Themen peinlich waren und der einem höchstens ein paar halbe Sätze drucksend eine Packung Kondome in die Tasche schob.

Was hätte er wohl gemacht, wenn ich ein Mädchen gewesen wäre? Oder hätte dann Diana mit mir geredet? Diana, die nackt auf dem Balkon masturbierte? Waren wir nicht eine Familie von Sexsüchtigen? War das nun Leonies Erbe, dessen sie sich nicht erwehren konnte? Gab es einen genetischen Imperativ, der sie so jung ...

Ich saß im Schatten und schwitzte und wünschte, ich könnte bei João im Laden sein und Zigarrenrauch einatmen. Ich zog das Taschentelefon heraus und wählte Dianas Nummer, um zu hören, ob alles in Ordnung war. Um mich abzulenken.

Es dauerte keine vier Minuten, da hatte ich ihr alles erzählt.

– Elodie meint, wir sollen sie einfach ein paar Tage in Ruhe lassen, aber es macht mich wahnsinnig ...

Noch ein unvollendeter Satz.

– Du rufst mich also immer noch an, wenn du nicht weiter weißt, stellte Diana fest. In wenigen Wochen werde ich nicht mehr da sein, Zekeriya. Begreif das doch. Und Sex, Sex ist ein Ausdruck der Sehnsucht des Lebens nach sich selbst. Dass etwas nach sich selbst Sehnsucht hat, ist schon absurd. Also nimm das nicht so ernst.

– Sie ist dreizehn.

– Sie hat schon alles im Internet gesehen. Und Sex ist immerhin noch nicht verboten.

– Ich könnte den Bengel anzeigen, schrie ich nun.

– Beruhige dich, sagte Diana, beruhige dich. Es werden ein paar Pappen übrig bleiben.

– Ja und?

Ich dachte an Ana und den Tag im Wald ...
- Ich werde sie Leonie vererben.
- Mutter ...
- Zekeriya, sagte sie und ihre Stimme klang so, wie sie nicht mehr geklungen hatte, seit dem Tag, als wir gemeinsam im Krankenhaus gewesen waren. Ihre Stimme klang, als sei Sorge darin verwoben. Zekeriya, sei froh, sing ein Lied, fühl dich nicht schuldig. Sei froh, dass du eine Frau hast, eine Tochter und einen Sohn. Die Sorgen gehören dazu. Sieh dir João an. Er hatte wahrscheinlich viel mehr Sex als du, aber seine Freuden sind vergilbt, und wo sind seine Freunde heute? Wir sind verbunden, Zekeriya, auch mit Schmerz.
- Aber ..., stammelte ich und kam nicht weiter.
- Nimm's leicht, sagte sie, nimm's leicht.
Und legte einfach auf.

Ziellos, ohne Kappe und ohne Sonnenbrille lief ich durch die Gegend. Ich wusste nicht warum. Warum ich nach Damian gesucht hatte. Warum ich mich in Elodie verliebt hatte. Warum ich in Europa geblieben war nach Roberts Tod. Warum sagte mein Kopf mir, dass Leonie jedes Recht hatte, zu tun, was sie getan hatte, und gleichzeitig hätte ich am liebsten Luka zu Brei geschlagen. Warum tauchten all diese Warum-Fragen auf, immer wieder? Warum reichte es nicht zu wissen, dass alle Erklärungen in Sackgassen ohne Sinn führten? Warum? Warum nur?

Erst gegen Abend ging ich zurück, als wäre ich auch auf der Schule des schlechten Benehmens gewesen. Samuel und Leonie seien auf ihrem Zimmer, versicherte mir Elodie.
- Was möchtest du tun? Abreisen?, fragte sie.
Ich schüttelte den Kopf.
- Weißt du, sagte ich, selbst wenn sie deine Übersetzung akzeptieren, dann werden sie dir keinen Respekt mehr zollen, sobald sie vom wmk erfahren. Sie werden

behaupten, du seist gedopt gewesen. Nur so hättest du ohne Ausbildung so ein Resultat vorweisen können.

– Was ja vielleicht auch stimmt, sagte sie, aber es endet nicht immer alles schlecht.

Sie nahm meine Hand. Ihre Haut und meine Haut, unsere weichen Hände hatten eine eigene Sprache, ein leises Flüstern, das ich nicht ganz verstand, das mich jedoch beruhigte. Ich legte meinen Kopf in ihren Schoß und sie fuhr mir durch die Haare.

– Glaubst du, es war schön für sie?

– Ja, sagte sie, ja, ich glaube schon.

Zoë

Je weiter wir westwärts fuhren, desto mehr Aufsehen erregten wir. Ein weißes Kind, ein junger Inder und eine Afrikanerin. Besonders Celia wurde beäugt, wenn wir in einer kleinen Stadt anhielten, um etwas zu essen oder nach einer Schlafgelegenheit für die Nacht zu suchen. Dass sie nicht unsere Tochter sein konnte, war offensichtlich, doch dass sie kein Kind wie jedes andere war, fiel hier nicht weiter auf. Hier sahen alle Kinder aus wie junge Erwachsene, ihre Blicke gezeichnet von Hunger, Resignation, einem Mangel an Illusionen, kleine Menschen, gefangen in der Misere der Armut. Je weiter wir westwärts fuhren, desto mehr stach diese Armut ins Auge, die kaputten Häuser in den Dörfern, die schäbige, farblos gewordene Kleidung der Menschen, die Zeltplanen, die ihnen als Dach dienten, die rußigen Kochtöpfe, die nie voll waren, die trüben Augen, die Hautkrankheiten, die spitzen Rippen.

Damian hatte nie wirklich begriffen, dass ich aus einer verhältnismäßig wohlhabenden Familie stammte. So wie hier mochte er sich unser Leben vorgestellt haben. Ich kannte diese Art der Armut, ich hatte sie oft genug gesehen, aber nie gelebt. Ich wusste von den Krankheiten, von der schuppigen Haut, den verschorften Wunden, die monatelang nicht heilten, weil sie sich immer wieder entzündeten.

Die Menschen im Hochland, bei denen wir gewesen waren, hatten nicht viel, aber sie waren nicht arm, sie wurden satt und hatten Obdach. Sie lebten in einem eigenen Rhythmus. Hier gab die DZ den Takt an, man lebte ein Leben der Entbehrung, ohne Hoffnung auf etwas anderes als die synthetischen Opioide, die es an jeder Ecke für wenig Geld gab und die schon Kinder in Celias Alter am Straßenrand rauchten. Freerider, hier kannten sie nicht mal das Wort. Alles kostet, wenn die Armut dein Lied singt.

– Immerhin besser als Klebstoff zu schnüffeln oder Verdünner, sagte Supresh, aber seine Augen schienen hier dunkler zu sein, nicht mehr so leuchtend grün.

Je weiter wir in die Randzone der DZ kamen, desto mehr glich alles einem Endzeitszenario wie in den Science-Fiction-Filmen, die Damian immer so gerne gesehen hatte.

Hier lebten Menschen, die für wenig Geld unter Einsatz ihres Lebens Drogen über die Grenzen schmuggelten, damit sie von dort verschickt werden konnten. Hier lebten Menschen, die für Supresh und Damian arbeiteten, und ich erkannte so etwas wie Schuld in Supreshs Blick. Er würde wohl kaum mehr Opiate konsumieren, nachdem er das hier gesehen hatte.

Im Rückblick ist man immer versucht, der Welt einen Sinn zu unterstellen. Ich bin in die DZ gekommen, damit ich Damian kennenlernen konnte. Als hätte es in meiner Heimat nur deswegen Krieg gegeben. Ich war nicht zum Flughafen gefahren, damit Supresh das hier sah und ich beruhigt nach Europa fliegen konnte. Als gäbe es nicht auch genug Opiatkonsumenten, die jahrzehntelang zufrieden leben konnten, als wäre es eine Sackgasse, ein Freerider zu sein. Der Dünkel der Deli-Bewohner, auch ich trug ihn in mir.

Man sucht Halt, man sucht Halt in der Vergangenheit, weil man ihn in der Zukunft nicht findet, man wünscht sich nur den gefundenen Halt dorthin. Aber der Halt aus der Vergangenheit besteht nur aus Gedanken, Deutungen. Als würde sich das Universum um einen kümmern. Als gäbe es eine Zentrale, wo alles Sinn ergibt. Als wäre das Leben ein Puzzle. Wenn man nur genug Teile zusammenbekommt, wird sich am Ende ein Bild ergeben, auf dem man die Dinge klar erkennen kann, ein Bild mit klaren Konturen und eindeutigen Farben. Ein Bild, wie Lilith eines hat.

Doch es gab keinen Sinn, keinen Trost, außer der Musik. So ist das Leben – wie Musik. Es gibt nichts zu verstehen an einer Melodie oder an einem Rhythmus. Da ist nichts zu enträtseln. Der Verstand hilft nicht. Nicht beim Singen und nicht beim Hören. Dennoch hat er eine Stimme, oft die lauteste von allen.

Doch der Gedanke, dass Supresh nicht mehr konsumieren würde, beruhigte mich, auch wenn es nur eine Deutung war.

Wir hatten das Auto abgegeben und eine Rikscha gekauft. Supresh fuhr und Celia und ich saßen hinten. Nur wenig Blech trennte uns von diesen Menschen. Wir redeten kaum, die Stimmung war gedrückt, man schämte sich fast dafür, genug zum Leben zu haben.

– Das ist das erste Mal, dass ich tatsächlich eine Rikscha fahre, sagte Supresh, eine echte und nicht eine virtuelle. Krass, aber echt.

Wir kamen auf den schlechten Straßen nur langsam vorwärts, doch es schien uns niemand zu verfolgen. Wir konnten keine Musik mehr hören, wir saßen weniger bequem, mit jedem Kilometer, den wir hinter uns brachten, näherten wir uns einem Abschied. Das Lied, das in uns erklang, war wehmütig.

Wir waren nicht mehr weit von der Grenze, vielleicht zwei, drei Stunden, als wir gegen Abend in einer kleinen Stadt hielten, um noch eine letzte gemeinsame Nacht zu verbringen.

– Wie kommen wir eigentlich rüber?, fragte ich Celia.
– Keine Sorge, sagte sie. Ich kümmere mich darum.
– Je weiter wir fahren, desto eher sieht es aus wie zu Hause, sagte Supresh. Nur ärmer, fügte er dann hinzu.

Man konnte die Zeit nicht bestimmen, zu der die Schilder hier noch nicht verbeult und die Farben noch nicht verblichen gewesen sein mussten, die Kleidung noch nicht verschlissen und verschossen. Als stammte alles hier aus dritter Hand, als hätten diese Menschen noch nie etwas gesehen, das neu war.

Unser Hotel hatte Stockflecken an den Wänden, löchrige, muffige Laken und jede Menge Kakerlaken. Es war das einzige in dieser Stadt und wir waren die einzigen Gäste. Wir fanden einen Straßenstand, an dem es nur Reis mit Linsen gab. Wir aßen, während viele Leute stehenblieben und uns anstarrten. Ohne Hemmung, ohne Scham und vielleicht sogar ohne Neugier. In ihren Blicken war kaum etwas zu lesen, sie starrten einfach und lächelten manchmal.

Auf dem Weg zurück ins Hotel bemerkten wir eine große Menschenansammlung und ich fragte mich, ob dort auch Fremde waren, die angestarrt wurden. Celia nahm mich bei der Hand und zog mich dorthin. Als wir nahe genug waren, sahen wir in der Mitte einen nackten Mann mit verfilzten Haaren, der seinen Körper in schier unmögliche Positionen bog.

– Ein Sadhu, sagte Supresh.

Der Mann sah weder aus wie ein Inder noch wie ein Asiate, er war kein Afrikaner, aber auch kein Europäer, für mich war er keiner Rasse zuzuordnen. Er war abgemagert, seine Haut ließ jeden Muskel darunter erkennen, während er im Handstand stehend die Beine in den Lotus knotete und dann die Knie auf den Oberarmen ablegte und mit einem irren Glitzern in den Augen ein Lächeln sehen ließ, das seine gelb und schwarz verfärbten Zähne präsentierte. Dann hob er die Beine wieder an, streckte sie aus und senkte sie langsam, wie in Zeitlupe, zu Boden, ohne die Position seiner Arme oder seines Oberkörpers zu verändern und stand dann so dort, die Stirn an den Schienbeinen, die Hände neben den Füßen.

Dann richtete er sich auf, nahm eine Tonschale, die neben ihm auf dem Boden gelegen hatte und pinkelte hinein. Niemand kicherte, niemand war peinlich berührt, niemand zeigte irgendeine Reaktion. Der Mann gab einen Docht in die Schale, sagte etwas und lachte. Jemand gab ihm ein Feuerzeug. Er zündete den Docht an und sagte wieder etwas.

– Er ist spirituell schon so weit fortgeschritten, dass seine Pisse rein wie Öl ist, sagte Celia, die seit einigen Tagen für uns übersetzte.

– Quatsch, sagte Supresh, er hat seinen Körper nur so gut unter Kontrolle, dass er Öl in seine Blase hochziehen kann.

Während der Docht brannte und alle große Augen machten, sah der Mann in unsere Richtung. Sein Grinsen gefror in dem Moment, als sein Blick Celia traf. Er sagte etwas, Celia antwortete. Nun sahen alle Menschen uns an.

– Er kennt mich aus seinen Träumen, sagte Celia. Er wird uns helfen.

– Der Scharlatan?, fragte Supresh.

– Er kennt einen sicheren Weg über die Grenze.

Ziggy

Dass der Schrei unmenschlich klang, wäre nur eine Metapher. Er klang durch und durch menschlich, auch wenn es nicht vorstellbar war, dass in eine menschliche Stimme so viel Schmerz, Entsetzen und Verzweiflung hineinpassten. Ich hörte ihn, als ich gerade meine Schuhe geschnürt hatte. Elodie schreckte hoch und saß kerzengerade im Bett. Ich öffnete die Tür und lief in die Richtung, aus der der Schrei gekommen war.

Die Tür zu Lukas Zimmer war offen, Frau Heckl stand über seinem Bett, die Hände vor dem Gesicht ohne die Augen zu bedecken. Ich sah die Farbe auf dem Kissen und dem Laken. Die Zeit schien sich zu dehnen, ich ging auf das Bett zu, als wäre ich in einem Traum, in dem ich nicht von der Stelle kam.

Sie mussten ihm in den Hinterkopf geschossen haben. Frau Heckl hatte ihn umgedreht und schlug jetzt mit ihrer Hand auf Lukas Brustkorb. Dort, wo Lukas Nase endete, war ein Loch mit gezackten Rändern, in dem Hirnmasse zu sehen war.

Das war nicht wie im Präparierkurs. Mir war, als müsste ich mich übergeben, zugleich konnte ich kaum atmen, die Luft schien wie eine Wand. Ich drehte den Kopf, vielleicht weil ich ein Geräusch gehört hatte. Ich sah Elodie in der Tür stehen.

An alles danach erinnere ich mich wie an einen Traum, ich konnte hinterher nicht sagen, wer das gewesen sein sollte, der da die Entscheidungen getroffen hatte.

Ich packte Frau Heckl am Arm und zog sie aus dem Zimmer, während ich mit meinem Körper den Blick auf das Bett verstellte. An der Tür fasste ich Elodies Handgelenk und zog sie mit raus auf den Flur. Dann schloss ich die Tür.

– Er ist tot, erschossen. Gib ihr ein Glas Wasser, sagte ich zu Elodie.

Meine Stimme klang, als hätte ich die Nacht trinkend und grölend verbracht. Leonie stand auf einmal im Flur. Ich ging auf sie zu und nahm sie in den Arm.

– Papa?, sagte sie. Papa?

Es war ein Flehen in ihrer Stimme. Als könnten meine Worte irgendetwas bewirken. Es war ein Flehen in ihrer Stimme. Sie löste sich und wollte zur Tür von Lukas Zimmer. Ich hielt sie fest. Räusperte mich, meine Stimme war noch da. Ich war dankbar, ich war so dankbar, noch eine Stimme zu haben.

– Luka ist tot.
– Was?

Leonie versuchte sich loszumachen, aber ich hielt sie fest.

– Nein, schrie sie, nein, nein, nein, nein.
– Jemand hat ihn erschossen, sagte ich.
– Ich will ihn sehen.

Auch sie war im Begriff, ihre Stimme zu verlieren.

– Du kannst ihn nicht sehen.

Sie versuchte erneut, sich loszumachen, sie strampelte, trat mich, schrie, weinte.

Ich sah, dass Samuel jetzt auch im Flur stand und uns verständnislos anblickte.

– Was?, schrie Leonie und *Warum* und *Nein*.

Samuel sah verängstigt aus, ein Büschel Haare stand an seiner Schläfe fast waagerecht vom Kopf ab. Frau Heckl und Elodie waren nicht mehr da. Ich wünschte mir Elodie zurück.

– Celia, sagte Samuel leise. Leonie hörte auf zu strampeln und sah Samuel an, als könnte er etwas erklären.

– Celia sagt, es tut ihr leid. Sie konnte es nicht verhindern.
– Was?, fragte ich.

– Ich weiß es nicht.
– Luka ist tot, sagte Leonie.
Sie wehrte sich nicht mehr, ich lockerte meinen Griff und spürte, wie sie am ganzen Körper zitterte. Sie sah mich an. Was konnte ich schon tun, um ihr zu helfen? Was konnte ich jetzt nur tun?
– Es tut mir leid, sagte ich, aber ich wusste nicht, ob sie verstand, was das heißen sollte.
Meine Stimme klang erstickt.
– Ich will ihn sehen, flüsterte Leonie, während Samuel so dastand, als könnte er sich nicht bewegen.
– Das geht nicht, sagte ich. Dann winkte ich Samuel heran und drückte die beiden ganz fest an mich, während Leonie weinend fragte: Warum?
Ich ließ beide los und sagte zu Leonie:
– Geht auf euer Zimmer. Kümmere dich um deinen Bruder.
Sie gehorchte. Ich ging in unser Zimmer, nahm mein Taschentelefon und rief die Polizei an. Ich nannte meinen Namen, die Adresse, den Namen des Toten, die vermutliche Todesursache und legte auf.

Einige Stunden später waren wir in einem Hotel, das etwas mehr als eine Autostunde entfernt lag. Ich buchte eine Suite, damit wir alle zusammen sein konnten. Wir saßen zu viert auf dem riesigen Doppelbett, die Kinder in der Mitte, wir hatten aus der Onlinevideothek alte Zeichentrickfilme ausgewählt, Donald Duck, Mickey Mouse, Barbapapa, Tom und Jerry, Tweetie und Sylvester.
Samuel lachte manchmal kurz und auch wir lächelten oder kicherten ab und zu. Es wäre absurd und pervers, diese Momente gemeinsam auf dem großen Bett der Suite als schön zu beschreiben. Es war nicht schön. Es war traurig. Und verstörend.

Aus den Boxen drangen die Comicstimmen, bunte Farben flimmerten ins Zimmer, keine Beschäftigung wäre nun die richtige gewesen. Es gab Momente, in denen jemand seine Nachbarn auf dem Bett nicht berührte. Doch wir waren zusammen und das zählte. Das zählte mehr als alles andere und ich fragte mich, wie man so etwas vergessen konnte. Wie konnte man von den Ereignissen so weit rausgetragen werden, wie konnte die Strömung des Lebens einen so weit von der Quelle tragen?

Wie konnte man so leben, als sei dieses Leben nicht ein Geschenk, auf das man kein Anrecht hatte? Diana hatte recht gehabt, ich sollte singen. Wir sollten singen.

Es war nicht schön. Doch wir saßen beisammen und dieses gemeinsame Sitzen auf dem Bett mit Kissen im Rücken war unser Lied. Unser Lied. Es konnte nur erklingen, wenn wir zusammen waren.

Es konnte nur erklingen, wenn niemand von uns einen Missklang verbreitete, es konnte nur erklingen, wenn wir nicht vergaßen, was wir füreinander waren.

Es reichte nicht, tagelang wieder in Elodie verliebt zu sein, es reichte nicht, Orgasmen an der Grenze zur Ohnmacht zur erleben, es reichte nicht, beim Frühstück nach Träumen zu fragen oder stolz zu sein auf die Eloquenz der Tochter. Was uns verband, war etwas anderes, doch ich vergaß es so schnell und leicht, als wäre es der Name eines entfernten Bekannten.

Hier erklang unser Lied und man konnte es nicht hören, wie man ein Stück aus einem Radio hörte, doch wir fühlten, wie der Klang uns verband. So wie Elefanten über ihre Füße die tiefen Frequenzen wahrnehmen und so über große Entfernung kommunizieren, nahm ich unser unhörbares Lied wahr und beschloss nicht zu vergessen, dass das die Titelmelodie unseres Lebens war.

Zoë

Seine nackte Haut war nur mit Asche bedeckt, sein Hintern war winzig, die verfilzten Haare hingen ihm über die Schulter und während er voranging, murmelte Holger etwas vor sich hin, das ein Mantra sein mochte. Mal sah es aus, als würde er einem Pfad im Wald folgen, doch dann schlug er sich wieder mit seiner Machete durch das Gestrüpp. Er schien die ganze Zeit zu wissen, wo es langging, und einen großen Teil der Zeit bewegten wir uns westwärts.

Supresh hatte unbedingt mitgewollt. Noch einmal einen Fuß in die alte Heimat setzen, hatte er gesagt. Celia hatte sich Schuhe gekauft, mit denen sie aus irgendeinem Grund älter wirkte, deutlich älter.

Holger blieb stehen und drehte sich um zu Supresh, der hinter ihm ging:
– Bharat.

Wir hielten auch und sahen uns um. Nichts als Wald, das Auge reichte nicht weit und doch hatte man das Gefühl, dieser Wald würde nie enden.

– Woher weißt du das?, fragte Supresh.

Celia war dazu übergegangen, simultan zu übersetzen, es schien ihr keinerlei Schwierigkeiten zu bereiten.

Holger lachte, ging einige Schritte zurück und sagte:
– DZ.

Dann lachte er wieder.

Es war um die Mittagszeit und ich fragte mich, warum es so einfach war. Musste hier nicht ein Zaun sein, Grenzpatrouillen, Minen?

– Gibt es hier keine Kontrollen?, wollte ich wissen.

– Doch, doch, sagte Holger, natürlich.

– Und?

Holger lachte, schüttelte den Kopf, dass die verfilzten Haare hin und her flogen, dann riss er die Augen auf, streckte die Zunge heraus und brüllte. Dann sagte er etwas.
– Er wird sie vertreiben, übersetzte Celia.
Ich sah ihn an.
– Früher gab es einen Zaun und es wurden sogar Kühe über die Grenze geschmuggelt, sagte Holger, hier gibt es nichts, was man nicht mit ein paar Scheinen klären könnte. Er nahm sein Chillum, das er am Griff seiner Machete festgebunden hatte, und holte aus einer seiner Locken einen Brocken Haschisch. Er ließ sich von Supresh Feuer geben und inhalierte, bis er husten musste.

Dieses Ritual vollzog er etwa zweimal in der Stunde und ich fragte mich, ob er noch wusste, wie es war, unberauscht nüchtern zu sein. Denn dass ihm dies hier wie ein nüchterner Zustand vorkam, stand außer Frage.

– Die DZ, sagte er, die DZ hat alles kaputt gemacht.

Dann ging er wieder vorwärts, dorthin, wo Indien sein sollte, und sagte:

– Die Menschen rauchen Cannabinoide und sie fühlen sich high wie von Hanf. Das ist, was sie glauben. Aber Shiva ist nicht in den Cannabinoiden, Shiva ist nur im Hanf. Weil sie es gewohnt sind, sich zu berauschen, weil sie das Kraut nicht zu Ehren von Lord Shiva rauchen, sondern zu ihrem Vergnügen, spüren sie nicht den Unterschied. Die Götter haben den Menschen den Hanf aus Mitgefühl gegeben, damit sie Erleuchtung erlangen und Furcht verlieren und ...

Er sah herunter auf seinen Penis, der sich in einem für sein Alter beachtlichen Tempo steil aufrichtete. Dann lachte er wieder und kam in meine Richtung. Die Bewegungen seines Beckens wirkten nicht obszön, sondern geschmeidig. Er blieb so dicht vor mir stehen, dass ich die Hand nur ein wenig hätte ausstrecken müssen, um seine Erektion zu umfassen.

– Du solltest auch rauchen, sagte er.

Ich konnte spüren, wie Supreshs Körper sich spannte, bereit mich zu beschützen. Und ich spürte, dass Celia im Begriff war, Holger zurechtzuweisen, doch ich lächelte, gab ihm einen sanften Klaps auf seinen Schwanz und schüttelte den Kopf. Holger lachte.

Als wir das nächste Mal Rast machten, setzte ich mich neben ihn auf einen Baumstamm und winkte Celia heran, damit sie übersetzte.

– Wie kommst du eigentlich zu diesem Namen?, fragte ich ihn.

– Das ist der, den meine Mutter mir gegeben hat. Baba Puri wollte mir keinen anderen geben, jedem der Name, den er nackt bekommen hat, hat er immer gesagt.

– Und wo kommt deine Mutter her?

– Dänemark.

– Und du bist auch dort geboren?

– Ja. Aber ich war da nur fünfzehn Jahre. Dann bin ich dem Ruf des Hanfes gefolgt.

– Und warum bist du dann nicht in Indien geblieben?, fragte Supresh jetzt.

– Ich versuche die Leute zu bekehren, sagte er. Schnee ist nicht gut für die Nase, LSD ist nicht gut für den Kopf, Fenatyl und Krokodil töten die Menschen. All das Zeug, das im Umlauf ist, bringt nur Chaos und Missklang in die Welt. Ich versuche ihnen den rechten Pfad zu weisen.

– Du belügst die Leute, sagte Supresh.

– Wie?

– Deine Pisse ist nicht rein wie Öl.

Holger lachte.

– Man braucht die Aufmerksamkeit der Menschen, sagte er, wenn ich nur im Wald sitze und meditiere, ändert sich nichts. Auch nicht, wenn ich predige. Sie müssen sehen, was möglich ist. Sie müssen einen Glauben haben. Ein Ziel. Es braucht einen Funken, der das Feuer des Glaubens entfachen kann, und dieser Funke sind Zirkustricks. Das ist der Weg, den Yoga genommen hat, und wir folgen ihm. Bom Shankar. Shiv Shankar.

Er sah nun Celia an, als würde er Bestätigung suchen, als wäre sie eine Autorität. Er hielt immer Distanz zu ihr, blickte ihr nicht direkt in die Augen und richtete nun zum ersten Mal das Wort an sie:

– Sri Celia, sagte er und dann noch etwas Kurzes, das Celia nicht übersetzte.

Celia sah ihn an.

– Yoga, sagte sie.

Holger nickte.

– Yoga, begann Celia und sprach zunächst zu Holger. Dann wandte sie sich an uns:

– Yoga ist den Weg des amerikanischen Traums gegangen. Es ist der amerikanische Traum von Yoga geworden. Doch hat es etwa deswegen Ordnung gegeben in Amerika?

– Amerika, das ist doch dieses Land, wo die Träume hingehen, um zu sterben, oder?, sagte Supresh.

– Sie sind einen Irrweg gegangen, sagte Holger.

Celia lächelte ihn an.

– Es gibt nur Irrwege.

Holger protestierte nicht. Doch er sah ihr jetzt in die Augen.

– Was ist das hier?, fragte Celia und deutete auf den Wald.

Es war, als könnte sie in zwei Sprachen gleichzeitig sprechen. Die Antwort übersetzte sie wieder simultan.

– Maya, sagte Holger. Illusion. Lila, nur ein Spiel des Bewusstseins.

– Und die Erleuchtung, entgegnete Celia, die Vereinigung mit der Quelle beinhaltet diese Illusion.

Holger wackelte mit dem Kopf, aber man konnte sehen, dass es ja heißen sollte.

– Sie beinhaltet auch die Irrwege.

Wieder wackelte Holger mit dem Kopf.

– Wie kann es Wege geben in einem Ozean? Wie kann es Wege geben im Klang? Wie kann es Richtungen geben in dem Einen, das alles umfasst? Alle Wege sind Irrwege.

Ein, zwei Sekunden lang sah es so aus, als würde Holger den Kopf sinken lassen, dann sagte er:

– Es gibt Wege. Ihr habt mich gebraucht für diesen Weg. Es gibt Wege, wie bist du sonst in meine Träume gelangt?

Er schien sich zu freuen, doch da war immer noch eine Frage in seinen Augen, die Suche nach Bestätigung.

Celia lachte.

– Das ist nur eine Geschichte, sagte sie. Rauch noch einen. Shiv Shankar.

Ziggy

Es war kurz vor einer Raststätte.

– Mir ist schlecht, sagte Samuel.

– Schließ die Augen und atme tief, riet ich ihm.

– Ich muss spucken, beharrte er.

Ich scherte rechts aus, während Samuel schon den Gurt löste. Ich hielt noch vor dem Parkplatz der Raststätte. Samuel schaffte es, die Tür aufzumachen, ein Fuß war schon draußen, als man das erste trockene Würgegeräusch hörte. Beim zweiten Würgen hatte er den anderen Fuß auch draußen, doch er saß noch. Er erbrach sich zwischen seine Füße.

Elodie ging mit ihm auf die Toilette, während ich Wasser auf die Lache schüttete, auf der sich bereits die Fliegen sammelten. Leonie saß zusammengekauert auf der Rückbank und hielt sich die Nase zu. Ich fuhr auf den Parkplatz, wir stiegen aus und setzten uns in den Schatten eines Baumes, Leonie lehnte sich mit dem Rücken gegen den Stamm, wir blickten beide Richtung Parkplatz.

Im Auto hatten wir geschwiegen und die Atmosphäre war irgendwo zwischen friedlich und traurig gewesen. Wir waren miteinander verbunden, dieser Eindruck beruhte sicherlich nicht auf Einbildung oder Wunschdenken. Dennoch hatte ich mich beim Aufwachen im Hotel gefragt, ob dieses Besinnen auf Familie nicht aus einer Schwäche geboren war. Und ob diese Schwäche den Wert der gemeinsam verbrachten Zeit minderte.

Ich ahnte, dass wir uns jetzt nicht streiten würden. Vielleicht wollte ich auch nur mein Gewissen beruhigen. Ich wusste nur nicht, wie ich es formulieren sollte.

– War es … War es wegen der Drogen?

– Nein, sagte Leonie. Bestimmt nicht.

– Aber wieso … mit jemandem, den du überhaupt nicht kanntest … vorher … so schnell …

– Ich kannte ihn.

Ich sah sie an.

– Von Edit.

– Wie?

– Er war bei Edit, wir haben es eher zufällig herausgefunden, als wir uns unterhalten haben. Ich hatte auch schon einige Male mit ihm gechattet.

– Wer …?

– Psylli.

Ich senkte den Kopf und atmete aus. Es war ein weiterer dieser unwahrscheinlich heißen Tage, doch jetzt schoss mir der Schweiß aus den Poren, als hätte er auf ein Signal gewartet.

Die Polizei hatte keine Einbruchsspuren feststellen können. Luka war zwischen drei und fünf Uhr morgens mit einer kleinkalibrigen Waffe mit Schalldämpfer durch einen Genickschuss getötet worden. Der oder die Täter schienen einen Schlüssel besessen zu haben, alle Gäste der letzten Monate sollten überprüft werden. Es fehlte jeglicher Hinweis auf ein Motiv. Die Polizei tappte im Dunkeln. Frau Heckl tappte in der Finsternis. Die anscheinend völlige Sinnlosigkeit dieses Todes potenzierte ihren Schmerz.

Zu wissen, das Luka Psylli gewesen war, warf ein neues Licht auf die Tat, rückte sie in Zusammenhang mit den Morden in Litauen.

– Warum ..., meine Stimme klang brüchig, warum hast du der Polizei nichts gesagt?

Noch während ich sprach, traten ihr die Tränen in die Augen und dann zog sie nur die Schultern hoch. Ich nahm sie in den Arm.

– Schon gut, sagte ich, schon gut. Wahrscheinlich war das richtig. Weiß Elodie davon?

Sie schüttelte den Kopf.

– Wir müssen es ihr sagen.

Leonie nickte schluchzend.

– Sie haben seinen Rechner mitgenommen, fiel mir ein. Sie werden ...

Ich wollte ein Szenario entwerfen, das mich aus der moralischen Zwickmühle befreien konnte, doch Leonie unterbrach mich.

– Es ist alles verschlüsselt. Das Passwort hat sechzig Stellen inklusive Sonderzeichen. Luka hat es mir genau erklärt. Sie werden nichts finden.

Mein Hemd klebte an mir, es war ganz durchgeschwitzt, ich fühlte mich, als wäre ich zwanzig Kilometer in der

Hitze gelaufen. Am liebsten hätte ich die Augen zugemacht. Ich wünschte mich weg, weg aus diesem Leben.

– Mama und Samuel kommen, sagte Leonie und wischte sich die Tränen aus dem Gesicht. Ich gehe auch mal aufs Klo.

Ich holte tief Luft.

– Was ist los?, fragte Elodie.

– Später, sagte ich, während ich aufstand.

– Was ist mit Leonie?

– Später.

– Es ist heiß. Lass uns einsteigen, sagte sie.

Ich strich ihr mit der Hand über den nackten Oberarm und lächelte. Was würde ich nur ohne dich tun?, sollte dieses Lächeln sagen und ich vermute, es sagte es tatsächlich.

Elodie reichte mir ein neues Hemd aus dem Koffer, ich zog mich um und setzte mich ans Steuer. Die Luft der Klimaanlage ließ mich frösteln, doch mir war warm, viel zu warm. Jeder Gedanke begann mit: Wenn wir zur Polizei gingen ...

... würden sie fragen, warum wir die Information zurückgehalten hatten. Sie würden wissen, dass Leonie bei Edit war. Die Lehrer in der Schule würden es erfahren. Ihre Zukunft in Europa ... Wenn Europa eine Zukunft hatte ... eine lebenswerte Zukunft ... Würde Leonie nicht ohnehin auswandern? Aber sollte sie das nicht aus freien Stücken entscheiden können? Unsere Information würde Luka nicht wieder lebendig machen. Doch Frau Heckl würde vielleicht besser schlafen. Und sich nicht bis ans Ende ihrer Tage fragen: Warum? Vielleicht würde der Mörder sogar gefasst werden. Die DZ würde noch mehr schlechte Propaganda bekommen. Wenn wir zur Polizei gingen, würde die Geschichte groß in die Medien kommen. Luka wäre kein aus unbekannten Gründen erschossener Jugendlicher mehr, sondern ein Chemie-Genie, das seine Fähigkeiten an Drogen verschleudert hatte, ein fehlgeleitetes Superhirn.

Und wenn die Aufmerksamkeit der Polizei erst mal auf Leonie gefallen wäre, dann würden sie vielleicht weiter nachforschen. Damian würde aus der DZ kommen, wir würden streng überwacht werden, sie würden feststellen, dass ich Datenverkehr verschlüsselt hatte und sich fragen warum. Dianas Bogen LSD, wmk, Elodies Übersetzung, meine Gedanken überschlugen sich. Wenn wir zur Polizei gingen ... würde Luka nicht wieder lebendig werden, und selbst wenn man den Mörder fand, die Auftraggeber würden ungeschoren davonkommen, der Gerechtigkeit würde nicht Genüge getan werden.

Zweihundert Kilometer lang schwiegen wir. Elodie zeigte ein wenig von ihren Oberschenkeln, indem sie ihren Rock hochzog, aber keinerlei Neugier oder Ungeduld, während mein Kopf fieberhaft arbeitete.

Mir wurde bewusst, dass ich an unserem Leben, unseren Sicherheiten und meiner Karriere genauso festhielt wie Elodie. Auch ich schätzte unseren persönlichen Vorteil höher als etwas anderes. Doch das war meine Familie, das war unsere Titelmelodie.

Wie ich es auch drehte und wendete, es erschien mir falsch, nicht zur Polizei zu gehen. Es war moralisch nicht richtig. Aber das ganze System, in dem wir lebten, war nicht richtig.

Doch konnte ich einfach nur dem System die Schuld geben? Die Schuld an dem System lag doch beim Einzelnen. Es gab kein richtiges Leben im falschen. Adorno. Es war nicht möglich, aufrecht durch ein System zu gehen, das die Lüge begünstigte und nicht die Wahrheit an die erste Stelle setzte. Sie erzählten uns nicht die Wahrheit über Drogen, aber sie erzählten uns überhaupt keine Wahrheiten, nicht über unseren Wohlstand, nicht über die Ausbeutung, nicht über unsere Lebensmittel, nicht über unsere Überwachung.

Zweihundert Kilometer lang entwarf ich in meinem Kopf einen Irrgarten nach dem anderen, formulierte Anklagen und Rechtfertigungen, zweihundert Kilometer lang staunte ich über die Fähigkeit meines Verstandes, die Dinge zu biegen und zu beugen, das Licht zu dimmen oder den Fokus des Scheinwerfers zu verrücken. Der Verstand war in der Lage, viele Haltungen plausibel erscheinen zu lassen, er suchte nach einem Unterbau für Entscheidungen, die längst gefallen waren.

Nach zweihundert Kilometern hielt ich an einer Raststätte, dieses Mal war ich derjenige, der kotzen musste.

Samuel schlief schon, als wir zu Hause ankamen. Ich hob ihn aus dem Auto und warf dabei Leonie einen Blick zu und deutete mit dem Kinn in die Richtung ihrer Mutter. Sie senkte die Lider.

Ich trug Samuel hoch, ging ins Bad, wusch mir Hände und Gesicht, putzte noch die Zähne, ich ließ das Wasser laufen und starrte auf den Strahl, ich wusch mir nochmal das Gesicht, begutachtete hinterher meine Bartstoppeln mit dem Vergrößerungsspiegel und fand dabei einen Mitesser an meiner Oberlippe.

Als ich ins Wohnzimmer runterkam, stand Leonie auf. Als sie an mir vorbeiging, stoppte ich sie und flüsterte:
– Es wird alles gut.

Und ich dachte, dass die Dinge immer schlecht stehen, wenn jemand diesen Satz sagt, doch ich versuchte zu lächeln und zuversichtlich auszusehen.

Als Elodie und ich etwas später im Bett lagen, starrten wir an die Decke. Es brauchte keine Worte. Die Melodie war leiser. Und trauriger. Aber sie war noch da, unverkennbar.

Zoë

Supresh strahlte. Er schien glücklich und obendrein stolz auf das, was wir sahen. Als wäre es sein Verdienst.

Die Straßen waren voller Menschen. Es war, als stünde man an einem Samstagabend ziemlich weit vorne in der Schlange vor dem Synaestesia, dort, wo man die Gerüche von mindestens sechs Menschen gleichzeitig einatmen konnte, wo man so nah an einem Nacken oder einer Schulter war, dass man nur den Kopf hätte neigen müssen, um mit den Lippen fremde Haut zu berühren.

Doch das hier war eine ganz normale Straße, es war, als würden die Menschen aus dem Asphalt emporkochen, und nur weil sie nicht verdampfen konnten, drängelten sie sich in eine Richtung, die sie für vorwärts hielten. Es war so voll, dass man nicht hätte tanzen können zu der Musik dieser Stadt, den Gesprächen der Menschen, dem langanhaltenden Hupen der Rikschas, Autos und Motorräder, dem Lärm der Motoren, den Rufen der Straßenverkäufer, den Glocken der Tempel, den Klängen aus den Radios und Boxen vor den Läden.

Kakophonie war ein zu schwaches Wort, man hätte es erst mit Metaphorizin zum Leben erwecken müssen. Doch selbst dann hätte es noch ein anderes Wort gebraucht, etwas mehr Lautmalerei und man wäre hautnah dabei. Man würde spüren, wie die Kleidung der Menschen die Haut streifte, sich ihre Wärme mit der eigenen vermischte, wie die ganze Stadt ein Wesen zu sein schien, das Ruhe als eine Droge betrachtete, die es nicht brauchte. Und mittendrin Supresh mit diesem Grinsen, als würde diese Welt ihn mehr erheitern als alles andere.

Von Holger hatten wir uns schon im ersten Dorf nach der Grenze getrennt. In einem überfüllten Kleinbus, auf dessen Dach Männer mit eckigen Gütern in Reissäcken mitreisten, waren wir hierhergefahren. Supresh hatte mit den Menschen gescherzt und gelacht, während Celia und ich angestarrt wurden, ich mit unverhohlener Neugier, Celia mit Respekt oder gar Angst. Sobald Celia den Leuten die Zunge rausstreckte, wandten sie sich ängstlich ab, was Celia sehr amüsierte.

Vom Busbahnhof aus waren wir in ein Restaurant gegangen und hatten Thalis gegessen, die auf Bananenblättern serviert wurden und weit besser waren als die, die wir in Siem Reap immer gegessen hatten.

Nun saßen wir in einem Taxi und waren auf dem Weg zum Flughafen. Wir kamen nur langsam vorwärts, die Menschenmassen hörten nicht auf, die Stadt schien sich über eine große Fläche zu erstrecken, hier und da sah man verfallende Gebäude, die wirkten, als hätte man aus Stockflecken Wände errichtet. Am Straßenrand waren bettelnde Menschen mit trüben oder entzündeten Augen, Menschen mit verstümmelten oder schief zusammengewachsenen Gliedmaßen, kleine Kinder, die unbekümmert mit Scheiße spielten. Kolkata war eine Droge wie Jamais-Vu, ein Flop, den EA vor zwei Jahren auf den Markt geworfen hatte. Man erkannte nichts wieder, es war, als sähe man alles zum ersten Mal.

Jamais-Vu war ein gutes Mittel gegen Langeweile, doch verlor man die Orientierung in der Welt und starrte fasziniert auf die Gegenstände, von denen man nicht mehr wusste, wozu sie gut waren, ein Besen, ein Glas oder ein Joint. Ein gutes Mittel gegen Langeweile, doch man kam sich dumm vor, auch schon während der Wirkung. Es gab keine Euphorie, keine Einsichten oder auch Schein-Einsichten, man wurde nur unfähig, Zusammenhänge zu erkennen. Jeder bei uns im Viertel hatte die Droge probiert, ein oder vielleicht auch zwei Mal, dann nie wieder.

Gefährten sollen einem helfen, auf die eine oder andere Weise, doch Jamais-Vu hatte nicht geholfen, außer vielleicht gegen einen Überdruss. Gefährten sollen Türen öffnen, doch Jamais-Vu hatte alle geschlossen.

Kolkata war ein Jamais-Vu für mich, aber nicht als Gefährte, sondern als Teil der Welt. Armut hatte ich schon in Kenali gesehen und vor einigen Tagen in den Randbezirken der DZ, doch diese Dichte von Elend, Hunger, Schmutz, Gestank, Schorf und Eiter war neu, völlig neu, und sie zeigte mir, was Menschsein bedeuten konnte.

Die Welt als Droge ist keine Metapher, hatte Celia gesagt.

Erst als wir uns dem Flughafen näherten, wurden die Straßen etwas leerer. Auf dem Weg vom Taxi ins Flughafengebäude verneigten sich Menschen vor Celia. Ein Mann mit einem grauen Bart, aber jugendlichem Gesicht, fiel vor ihr auf die Knie, berührte ihre nackten Füße und fuhr sich dann mit den Handflächen über den Kopf.

– Er hält dich für eine Verkörperung der göttlichen Mutter, sagte Supresh.

– Es ist ein träumendes Universum, sagte Celia, die Dinge sind weder so, wie sie scheinen, noch sind sie anders.

Die schnellste und billigste Möglichkeit für mich war, über Delhi nach Frankfurt zu fliegen. In achtzehn Stunden konnte ich schon in Europa sein. Ich buchte den Flug. Als ich mich vom Schalter abwandte, fragte ich Supresh, der auf einen Monitor starrte:

– Wo ist Celia hin?

– Hä?

Er sah sich um.

– Gerade war sie noch da. Aber schau mal.

Er deutete auf den Monitor, da war ein Nachrichtensprecher, aber ich konnte nicht verstehen, was er sagte.

– In den letzten Tagen wurde innerhalb der DZ immer wieder ein Mädchen in einer Kittelschürze gesichtet, sie tauchte an verschiedenen Orten auf, doch verschwand auch wieder. Hier glaubt man, dass sie eine Inkarnation von Kali ist. Im Kalighat-Tempel hier in Kolkata hat man heute einhundertundacht Ziegen geopfert. In der DZ heißt es, dass das Mädchen auf der illegalen Droge wmk gesehen wird, und dass es sich möglicherweise um Flashbacks handelt, erklärte Supresh, während man auf dem Monitor nun eine große Menschenmenge vor einem Tempel sehen konnte.

Er schüttelte den Kopf.

– Flashback mich am Arsch. Ich habe noch nie einen von diesen Flashbacks gehabt, die sie uns seit Jahrzehnten versprechen.

– Eine illegale Droge in der DZ, sagte ich.

– Keine Droge ist illegal, nirgends. Handel, Besitz, Konsum, Anbau, Einfuhr, Ausfuhr, aber es kann doch nicht eine Substanz illegal sein. Oder gar eine Pflanze.

Er senkte seinen Blick vom Monitor und schaute sich in der Halle um.

– Wo ...?

– Ich glaube, wir brauchen sie nicht zu suchen.

Supresh sah mich erstaunt an, aber dann nickte er.

– Flughäfen sind der Übergang von einer Wirklichkeit in eine andere ...

Wenn man ihn jetzt sah, mochte man kaum glauben, dass er vorhin noch bester Laune gewesen war. Er wandte den Kopf wieder zum Monitor, seine Augen verengten sich, dann sagte er:

– Nein, ne, wir haben aber auch gar nichts mitbekommen in den letzten Tagen.

Er erwartete wohl eine Nachfrage, also tat ich ihm nach einigen Sekunden den Gefallen.

– Was ist passiert?

– EA hat sich von Sohal Mishra getrennt. Komm, sagte er und lief zu einem Internetterminal, steckte seine Karte in den Schlitz und rief eine unabhängige Nachrichtenseite aus der DZ auf.

Sohal Mishra lag in einem Krankenhaus, es hieß, sie habe Wahnvorstellungen. Sie glaubte, dass Drogenkonsumenten sie vergiften und töten wollten, die ganze DZ habe sich gegen sie verschworen. Sie hatte noch ein Interview gegeben, bevor sie eingewiesen worden war, und es klang, als würde sie unter einer üblen Form von Yalsol leiden. Sie hatte gesagt, EA, Psyche-Daily und RecDrugs würden alle zusammenarbeiten und ein Kartell bilden, sie seien verantwortlich für die Toten in Litauen. Bis dahin klang es noch halbwegs plausibel, doch dann warnte sie vor Islamisten, die einen Krieg gegen die DZ planten, und zwar nicht aus der arabischen Welt, sondern von Europa aus. Von dort würden sie die DZ überschwemmen mit Drogen, die fünf Jahre nach der Einnahme die Menschen zu willenlosen Zombies machten, die dann in Europa einmarschieren würden. Sie habe die Zukunft gesehen und die sei Mord und absolute Kontrolle.

Man konnte es mir wohl anmerken. Supresh sah mich an, einige Sekunden brauchte er, doch dann wusste er es.

– Die LSD-Lösung ...

Ich senkte den Kopf.

Scham und Schuld.

Ziggy

Es war der Tag des Marathons. Elodie hatte ihre Übersetzung vor drei Tagen an Prof. Skomych geschickt, dessen private Adresse ich von einem Kollegen bekommen hatte. Skomych war eine anerkannte Größe auf dem Gebiet der

Sprachwissenschaft, doch als Intellektueller, als den er sich selbst betrachtete, mischte er sich immer auch in Diskussionen zu Themengebieten ein, in denen sein Wissen dürftig war.

Wir hatten nicht damit gerechnet, dass er Elodies Arbeit positiv bewerten würde, geschweige denn für eine Veröffentlichung vorschlagen. Allein schon, weil Elodie die wissenschaftliche Qualifikation fehlte und sie keine Fürsprecher in der akademischen Welt hatte. Doch am Tag des Marathons, an einem Sonntagmorgen, kam Skomychs Antwort, die uns zurückließ wie wmk, sprachlos.

– Komm mal, rief mich Elodie, und stand auf und ließ mich an ihren Rechner. Skomych ging davon aus, dass die Übersetzung komplett falsch war, auch wenn er zugeben musste, dass Elodies System funktionierte. Doch es gebe zu viele Faktoren, die außer Acht gelassen worden seien. Es sei, als habe Elodie ein Puzzle vor sich gehabt, aber ein Kreuzworträtsel gelöst, schrieb er. Es gebe zwar Indizien dafür, dass es sich bei den Texten um Mythen handle, doch da begännen auch schon die Probleme. Elodies Fantasieübersetzung würde sich im ersten Teil auch der Entstehung der Welt widmen, doch würden hier nicht die Gegensatzpaare wie Geburt und Tod erläutert und sie, Elodie, scheine alle Mythen kritisieren zu wollen, indem sie die mythentypische Bipolarität zwischen Göttern und Menschen, Leben und Tod, Schöpfung und Zerstörung negiere und somit auch eine Synthese dieser Pole.

Er bezeichnete die Übersetzung als Elodies Werk, einige Zeilen darunter nannte er es gar einen fiktiven Prosatext, der nicht die Herkunft eines Volkes erläutere und auch keinen Grundstein für Moral und Werte lege. Zudem sei der Text anachronistisch, er würde Gedankengut kritisieren, das erst später in der Geschichte entstanden war. Ein klarer Hinweis darauf, dass im günstigsten Falle Elodies Fantasie mit ihr durchgegangen sei. Aber auch ein böswilligeres Motiv anzunehmen sei nicht gewagt, schrieb er.

Er drohte nicht, dass er gegen den Versuch einer Veröffentlichung vorgehen würde, aber es blieben kaum Zweifel daran, dass dies der Fall sein würde. Medienliebling Skomych.

Als ich mich umdrehte, standen Elodie die Tränen in den Augen und einige Sekunden lang wusste ich nicht, ob vor Wut oder vor Enttäuschung. Ihre Pupillen verengten sich, sie nahm ein Nachschlagewerk vom Schreibtisch und schleuderte es gegen die Wand, das Gesicht völlig verzerrt.

Ich hatte sie einige Male so erlebt, in der Anfangszeit unserer Beziehung, nachdem Verliebtheit und Geilheit abgeklungen waren. Sie konnte so wütend werden, dass sie Teller zerbrach und Möbel zerstörte, so wütend, dass nichts in der Welt mehr an seinem richtigen Platz schien. Und jetzt funkelte sie mich an, als stünde ich auf Skomychs Seite.

Die letzten Tage waren sehr friedlich gewesen, wir waren alle freundlich zueinander, wir begegneten uns wohlwollend, Samuel träumte nicht mehr, in Leonies Kopfhörer schien eine harmonischere Musik zu erklingen als die von Noël Helno, sanfter und rhythmischer.

Wir fanden zärtliche Gesten und Worte füreinander, ohne sie zu suchen, wir fanden zu viert Platz auf dem Sofa, ohne dass sich jemand benachteiligt fühlte. Wir waren gestern bei Diana zum Essen gewesen, sie hatte nicht gut ausgesehen, aber kochen konnte sie noch wie früher. Zum Kaffee hinterher hatte es selbstgemachten Himbeerkuchen mit Sahne gegeben. Die Sonne stand tiefer, das Licht war weicher, und wenn auch weder Damian noch Zoë auf meine Mails antworteten, ging ich davon aus, dass Damian sehr bald an der Tür klingeln würde. Meine paranoiden Ängste hatten sich durch Psyllis Tod nicht verstärkt, sondern waren abgeklungen, auch weil ich weder bei Edit noch bei Euphoricbasics reinschaute, dieses Kapitel schien nun abgeschlossen.

– Scheiß auf diesen Skomych, brüllte Elodie nun, scheiß auf diese ganze elitäre Akademikerbagage, die ihre Pfründe in Gefahr sieht.

Sie fluchte sonst nicht und ich wünschte, sie wäre leiser, damit die Kinder sie nicht hörten.

– Scheiß auf ihre Regeln, ihre Veröffentlichungen und Journale. Ich bin nicht auf Ruhm aus. Die können mich mal, aber kreuzweise.

– Er weiß, dass du recht haben könntest, sonst hätte er nicht so ausführlich versucht, dich auseinanderzunehmen, sagte ich.

– Ist doch alles Bullshit, sagte sie, es gibt Völker, die ganz ohne Mythen auskommen, es entspricht nicht immer alles einem Schema oder einer Theorie. Was ist mit den Pirahã? Die haben gar keinen Schöpfungsmythos. Da wird nichts gegründet. Was ist mit den Gasloli? Die haben keine Gegensatzpaare. Was ist mit ...?

Sie holte tief Luft.

– Wir stellen es ins Internet, sagte ich. Vergiss die Veröffentlichung, wir stellen es ins Internet und schreiben einen Eintrag bei Wikipedia.

Sie lächelte, als hätte man einen Schalter umgelegt. Immer noch war sie von Zeit zu Zeit völlig unberechenbar für mich. Jetzt kam sie auf mich zu, öffnete den Knopf meiner Hose und zog den Reißverschluss hinunter.

Wir vögelten, wir vögelten das erste Mal seit Lukas Tod und wir vögelten mit einer Heftigkeit, die ihrem vorherigen Wutausbruch angemessen war.

Zoë

Europa kannte ich aus Filmen und Büchern, aus den Erzählungen Damians und anderer Europäer, die in der DZ wohnten. Das alles hatte mich nicht vorbereitet auf das, was ich sah. Der Flughafen war sauberer als manches Krankenhaus, das ich gesehen hatte, und wirkte trotz der Reisenden leer. Die Gesichter und Körperhaltungen der Menschen gaben mir das Gefühl, dass es ihnen hier dennoch zu eng war, dass hier zu viele andere waren. Ein Gefühl, das ich auf Kolkatas Straßen nicht gehabt hatte. Die Menschen schienen hier einen imaginären Kreis um sich herum zu haben, wenn man ihn beschritt, fühlten sie sich beengt oder bedroht oder bedachten einen mit seltsamen Blicken.

Flughäfen sind Orte, an denen man viel Freude sehen kann, hatte Damian oft gesagt, Wiedersehensfreude. Doch als die Tür vor mir aufgeglitten war und ich die Menge der Wartenden gesehen hatte, war da keine Freude. Nur hochgehaltene Schilder und Geschäftigkeit. Es war, als wäre ich im Dynamis-Viertel. Von Abschiedsschmerz hatte Damian nie gesprochen. Oder von Ankunftsschmerz.

Was hier zu fehlen schien, war Zeit. Zeit, damit Freude sich entfalten konnte. Oder eben der Schmerz. Oder etwas anderes. Es fehlte Entfaltung. Alle schienen es eilig zu haben, nichts schien ihnen schnell genug zu gehen, nicht die Passkontrolle, nicht die Gepäckausgabe, der Vordermann trödelte oder jemand stand im Weg. Zeit schien ein wertvolles Gut hier, doch nicht weil man sie genießen wollte, sondern weil man sie gegen etwas noch Wertvolleres tauschen konnte. Was auch immer das sein mochte. Zeit war Zeit, sie war nicht zu tauschen, zu verlängern oder zu verkürzen. Ich verstand auf einmal besser, warum Damian ungeduldig geworden war, als es so lange geregnet hatte. Warten war nicht das Vergehen der Zeit, Warten war eine Hoffnung auf ein besseres Leben, das man endlich anfangen konnte, wenn die Umstände sich änderten, wenn man nicht mehr in der Schlange stand oder nicht mehr in einer Hütte saß und der Regen auf dem Dach jeden Tag neue Lieder spielte.

Zeit und Platz, alle wollten mehr Zeit und Platz haben, selbst die Sitze im Zug schienen ihnen zu nah beieinander zu sein. Die meisten hatte ihre Tasche auf den Platz neben sich gelegt, um zu verdeutlichen, dass sie keine Sitznachbarn wünschten. Mir gegenüber saß ein Mann in einem gut gebügelten weißen Hemd, der schlief und auf seinem Sitz so nach vorne geglitten war, dass die Schultern seines Hemdes hochgerutscht waren und es nun so aussah, als hätte er keinen Hals. Ein Kleidungsstück, das Arbeit repräsentierte, und ein Kopf. Verschobene Proportionen. Es schien mir wie eine Metapher, auch wenn ich nicht sagen konnte wofür.

Die meisten waren über Schreibtafeln gebeugt und schienen zu arbeiten, als wären Blicke aus dem Fenster eine Verschwendung. Aber vielleicht waren sie die Strecke einfach schon so oft gefahren, dass es sie langweilte. Dennoch, es war eine Entschlossenheit in ihren Gesichtern, wie ich sie in der DZ selten gesehen hatte. Nur Sohal Mishra hatte so ausgesehen.

Sohal Mishra, sobald ich an sie dachte, wurde mir heiß.

– Kein Grund, sich schlecht zu fühlen, hatte Supresh gesagt. Was glaubst du, wie viele Menschen schon eine Psychose bekommen haben durch irgendetwas, das sie erfunden hat? Was glaubst du, was sie alles auf dem Gewissen hat?

– Du fandest sie cool, hatte ich ihn erinnert.

– Sexy, hatte er gesagt. Aber nicht weiter interessant. Ich finde es gut, was du getan hast. Hat sie denn geglaubt, sie könne als Einzige durch den Regen gehen, ohne nass zu werden? Hat sie geglaubt, sie kann ohne Ende Ruhm und Geld scheffeln in der DZ und immer nüchtern bleiben? Hey, mein Bruder und ich haben ihre Poster gesammelt, als wir in die Pubertät kamen, aber ich finde es geil, dass sie abgekackt ist. Echt. Vielleicht wird sich ja jetzt etwas ändern, vielleicht können wir die Drogen aus dem Würgegriff des Kartells befreien. Mit der Hilfe dieser Leute von Drogenfreiheit. Celia ist aufgetaucht, vielleicht stehen große Veränderungen bevor, und du hast deinen Teil dazu beigetragen.

– Geld und Drogen sind viel zu eng miteinander verbunden, hatte ich gesagt.

– Ja, aber Drogenfreiheit wollen ja gerade das ändern.

Ich hatte gelächelt, ich hatte ihm diese Energie nicht nehmen wollen, auch wenn ich seinen Glauben nicht teilen konnte. Es gab keinen Ausstieg aus der Welt des Geldes.

Alles kostete. Auch die Koffer, die ich in den Ablagen des Zugs sah und deren Größe mich beeindruckte. Das war mir schon am Gepäckband aufgefallen. Es war nicht so sehr die Tatsache, dass die Menschen so viele Kleidungsstücke zu besitzen schienen, sondern dass sie es offensichtlich auch notwendig fanden, sie überall hin mitzunehmen.

Damian hätte genauso argumentiert, wie Supresh es am Flughafen getan hatte, doch ich fühlte mich schlecht wegen Sohal Mishra. Damian hätte sich gefreut darüber, was passiert war, auch weil er Angst vor ihr gehabt hatte.

Ich hatte einen Fehler gemacht. Fehler sind wie Berge, hatte meine Mutter immer gesagt, man steht auf dem Gipfel seiner eigenen und redet über die der anderen. Und recht hat immer nur der, der den Griff des Dolches hält.

Oder dessen Name große Summen bewegen kann, dachte ich.

Doch es half nicht, an Mishras Fehler zu denken. Jeder Mensch hat das Recht auf eigene. Wenn man den Weg verliert, lernt man ihn erst kennen, hatte Lilith mal gesagt. Oder sich selbst, dachte ich.

Nun war ich also in Europa und würde wahrscheinlich nie wieder mit Gefährten reisen. Wenn ich Wehmut oder Bedauern empfunden hätte, hätte ich die Abstinenz als Sühne ansehen können, doch Gefährten schienen mir nicht mehr wichtig. Wichtig war es, mit ihnen gereist zu sein. Wichtig war es, die Welt gesehen zu haben, wenn die Pforten sich öffneten.

Wenn man den Weg verliert, lernt man ihn kennen. Doch wenn man ihn zu kennen glaubt, hat man schon verloren.

Es gab keine Landkarte des Lebens. Es war alles nur ein Meer aus Wellen, Klang und Schwingungen. Manchmal bewegten sich die Wellen gleichmäßig und harmonisch und die Welt hörte sich an wie ein frohes Lied, manchmal klang die Melodie, als hätte sie Wasser geschluckt. Es gab für die Wellen keine Gründe, auch nicht für die, die mich nun nach Europa gespült hatten.

Ich sollte in Hamm umsteigen, doch da unser Zug Verspätung hatte, musste ich eine Stunde auf den Anschlusszug warten. Menschen schnaubten und stöhnten. Ich ging ein wenig spazieren. Die Sonne schien, die Stadt war wie ausgestorben. Die wenigen Leute auf den Straßen schienen alle ein Ziel zu haben, und Damian hatte nicht übertrieben, überall waren Kameras installiert. Womöglich befürchteten die Leute, dass man sie maßregeln würde, wenn man sah, wie sie trödelten. Sie hatten keine Blicke übrig für die halbnackten Frauen, die von Plakatwänden lächelten und für Dinge warben, die in keinem Zusammenhang zu ihrer spärlichen Kleidung standen.

Hätte man auf den Straßen gar keine Menschen gesehen, sondern nur die Bilder der Werbung, man hätte glauben können, dass hier ein Volk wohnte, das den Großteil seiner Energie auf die Erfüllung von sexuellen Begierden verwendete.

Doch die Straßen, die Geschäfte, die Blicke, ja selbst die Frauen auf den Plakatwänden wirkten steril, in ein Regelwerk gepresst. Ich hatte das Gefühl, in einer eigenartigen Wüste gelandet zu sein, einer Wüste aus Ladenpassagen, Parkhäusern und Beton, waagerecht und senkrecht. Und ich hielt Ausschau nach Kakteen, nach etwas, das hier überleben konnte und Stacheln hatte.

Ich blieb einfach stehen und sah mir die Leute an, die an mir vorbeigingen. Wenn man auf die Plakatwände und in die Auslagen sah, hätte man glauben können, alles hier drehe sich um die Erfüllung ihrer persönlichen Wünsche. Doch alle wirkten gehetzt, die Strecken zwischen zwei Befriedigungen schienen weit und beschwerlich. Oder ich deutete zu viel in diese Gesichter hinein, die mir fremd waren. So wenige Menschen, aber alle waren sie Europäer, so etwas bekam ich sonst kaum zu sehen.

Ich hatte in der DZ viele Europäer kennengelernt, ihre Entschlossenheit und Effizienz hatte sie in der DZ weit gebracht, sie führten Drogerien und Hotels, Restaurants und Cafés, sie therapierten Paare, sie leiteten Agenturen oder arbeiteten bei EA, doch mir dämmerte, dass sie hier nicht erfolgreich gewesen wären. Sie passten nicht hierher, sie waren nicht hart genug, nicht zielgerichtet genug, nicht resolut genug. Oder die DZ hatte sie weicher gemacht.

Ich kaufte ein Eis und probierte mein Deutsch aus, es reichte, um zu bekommen, was ich wollte, auch wenn die Verkäuferin kein einziges Mal lächelte. Die Geschmacksrichtungen waren bloß Farben, Pistazie war grün, aber man hätte es auch als Minze oder Koriander verkaufen können, Mango war orange, aber es hätte auch Mandarine oder Pfirsich sein können, Kokosnuss war weiß, aber es hätte wohl nicht anders geschmeckt, wenn ich Sahne oder Joghurt gekauft hätte.

Ich warf das Eis in einen Mülleimer und sah dann hoch zu der Kamera, die mich dabei beobachtet hatte.

Später schlief ich im Zug ein, verpasste Bremen und stieg erst in Hamburg aus.

Ziggy

Das Wellende, das aus dem Ungrund aufsteigt, ist wie ein Traum. Es ist nur da, weil es wahrgenommen wird, weil es Augendes, Ohrendes, Nasendes und Fühlendes gibt.

Jedes Augende sieht anders, das Weltende ist nie gleich. Es ist überhaupt nicht. Und es ist doch. Es steigt auf und vergeht. Wie die Bilder eines Traumes. Manche glauben, es sei ein Witz. Doch der Ungrund hat weder Humor, noch hat er keinen. Er möchte uns weder den Weg weisen, noch möchte er es nicht. Der Ungrund ist die Leere, aus der alles aufsteigt.

Die Bilder des Traumes kommen aus dem Bewusstsein. Sie wollen uns nichts sagen, glaubten manche der Alten. Doch viele hielten sie für Botschaften und versuchten sie zu entschlüsseln.

Das Mädchende kam zu uns und sprach darüber. Sie lachte viel über unsere Fragen. Das Weltende ist so lustig wie traurig, sagte sie. Und dann erzählte sie uns etwas und sagte, es sei ein Witzendes. Die Träume der Nacht würden uns nur zeigen, dass das wache Weltende ein Traum sei. Wir sollten nicht das wache Weltende gebrauchen, um den Traum zu verstehen, sondern den Traum, um das wache Weltende zu verstehen.

Die Bäume machen nicht den Wind und die Brunnen nicht das Wasser, sagte sie. Der Ozean hat keine Wurzeln und die Pflanzen sind kein Grund für die Sonne. Sie lachte.

Das Mädchende lachte und ihr Lachendes klang wider von den Wänden der Höhle und wurde lauter und lauter. Das Mädchende wurde kleiner und kleiner und übrig blieb Gelächter. Das Mädchende wird erst wieder gesehen werden, wenn das Gelächter verebbt ist und die Sprachen durcheinandergeraten. Das Weltende wird.

– Wird was? fragte ich.
  – Da ist der Text zu Ende. Das war alles.
  – Das Weltende wird. Also geschieht es immer wieder, oder ist das eine Ankündigung?
  – Ich weiß es nicht. Ich bin mir auch immer noch nicht ganz sicher mit den Tempi und den Verbkonstruktionen, aber es ist immerhin eine tragfähige Übersetzung. Ich stelle sie jetzt so ins Netz, dann ist es komplett.

Die Seite hatte bisher gerade mal achtundsiebzig Besucher gehabt, von denen nur einer einen kryptischen Kommentar hinterlassen hatte. Der Wikipedia-Eintrag war nach wenigen Stunden gelöscht worden.

Es klingelte an der Tür und ich versuchte zu scherzen, während ich schon aus dem Zimmer ging:
  – Es wird schon.

Als ich öffnete, stand eine schwarze Frau in einem grell gemusterten Kleid vor mir. Sie war fast so groß wie ich, hatte sehr volle Lippen, ein rundes Gesicht und Augen dunkler als Bitterschokolade.
  – Guten Tag, sagte sie.
  – Guten Tag, sagte ich. Bitteschön?
  – Sie sind Zekeriya Yelmar?, fragte sie.

Sie hatte einen Akzent, den ich nicht einordnen konnte. Mein Herz schlug schneller und ich fragte mich, ob sie vielleicht von der EDC war. Ich nickte und hörte Elodie die Treppe herunterkommen. Während ich mich fragte, was ich jetzt tun sollte, umarmte die Frau mich einfach.

Sie drückte ihren weichen, mächtigen Körper an mich. Dann löste sie sich, hielt mich an den Oberarmen fest und sagte leise, aber bestimmt:
– Ich bin Zoë. Damian ist tot.
Es war, als hätte ich es geahnt, während sie mich umarmte.

Ich hatte seit Jahren keinen Kontakt mehr mit ihm gehabt. Er hatte mir nie gefehlt. Warum rissen Worte jetzt ein Loch? Warum hielt sie mich weiter fest? Damit ich nicht auseinanderfiel? Warum kam mir alles irreal vor und warum wurden meine Knie weich? Warum wurde mir heiß von innen, warum hatte ich gleichzeitig das Gefühl zu frieren? Warum hatte ich nach ihm gesucht? Warum rasten die Gedanken, anstatt stillzustehen angesichts dieser Ungeheuerlichkeit? Warum war überall nur Tod? Gaben meine Beine jetzt etwa nach?

Ich lag auf der Couch, neben mir war ein Glas mit Wasser, doch ich konnte nicht trinken. Ich sah, wie Elodie und Zoë miteinander sprachen, aber es war, als wäre der Ton leise gedreht, ich konnte nichts verstehen. Ich konnte sehen, wie Zoë Samuel auf den Schoß nahm, was mich störte, ohne dass ich sagen konnte, warum.

Jemand hatte den Sinn aus meiner Suche genommen. Nach Damian. Nach den luziden Träumen. Nach allem. Hier wurde alles auf null gestellt. Und ich wusste nicht, ob es einen neuen Anfang gab.

Leonie – woher war sie gekommen? – legte mir eine Hand auf den Kopf und wie durch einen Nebel drang eine Melodie zu mir, die mir bekannt vorkam.

Leonie sagte etwas und ich fragte mich, ob mit meinen Ohren etwas nicht stimmte. Auch mein Blick war trüb, vielleicht war ich nicht richtig in meinem Körper, vielleicht war ich verrutscht.

Dann stand auf einmal Celia im Raum. Sie sah mich und schüttelte den Kopf, als würde sie mir bedeuten, dass ich sie nicht verraten sollte. Sie redete mit mir, ohne den Mund aufzumachen.

– Alles fühlt sich echt an, sagte sie, und jeder Schmerz macht, dass man eingesperrt ist in seinem Körper und dass die Fesseln enger werden. Das ist kein Trost. Es gibt keinen Trost.

Auf telepathische Art lachte sie in meinem Kopf.

– Hab keine Angst, sagte sie. Nichts wird gut. Alles ist, wie es ist, und das Universum träumt sich selber nur. Es meint nicht dich. Oder irgendjemanden. Es gibt niemanden hier. Doch die Fesseln des Verlangens und des Schmerzes sind so eng und so fest, dass man glaubt, jemand würde in diesen Fesseln stecken. Es wird sich nichts ändern ...

Sie pfiff eine Melodie. Eine Melodie ... Ich muss erneut das Bewusstsein verloren haben.

Als ich wieder zu mir kam, war die Welt heil. Einige Sekunden sah sie aus, wie meine Augen sie abbildeten. Dann kam das Wissen, mit dem Wissen kamen Zeit, Ursachen und Wirkungen. So kam der Schmerz zurück. Alles befand sich in meinem Kopf, doch dieser Kopf war der einzige, den ich hatte.

Als ich damals von Roberts Tod erfahren hatte, hatte ich auch das Bewusstsein verloren. Danach war ich tagelang wie ferngesteuert herumgelaufen. Es war alles kalt und taub gewesen, ich hatte mich kaum fühlen können.

Warum kann sie eigentlich Deutsch, fragte ich mich, während ich zusah, wie Zoë und Diana sich unterhielten. Diana. Wie lange war ich weg gewesen? Sie kam zu mir herüber, setzte sich auf die Kante der Couch und strich mir über den Rücken.

Ich fing an zu weinen.

Zoë

Mir war schlecht, als ich aufwachte, und ich hatte Kopfschmerzen. Als hätte nicht Ziggy den ganzen Rotwein getrunken, sondern ich. Dabei hatte ich nur ein halbes Glas probiert, es hatte mir geschmeckt, doch diese seltsame Benommenheit, als hätte ich GHB konsumiert, hatte mir nicht gefallen. Alkohol, Nikotin und Koffein waren die einzigen legalen Gefährten hier, also würde ich wohl nur noch Kaffee trinken in den nächsten Jahren.

Ich wusste nicht genau, wie die DZ für Damian zu einem Teil seiner Identität geworden war, woher dieser Stolz gekommen war auf die Erde unter seinen Füßen und auf die Leute, die mit dieser Erde Politik machten. Damian hatte in Grenzen gedacht, in Kategorien, Doshas. Er hatte jemand sein wollen. Vielleicht waren alle Europäer so. Nur weil sie Fahnen hatten und andere noch nicht, hatten sie sich in früheren Zeiten Land angeeignet. Heute hatte sogar die DZ eine Fahne.

Ich sah mir Ziggy an und verstand nicht, warum Damian in die DZ gegangen war und nicht er. Er schien sehr verletzlich, wenn Elodies Tonfall sich änderte, reagierte sein Körper darauf. Seine Muskeln wurden hart, wenn das Weiche aus ihrer Stimme verschwand, doch er kannte keinen Schutz vor der Welt außer vielleicht in seinen Gedanken. Dort suchte er Beistand. Es wäre verständlich gewesen, wenn er nach Gefährten gesucht hätte, Gefährten, die freundlicher waren als sein Rotwein und sein Bier.

Doch Alkohol half ihm, schon nach dem ersten Glas konnte man sehen, wie er sich entspannte, wie seine Gedanken nicht mehr so sehr beschleunigten, dass sie ihn aus den Kurven warfen. Sein Nacken wurde weicher, wenn er sich nicht mehr gegen die Schläge des Lebens wappnete.

Elodie mit ihren kantigen Gesichtszügen und ihren fast schon eckigen Wangenknochen schien irgendwo drinnen ganz weich zu sein, weicher noch als Ziggy, aber ihr Körper bot ihr Schutz. Sie ließ Dinge einfach abprallen. Ich hätte sie gerne Mama genannt, mit einem weichen M und einem langen ersten A. Es hätte seltsam geklungen, unpassend, aber es wäre dennoch richtig gewesen.

Samuel wurde es nicht müde meine Haare zu befühlen, immer wieder setzte er sich auf meinen Schoß und strich über meinen Kopf.

Ich war erstaunt, als er das erste Mal Celia erwähnte. Er hatte wohl jeden Morgen seinem Vater seine Träume erzählt, doch an meinem zweiten Morgen bei den Yelmars erzählte er sie mir, nach dem Frühstück. Es war niemand dabei, der meine Verwirrung hätte bemerken können.

– Ich soll dir von Celia ausrichten, dass es ihr leidtut. Sie hätte sich gerne noch von dir verabschiedet, sagte er.

– Aha, machte ich und wusste nicht, was ich sagen sollte.

– Woher kennt ihr euch?

– Wir ... wir hatten eine gemeinsame Gefährtin.

– Gefährtin? So wie Freundin?

– So ähnlich.

– Und wo ist sie nun, diese Gefährtin?

– Zu Hause.

– In Afrika?

Ich nickte einfach. Und versuchte zu verstehen, was nicht zu verstehen war.

Wenn ich Elodie geholfen hatte, den Frühstückstisch abzuräumen und wenn sonst nichts mehr zu tun war, legte ich mich auf der Terrasse in den Schatten, während Leonie sich in einem gelben Bikini mit ihrem Kopfhörer auf den Ohren sonnte. Ziggy hatte mir erzählt von dem mysteriösen Mord an ihrem ersten Liebhaber und ich hätte gerne

mit ihr gesprochen, weil Worte manchmal das Leid linderten, aber ich wusste nicht, wie ich anfangen sollte. Und ihre abweisende Miene, wenn sie meinem Blick begegnete, tat ein Übriges. Doch ich spürte die Neugier und schon am dritten Tag blieb sie auf der Terrasse stehen, nachdem sie sich aus der Küche ein Glas Eistee geholt hatte.
– Wird dir nicht langweilig, wenn du so nichts tust?
Ich schüttelte den Kopf.
– Ich kann es nicht erklären, Damian hat das auch nie verstanden, sagte ich.
Sie sah so aus, als würde sie noch eine Frage stellen wollen, doch ich ermutigte sie nicht, lächelte nur.
Das nächste Mal, als sie aufstand, um ins Haus zu gehen, bat ich sie, mir ein Wasser mitzubringen, mit ein wenig Zitrone. Sie sah mich an, als würde ich sie als Dienstmagd missbrauchen, doch als sie mir das Glas gab, fragte sie:
– Habt ihr viele Drogen genommen, du und Damian?
– Ja.
– Jeden Tag?
– Nein, obwohl es auch solche Zeiten gab.
– Und wann hast du angefangen damit? Wann fangen die Menschen in der DZ an Drogen zu nehmen?
– Ich war jung, wich ich aus. Du gehörst zu den Menschen, die sich fragen, wie man keine Drogen nehmen kann. Du fragst dich, warum nicht alle anderen auch so neugierig sind wie du, nicht wahr?
Sie sah mich an, es schien ihr nicht zu gefallen, was ich sagte. Sie ging einfach wieder in die Sonne.
Woher sollte ich wissen, wie es war, in Europa fast vierzehn zu sein?

– Vermisst du ihn?
Ich musste eingedöst sein.

– Oh, ich dachte, du hast nur die Augen zu.
– Schon gut. Ja, ich vermisse ihn.
– Wie lange wart ihr zusammen?
– Neun Jahre.

Sie murmelte etwas, das ich nicht verstand, und ich richtete mich auf und bot ihr einen Platz auf der Liege an. Zögernd setzte sie sich.

– Glaubst du ..., sie brach ab.

Ich holte tief Luft. Ich musste aufpassen, dass sich die Geschichte nicht verselbstständigte, dass sie nicht zu einem Teil von mir wurde, den ich brauchte, um mich als Person zu fühlen.

So wie Samuel glaubte, ich käme aus Afrika, glaubte Leonie, ich käme aus der DZ.

– Weißt du, sagte ich, ich war etwa so alt wie du, ich hatte eine Freundin, meine beste Freundin, Kaha, das war noch in Kenali, dort bin ich geboren und aufgewachsen. Eines Tages waren Kaha und ich am Strand und wir sahen einen Panzer, aber wir sahen in jenen Tagen oft Panzer und Jeeps und Männer in Uniformen mit Maschinengewehren, wir machten uns keine Gedanken darüber ...

Wir schwiegen, als ich geendet hatte. Ich nahm einfach ihre Hand, wir standen auf und setzten uns gemeinsam auf ihr Handtuch in die Sonne.

– Hattest du danach je wieder eine so gute Freundin?

Ich hatte ein Lied gehabt und die Nutzlosen Nonnen, ich hatte Gefährten gehabt, die mir geholfen hatten, ich hatte schnell lernen müssen, den Schmerz nicht festzuhalten. Ich legte mich auf den Rücken, schloss die Augen. Wo sollte ich anfangen?

– Es gibt kein Mittel dagegen, sagte ich. Es gibt kein Mittel dagegen, sich bestimmte Fragen zu stellen. Aber die Antworten helfen nicht. Was mir geholfen hat, waren die Nutzlosen Nonnen. Du musst dir das so vorstellen, in der

DZ gibt es Kreise, Menschen, die regelmäßig zusammen Drogen einnehmen und dabei bestimmte Regeln befolgen ...

Ich redete, ich redete, als hätte ich Lapalabra, ich redete und sah vor meinen Lidern all diese Bilder, auf wmk, auf 2C-B, auf Metaphorizin, ich redete und hoffte, an den Grenzen der Worte würde ein Kontakt entstehen.

Am nächsten Tag winkte Leonie mich zu sich auf das Handtuch, sobald ich auf die Terrasse trat. Sie ließ sich erzählen, von der DZ, von meinem Leben mit Damian. Sie sprach anders als Damian, die ganze Familie sprach anders, sogar Samuel, der für sein Alter zu kindlich schien. Sie gebrauchten Wörter, die ich möglicherweise nicht mal unter wmk verstanden hätte. Wortschatz. Das war eine weitere Metapher, die für die meisten Ohren leider abgenutzt war.

Ich sah Elodie hinter der Glastür stehen, die auf die Terrasse führte, und konnte auf die Entfernung nicht erkennen, ob das Sorge war in ihrem Gesicht. Oder ob sie sich freute, dass Leonie und ich uns anfreundeten.

Ich wurde in den nächsten Tagen eine Gefährtin für Leonie. Sie war jung und lebte in einem Land, das ihr nicht gefiel, und sie betrachtete das Leben ihrer Eltern als Lüge. Ich hörte ihr zu, ich hörte zu, wenn sie sich aufregte, wenn sie mir Noël Helno vorspielte, ich versuchte ihr ein Ohr zu sein, aber keine Stimme, die sie leitete.

– Ich kenne mich nicht aus hier, sagte ich. Ich bin einunddreißig und das erste Mal in Europa. Aber red nur weiter.

Sorge ist ein kostbarer Schatz, den man nur mit Freunden teilt. Es dauerte fast eine Woche, bis sie mir die Geschichte von Luka erzählte. Ich musste mich nicht verstellen, obwohl Ziggy es mir schon erzählt hatte. Ich musste mich nicht verstellen, denn Ziggy hatte mit keinem Wort erwähnt, dass Luka ein Mitglied von Drogenfreiheit gewesen war. Leonie bemerkte meinen Gesichtsausdruck.

– Du hast von ihnen gehört?

– Ja, klar. Was hat Luka dir darüber erzählt? War er eine große Nummer da?

– Er hatte ein Forum betrieben im TOR-Netzwerk. Dort haben sie mit ein paar Leuten diese Theorie entwickelt, dass die DZ der falsche Weg war. Dass es nicht um die Illegalisierung oder Legalisierung von Drogen geht, also nicht darum, ob die organisierte Kriminalität daran verdient oder der Staat und die Konzerne. Sie wollten, dass mit Drogen kein Geld zu verdienen ist. Die meisten kannten sich nicht persönlich. Luka hat nur die Plattform aufgebaut und auf Papier ein paar Moleküle entwickelt, die man aber wohl nicht alle so synthetisieren konnte. Er muss irgendwo einen Fehler gemacht haben, dass sie ihn finden konnten.

Wenn Ziggy mir das verschwiegen hatte, dann wusste wohl auch die Polizei nichts davon. Was hätte es auch für einen Unterschied gemacht?

– Hast du mit Luka was genommen?

– Er hatte gerade nichts da. Er sagte, es sei die Jahreszeit für spitzkehlige Kahlköpfe, aber es war viel zu trocken für Pilze.

– Wie alt warst du?, fragte sie mich dann leise. Beim ersten Mal?

– Etwas älter als du.

Ich sah die Frage in ihren Augen.

– Bei beidem, sagte ich.

– Luka war so ... Er hat an etwas geglaubt, weißt du, nicht so wie meine Eltern. Er war ehrlich, er wollte die Welt verändern, nicht so bequem vor sich hinleben und sich schön fügen, damit nichts aus den Fugen gerät. Hier lügen die Menschen, alle, sie lügen und buckeln. Ich will hier nicht sein. Ich will raus. Raus. Schön, dass die anderen so auf sich aufpassen, aber mir wäre lieber, sie würden mal aufwachen. Die merken nichts mehr. Kein Wunder, dass mein Vater Schlafforscher ist, der will immer nur die Augen zumachen. Luka, der hat verstanden, der konnte auch hinter die Masken sehen, hinter die Lügen, die ganze Fassade. Luka war nicht so wie die anderen. Er war ...

Ihre Stimmte erstickte.

– Ich habe dir erzählt von Kaha, sagte ich. Das war nur eine Geschichte.

Leonie sah mich mit großen, feuchten Augen an.

– Wenn die Fische ihre eigenen Geschichtenerzähler hätten, würden die Fischer schlecht aussehen, sagte ich.

Sie reagierte nicht darauf, sah mich nur weiterhin erstaunt an.

– Es ist eine Geschichte, sagte ich. Wo ist das Mädchen, dem das passiert ist? Wo ist der Strand? Wo sind die Soldaten? Kannst du irgendetwas davon finden? Man darf Geschichten nicht oft erzählen, sonst werden sie zur Wahrheit. Sie bekommen ihr eigenes Leben eingehaucht, durch den Atem deines Mundes.

Sie nickte zögernd.

– Das hat mir meine Mutter am Flughafen gesagt. Erliege nicht der Magie der Geschichte, hat sie gesagt. Es gibt ein Sprichwort: Es hat immer der recht, der den Griff des Dolches hält. Mal ist es dieser, mal ist es jener. Überall ist es jemand anders. Es hat auch der recht, der seine Geschichte verbreitet. Verstehst du?

– Nicht ganz, fürchte ich.

– Eine Geschichte ist nichts als der Wunsch nach Bedeutung. Aber es gibt keine Bedeutung.

– Ich bin ... Ich bin sehr froh, dass ich dich kennenlernen konnte, sagte sie.

Ich fragte mich, ob sie mal so verletzlich werden würde wie ihr Vater. Ich glaubte nicht.

– Vielleicht ... vielleicht werde ich ja auch mal eine Nutzlose Nonne.

Ich küsste sie auf die Stirn. Jeder muss das Gewicht seiner eigenen Geschichte tragen.

Am Abend dieses Tages herrschte eine seltsame Stimmung, nachdem die Kinder im Bett waren. Ziggy trank schneller als sonst und Elodie wirkte nervös. Ich hatte die beiden in den letzten Tagen tuscheln sehen und ich ahnte, woher der kühle Wind wehte.

Ich kam aus der DZ, Ziggy hatte einen Account bei Euphoricbasics, seine Familie war vor Ort gewesen, als ein Mitglied von Drogenfreiheit hingerichtet wurde, ich war die einzige Afrikanerin im Viertel, die Nachbarn kamen fast um vor Neugier. Elodie ergriff das Wort, während Ziggy sein Glas leer trank.

– Es ist nicht so, dass wir dich hier nicht wollen. Ich bin froh, dass du hier bist, Leonie ist entspannter und Samuel mag dich auch sehr gerne. Und wir mögen dich auch, versteh das nicht falsch ...

– Aber Diana braucht auch jemanden, der sich um sie kümmert, half ich ihr. Vielleicht sollte ich einige Tage zu ihr ziehen.

– Also, natürlich nur, wenn es dir nichts ausmacht ...

– Warum sollte es?

Diana. Sie hatte mich sofort umarmt, als sie mich gesehen hatte. Sie schien so eine Nachricht erwartet zu haben. Sie hatte mich angesehen und dann auf beide Wangen geküsst, und als könnte sie in mich hineinsehen, hatte sie gesagt:

– Du lebst für ihn weiter. Schön, dass du hier bist.

Es war ein wenig so gewesen, als hätte ich eine Mutter.

Ziggy

Sie war eine Frau, die einem Angst machen konnte. Manchmal saß sie einfach nur da. Nicht, als würde sie meditieren oder Tagträumen nachhängen, sondern auf eine Art, die ich noch nie gesehen hatte. Alles an ihr machte mich unsicher. Allein ihre Art, in einen Raum zu kommen und mit ihrem massigen Körper sofort und ganz da zu sein. Als könnte sie jeden Moment anfangen zu tanzen. Ihre Glieder schienen weich und biegsam, ihr Körper schien frei, als wäre Befangenheit nur ein Wort.

Manchmal versuchte ich mir sie und Damian im Bett vorzustellen, einfach nur nebeneinander liegend, sie kräftig und dunkel, er dünn und weiß. Dünn, war er noch dünn gewesen? Ich musste sie fragen.

Ich versuchte zu verstehen, was ihn angezogen hatte an ihr, obwohl ich das wahrscheinlich nie begreifen würde. Sie war mir fremd, obwohl sie eine Wärme ausstrahlte, eine Herzlichkeit, die irgendwie von ihrem Körper auszugehen schien, der nicht schwer wirkte, sondern offen. Alle Bewegungen waren mühelos und leicht, als würde sich etwas dem Wind des Lebens anpassen.

Leonie und sie hatten einige Tage nebeneinander im Garten in der Herbstsonne gelegen, die uns immer noch Tagestemperaturen über achtundzwanzig Grad bescherte. Ich hatte zunächst Bedenken gehabt, weil ich dachte, ihre Gespräche würden Leonies Sehnsucht und Neugier nach Drogen verstärken, doch es sah eher so aus, als würde Zoë ihr durch diese schwere Zeit helfen. Durch Zoë entdeckte sie auch neue Musik, in der nicht eine pubertäre Wut mitschwang.

Doch sie schrie uns an, nachdem wir Zoë zu Diana gebracht hatten. Sie schrie uns an und wollte wissen, ob das der Anstand war, den wir ihr beibringen wollten, ob wir uns nicht schämen würden, jemanden aus der Familie des Hauses zu verweisen. Was denn hier zählen würde, Menschlichkeit oder Ansehen, wollte sie wissen. Sie stand, Elodie saß auf dem Sofa, ich im Sessel und als sie erkannte, dass wir uns nicht wehren würden, wurde sie leiser.

Ich fragte mich, ob Menschen wie Zoë sich manchmal auch so fühlten, als würde der Sessel ihre Stimme schlucken und sie in eine unnatürliche Sitzposition zwingen. Ich beugte mich vor, stützte die Ellenbogen auf die Knie und sagte:

– Du hast recht. Das ist nicht das, was wir versucht haben dir beizubringen. Wir haben lange darüber beraten, und um die Wahrheit zu sagen: Ich habe ein schlechtes Gewissen. Wir haben ein schlechtes Gewissen. Aber der Vorschlag kam von Zoë. Und für Oma ist es besser. Die beiden verstehen sich gut. Und sie kann ja jederzeit hierher. Unsere Türe steht ihr immer offen, das haben wir ihr auch gesagt.

– Ihr habt sie ausquartiert.

– Du kannst sie einladen, wann immer du möchtest. Sie kann einen eigenen Schlüssel bekommen. Wirklich.

Auf Dauer musste sich etwas ändern. Unser Leben. Aber wie?

Wie gut Diana und Zoë sich verstanden, sah ich, als ich zwei Abende später dort war. Ihre Pupillen waren geweitet, beide kicherten und lachten, und ich fragte mich, wie groß der Vorrat an Pappen noch war und ob Diana Zoë auch von dem Morphium abgab.

Zoë schien es völlig egal, ob ich etwas merkte oder nicht, während Diana sich ein wenig zusammenzunehmen schien. Doch die beiden waren, wenn ich das richtig erkannte, ohnehin in der abklingenden Phase des Trips, wo sich Frieden breitmacht und man sich nüchtern fühlt im Vergleich zu den vorhergehenden Stunden. Vielleicht war es doch gut, dass Zoë nicht bei uns wohnte, dachte ich. Doch ich wusste, dass ich nur nach Vorwänden suchte, um unsere Entscheidung zu rechtfertigen.

– Du kannst meinen Laden haben, wenn du möchtest, sagte João, als ich ihm erzählte, wie die Dinge standen. Aber du weißt, wie es ist: Garantien gibt es keine. Und auch kein richtiges Leben im falschen System. Und falsch sind sie alle.

– Was ist mit dir?, fragte ich überrascht.

– Ich habe ein paar Ersparnisse, sagte er. Und ich bin alt. Morgens frage ich mich manchmal, wie ich aus dem Bett kommen soll. Vielleicht sollte ich den Rest meiner Tage in der Sonne verbringen.

– Hier ist Sonne wie noch nie.

– Ich war lang genug in diesem Laden. Ich sollte am Strand liegen und mich massieren lassen.

Von Jünglingen, ergänzte ich im Kopf. Er musste sehr verliebt gewesen sein in Robert, es war so offensichtlich, dass ich es nicht gemerkt hatte. All die Jahre. Vielleicht hing es auch damit zusammen, dass ich João von Kindesbeinen an kannte.

– Mach dir keine Illusionen, sagte er. So gut wie diesen Sommer ist das Geschäft fast nie, eine Familie kann man damit kaum ernähren und Diana wird dir auch nicht so viel vererben, nehme ich an. Und wer weiß, wie lange die Menschen noch Papierbücher haben wollen.

Er zog die buschigen Augenbrauen zusammen. Ich sah mich auf seinem Schemel sitzend, entspannt, Elodie an meiner Seite. Die Arbeit würde ihr gefallen. Wir würden uns nicht verbiegen müssen. Ich würde mehr Zeit für die Kinder haben. Ich würde nicht mehr an Formulierungen arbeiten müssen, um Forschungsgelder einzustreichen.

– Das mit der Familie, sagte João, das ist keine billige Ausrede, mit der man sich selber verarscht.

Er schüttelte den Kopf.

– Echt nicht. Aber trotzdem ... Man darf nicht gebückt gehen ...

Es war ein weiterer Konjunktiv, aber ich sah mich in diesem Laden sitzen. Aufrecht.

Zwei Wochen später rief Zoë an und bat uns alle zu kommen. Diana war kaum aufgestanden in dieser Woche, ich hatte mir frei genommen, ich war jeden Tag dort gewesen, sie aß kaum mehr, allein das Sprechen bereitete ihr Schwierigkeiten, doch wir hatten sehr schöne Momente gehabt. Mal hatte ich von früher erzählt, mal Zoë, wir hatten alte Zeiten lebendig gemacht, indem wir ihnen mit Worten Farben eingehaucht hatten. Ich hatte an Dianas Bett gesessen und mich gefreut, dass sie friedlich ging und dass nichts zwischen uns ungesagt blieb. Dass wir Zeit miteinander gehabt hatten, dass sie nicht einfach fortgerissen worden war. Gestern hatte sie nicht am Tisch gesessen und auch keinen Bissen gegessen, doch wir waren zusammen gewesen wie nun schon so viele Samstage.

So saßen an diesem Sonntag Elodie, Leonie, Samuel, João, Zoë und ich bei ihr, Diana lag unter einer Decke auf einem Sessel, dessen Lehne man zurückklappen konnte. Die Decke war aus Kamelhaar, Diana und Robert hatten sie in Algerien gekauft, ich kannte sie, seit ich ein Kind war, und ich musste mich zusammenreißen, um nicht allein bei ihrem Anblick loszuheulen. Unter dieser mittlerweile fadenscheinigen Decke war Diana nackt, das sah ihr ähnlich, sie wollte gehen, wie sie gekommen war.

Leonie und Samuel waren still und unsicher, Elodie hatte mit ihnen einige Worte gesprochen, bevor wir losgefahren waren. Ich selbst hatte mich nicht in der Lage dazu gefühlt. João saß auf einem Hocker, genau wie in seinem Laden, nur rauchte er nicht. Doch er sah so aus, als freue er sich an der Kühle seines Ladens und beim Anblick der Bücher. Zoë wirkte ein wenig kleiner als sonst, vielleicht hatte sie auch abgenommen in den letzten Tagen.

Sie setzte sich zu Samuel und fragte ihn leise:
– Hast du Celia nochmal gesehen?
– Sie hat sich verabschiedet, sagte Samuel. Sie will nicht mehr in die Träume der Menschen. Aber ich soll dir noch etwas sagen.
– Was denn?
– Deckard wird nicht mehr auftauchen. Und auch keine Wehenklage mehr.

Zoë lächelte, als sie merkte, dass ich zuhörte. Dann wandte sie sich an mich, als wäre das eine gute Nachricht, doch sie sagte nichts.

Diana versuchte sich zu räuspern. Dann sagte sie schwer atmend, langsam und so leise, dass wir dicht zusammenrücken mussten:
– Es war gut. Nur die, die sich in der Zeit verlaufen, glauben ... verrückte Dinge.

Sie schien noch etwas sagen zu wollen, aber es strengte sie zu sehr an, sie holte wieder und wieder Luft, ohne ihre Lungen füllen zu können, und winkte dann ab, als wollte sie sagen: Egal.

Zoë hob ein Glas Wasser an ihre Lippen, während ich Diana half, sich aufzurichten. Sie trank und es war, als würde sich jeder winzige Schluck, der ihre Kehle hinabrann, als Tränen in meinem Kopf sammeln. Es war, als müsste ich platzen, ich schluckte mühsam.

Die Decke rutschte herunter, Dianas Brüste wurden sichtbar. Sie sah jeden von uns nochmal an. Momente, als könnten sie zerbrechen, eine Stille, die die Welt aus den Fugen schieben konnte, eine Luft, als hätte man sie noch nie atmen können. Dann dieses Lächeln. Dianas Lächeln rettete uns vor dem Zerschmettern. Ich legte sie vorsichtig zurück und sie holte Luft, sie holte noch einmal Luft und sagte:

– Zoë, sing ein Lied.

Und Zoë sang.

Dank sei der Musik.
Dank an meine Eltern, meinen Bruder und seine Familie, Maria Steenpass, Markus Martinovic, Lutz Freise, Ralf Gerhardi, Christian Asmussen, Tim Wasser, Philipp Dreber, Boris Höpf, Tim Brüning, Georg Hasibeder.

    Dank geht auch an agnetha, hamsterbacke, tasha, Albert Hofmann, Alexander Shulgin, Dale Pendell, Mike Power, David Nutt, Kinetic, Satoshi Nakamoto und Dread Pirate Roberts.

Selim Özdogan
Der Klang der Blicke
Geschichten
264 Seiten, gebunden mit Schutzumschlag
€ 19.90
ISBN 978-3-7099-7000-3

Selim Özdogan bringt das Leben auf den Punkt: Nur schmal ist der Grat zwischen Sonnen- und Schattenseite, zwischen denen, die alles erreichen wollen, und denen, die nichts mehr zu verlieren haben. Özdogan begleitet sie auf ihren Wegen: den Vater, der statt seiner Liebe auf den ersten Blick die Frau seines Lebens heiratet. Den Lehrer, der freitagmittags doch eigentlich nur nach Hause will. Und die Jungen unter der Laterne, die den ersten Schluck jeder Flasche immer auf den Boden gießen, obwohl eigentlich keiner weiß warum.

Was dabei entsteht, sind Geschichten, deren Rhythmus und Klang den Leser tragen wie eine Melodie. Es sind Geschichten von Menschen, die nach festem Grund unter ihren Füßen suchen, von Liebenden, die der Wahrheit hinter der Poesie nachspüren, von der Angst vor dem Tod und der Sehnsucht nach ihm, vom Leben im Takt der Musik und von Tagen im Paradies.

„Er macht süchtig nach einer Leichtigkeit mit Tiefe."
José F.A. Oliver

www.haymonverlag.at

Johannes Gelich
Wir sind die Lebenden
Roman
240 Seiten, gebunden mit Schutzumschlag
€ 19.90
ISBN 978-3-7099-7030-0

Er ist ein Faultier und ein Träumer, er ist mürrisch, liebenswert, wohlhabend und großzügig: Nepomuk Lakoter. Als er eines Tages stürzt und sich das Bein bricht, ist der verschrobene Müßiggänger keineswegs unglücklich darüber. Mit Liegegips an sein geliebtes Kanapee gefesselt, engagiert er eine rumänische Haushälterin. Doch mit Amalias Einzug ist erst einmal Schluss mit dem beschaulichen Leben. Mit ihren Putzanfällen stört sie seine Ruhe und treibt ihn an, endlich sein Leben in die Hand zu nehmen. Und so ganz nebenbei hätte sie auch noch eine schöne Nichte für ihn ...

Johannes Gelich gilt als einer der interessantesten Autoren der jüngeren Generation in Österreich. In seinem vergnüglich-rasanten Roman macht er mit einem Aussteiger bekannt, der in Sachen Antriebslosigkeit dem großen Oblomow um nichts nachsteht. Ein ebenso satirisches wie sinnliches Sittenbild unserer Zeit und zugleich eine Hommage an die verlorene Generation der heutigen 40-somethings.

„Johannes Gelich erweist sich mit ‚Wir sind die Lebenden'
als ironischer, verspielter wie erbittlicher Erzähler."
www.literaturhaus.at, Alexander Kluy

„So eine sympathische Romanfigur gab es selten."
Bayerischer Rundfunk

www.haymonverlag.at

Christoph W. Bauer
In einer Bar unter dem Meer
Erzählungen
232 Seiten, gebunden mit Schutzumschlag
€ 19.90
ISBN 978-3-7099-7088-1

Der Dichter mit dem Schlapphut, der Professor mit dem pissgelben Fahrrad, der Künstler in der pikanten Pose, die Schauspielerin und ihr Traum vom Meer – die Figuren in Christoph W. Bauers Erzählungen mögen auf den ersten Blick verschroben wirken. Dabei sind sie vertrauter, als einem lieb ist: Sie trauern verpassten Chancen nach, verrennen sich in Träume, sind unglücklich in ihren Berufen, sprechen von Treue und wandern von einem Bett ins andere, geben sich kühl und erfahren, im nächsten Moment innig und schmachtend. In den unterschiedlichsten Tonarten sprechen sie an, was wir alle kennen: Einsamkeit, Sehnsucht, Liebe und Verlust.

Temporeich und direkt sind Bauers Geschichten, manchmal kurz und energisch wie ein Punksong, manchmal eigenbrötlerisch und elegisch wie ein Blick aufs Meer. Dabei oft von einer bestechenden Komik und voll plötzlicher Wendungen, die unversehens den Blick öffnen auf eine Wirklichkeit, die uns alle betrifft.

„*Bauer tanzt, rockt und schwankt ... Die Wucht seiner Sprache ist eine ganz und gar heutige, zeitgenössische.*"
Maja Haderlap

„*cool und lakonisch, sanft und leise, schrill und laut*"
www.literaturhaus.at, Michaela Schmitz

www.haymonverlag.at